SEVEN
SORROWS YOU HIDE

Ska W. Barnes
Copyright © 2021

ISBN: 9798777742254
Indipendently published
Anno di creazione: 2019
Anno di Pubblicazione: 2021

PRIMA EDIZIONE

Questo libro contiene materiale protetto da copyright e non può essere copiato, riprodotto, trasferito, distribuito, noleggiato o utilizzato in alcun modo a accezione di quanto è stato specificamente autorizzato dall'autrice ai termini e alle condizioni alle quali è stato acquistato o da quanto esplicitamente previsto dalla legge applicabile (Legge 633/1941)

In poche parole, ragazzi e ragazze, non fate i pirati, ok?

Progetto grafico, copertina e impaginazione: A.C. Graphics
Facebook: AC Graphics
Instagram: a_c_graphics

*A Gre, sempre, la mia roccia e la mia gemma.
Ai tenaci e a chi ha il dono di vedere oltre le apparenze.*

What makes up a life; events or the recollection of events?
How much of recollection is invention?
Whose invention?

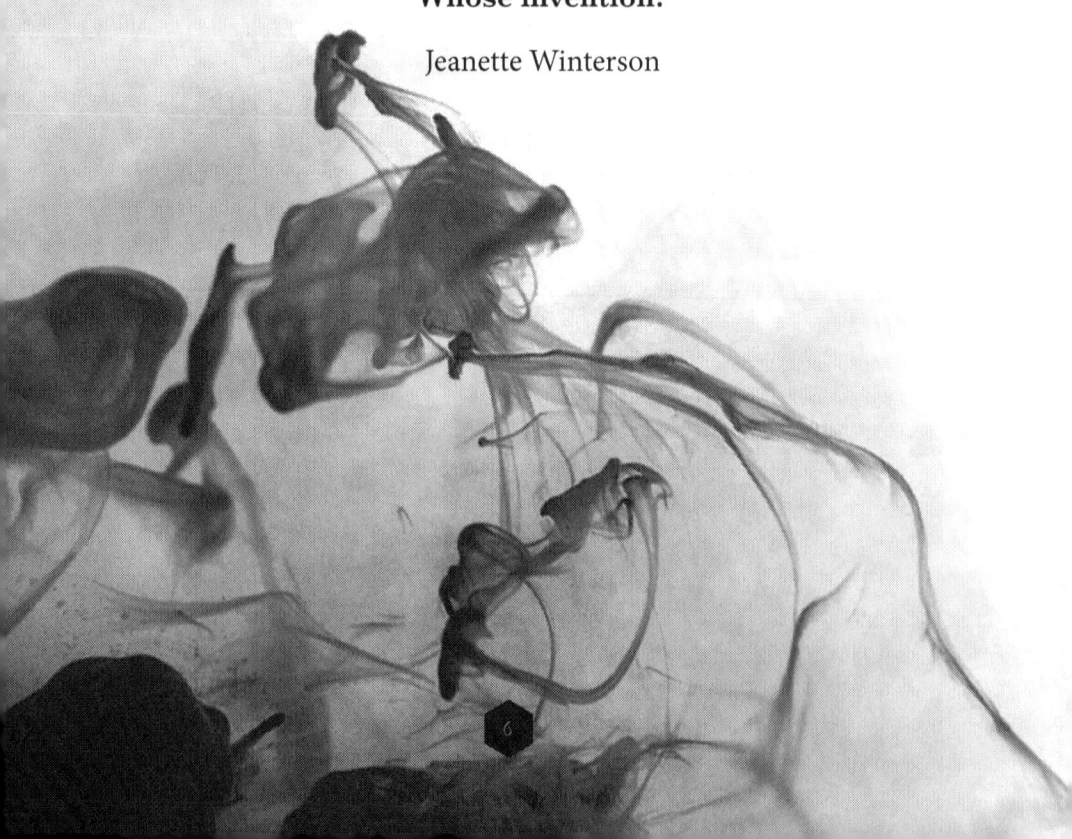

Jeanette Winterson

FILE 00 - BRIEFING

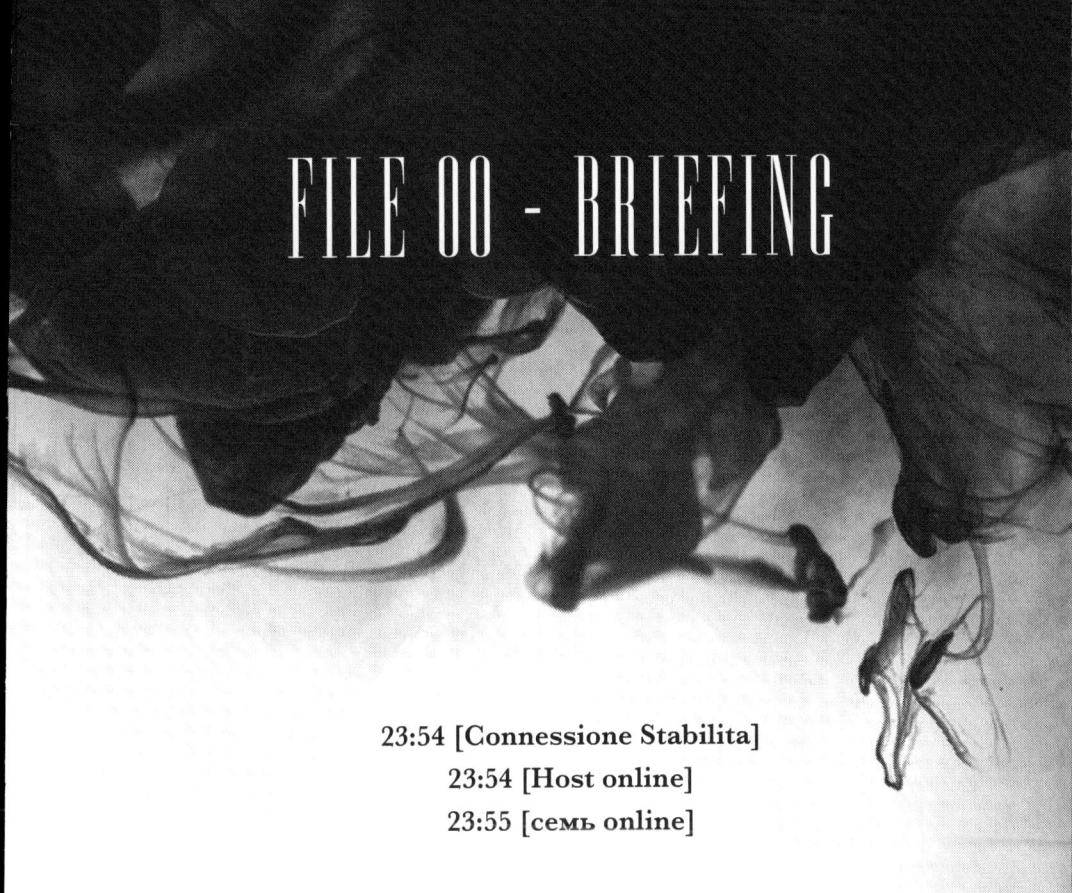

23:54 [Connessione Stabilita]
23:54 [Host online]
23:55 [семь online]

23:56 семь:
La connessione è protetta?

23:56 Host:
Certamente.
A cosa devo il piacere di questo contatto?

23:57 семь:
Ci sono diverse questioni che devo portare a termine.
E non posso occuparmene da solo, ho bisogno di un supporto.

23:58 Host:
Se è per questo che contatti, allora conosci i miei prezzi e le mie condizioni.

00.01 семь:
I prezzi non mi spaventano.
Ma una delle condizioni potrebbe essere un problema.
Non ho in programma di farmi vedere di persona.

00.01 Host:
Darò a te la stessa risposta che ho dato a tutti quelli che hanno detto qualcosa di simile:
se non vuoi farti vedere dovrai trovarti un altro hacker.

00.02 семь:
Ho bisogno del migliore per quello che voglio fare.

00.03 Host:
Apprezzo il complimento implicito, ma ho poche regole, o si rispettano o non se ne fa nulla.

01.25 семь:
Va bene.

01.25 Host:
Va bene cosa?

01.27 семь:
Accetto le tue condizioni.

01.28 Host:
Sta a te decidere quando e dove incontrarci.

01.35 семь:
Avrai data e orario entro domani.

1.35 [семь offline]
01.37 [Host offline]
01.37 [Connessione persa]

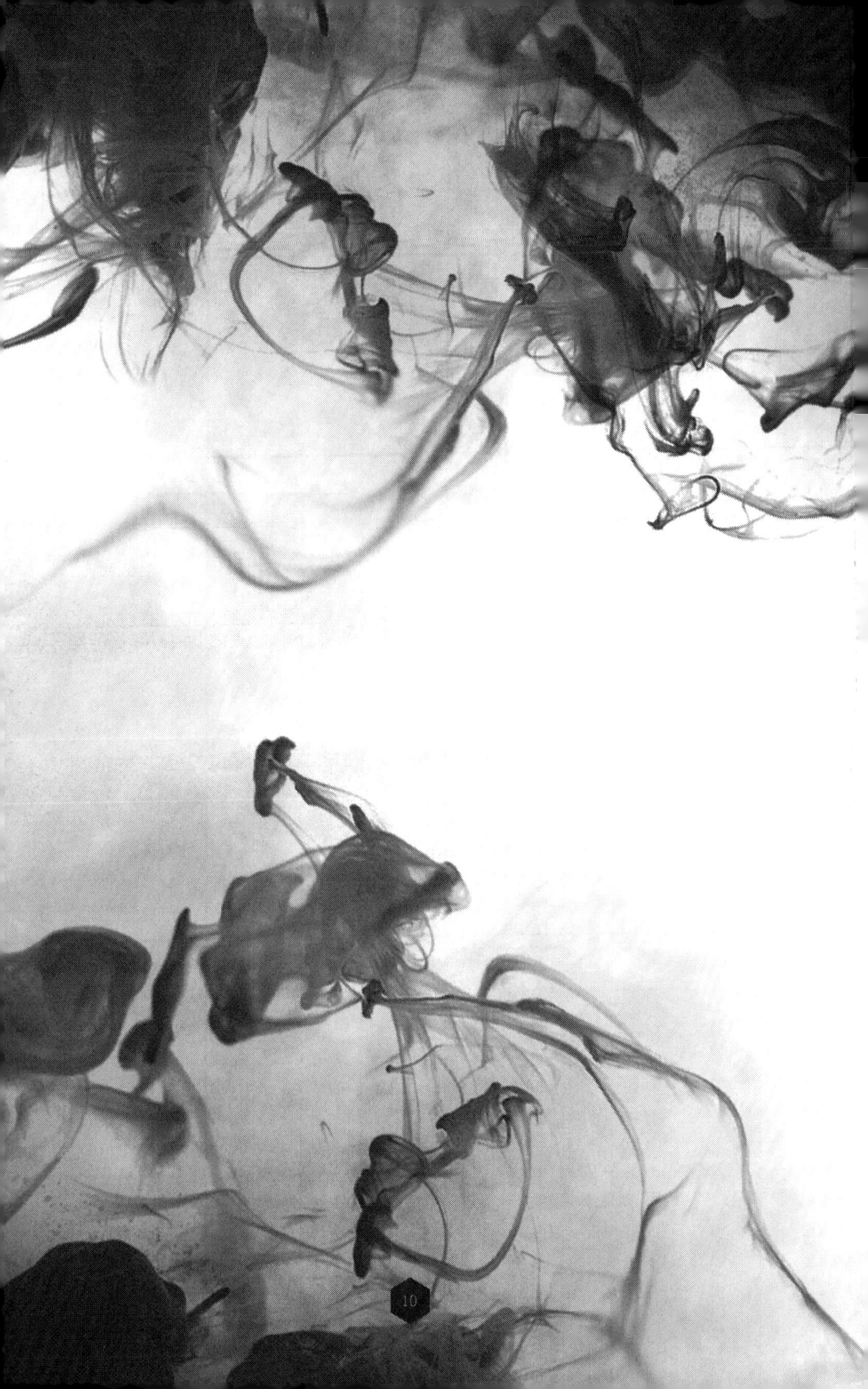

FILE 01 - UNFAMILIAR

There's a thorn in my heart and it's killing me
I wish I could go back and do it all differently
'Cause now there's a hole in my soul where you used to be
Apocalyptica - Hole in my Soul

    Il viavai all'interno della Torre era ormai divenuto insopportabile. Da un paio di ore Ethan fissava gli Agenti sconosciuti con espressione torva. Il nervosismo gli bruciava il petto al pensiero di non poter fare nulla se non limitarsi a guardare mentre setacciavano la loro casa da cima a fondo, in cerca di indizi che mai avrebbero trovato.

    Era una posizione precaria quella in cui si trovavano, un equilibrio traballante che li metteva in mezzo a due fuochi. I contatti e l'affiliazione con Sasha, Sette e tutto ciò che ne conseguiva bilanciavano a malapena il fatto che avessero giocato un ruolo fondamentale nella cattura del criminale più pericoloso di quegli anni.

    Pareva che Chekov fosse ancora in grado di creare scompiglio pur trovandosi nella prigione più sicura del mondo, in attesa di presentarsi davanti alla corte marziale dell'AIS. A giudicarlo ci sarebbero stati i Guerrieri a guida delle più importanti strutture sul territorio, ma Rikhard ne sarebbe stato escluso per via del suo coinvolgimento. Ethan sperava che questo dettaglio non influenzasse troppo l'esito, che tutti gli altri si rendessero conto di ciò che aveva fatto. In cuor suo sapeva che sarebbe andata nel modo giusto, ma faticava a liberarsi dall'ansia e dall'abitudine di aspettarsi il peggio in ogni occasione.

Prese un sospiro stanco quando Oktober si mise a correre dietro a un Agente che tra le mani stringeva la cuccia multicolore del micio, strillando profanità in giapponese. La ragazza aveva tra le braccia M82, che stava facendo del suo meglio per allontanarsi da quella fonte di stress ed energia nervosa.

Seguì il dibattito animato con occhi attenti ma animo spento. Una parte di sé desiderava aiutare, intervenire e risolvere la situazione nel modo più rapido e gentile possibile, ma Oktober non aveva bisogno del suo aiuto.

Alcuni minuti dopo si mosse vittoriosa verso di lui, con tra le mani il bottino reclamato, un piccolo graffio sulla clavicola rimasta scoperta dalla larga felpa e il gatto nero appollaiato sulle spalle.

"Tutto bene?" Non aveva bisogno di studiare il suo volto per realizzare che la stessa agitazione che aveva percepito bruciava in lei. O forse era solo l'animo in tumulto di Ethan che sovrastava ogni cosa. Strinse i denti, ritrovandosi perso in un ambiente che un tempo aveva chiamato casa ma che in quegli istanti pareva tutt'altro.

"E tu?" ribatté lei, sviando la domanda.

"Se ti dicessi di sì, mi crederesti?" L'ultimo gruppo di Agenti nella sala principale era diretto verso l'esterno, finalmente, e il cupo cielo di Staten Island lo stava salutando con nubi pesanti e borbottii profondi.

Oktober fece spallucce, per poi passare un dito leggero lungo il nuovo segno sulla pelle lasciato della piccola battaglia con il felino.

La vide con la coda dell'occhio sollevare un sopracciglio fine, ma non c'era fastidio in lei, solo una muta consapevolezza che echeggiava tra di loro.

"Come non detto," borbottò, abbandonando poi a terra la cuccia di M82. Si sfregò gli abiti, e ciuffi di pelo si sollevarono per aria.

Nessuno dei due parlò per un po', godendosi il silenzio che stava tornando ora che gli intrusi erano in procinto di uscire uno a uno, lanciando continue occhiate attente alle loro spalle.

Oktober era intenta a studiarli allo stesso modo, valutando punti deboli come se fosse pronta a uno scontro, la tensione e il disagio che tutti provavano avevano appesantito quell'ambiente. Il fatto che l'AIS stesse cercando di rimettersi in piedi, a malapena distinguendo le personalità marce da tutto il resto, non era rassicurante quanto avrebbe dovuto essere.

La fiducia sarebbe stata difficile da riconquistare.

"Che vogliano fare?" lo interrogò quando l'ultimo degli intrusi superò la porta d'ingresso. Il suo tono di voce rimase comunque basso, come se temesse che ci fossero orecchie nascoste ad ascoltare. Ethan non voleva prendere in considerazione l'idea di possibili cimici, ma avrebbe ricontrollato al più presto.

Fece un piccolo cenno del capo, e si assicurò che Oktober lo stesse seguendo prima di prendere le scale per il piano superiore, dove c'era la sala principale che usavano più spesso, e non dava la strana sensazione di vulnerabilità che aveva quella più vicina all'ingresso.

Raggiunse le vetrate e, una volta aperta la portafinestra, uscì su uno dei pochi balconi della Torre. Oktober si fermò al suo fianco, attendendo mentre richiudeva la porta e prendeva un respiro profondo.

Quello che doveva e voleva dire era semplice, ma erano parole che portavano un peso immenso, un obbligo che si era appuntato addosso da troppo tempo ma che non era riuscito ad adempiere.

"Riunire la famiglia," sussurrò, e per quanto potesse essere generico ciò che intendeva, quello che non poteva dire e che risiedeva in fondo al suono della sua voce, era in verità molto più specifico. Era un solo obiettivo, l'unico che aveva occupato buona parte dei suoi tormenti e che animava quella decisione.

"Non potrà mai tornare a casa se questo non cambia," contestò con un sussurro agitato, lanciando un altro sguardo di fuoco al raggruppamento di Agenti oltre il parapetto. Anche lì aveva l'impressione di non avere la privacy che agognava.

Non biasimava Jane per la sua decisione di approfittare di quella situazione per allontanarsi qualche giorno e sistemare ciò che si era lasciata indietro a Sayville.

"Che possiamo fare?"

"Dobbiamo inventarci una soluzione," ammise Oktober con le sopracciglia aggrottate e gli occhi scuri fissi sull'orizzonte frastagliato. "So che l'hai trovato," aggiunse in un secondo momento. Quelle parole non poterono che ricordargli che sì, lo aveva trovato, e insieme ai ricordi emerse un rossore che gli invase il volto. Tuttavia era stato un caso eccezionale, quando che le loro strade si erano necessariamente separate non era più stato in grado di seguire le sue tracce, e aveva capito che se lui… se Sasha non voleva essere raggiunto non c'era niente che Ethan potesse fare.

Ormai solo pensare al suo nome sembrava rischioso.

"Si è lasciato raggiungere una volta, ma non ho più ricevuto sue notizie."

"Hai più provato a rintracciarlo?" insistette lei, voltandosi nella sua direzione.

Ethan non aveva idea di che rapporto c'era tra Oktober e Sasha, sapeva che lui aveva fatto di tutto per tenere chiunque lontano, ma lei era uno spirito rovente, ed era nella sua natura avvolgere chi le stava accanto con quel calore che emanava la sua anima. Si domandò se avessero mai parlato, loro due, se fosse riuscita a creare un altro legame importante, qualsiasi cosa che potesse spingerlo a desiderare di rimanere più vicino a loro, a tornare a casa.

"No. Sono quasi certo che gli agenti di Moyer non aspettano altro. Lo noto da come ci girano intorno e aspettano un nostro passo falso." Pure da quell'altezza aveva l'impressione di percepire la loro energia nervosa come una corrente elettrica a fior di pelle, unita alla nebbia tossica del loro sospetto continuo che indugiava all'interno della Torre. Inoltre le forze del Comandante Supremo eseguivano i suoi ordini diretti, e si ponevano al di sopra degli ordini di chiunque altro. Non erano persone con cui potevano scendere a compromessi, erano soldati dediti a vita.

"Non puoi stare qui se vuoi metterti a cercarlo seriamente." Alle parole decise di Oktober, Ethan sollevò un sopracciglio, sorpreso dalla sua risolutezza. Si voltò verso di lei, studiando la sua espressione con lo sguardo, piuttosto che solo con l'empatia, e vi lesse il riflesso perfetto di ciò che le stava vibrando nell'animo. "Se c'è una persona che deve e può fare un differenza quello sei tu, e finché ti teniamo qui non otterremo nulla. Intanto parliamo con Rikhard," suggerì, ed Ethan non poté fare a meno che sorridere, perché era come tornare indietro, alle rapide ed efficaci organizzazioni che avvenivano in preparazione di missioni importanti. "E troveremo un modo per risolvere quello che va risolto," concluse, facendolo suonare un compito tanto facile che Ethan non riuscì a soffocare il frammento di speranza che si accese in lui.

"Ok," replicò con un filo di voce, annuendo. Strinse i pugni sulla balaustra, avendo la distinta impressione di fare la stessa cosa con quel germoglio di speranza che si era risvegliato nel suo petto, fragile ma resiliente.

"Vai a prendere la tua Jane, poi vediamo di trovare una soluzione." Colpì con leggerezza la sua spalla. "E fai in fretta, perché manca a tutti." Era vero, in quell'ultimo periodo, in particolare, era stato difficile senza la presenza calmante e fortemente umana di Jane. Lui, più di tutti, si trovava in equilibrio su un filo sottile, non solo privato della base che l'aveva sorretto in tutti quegli anni ma soprattutto del supporto che era riuscito a trovare in lei.

Fece per ribattere che forse non era il caso di disturbare Jane, di lasciarle gustare quel briciolo di normalità che poteva reclamare per sé, ma un trambusto dalla strada attirò la sua attenzione.

Con sua sorpresa udì volare imprecazioni e insulti, insieme allo spiacevole stridio di metallo che sfregava e graffiava l'asfalto.

"Che sta succedendo?" interrogò Ethan, osservando al piano di sotto tutti gli Agenti agitarsi come insetti impazziti, percependo una preoccupazione che era abbastanza sicuro essere solo propria.

"Ho bucato tutte le loro gomme mentre erano impegnati a fare i loschi, e non se ne sono accorti," cantilenò Oktober, appoggiandosi al parapetto con una posa rilassata ed espressione soddisfatta. Quello, a seguito di infiniti giorni grigi colmi di tensione e preoccupazioni, riuscì a farlo ridere.

Ethan fermò la macchina al bordo del marciapiede, davanti alla piccola e familiare casa che si trovava incastrata in mezzo a tante altre. Era sempre strano raggiungere quella via silenziosa, perché era come gettarsi in un universo differente, calmo e statico, lontano dal movimento frenetico di Staten Island.

Perfino durante gli attimi più cupi, in cui Jane si era chiusa in se stessa dopo la morte di sua madre, quel luogo rimaneva un raggio di luce nella penombra, uno scrigno che conteneva alcuni dei momenti più significativi e importanti di quell'ultimo anno.

E forse fu per quello che si ritrovò interdetto quando vide Jane uscire dalla porta di casa con un grosso cartello issato in spalla.

Il suo sguardo chiaro si puntò all'istante su di lui. Anche se era nascosto dal finestrino scuro era come se lei avesse saputo fin da subito dove trovarlo. Doveva essere così, rifletté, lei *intuiva* e comprendeva ancora prima di esserne consapevole. Vide un sorriso distenderle le labbra rosee, e una folata di vento primaverile agitarle i capelli, ora più lunghi e di qualche tonalità più scuri.

Scese dall'auto e si chiuse la portiera alle spalle. Aveva gli occhi fissi su Jane mentre tentava di infilare l'asta dell'annuncio accanto alla cassetta della posta.

In vendita, diceva la scritta in maiuscolo in uno sgargiante colore sanguigno.

Ethan si svuotò, il petto si strinse in se stesso a quella sensazione di assenza che venne però ferocemente riempita dalla determinazione e tranquillità che gli giungeva da Jane a ogni passo che si avvicinava.

"Sei sicura?" fu quello che chiese quando arrivò al suo fianco, studiando le scritte spesse. Non aveva davvero bisogno di assicurarsene, non c'era esitazione in lei, ma non riuscì a fare altrimenti.

Con la coda dell'occhio la vide sorridere, mentre con una mano toccava il bordo di legno per cercare di raddrizzare l'annuncio.

"Ormai la mia casa è con voi," sussurrò, voltandosi verso di lui. Le sue mani trovarono il loro posto tra le dita di Ethan, e allora strinse la presa; non c'era giorno in cui non fosse grato di averla con sé. "Vuoi entrare?" aggiunse.

"Ero venuto per riportarti alla Torre, Oktober si lamenta della tua assenza, ma possiamo farla aspettare ancora un po," suggerì, sorvolando sul discorso che aveva avuto con lei. Era giusto che reclamasse un briciolo di pace tra la serietà e la pesantezza di ricerche e missioni. Almeno quella volta avrebbe seguito tracce per cui agognava, piuttosto che assecondare controlli e interrogatori fissati come obbligazioni da quello spicchio di AIS che stava tentando di riformarsi, riemergere dalle rovine con misure correttive e sistemi provvisori.

E in quei momenti, in cui tutto si stava ricostruendo con lentezza, aveva lo stesso l'impressione che non fosse abbastanza, che la loro stabilità fosse perennemente destinata a crollare su se stessa a causa di fondamenta che erano marcite da troppo tempo.

"Vieni." Jane lo trascinò per mano e, quando superarono entrambi la soglia, Ethan inspirò a fondo in quell'ambiente che aveva così tanto di lei.

Si permise di chiudere gli occhi, di concentrarsi, ed era intorno a sé, come una brezza che gli accarezzava il corpo; riusciva a percepire il suo calore, il suo affetto, e più in profondità note di tristezza e disperazione che faticavano a emergere in tutto quello che c'era di buono in quel posto. Nella sua testa udiva vecchie risate, una risata di bambina e una più adulta, melodica, che intonava una vecchia canzone. Sfiorava i ricordi della sua vita intrisi nelle pareti, come se anche quelle si ricordassero chi aveva abitato quella casa ora svuotata.

"Ehi." Riaprì gli occhi su di lei, che lo osservava con la fronte un poco corrucciata.

"Ti sento." Gli sfuggì dalle labbra con un mormorio.

Lei esitò un poco, per poi mormorare: "Come?"

"In questa casa, è come se i muri si ricordassero di te, di voi. Posso percepirlo," spiegò, costruendo con attenzione la risposta. Ne era invaso, come se la marea si fosse alzata e lui vi si fosse ritrovato nel bel mezzo, trascinato da correnti placide e onde delicate.

Le sue labbra si piegarono, un rossore si accese sulle sue guance, in contrasto con l'incarnato chiaro, reso quasi pallido dai capelli più scuri.

"È una novità?" indagò, con il viso che le riluceva di contentezza. Ethan ricordava quando Jane aveva cantato per lui, creando quella potente condivisione che sotto tanti aspetti aveva segnato entrambi, e come in passato Ethan si ritrovò a nutrirsi con l'anima di quei frammenti di Jane. E c'era timidezza in lei, l'onnipresente presente timore di condividere quelle parti e appesantire chi le stava accanto, ignorando che c'erano persone che sarebbero state grate di aiutarla, di alleggerire il peso che le gravava sulle spalle.

"Probabile." Premette la fronte contro la sua, abbassando le palpebre e immergendosi in quella corrente di emozioni. Si ritrovò a sorridere, nonostante il tempo stesse continuando a scorrere imperterrito e le possibilità di sistemare tutto sembrasse scivolare via da un secondo all'altro.

"Dicevi di Oktober?" La sua voce lo riscosse, riportandolo al presente dove tutto pareva immobile, bloccato in una bolla fuori dal mondo, in cui contavano solo i loro respiri e le loro parole. Si mossero in sincrono, dirigendosi verso il divano e sedendosi su di esso, ormai uno dei pochi mobili rimasti in quella casa.

"Si lamenta che non sei alla Torre," spiegò lui, prendendo un respiro quando affondò nei cuscini soffici e un po' impolverati. Il caminetto davanti a loro era un riquadro nero e fermo, pulito dai residui di fuliggine. Il ripiano di legno al di sopra portava i segni di dove soprammobili e fotografie erano stati posti e poi rimossi. Era strano vedere quegli spazi spogli e allo stesso tempo percepirli vivi e intrisi di emozioni.

"Le avevo detto che stavo tornando, era solo questione di qualche giorno," spiegò con un ghigno. "Ti preparo del caffè? Un po' di thè?" Si alzò, la mano sempre stretta in quella di Ethan, e lanciò un'occhiata esitante alla cucina. "Non credo sia rimasto molto, però."

"Sono a posto, grazie." Ethan la tirò appena, fino a che non tornò a sedersi accanto a lui, il calore del suo corpo filtrava con leggerezza attraverso i vestiti. "Ha solo bisogno di un'amica che la accompagni nelle sue missioni per infastidire gli Agenti che stanno perquisendo da cima a fondo la Torre. Ora che i collegamenti tra strutture sono controllati si sente sola." Dire che Oktober era diventata insofferente da quell'ultimo incarico sarebbe stato un eufemismo, considerando che la loro famiglia si era dimezzata. Perché non si trattava solo della sparizione di Sasha, o la pesante apatia che a volte soffocava Ethan, ma anche dell'obbligato allontanamento di Ezra, immischiato quanto loro in quella faccenda spinosa. Raphael era una presenza che non mancava a nessuno.

"Hanno trovato qualcosa?" Si voltò verso di lui, premendo il ginocchio contro la sua coscia.

"No. Ma neppure noi, se è per questo." Distolse lo sguardo dal caminetto e lo puntò in quello limpido di Jane. Il silenzio cadde fra di loro, ed Ethan desiderò poter ritirare quelle ultime parole quando la preoccupazione, leggera ma persistente, emerse in lei.

"Lo puoi dire il suo nome, sai?" sussurrò con una leggerezza che minacciò di spezzarlo come vetro sottile.

Ed era quello il fulcro di tutto, no? Ethan non riusciva a non sentire quel vuoto espandersi dentro di lui e minacciare di inghiottirlo ogni volta che si soffermava con la mente sui suoi occhi, sulle sue cicatrici, sul corpo o sul nome di Sasha. Aveva tentato di ignorare, dimenticare, andare avanti, conscio che non ci fosse nient'altro che potesse fare, seppur le parole rassicuranti di Jane e la sua continua accettazione avrebbero dovuto farlo stare meglio.

Era stato l'opposto, perché non lo trovava giusto nei suoi confronti. Aveva detto più e più volte che le andava bene, che non l'avrebbe mai obbligato a scegliere. Ma il suo stesso desiderio che anelava per quella parte di sé mancante non lo aveva giustificato. Che diritto aveva di volere tutto, di pretendere tanto dalla donna che era al suo fianco, senza essere in grado di dare niente di significativo in cambio o risolvere il disastro in cui si trovavano?

Jane dovette rendersi conto di ciò che gli stava girando in testa. Ethan immaginò che la sua espressione parlasse in modo chiaro.

"Cosa avete in mente?" La sua voce era tranquilla, come se il discorso fosse stato quello fin da sempre. Il cambio di argomento fu un sollievo, anche se il senso di colpa esitava tra le sue costole, avvinghiato come una pianta rampicante.

"Volevamo darci da fare, seguire qualche pista che abbiamo dovuto ignorare," spiegò Ethan, sedendosi più in avanti sul divano, con i muscoli che fremevano di agitazione, colmi di un'energia che non era più stato in grado di liberare a causa dell'immobilità imposta.

"Ma non potremmo farlo da casa," continuò Jane, comprendendo senza fatica dove fosse il problema.

"No," ammise. "Ci stavo ragionando. Abbiamo alcune strutture sicure, isolate, in cui potrei andare per fare ricerche in modo più tranquillo." In quelle ultime ore la sua mente si era risvegliata al prospetto di dover pianificare, organizzare, di muoversi, finalmente, e sistemare le cose. Non sapeva come avrebbero proseguito, quale sarebbe stato il passo seguente in una situazione tanto intricata, ma era già un punto di partenza.

"Da solo?" Jane parve cogliere subito il modo in cui aveva parlato Ethan, e il suo tono non fu deluso, quanto più preoccupato.

"Non posso chiederti di venire con me." Jane era sempre aperta e disponibile a combattere il dolore degli altri, anche quando c'era già tanto a gravare sulle sue spalle. Non l'avrebbe mai più forzata in missioni rischiose, che avrebbero minato alla sua salute, che fosse fisica o mentale. Non voleva più mettere a rischio le persone che amava, e avrebbe tentato il possibile per proteggerle, seppur quello significasse portare da sé il peso di quel compito.

"Non devi, infatti. Io vengo," dichiarò con tanta tranquillità e sicurezza che Ethan rimase interdetto a fissarla con le labbra socchiuse, incapace di tirare fuori una risposta sensata.

"Jane…"

"No. Ho scelto io che strada prendere. Non era così all'inizio, ma ho deciso io di continuare a stare alla Torre, sto decidendo io di vendere questa casa, perché ne ho trovata una molto più accogliente che non mi ricorda tutto quello che ho perso, perché ho trovato la mia famiglia in voi. E voglio decidere io di aiutarti, di seguirti… a patto che io non sia un peso per te." L'ultima parte fu un bisbiglio incerto, l'unica nota di incertezza, che comunque non riuscì a incrinare la forza che aveva accompagnato quelle parole.

Ethan si accese con quella stessa energia, la percepiva scorrergli nelle vene, sfrigolare sotto pelle e avvolgergli il cuore in una stretta che nasceva da un affetto profondo e incrollabile.

"Non lo sei, ma lo sai che mi preoccupo per te. Non voglio farti finire in situazioni pericolose, oppure obbligarti a rinunciare alla vita che ti stai facendo," chiarì, lasciando fluire quella forza nella sincerità delle proprie preoccupazioni. Non gliene avrebbe mai fatto una colpa se Jane avesse deciso di stare nel suo angolo tranquillo, ma era evidente che lei non intendeva più nascondersi. In fondo stava dando via quel frammento di sé che in passato era stato il suo rifugio da un mondo che non era stato adatto a lei.

"Come ho detto, è una mia scelta," ribadì, ed Ethan comprese che non c'era nulla che potesse dire per farle cambiare idea.

"Va bene." Annuì, prendendola mano, accarezzando con i polpastrelli la pelle liscia, priva di calli o cicatrici, se non per quella che le segnava il palmo. "Vedremo di organizzarci al meglio."

"Sistemeremo tutto." Jane parlò con tale sicurezza che Ethan non poté che tranquillizzarsi quando quella stessa risolutezza gli si accese nel petto.

Con lentezza, le sue labbra si piegarono verso l'alto, e il volto le si illuminò come un cielo rischiarato dal sole che emerge dalle nubi, baciando la terra con la promessa di un giorno nuovo.

La seguì mentre si alzava, senza mai lasciare la presa. "Vieni, non c'è più molto in casa, ma la camera da letto è a posto," disse, senza perdere la dolce espressione che le contornava gli occhi. Solo una leggera esitazione marcò il suo tono e i suoi movimenti. "Se puoi fermarti."

E a quel punto Ethan non riuscì a trattenersi, perché la gioia che lo raggiungeva, di chiunque fosse, sembrava decisa a riempirlo da cima a fondo.

Si chinò e premette le labbra su quelle delicate di Jane, assaporò il suo respiro e lasciò che il calore allontanasse ogni negatività. Non poté negare a se stesso che quel sapore dolce e intenso gli fosse mancato, per questo ne approfittò, rendendo il bacio più profondo, divorando quella morbidezza, mordendola finché l'aria che respirarono non fu la stessa. Le braccia di Jane gli strinsero la vita, e desiderò poter rimanere lì per l'eternità, incastrato in quella bolla irreale, in cui ciò che era stato lasciato a metà era un simbolo di tranquillità piuttosto che un crudele promemoria.

"Sei bellissima, lo sai? Hai una forza che invidio," confessò a un soffio dalla sua pelle. Dietro le palpebre era come se potesse vederla lo stesso mentre il suo sorriso si faceva più timido.

"Non sono forte come voi, riesco a malapena a piantare un cartello nel modo giusto," ribatté, senza troppa convinzione. Sapeva che era una discussione sciocca, ma Ethan la assecondò lo stesso, perché lei, *soprattutto* lei, a volte aveva bisogno di una rassicurazione in più che le facesse comprendere che il suo posto era insieme a loro, al suo fianco, che non era un peso né un fastidio.

"Non parlo di *quella* forza," la corresse con dolcezza, aprendo gli occhi nella speranza che Jane potesse leggere in essi la sincerità e l'affetto che lo riempivano.

"Lo so," sussurrò lei dopo qualche secondo, con il volto arrossato che risplendeva di una contentezza che Ethan pregò non potesse mai perdere.

MINISTERO DELL'INTERNO

Ministero dell'Interno
Portale Web

Scheda d'approfondimento

Direzione centrale dell'Agenzia Investigativa del Sovrannaturale -
Programma Speciale di Ricerca -
ALEXANDER MOROZOV

DATI ANAGRAFICI

Cognome:	MOROZOV	Nome:	ALEXANDER (Sasha)
Nato il:	26/02/87	A:	VORONEZH

Ricercato dal 2015 per omicidio multiplo, furto, e intralcio alle missioni ufficiali. Depistaggio, resistenza a pubblico ufficiale

21

FILE 02 - HIDDEN

And you better start running
When you hear the man coming
It won't do you no good
It won't do you no good
KALEO - No Good

Vasily riconsiderò la decisione di lasciar scegliere ai clienti il luogo e l'ora dell'incontro quando uscì di casa. Per quanto il sole avesse da poco fatto la sua comparsa, la notte precedente era stata gelida, le prove giacevano ancora lungo il bordo delle strade in pozzanghere immobili e in parte ghiacciate. Riflettevano a malapena i riflessi dell'alba, che venivano distorti dalle raffiche di vento frizzante.

Si strinse nella giacca e soffiò sui palmi infreddoliti, cercando con gli occhi il nome del diner che non conosceva.

Più avanti, oltre la via deserta, lampeggiava con intermittenza l'insegna verdastra, accesa anche nella penombra dell'alba.

Affrettò l'andatura, sbuffando infastidito, ragionando già sulle modifiche che avrebbe fatto alle sue stesse regole. Nessun incontro da mezzanotte all'alba. Perché di sonno ne perdeva già troppo, figurarsi se dei clienti capricciosi insistevano per incontrarsi alle quattro e mezza del mattino.

Spinse la porta, riconoscendo il tipo di locale. Era uno di quelli che rimanevano aperti ventiquattr'ore su ventiquattro, spesso deserti, e in cui il personale non era sveglio come voleva far sembrare.

Avvolto nell'aria tiepida dell'interno e ignorato dagli sguardi vuoti degli avventori, gli parve di essere un po' meno incompreso. Non era l'unico a dover assecondare orari ignobili.

La strada che aveva imboccato era solitaria, ma molto più semplice da percorrere di tante altre.

Fece scorrere gli occhi sull'ambiente, sull'arredamento pieno di sedie e mobili spaiati, di tovaglie ingiallite e luci tenui. Il luogo era quasi deserto, ma non ci volle molto per trovare ciò che stonava, l'elemento fuori luogo che come una calamita attirò la sua attenzione.

Era come una macchia di inchiostro relegata nell'angolo più lontano dall'ingresso. Non si intravedeva quasi nulla sotto al cappuccio nero, o alla sciarpa che nascondeva la pelle che sarebbe rimasta visibile. Non aveva neanche le mani sul ripiano, e per qualche ragione immaginò che pure quelle sarebbero state coperte, perché ciò che poteva distinguere con un po' più di chiarezza era la rigidezza delle spalle solide nella giacca incolore e la scarsa statura.

Si avvicinò a passo tranquillo, lanciando un'ultima occhiata a ciò che lo circondava, assicurandosi che non stesse per fare un errore.

Non gli piaceva andare così alla cieca, ma il suo cliente si era rifiutato di dare più informazioni di quante lui stesso riteneva fondamentali.

Vasily poteva già sentire l'esasperazione e il fastidio di avere a che fare con una persona del genere.

Raggiunse il tavolo e tirò fuori una sedia. Allungò il palmo ben prima di essersi seduto, e udì distintamente il sospiro che emise l'altro dopo qualche attimo di silenzio e immobilità.

Una mano emerse dal nero, guantata come aveva immaginato. Le dita affusolate tenevano una busta bianca, spessa e appena stropicciata.

Vasily si ritrovò a sorridere in quel luogo schifoso, in quella mattina fredda, quando strinse tra i palmi l'anticipo pattuito. Sbirciò oltre le pieghe della carta, assicurandosi che ci fosse la cifra stabilita, mentre sistemava le lunghe gambe sotto al ripiano di legno.

"Sai, apprezzo il tentativo, ma ho chiesto di farti vedere, e rovina un po' lo scopo se ti copri così tanto." Fece trasparire il suo fastidio nel tono scherzoso.

L'unica risposta fu un fascicolo di carta giallognola che venne fatto scivolare fin sotto ai suoi occhi. Vasily non abbassò lo sguardo sui documenti, limitandosi a fissarlo, e una vena prese a pulsargli sulla fronte. Lo esaminò con sopracciglia aggrottate, desiderando poter strappare via quegli strati di stoffa scura.

A pensarci non c'era niente a impedirglielo.

Trattenendo quindi il sorrisino vittorioso che cercò di trovarsi uno spazio sulle labbra, allungò con rapidità una mano, mirando al bordo del cappuccio che copriva il volto dell'altro.

Forse si sarebbe dovuto aspettare la reazione che ottenne, perché anche lui si sarebbe agitato se qualcuno si fosse mosso in modo tanto repentino.

La presa che si strinse sul polso pareva una tenaglia d'acciaio, le dita che premettero contro la pelle erano quasi blocchi inamovibili. Una smorfia di dolore gli contrasse il volto. Le ossa fremevano, quasi sul punto di rompersi.

"Ok, ok, calmiamoci. È stata una pessima mossa, lo ammetto," sibilò tra i denti. "Ma tu dovresti rispettare le mie condizioni." Il nervosismo colorò le sue parole con un forte tremore.

Vasily detestava combattere, ma non si sarebbe tirato indietro se necessario.

Immaginò che la sua espressione fosse stata piuttosto eloquente, perché la presa ferrea si allentò, e il sollievo gli scaldò con lentezza il petto. Rimase comunque attento a ogni azione, in attesa della reazione che avrebbe ottenuto.

"No." La sorpresa dell'udire la sua voce fu quasi abbastanza per fargli dimenticare la scomoda situazione. Mancava il forte accento russo che si era aspettato, considerando il nome con cui l'aveva contattato e il luogo che aveva scelto. Era normale, né troppo roca o nasale, una di quelle che si dimenticavano in fretta.

Vasily lo fissò, vedendo solo quella macchia di non-colore, mentre il fastidio soffocava la speranza di poter portare a termine un contratto quel giorno, quella settimana, quel mese. In quegli ultimi tempi era stato sempre più difficile trovare lavoro, visto il disastro che aveva scosso il mondo dell'AIS l'anno precedente c'era molto che doveva stabilizzarsi.

Vasily aveva letto rapporti più riservati, seppur fosse consapevole che pure in essi erano mancate informazioni importanti, e a stento era riuscito a credere che Adam Chekov, già una volta radiato, fosse tornato per creare scompiglio.

Il risultato delle sue azioni aveva creato una eco in tutto il mondo, rendendo i movimenti spinosi e le comunicazioni difficili. L'AIS era crollata, seppur non nel vero senso della parola, persone erano scomparse, molte strutture si erano svuotate senza un apparente motivo, e Vasily aveva preso contatti, lavoro e soprattutto *soldi.*

Le squadre di Moyer, il Capo Supremo dell'Associazione, avevano preso il comando di ogni cosa, bloccando gran parte delle missioni in corso o da avviare nel tentativo di scovare nuovi collegamenti che erano passati inosservati. Volevano ripulire il loro sistema, e Vasily li capiva, era la cosa giusta da fare, ma dio quanto erano fastidiosi con tutti i loro divieti.

Strinse quindi i denti, obbligandosi a rimanere seduto anche se in circostanze differenti non avrebbe esitato a rifiutare.

"Ascolta," iniziò a dire, piegando il polso, e le dita dell'altro allentarono la loro presa a causa del movimento, ma poteva lo stesso percepirle contro la pelle, proprio lì dove stava il suo Marchio, come se fossero incandescenti. "Lo sai che sono il migliore, offro un servizio professionale e sicuro, quindi dovresti capire che non divulgo l'identità dei miei clienti. Non hai di che preoccuparti."

Forse un approccio diverso avrebbe funzionato meglio, rifletté. Avrebbero potuto cominciare in un modo migliore, perciò si permise di fare un passo indietro per dare un'altra possibilità a quell'incontro.

L'altro lasciò la presa, e Vasily si portò l'arto al petto, massaggiandosi la pelle indolenzita. Strinse il pugno e il sangue riprese a scorrere, la fastidiosa sensazione di mille spilli che stuzzicavano la sua carne non tardò ad arrivare.

"Non si tratta di quello," disse il cliente, spostando una mano alla sciarpa nera che gli avvolgeva il volto e parte del collo come un serpente arrotolato su se stesso. Non la abbassò come aveva sperato, anzi tirò più su il lembo di stoffa per assicurarsi che non si fosse spostata troppo.

Vasily trattenne a stento un'altra smorfia. Odiava, detestava, non poter parlare faccia a faccia.

Ma si obbligò ad appoggiarsi contro lo schienale e a incrociare le braccia, invocando quanta più pazienza possibile.

"Avanti allora, di che si tratta?" chiese, solo per ottenere di nuovo del mutismo. Aveva fatto la sua mossa, ed era certo che in quel modo avrebbe guadagnato una qualche spiegazione più esaustiva, perché stava all'altro reagire, a decidere cosa fare.

Era già soddisfatto per averlo spinto all'angolo; ora avrebbe lasciato che fosse il silenzio a parlare, a esercitare la pressione che lui, da solo, non era stato in grado di creare.

"Controlla i documenti. Se accetti mi faccio vedere, altrimenti niente." Trattenne uno sbuffo all'idea che quell'uomo credesse di poter cancellare i passi che erano stati fatti fino ad ora, di poter decidere, in modo definitivo, come dirigere quell'incontro.

Vasily si morse un labbro con forza, scocciato dall'elusività delle sue mancate risposte, dal cambio di discorso e dalla lentezza con cui la trattativa stava progredendo.

Dovette ammettere che era un buon compromesso, anzi era forse ciò che aveva in mente l'altro, perché ripensò al modo in cui gli aveva passato il fascicolo prima di ogni altra cosa, e il fastidio aumentò quando realizzò che era stato lui stesso a rallentare quel processo.

"Va bene," sospirò esasperato, posando le dita sulla carta, ma senza abbassare lo sguardo, sempre in cerca di qualsiasi movimento o un minimo spiraglio della persona che si trovava davanti. Lo fissò mentre si appoggiava allo schienale della panca su cui era seduto, e poi attendere immobile.

Non c'era nulla in quella macchia nera che Vasily riuscisse a comprendere, e per la prima vera volta da quando era entrato in quel locale, da quando aveva aperto il messaggio che era apparso sul suo schermo, si sentì a disagio, con la pesante impressione che quella situazione non sarebbe stata ottimale o sicura per i suoi affari.

Ma ormai era dentro, quindi si fece forza e prese a sfogliare la carta. C'erano cartine, coordinate, sfilze di informazioni non redatte che Vasily puntò immediatamente come un lupo con la sua preda. Erano affari importanti, poteva vederlo con chiarezza, perché per quanto avesse cercato nelle profondità del web, tutto quello era sempre stato irraggiungibile, cancellato o sigillato dietro a firewall troppo imponenti e complessi. Eppure ora tutto era sotto i suoi occhi, le posizioni delle basi centrali che erano state controllate dai seguaci di Chekov, quelle che erano state considerate inattive, ma che in realtà custodivano nelle loro viscere le attività più cupe, e altre che ancora portavano avanti i loro progetti in segreto. Vasily si rese conto che il disastro dell'anno precedente non era affatto risolto come era stato fatto credere.

Come parassiti, quei frammenti dell'AIS avevano continuato ad espandersi e infettare.

"Questa è roba pesante," sussurrò, gli occhi che scorrevano rapidi sui dati, nel tentativo di memorizzare il contenuto all'istante.

Un cupo presentimento si impadronì di lui, un presagio gli strinse la gola. Perché si ritrovò a riconsiderare la presenza davanti a lui. Il suo nascondersi aveva molto più senso visti i pericolosi rapporti che portava con sé, ma si chiese se ci fosse dell'altro. "Cosa vuoi fare esattamente?" Sollevò gli occhi e cercò di calmare il tremore delle dita.

Temeva che la risposta sarebbe stata quella di aiutarlo a rialzare le basi, a riportare allo splendore originale ciò che erano state, con tutto il sangue e l'orrore necessario.

"Cancellare i loro dati, tagliare i loro collegamenti, e poi distruggerli." Il tono di voce era basso, ma violento come una folata d'aria invernale, crudele e gelido.

Le sue parole furono in parte un conforto, e si ritrovò a rilassare i muscoli contro lo schienale, uno a uno, e trarre un profondo sospiro di sollievo. Certo, ciò non spiegava come avesse recuperato tali informazioni, né perché avesse contattato lui e non qualche struttura legale, preferendo un hacker squattrinato a un'associazione di sicuro più organizzata. Perché sarebbe stato un lavoro complicato senza il giusto supporto e le risorse. C'erano diverse persone in grado di assecondare quella richiesta, molti esperti più attrezzati, come ad esempio la struttura Praga, dove il cinquanta percento del team di Guerrieri era in grado di destreggiarsi con maestria nel web, o magari a Staten Island, dove Vasily sapeva si trovava quella che un tempo era stata una criminale riformata con dita che correvano come razzi sulla tastiera ed erano in grado di causare danni inimmaginabili.

Lui se la cavava, ma c'era gente altrettanto abile.

"Si può fare?" lo interpellò, piegato un po' in avanti, con voce ferma e precisa. Vasily lo studiò di sottecchi, ancora incapace di vederlo per bene, se non per la dritta curva del naso di un incarnato pallido come la neve.

Il ragazzo ci ragionò. Non sarebbe stato facile, ma neanche impossibile. Gettarsi in quell'universo informatico era una tentazione che l'aveva perseguitato da quando, anni addietro, aveva abbandonato l'AIS e si era precluso la possibilità di insinuarsi nella loro rete. Quella era l'occasione per riconquistare il territorio che un tempo era stato suo, solamente suo.

"Con tutto questo… sì, certo," confermò con il fiato che quasi mancava, passò i polpastrelli sui codici che marcavano una delle pagine, immaginando già come immetterli nella navigazione cui era abituato.

"Bene. Resterò in contatto." Registrò ciò che aveva detto solo quando lo intravide muoversi la coda dell'occhio, senza emettere alcun suono, intento a mettersi in piedi e molto probabilmente andarsene.

"Ehi, non credere che mi sia dimenticato del compromesso!" esclamò Vasily, tendendo i muscoli delle gambe, a sua volta sul punto di alzarsi, e aggrottando le sopracciglia chiare. "E voglio sapere il tuo nome, altrimenti non se ne fa nulla," aggiunse, sapendo di trovarsi in vantaggio. Sventolò i documenti nello spazio tra di loro, studiando la sua immobilità, la rigidità dei muscoli che poteva vedere sotto strati di indumenti.

Si sedette di nuovo, le mani guantate si contrassero sulla superficie di legno mentre un pesante sospiro gli scivolò via dalle labbra nascoste.

Vasily si risistemò sulla seduta, l'anticipazione gli faceva tremare i muscoli al prospetto di avere qualche informazione in più su quell'individuo tanto cauto e riservato.

Lo vide stringersi in se stesso, mentre il suo capo girava da una parte all'altra, come per controllare lo stato del locale. Quando Vasily fece lo stesso, notò che quell'angolo appartato era quasi impossibile da notare dal balcone all'ingresso, e la sua stessa presenza copriva quel che si sarebbe potuto vedere del suo cliente.

Si girò al suono della stoffa che veniva mossa, la sciarpa di lana pesante venne lasciata sul tavolo. E poi abbassò il cappuccio. Il guanto coprì per un attimo il volto al movimento, e parve una macchia d'acrilico sporco sulla pelle nivea. Ma quell'impressione svanì quando la sua vista non fu più ostruita.

Il fiato gli si bloccò in gola e il cuore perse un battito prima di iniziare a correre all'impazzata, come se desiderasse liberarsi dalla sua gabbia di ossa e fuggire via, non diversamente da come voleva fare Vasily in quel momento, soffocato da quella spinta naturale che gli implorava di girarsi e non tornare indietro.

Dita frementi corsero alla tasca dei pantaloni, dove il peso del cellulare premeva nello stretto confine, ma si immobilizzò, perché udì con chiarezza il flebile suono del jeans che si strappava, e il distinto gelo dell'acciaio sul calore sensibile dell'interno coscia, nel punto esatto dove, poco più in profondità, correva l'arteria femorale.

Fu sempre l'istinto a farlo guardare in basso, a obbligarlo a fissare le pupille sull'argenteo riflesso del coltello che si trovava tra le sue gambe. Se non fosse stato tanto terrorizzato avrebbe trovato una qualche battuta sconcia adatta alla situazione.

Deglutì, forzando i polmoni a prendere respiri più lenti e regolari. Strizzò gli occhi, desiderando che si trattasse solo di un sogno crepuscolare della sua mente agitata, eppure quando li riaprì quel viso era sempre lì, davanti a lui; una tela bianca segnata da orribili macchie scure che si espandevano con filamenti sottili sulla parte destra di quel volto spigoloso, inghiottendo ogni luce che sfiorava l'occhio destro. Si aggrappavano al sopracciglio e oltre lo zigomo, svanendo in leggere ombre sottopelle. Un'altra emergeva dal colletto alto della maglia che indossava, intaccando la candida linea del collo.

L'occhio argenteo di uno dei più ricercati dell'AIS lo fissò senza mostrare alcuna emozione.

"Non parli più?" La voce era bassa come il sussurro mortale della lama che premeva contro la sua carne.

"Mi stai tenendo per le palle, quasi letteralmente, direi che non sta a me fare la prossima mossa," rispose, le parole che faticavano a venire fuori.

Quello che doveva essere un accenno di sorriso si disegnò sulle sue labbra, ma in quelle condizione Vasily lo vide solo come in ghigno malefico.

"Mi aspetto che questo non influisca sul nostro accordo."

Vasily avrebbe voluto dirgliene quattro – *o sette, ah!* – perché non c'era possibilità che quello non cambiasse le cose. Quelle macchie, quegli occhi e quel nickname affatto casuale avrebbero portato alla sua porta molti più guai di quanti fosse mai stato pronto ad affrontare.

"Non mi dai molte possibilità se mi punti un coltello contro," commentò, incapace di trattenere il fastidio che stava prendendo posto accanto alla paura.

Percepì l'arma allontanarsi, tanto affilata che rimase solo un punto di calore quando il rivolo di sangue segnò i pantaloni.

Prese un profondo respiro, deciso a chiarire la posizione che aveva preso ora che non si trovava più a rischio di perdere una parte fondamentale del proprio corpo.

"Posso pagare il triplo." Fu la quieta proposta che giunse, priva di domanda.

Non che risolvesse la questione, ma Vasily chiuse la bocca con uno scatto, perché era qualcosa su cui poteva fare un pensiero.

Posizione base:
53°26'51.23"N
0°11'33.81"O
Elevazione:
100m

Codice di accesso:
65921214

Password di sistema:
tmuy3zb9dphpdk
Terminale principale:
bhu2webg7mfggq
Terminale secondario:
acda379et38t5p

Operativi assegnati:
Inge Sofron
Valentin Cyprien
Biff Charlee
Sigge Joeri
Emil Tanguy
Snezhana Magdale
Fergus Raluca

Livelli di ene
<30%

Stato:
ATTIVA

Posizione base:
53°36'05.35"N
31°18'24.06"E
Elevazione:
171m

Codice di accesso:
23329863

Password di sistema:
kjxbqrczbnv88u
Terminale principale:
tdgu56gt4sz95t
Terminale secondario:
sumz7npxtn3a25

Operativi assegnati:
Gloria Linas
Richard Akvile
Davy Evvie
Monat Gerd

Livelli di energia:
<23%

Stato:
DISATTIVA

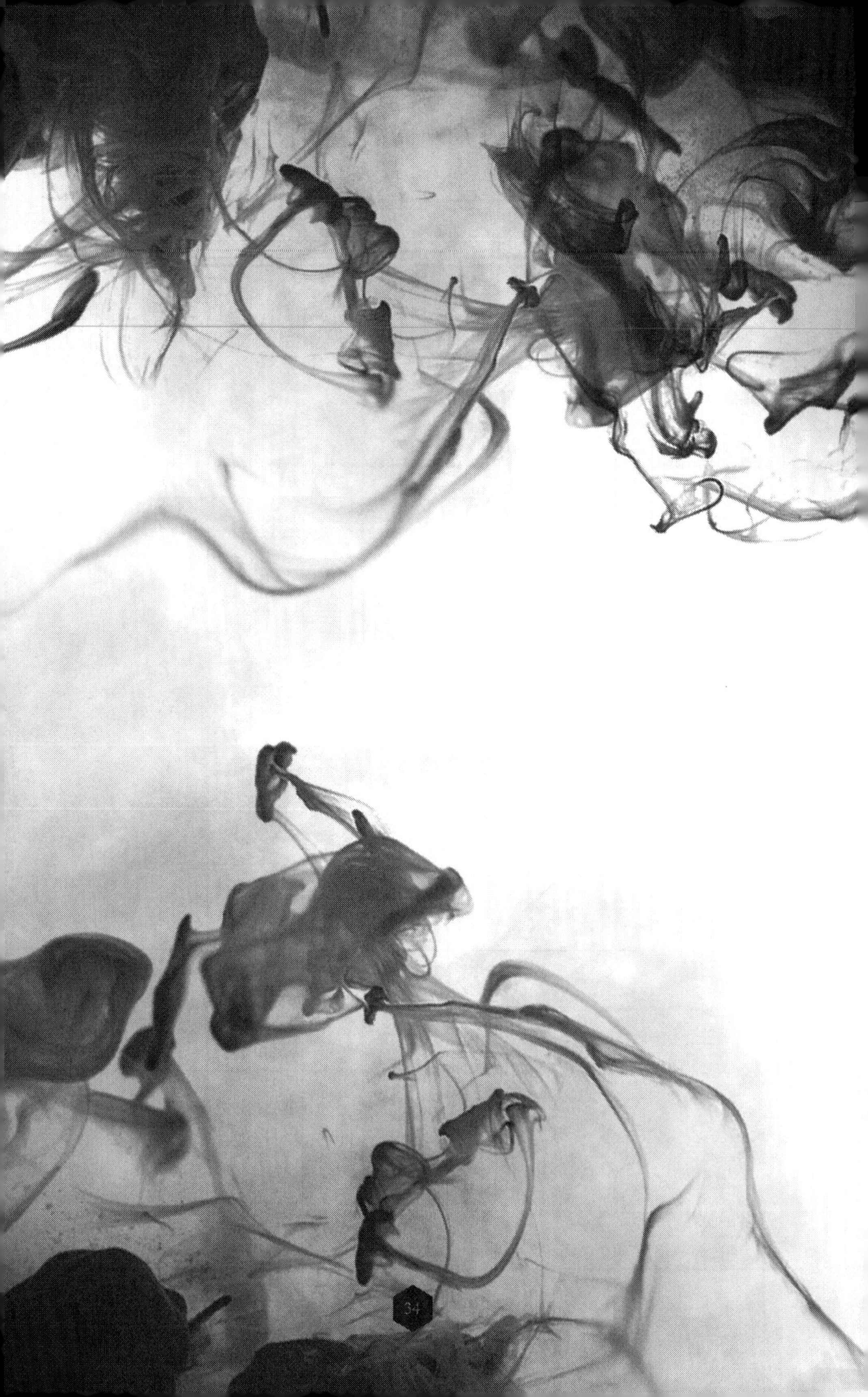

FILE 03 - FRIENDLY

So take me to the paradise
It's in your eyes
Green like american money
You taste just right
Sweet like Tennessee honey
BØRNS - American Money

  Vasily si strofinò le palpebre pesanti con una mano. Il bagliore dello schermo nella sua stanza buia stava iniziando a infastidirlo davvero, ma non poteva fermarsi; la quantità di materiale che aveva letteralmente tra le dita era come una miniera d'oro, e non riusciva, *non voleva,* tirarsene fuori.
  Erano ore che i dati scritti sul fascicolo e quelli che scorrevano sul monitor si mescolavano in un insieme di schemi e grossi segreti. Nomi che erano stati cancellati dalla storia riemergevano come cadaveri gonfi d'acqua.
  C'era la base della loro società e del loro sistema, tutto in criptazioni e firewall da superare.
  Vasily aveva la punta delle dita doloranti tanto aveva battuto sui tasti.
  E ogni istante era stato produttivo, ogni linea di comando inserito un passo avanti. Il tutto grazie alle password riportate in molti dei documenti. Non c'era stato un attimo di stallo, di blocco, nonostante la sicurezza dell'AIS fosse una delle migliori al mondo, quel labirinto a cui aveva sempre e solo girato attorno come uno squalo affamato gli si era aperto davanti come un nuovo oceano. Ma c'era così *tanto* che, anche con le ore passate al computer, era certo di aver solo

raschiato la superficie.

Quello fu ciò che lo portò a chiedersi dove *lui* avesse trovato quelle informazioni, e come.

Era qualcosa che sapeva dove cercare? Che era stato affidato a lui? O lo aveva rubato? Cosa aveva a che fare con ciò che *era?*

Gli interrogativi che gli invadevano la testa minacciavano di schiacciarlo quando prendeva una pausa, e non erano affari suoi, certo, ma avrebbero dovuto lavorare insieme e non poteva ignorare dei problemi lampanti.

Si passò le dita tra i riccioli biondi, ricordando le ciocche argentee che solo il giorno precedente gli si erano rivelate, accompagnate da quelle macchie nere, da quell'occhio opaco che pareva assorbire luce, in forte contrasto con la luminosità argentea dell'altro.

Cosa gli era successo?

Quella, forse più di qualsiasi altra domanda, era ciò che lo tormentava. Come se fosse stata fatta un'accurata censura, non aveva trovato informazioni riguardo al motivo del suo aspetto attuale.

Sbuffò, allontanandosi da quei giri di pensieri inutili, e guardando l'orologio a muro si rese conto che si era dimenticato come al solito di cenare.

Mise in stand-by lo schermo del pc, e si alzò dalla sedia…

La serratura della sua finestra scattò.

Si aprì. Dall'esterno.

Vasily osservò con il cuore che batteva a mille una figura scura che stava scavalcando il cornicione in modo fluido, per poi lasciare un borsone nero a terra con noncuranza.

Per quanto i capelli bianchi fossero più che riconoscibili, fece comunque non poca fatica a riscuotersi dalla sorpresa e dalla certezza che un intruso si fosse infilato in casa sua.

"Ma cosa… perché diavolo non hai bussato alla porta?" fu la sciocchezza che gli uscì dalla bocca quando Sette sollevò i suoi occhi spaiati su di lui con espressione indifferente, o almeno quello sinistro, siccome l'altro pareva uno spicchio di tenebra immobile. "Ti avrei aperto," borbottò, ansioso di interrompere il pesante silenzio che gli pesava sulle spalle.

"Meglio che nessuno veda," spiegò l'altro, recuperando dalla tasca della giacca troppo leggera un involucro di carta. Vasily seguì con attenzione i suoi movimenti, lo vide lanciare l'oggetto sulla sua scrivania e poi rovistare nella borsa che aveva portato con sé come fosse a casa sua.

"Posso almeno sapere perché sei qui?" sibilò, scuotendo il restante shock dal corpo.

Lui indicò con un gesto il pacchetto che aveva portato, e Vasily comprese che non avrebbe ottenuto una spiegazione più esplicativa.

Con un profondo respiro recuperò l'involucro, notando che era piuttosto sottile.

Ne estrasse due pezzi di cartoncino e, sotto un'analisi più accurata, constatò che erano due biglietti aerei di sola andata.

Lesse l'orario e la destinazione, sentendosi ancora più confuso.

"Sono biglietti… per l'Inghilterra? Gatwick?" chiese, anche se le lettere parlavano chiaro. Ciò che non comprendeva, o forse non voleva capire, era perché si trovassero tra le sue mani.

"Partiamo tra cinque ore, dovresti preparare le tue cose." Fu la conferma ai suoi sospetti, che giunse con tono piatto.

"Come scusa?!" esclamò Vasily, e fece per protestare, ma ciò che sentì gli fece chiudere la mascella con uno scatto secco.

"Stare qui è inutile, questo posto fa schifo, e ho una pista. Dobbiamo andare." Una dopo l'altra, quelle affermazioni erano schiaffi in pieno viso che gli scombussolarono la vista e fecero roteare con violenza la realtà intorno a lui. La voce gli morì in bocca, e un insulso sollievo emerse quando si ritrovò a sperare che per *questo posto fa schifo* intendesse la città e non la stanza in cui aveva fatto irruzione.

"Potresti provare a essere un poco più *amichevole?*" implorò, la lingua che di nuovo partiva per conto suo.

L'altro gli scoccò solo un'occhiata indecifrabile, interrompendo per un attimo ciò che stava facendo, prima di voltarsi e non degnarlo di una risposta.

"Ho qui metà dei soldi." A quelle parole il fastidio venne scacciato con una soffiata di aria fresca che profumava di carta stampata e metallo pressato. Poteva scorgere vari tagli di banconote da dove aveva aperto la tasca più grande della borsa, e si ritrovò a non riuscire a distogliere gli occhi dai colori di tutto quel ben di dio: dollari, euro, corone, sterline, e poi valute di paesi più remoti, molte delle quali non riuscì neanche a identificare. Era uno splendido arcobaleno.

"Oh, ok," mormorò Vasily, perché in fondo… beh, perché no?

Si guardò intorno, catalogando cosa avrebbe dovuto mettere in valigia, quale portatile dei cinque che aveva sulla scrivania sarebbe stato meglio portare, quanti hard-disk, quando una realizzazione lo bloccò.

Spostò l'attenzione su Sette, studiandolo mentre si toglieva i guanti e li lasciava cadere a terra con noncuranza.

"Come credi di passare i controlli, tu?" fece, avvicinandosi. Lo vide irrigidirsi, forse più alla vicinanza che all'interrogativo, siccome pareva indifferente a qualsiasi cosa gli dicesse, che fossero insulti o richieste più o meno importanti.

Lui non parlò, piuttosto tirò fuori un sacchetto da una tasca laterale della borsa.

Attraverso la plastica Vasily poteva vedere quella che doveva essere una parrucca nera insieme a diversi oggetti a lui conosciuti.

"Una parrucca? Una tinta non sarebbe più comoda e credibile?" Si avvicinò ancora, ora curioso, notando appena il passo indietro che fece lui oltre al pesante sospiro esasperato che scosse le sue spalle.

"I miei capelli non trattengono il colore." L'iride argentea saettò verso di lui, prima di tornare sul sacchetto. Lo svuotò e separò i vari oggetti, appoggiandoli uno a uno sulla trapunta.

Vasily ingoiò un'altra protesta, perché se sarebbero dovuti partire quel letto non l'avrebbe più visto per un po', quindi optò per un approccio differente, uno che gli era molto più familiare.

Battute stupide.

"Potresti rasarti a zero… sai, risolveresti il problema alla radice," propose quindi, trovando la situazione stranamente bizzarra.

"Non va bene per passare inosservati." Sette strinse gli occhi in un'espressione di fastidio.

Il silenzio si allungò per qualche secondo, e Vasily si limitò a fissarlo, cercando di cogliere una qualche sfumatura in quel volto, una piega delle labbra. Diceva sul serio.

"Stavo scherzando," mormorò, destabilizzato.

Venne del tutto ignorato, e anzi si ritrovò a guardare con confusione crescente mentre Sette – detestava chiamarlo così – si spalmava una crema chiara sul volto con manate imprecise.

Sbatté un paio di volte le palpebre, trovando familiare sia il recipiente scuro che il sentore chimico che si stava sollevando nell'aria.

Studiò l'applicazione che stava facendo e scosse il capo, esasperato.

"Aspetta, che combini?" chiese con voce bassa, per poi allungare una mano verso di lui.

Si bloccò quando Sette si irrigidì, se non per l'occhiata di fuoco che gli puntò addosso.

In quegli istanti di stasi ebbe l'impressione di star infilando il braccio in un sacco pieno di serpenti, come se stesse giocando con fiamme tanto alte da raggiungere il cielo in un arco incandescente, il tutto senza le dovute precauzioni.

Non sapeva come parlare con Sette, le loro interazioni erano state colme di tensione e sfiducia, gocce di sangue e il luccichio di un'occhiata che era affilata quanto la lama che il giorno precedente gli aveva spinto contro la pelle.

"Non è così che devi metterlo, non sarà mai uniforme altrimenti," disse con tono tranquillo, muovendo un poco le dita tese in avanti, ma non facendo più alcun gesto improvviso. Sette rimase bloccato per qualche secondo eterno, con una ruga di confusione in mezzo alla fronte. "Dai, dammi."

Per quella che doveva essere pura grazia divina, il vasetto finì sul suo palmo senza proteste. Vasily lo studiò, combattendo la nostalgia che gli si incastrò tra le costole, per poi voltarsi e prendere a rovistare in uno dei cassetti del mobiletto che era accanto alla scrivania. Percepiva gli occhi spaiati puntati sulla sua schiena, ma cercò di non farsi soffocare dal nervosismo. Non gli intimò di sedersi come avrebbe voluto, perché dubitava che l'indicazione sarebbe stata seguita.

Si voltò dopo aver recuperato il vecchio pennello, e lui era sempre lì, nella stessa posizione in cui l'aveva lasciato, con espressione cauta e spalle rigide.

Vasily prese un respiro, realizzando quanto si sarebbero dovuti trovare vicini per continuare, e desiderò non aver detto nulla. Sperò solo di non ritrovarsi di nuovo un coltello puntato tra le gambe.

Si fece forza e si avvicinò un passo alla volta, ignorando la tensione nell'aria e, con tutta la tranquillità che riuscì a recuperare, iniziò a distribuire con precisione il fondotinta super coprente sulla sua pelle pallida.

Si concentrò del tutto sul lavoro, cercando di ignorare il più possibile il calore febbricitante che proveniva dal corpo di Sette, o il suo respiro non del tutto calmo, o ancora la tensione dei suoi muscoli. Era come se dovesse scattare da un momento all'altro, Vasily non voleva indovinare se fosse per attaccare o fuggire.

Premette sulla pelle con movimenti leggeri, le setole si piegavano con delicatezza mentre un avorio così simile alla sua carnagione divorava a fatica quel nero che gli abbracciava la sclera, l'iride e la pupilla per intero. Teneva la palpebra serrata e una profonda ruga gli arricciava la fronte ora contratta, mentre quello chiaro era fisso e ben puntato su di lui, come se non potesse permettersi di perderlo di vista un solo attimo.

Socchiuse le labbra per dirgli qualcosa, forse di rilassarsi, forse che non gli avrebbe fatto nulla oltre ad aiutarlo a non creare un pasticcio, ma immaginava che una rassicurazione del genere sarebbe parsa come un insulto, quindi la richiuse senza fare un suono.

Fece scorrere il pennello lungo la linea affilata della sua mascella, per poi scendere lungo la curva gentile del suo collo per evitare che il colore del coprente si distaccasse troppo dal resto della sua carnagione, e lo sentì deglutire prima di sollevare con un movimento esitante il mento per facilitargli il lavoro.

Vasily si ritrovò ad alzare lo sguardo, e l'occhio grigio di Sette lo trafisse come una lancia, seppur reso più offuscato dalle ciglia chiare attraverso cui lo stava controllando. Lo riabbassò in fretta, infastidito dal rossore che gli stava scaldando le guance e la sensazione di disagio, perché di quello doveva trattarsi, che si era fatta spazio in lui.

Per sua sorpresa fu Sette a spezzare il silenzio.

"Ti trucchi spesso?" L'interrogativo arrivò a bruciapelo, e Vasily ebbe l'impressione di percepire la punta di una lama affilata sfiorarlo.

"Che… cosa?" Vasily sbatté le palpebre, preso alla sprovvista. La sua mano si fermò, le setole schiacciate contro il pomo d'Adamo. "No! Cosa vai a credere?! Aiutavo mia sorella per gli spettacoli a teatro, figurati se mi trucco," spiegò, rimettendosi al lavoro, coprendo i residui della macchia passata dopo passata, cancellandola fino a che, come ultimo testimone, non rimase solo quel globo annerito.

E fu strano rendersene conto così, che dietro a tutto quel nero, oltre il pesante pallore ora sostituito da un colore più umano, Sette aveva un volto davvero… bello, per niente delicato o fine, ma delineato da linee nette e tratti decisi.

Ma neppure quello riuscì a celare l'aura di pericolo che sembrava parte integrante di lui. Vasily aveva immaginato che fosse solo il suo inquietante aspetto a essere gran parte del suo io, come se quello potesse definire fino a tal punto la sua persona. E invece era sempre lì, il pericolo gli si aggrappava addosso come se fosse sempre stato presente, come se fosse nato con esso.

Quella realizzazione portò a galla il dubbio che più lo aveva tormentato in quelle ore.

"Cosa ti è successo?" La sua voce si perse nel silenzio, e Vasily rimase come una statua di sale quando Sette gli tolse dalle mani vasetto e pennello con gesti veloci ma non frettolosi.

Continuò a osservarlo mentre ricontrollava il proprio aspetto, legando i capelli per poi infilare la corta parrucca nera, in attesa di una risposta che poi comprese non avrebbe ottenuto.

Storse le labbra, distogliendo l'attenzione e riportandola su ciò che lo circondava, cercando di riflettere su cosa avrebbe messo in valigia.

Con un sospiro sconfitto raccolse qualche vestito, due portatili, tre hard-disk e altrettante chiavette. Mise da parte i documenti che Sette gli aveva portato, chiudendoli nella custodia di uno dei computer che avrebbe messo in valigia, e si girò verso la borsa piena di soldi. Sapeva che non avrebbe potuto prenderli tutti, non sarebbe stato pratico o conveniente, ma si rammaricava di non poter passare qualche ora a contarli e ad allinearli in modo perfetto su tutto il pavimento.

Considerando che la loro destinazione era l'Inghilterra prese qualche mazzetta di sterline, soffocando le domande che emersero.

Se solo avesse avuto un po' più di preavviso avrebbe avuto modo di spostarli sul suo conto poco a poco, e invece doveva accontentarsi di prenderne una manciata e abbandonare il resto lì, sotto il letto, non sapendo quando o se sarebbe mai tornato.

Vasily si mise in piedi e infilò le ultime cose in valigia, chiedendosi se lui l'avesse fatto apposta a metterlo in quella situazione, in cui l'insoddisfazione e la sete di denaro lo avrebbero spinto a fare cose piuttosto discutibili.

Non che avesse molta più importanza ormai. Aveva accettato il lavoro, e non poteva dire di non esserne stato contento quando, pochi minuti prima, si era trovato immerso in un mare di dati che finalmente erano alla sua portata.

Sette era appoggiato allo stipite della porta, in attesa, e Vasily si permise di studiarlo. Nei suoi abiti scuri, la zazzera di capelli neri che copriva le ciocche argentee lo rendeva una persona del tutto differente, i tratti del suo volto non erano più mascherati da macchie nere, l'ombra di un cappuccio o lunghi capelli. C'era solo quell'occhio destro, cupo e opaco come una pietra levigata a spezzarne l'illusione.

Era diventato una persona diversa, *normale*, quasi.

Ma l'immagine svaniva quando Vasily ricordava chi era davvero.

"Ehi, come devo chiamarti?" Non voleva credere che lui si fosse tenuto quel numero che gli era stato imposto, che non aveva reclamato quel minimo di umanità che poteva prendersi quando tutto il suo corpo dimostrava il contrario.

"Sette." Non ci fu un minimo di esitazione. Vasily rimase deluso, e non seppe dire se fosse perché il suo ragionamento era stato smontato così su due piedi o perché… perché un po' gli dispiaceva.

"Sette non è un nome, di certo non può essere quello che hai sul passaporto," ribatté, insistente, preso dal desiderio di vedere cosa avesse deciso per sé, perché per quanto volesse tenere quella identità, qualcosa doveva aver inserito nei suoi documenti, e quelle scelte dovevano valere qualcosa, per quanto piccole.

"È il mio nome." Vasily pensava di averlo visto innervosito, ma dovette ricredersi quando percepì il ghiaccio accarezzargli la spina dorsale in avvertimento. Tentò di ricambiare, mascherando il timore sotto al sottile strato di indignazione, ma dubitò che ebbe molto effetto, siccome Sette si limitò a voltarsi e percorrere gli ultimi scalini.

Vasily gli si affiancò sul marciapiede illuminato dagli sporadici lampioni, indirizzando gli occhi a terra. Decise che quella volta avrebbe avuto l'ultima parola.

"Credo ti chiamerò Francis."

Il calcio che si beccò alla caviglia lo fece quasi finire faccia a terra.

MINISTERO DELL'INTERNO

Ministero dell'Interno
Portale Web

Scheda d'approfondimento

Direzione centrale dell'Agenzia Investigativa del Sovrannaturale -
Programma Speciale di Ricerca -
SETTE (cognome sconosciuto)

DATI ANAGRAFICI

Cognome:	**SCONOSCIUTO**	Nome:	**SETTE (presunto)**
Nato il:	**SCONOSCIUTO**	A:	**SCONOSCIUTO**

Ricercato dal 2015 per omicidio multiplo, furto, e intralcio alle missioni ufficiali.
Associazione criminale e rapina a mano armata.

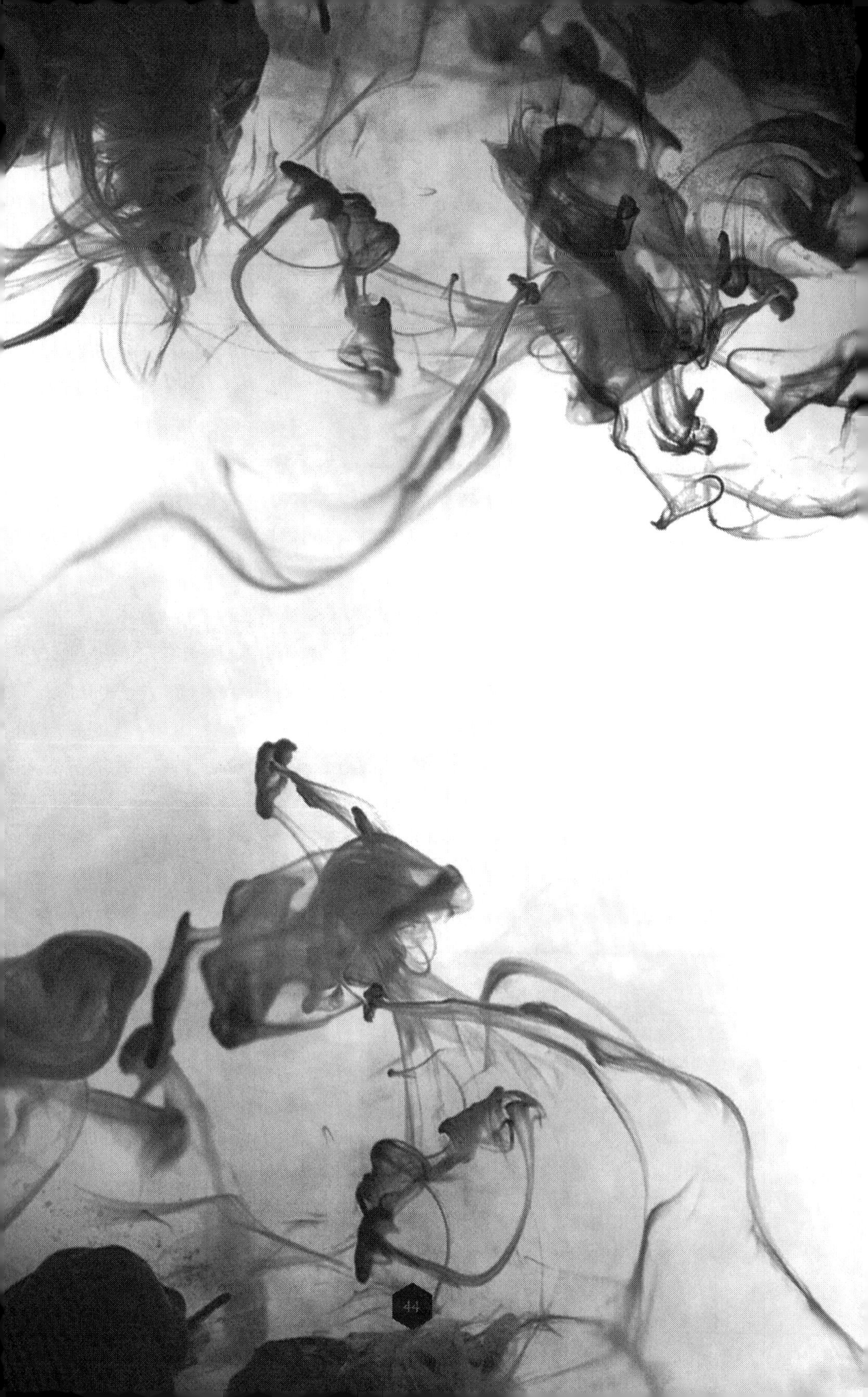

FILE 04 - UNSAFE

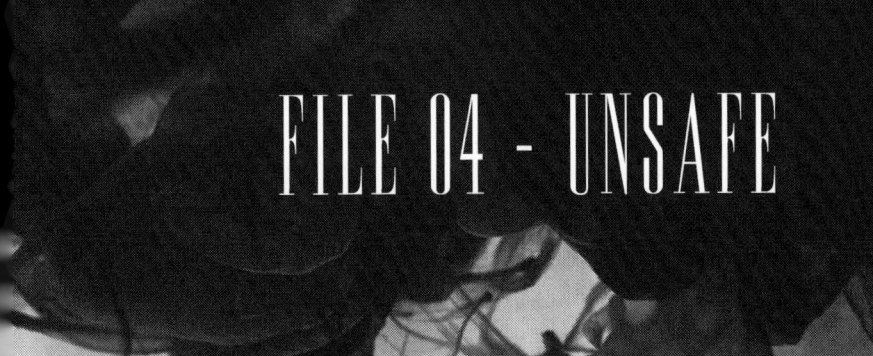

I burn for you every time I hear your name
When I think I see your face, I know, it must be madness
I feel the sting striking at me like a match
Anything to bring you back if only for a moment
Apocalyptica - Slow Burn

Jane strinse la tazza di tè caldo tra le mani, inalando il delicato sentore di vaniglia e osservando mentre Oktober, corrucciata, mollava il borsone a terra e si lanciava con un gemito sul divano del salone centrale.

"Deduco che non sia andata bene?" Jane spostò la bevanda a rischio quando Oktober si risollevò con un gesto brusco.

"Non è andata male." Fu sul punto di prendere un sospiro di sollievo, solo che l'altra riprese a parlare. "È andata peggio. Peggio che male. Peggio di quanto peggio sarebbe potuta andare."

Jane si morse le labbra e la speranza sprofondò nel vuoto, Oktober prese ad agitare le gambe per scalciare via gli anfibi a malapena slacciati.

Si schiarì la gola, pregando che una calzatura volante non le arrivasse addosso.

"Che cosa è successo?" chiese Ethan alle sue spalle, appoggiato allo schienale del divano.

Oktober smise di agitarsi e recuperò una serie di fogli dalla borsa. Erano stropicciati, con diverse tirate di nastro adesivo, come se avesse cercato di riparare gli strappi che, Jane era abbastanza sicura, aveva causato lei stessa. Li sventolò in aria, fino a che sia Ethan che Jane compresero che avrebbero dovuto prenderli e leggerli.

Fu Ethan a fermare la carta sventolante, togliendogliela dalle mani.

Jane attese mentre li leggeva uno a uno, studiò la sua espressione incupirsi sempre di più.

"Pass revocati. *No-flight* list. Permessi bloccati," recitò, con la voce che si faceva stranita a ogni parola. "Cosa hai combinato, Oktober?" Non c'era nervosismo nei suoi occhi, solo confusione e quella che sembrò essere una buona dose di curiosità.

"Nulla! È questo il fatto, nulla!" esplose la ragazza a quel punto. Uno stivale volò, sbattendo contro il bordo del tavolino, per poi accasciarsi sul tappeto come un sacco vuoto. "Ho fatto quello che dovevo, seguito quelle stupide tracce e quando sono tornata mi hanno comunicato che non potevo più volare, che non mi avrebbero più lasciato passare i confini, neanche fossi una criminale." Si mise in piedi d'improvviso, scalza a metà e con una maschera determinata sul volto.

"Da' qua," borbottò, sfilando i documenti dalla presa di Ethan per poi voltarsi e prendere a marciare verso la porta, i setosi capelli neri che si agitavano con la sua camminata spedita.

"Cosa credi che vorrà fare?" domandò Jane, irrequieta ora che anche quella pista si era rivelata un fallimento.

"Forse ne parlerà con Beth," rispose lui, facendo poi il giro del divano per sedersi al suo fianco.

Jane si voltò meglio verso di lui e, dopo aver posato la tazza mezza vuota sul tavolino da caffè, cercò di studiare la sua espressione.

Non si sorprese di vedere lo stesso atteggiamento che gli aveva visto indossare innumerevoli volte nell'ultimo periodo. Era un'espressione puntata nel vuoto, lontana da dove era il suo corpo, con una certa frenesia nelle sue pupille tremanti, in perenne ricerca di quell'equilibrio di cui, lui più di chiunque altro, era stato privato.

Jane allungò una mano per stringere il suo polso. Sapeva che non sarebbe stato abbastanza, ma aveva bisogno che sapesse che non era solo, che non avrebbero rinunciato alle ricerche o di combattere contro le limitazioni che venivano imposte.

Le difficoltà sarebbero passate, e ci sarebbe stato un giorno in cui sarebbero entrati in quella Torre, la loro casa, senza più preoccupazioni e con la famiglia al completo.

Ognuno di loro stava lavorando al massimo, muovendosi tra difficoltà e fastidi, e nessuno si sarebbe fermato fino a che quel desiderio non sarebbe diventato realtà.

Lo vide prendere un profondo respiro, poi il suo viso si distese in un sorriso sofferente, gli occhi si puntarono nei suoi, e Jane a volte dimenticava quanto Ethan fosse sensibile, quanto potesse essere colpito e sommerso da ciò che si agitava nell'animo di chi gli stava vicino. In quel momento i suoi muscoli si rilassarono uno a uno, la tensione si allentò.

Era quella la forza di cui le aveva parlato, quella scintilla di umanità e speranza che in molti si era spenta da tempo. Jane non avrebbe esitato un singolo istante per loro, per quanto poco riuscisse fare, o fosse effimero il suo contributo.

Eppure in quei mesi di ricerche infruttuose, pur avendo preso la decisione di vivere definitivamente con quella famiglia, era come tornare a quando niente era certo, e Sasha era un fantasma, ma la cui assenza non pesava come adesso.

"Si risolverà," sussurrò Jane, stringendo quella determinazione al petto con tutta se stessa, cercando di trattenerla il più possibile per entrambi.

"Solo se Oktober si da una calmata," borbottò lui, accennando un tono più delicato che tuttavia fu insufficiente per scacciare le ombre nei suoi occhi. Si mise in piedi e Jane lo seguì, lasciando indietro il suo thè alla vaniglia, ormai freddo.

"Credi che combinerà qualcosa?"

"Niente di grave, di certo, ma essere sicuri non fa mai male." Le sue sopracciglia si aggrottarono e lo sguardo si fece appena più distante, come se stesse rievocando un ricordo specifico. "Prima di partire ha svuotato la lettiera di M82 nel furgone quando sono venuti a fare il controllo settimanale."

"Creativa," commentò Jane con un sorriso, continuando a camminare al suo fianco. Poteva udire già la discussione oltre il corridoio e la voce di Oktober che si mescolava con quella di Beth e Lucas.

"Ma non sono preoccupato. È arrabbiata e innervosita ma sa quali sono i limiti da non superare, finché sono… *scherzi*, ammetto che non mi dispiace vedere gli agenti di Moyer infastiditi," concluse, lanciando un'occhiata comprensiva a Jane, che le fece chiedere se lui, in qualche modo, avesse contribuito. Era un'immagine buffa; Ethan che pianificava quelle cose per fare scompiglio, piuttosto che cercare soluzioni e fare da mediatore come sempre.

Non era un segreto che Moyer non avesse molta simpatia per loro, ma aggravare la situazione non avrebbe portato a niente, pur trovandosi, al momento, all'estero.

"Che ci fa in Europa, comunque?" Jane ricordava i discorsi avvenuti diversi giorni prima riguardo a ciò che si stava muovendo intorno a loro.

I cambiamenti erano stati continui, scomodi, e Jane si era ritrovata a vedere facce sconosciute diventare forzatamente familiari con il passare del tempo, quindi poteva capire la frustrazione e l'antipatia che era nata tra i Guerrieri di Staten Island e gli Agenti incaricati ai controlli.

"Da quanto ho saputo sta seguendo le tracce di un caso, non so con precisione cosa riguarda, ma non sarei sorpreso nello scoprire che sia legato agli ultimi fatti." Jane sospirò, perché avevano risolto il problema maggiore, ma c'era il *resto* da sistemare. L'AIS era ormai in un caos di spie che venivano scovate, di strutture solo in apparenza abbandonate e insicurezze costanti, vecchie bugie che emergevano, scoperte preoccupanti e altre mille cose.

Cercò di non rifletterci, ma infinite volte Jane aveva avuto l'impressione che in tutto quel disordine sarebbe stato fin troppo facile nascondersi.

Si fermarono davanti alla porta di vetro che divideva la sala comune dal piccolo studio che Beth aveva riconvertito in un'altra stanza di controllo, in cui spiccavano schermi periodicamente accesi e codici incomprensibili.

Entrarono, e Jane colse la conclusione della conversazione in cui erano stati impegnati. Beth teneva tra le mani i documenti che Oktober aveva sventolato.

"Non credo di poter fare molto, Oktober, c'è il nome di Moyer qui sopra, e sai che non c'è nessuno più in alto di lui. Se anche dovessi creare delle versioni contraffatte di tutti i permessi che ti hanno tolto, dubito che funzionerebbero, non è roba da trattare con leggerezza," spiegò Beth, e Jane ebbe la perfetta sequenza di Oktober mentre si accasciava su uno sgabello, e del suo capo che compiva un lento e aggraziato tuffo verso la superficie di legno.

Lucas fece una smorfia, nonostante l'impatto fosse stato quanto più delicato possibile.

Jane si avvicinò, passando la mano sulla sua schiena piegata, cercando di essere di conforto all'amica.

"Questo metodo non sta funzionando," commentò Beth, mentre appoggiava sul tavolo i documenti stropicciati e cercava di appiattirli passandoci le dita sopra, con ben pochi risultati.

"Non vuole essere trovato, forse conviene rinunciare, non ci avete ragionato?" borbottò Oktober, e Jane esitò. La sua mente aveva colto le parole e poi il tono, e aveva pensato che facesse sul serio. Non ci voleva molto a comprendere che era stata la disperazione e il fastidio a prendere voce, a rendersi conto che, pure loro, con tutte le attrezzature e la determinazione possibile, stavano perdendo le speranze.

"Secondo te *perché* non vuole farsi trovare? Credi che non voglia tornare a casa?" chiese Ethan, che fino ad allora era rimasto in disparte con espressione preoccupata. Non attese risposta e riprese a parlare, avanzando nella stanza. "Fino a che abbiamo tutti questi controlli, tutti questi Agenti e sconosciuti a scavare nelle nostre vite credi che cambierà qualcosa? Casa è un luogo sicuro, e adesso questa Torre non lo è, non per lui."

"Quindi dobbiamo cambiare approccio," suggerì Beth con il tono colorato dall'incertezza ma gli occhi concentrati e attenti.

"Cosa hai in mente?" Lucas le si avvicinò, seguendola mentre accendeva un computer. Nessuno aveva proposto alcuna idea, eppure, come tante altre volte, la mente di Beth sembrava lavorare con estrema rapidità.

Jane seguì i suoi movimenti, ritrovando familiarità nel rapido ritmo delle sue dita che battevano sui tasti.

"Allontanarsi da qui per un po' potrebbe essere la scelta migliore. Ci sono delle case sicure che, per quanto vecchie, sono ben messe," disse Ethan con una leggera incertezza a intaccare la sua voce, ma con tutta la speranza necessaria al di sotto. Jane, che stava cercando di consolare Oktober, spostò la propria attenzione su di lui, trattenendo a forza le parole e gli interrogativi che le stavano nascendo dentro.

Dopo, pensò. Per quelle avrebbe avuto tempo.

"Si torna indietro nel tempo, case sicure piene di polvere e attrezzatura scadente, sarà divertente." Beth studiò con rammarico ciò che li circondava, smettendo di digitare, come se a dover abbandonare tutto quello dovesse essere lei.

"Abbiamo un punto di partenza, almeno?" fece Oktober con voce stanca, senza alzare il viso dal tavolo. In qualche modo si era levata l'altro stivale, rivelando un paio di calzini spaiati; uno nero e uno con ricami di gatti e nuvolette.

"A dire il vero sì." Gli occhi di Lucas si erano illuminati di comprensione nel momento in cui Beth aveva finito di digitare. "Abbiamo trovato qualcosa di strano, non so se è casuale, o se può essere collegato in qualche modo al resto che sta succedendo, ma guarda qui," concluse, girando lo schermo per far vedere a tutti i risultati delle loro ricerche.

Jane cercò di leggere il più possibile, ma la verità era che non ne capiva più di tanto di grafici, solo le didascalie le suggerirono poche e scarne informazioni.

"L'avevamo già controllata quella, è inattiva," ribatté Ethan, spaesato quanto Jane.

"Sì, vero. Però vedi i dati dell'energia elettrica? È assolutamente in funzione, e lo è da qualche giorno."

"Vale la pena controllare, no?" fece Oktober, risollevando la testa e appoggiando il mento sul legno. I suoi occhi scuri passarono sui presenti, riaccesi della determinazione che aveva lasciato spazio al nervosismo e alla disperazione. Jane sapeva che sarebbe sempre stato così, che i momenti peggiori sarebbero continuati ad arrivare, spegnendo le loro speranze, ma questi Guerrieri avrebbero trovato un modo per rialzarsi, perché era quello che facevano meglio.

Combattere e resistere, per gli altri e solo dopo per loro stessi.

"Jane…" iniziò a dire Ethan, catturando i suoi occhi e mordendosi con nervosismo le labbra.

Jane ne sentiva la pesantezza sulla propria pelle, e per un attimo si vide cedere, ritirare ciò che gli aveva detto a Sayville per non lasciare che Ethan avesse una preoccupazione aggiuntiva, ma consapevole che se lo avrebbe fatto si sarebbe ritrovato da solo, in una missione quasi priva di supporto, senza Lauren e Rikhard, tanto erano occupati con le questioni burocratiche, e senza quel tenue equilibrio che ritrovava in lei.

Quindi lo fissò con uno sguardo severo e deciso che diceva *vengo con te*.

52

FILE 05 - QUIET

I don't want this moment to ever end
Where everything's nothing without you
I'd wait here forever just to, to see you smile
'Cause it's true, I am nothing without you
Sum 41 - With Me

Con gli occhi appannati dal sonno e dalla stanchezza Jane avanzò lungo il marciapiede, una mano stretta in quella di Ethan e l'altra a trascinare il trolley.

Si fermarono fianco a fianco, passi e rotelle non emisero più alcun suono contro l'asfalto.

"Ci siamo?" chiese lei, studiando la via. Il viale era deserto alle prime luci del crepuscolo, costeggiato da due serie parallele di casette tutte identiche, dai mattoni di un rosso cupo che sembrava nero. Non più alte di tre piani, quella schiera di abitazioni rendeva la via uno strano corridoio.

Jane non era mai stata oltreoceano, e non sapeva come identificare la nuova esperienza.

Era troppo stanca dal volo e tutto ciò su cui era in grado di concentrarsi era l'insolita sensazione di essere tornata con i piedi per terra con una luce diversa. Erano stati accolti dall'alba quando si era aspettata di vedere il cielo stellato.

"È questa," confermò Ethan, ripercorrendo i pochi scalini che li separavano dalla porta d'ingresso.

Jane si guardò ancora un po' intorno mentre Ethan controllava l'interno.

Erano già stati rassicurati che non ci sarebbero stati rischi, ma non si era mai troppo sicuri.

L'arancione vibrante del sole stava tingendo le rade nuvole nel cielo grigio di Brighton, illuminando i profili dei tetti, riflettendosi con dolcezza sulle tegole umide della rugiada mattutina e sulle aste cromate delle antenne. In lontananza i primi abitanti si svegliavano e i versi dei gabbiani giungevano con armonia dalla spiaggia vicina.

Prese un profondo respiro e si appoggiò con un po' più di peso sull'asta della valigia. Per quanto pacifico e piacevole appariva quello scenario, Jane non era riuscita a dormire durante le dodici ore di volo, e al momento si reggeva a malapena in piedi.

"Jane." La voce di Ethan la riscosse, e si ritrovò a rialzare le palpebre che non si era accorta di aver chiuso. Sul volto di Ethan c'era un sorriso delicato, per quanto stanco.

Si incamminò verso di lui mentre scendeva le scale, per poi prendere il suo bagaglio e portarglielo dentro. Jane salì con passo strascicato, girandosi una sola volta sulla soglia per lanciare un'ultima occhiata al viale.

Era… *bello* quel luogo, in quei momenti era come trovarsi in un universo parallelo, o in una bolla di tempo in cui tutto era fermo e immobile, in attesa che qualcuno o qualcosa lo animasse. Dopo aver vissuto in un paesino che tanto piccolo non era, e poi in una metropoli che non era mai riuscita a visitare del tutto, Brighton aveva un che di unico, con il suo dolce silenzio ad avvolgerli.

E c'era il mare, una vera spiaggia a circa dieci minuti a piedi. Qualcosa che non aveva mai avuto l'opportunità di assaporare a Staten Island, ricolma come era di traghetti.

Pensò che si sarebbe potuta abituare con facilità se si fossero ritrovati a stare lì di più. Il suo istinto era quieto, il pericolo che gravava sulla loro pelle da mesi era come evaporato via, abbandonato lungo la strada.

Sapeva che non era affatto così, ma era bello illudersi per un po', immaginare che una cosa del genere avrebbe potuto essere il loro finale. Tranquillo e quieto come l'alba che li aveva accolti.

Ma non era così che sarebbe terminata la loro storia, e quella non era una vacanza, si obbligò a ricordare, prima di buttarsi su una qualsiasi superficie morbida all'interno dell'abitazione e addormentarsi all'istante, tormenti e preoccupazioni lasciati per il risveglio.

Sollevò le palpebre, infastidita dalla forte luce che le stava avvolgendo.

Quando Jane si mise a sedere, impiegò diversi secondi per ricordarsi dove si trovava, e quella particolare sensazione la catapultò nel passato, quando aveva aperto gli occhi alla Torre in quella che era stata una stanza sconosciuta.

Prese un respiro e, strofinandosi il sonno dal volto, studiò l'ambiente.

Il divano su cui era crollata aveva dei sottili cuscini color crema, il materiale ruvido le aveva lasciato dei lievi segni sulla pelle delle braccia e, sospettava, della faccia. La finestra che dava sul piccolo giardino sul retro era chiusa, ma le tende non erano tirate, il che aveva permesso al sole di infiltrarsi nell'abitazione e svegliarla, colorando l'arredo minimale di un delicato bagliore arancione.

Si rese conto di essere sola, se non in casa, almeno nel salottino a cui era unita la cucina. Notò la tazza appoggiata sul tavolino con un piccolo foglio di carta incastrato sotto di essa.

Si avvicinò e, avvolta dal familiare sentore di caffè, lesse la nota.

Il frigo è vuoto, vado e torno.

-E

Risolto quel mistero, Jane si sedette un po' più comoda e prese qualche sorso della bevanda ormai fredda, assaporando quei piccoli momenti di quiete, per poi svuotare la valigia e dare un'occhiata in giro.

Sentì il rumore della chiave girare nella serratura, e si sporse oltre la soglia dell'unica camera da letto del piano terra per vedere Ethan chiudersi la porta d'ingresso alle spalle, cappuccio calato sul capo e un paio di buste di stoffa alle mani.

Osservò i suoi occhi fare un rapido giro dell'abitazione, prima di incontrare i suoi.

"Hai riposato un po'?" domandò, andando a posare la spesa sul ripiano della cucina.

Jane annuì e si avvicinò.

"E tu?" Studiò più da vicino il suo viso, notando sempre i segni scuri delle occhiaie e il pallore della pelle. Una scintilla di preoccupazione le si accese nel petto.

"Non ancora, ma avevo un paio di cose di cui occuparmi," spiegò lui, svuotando le buste e mettendo via i vari alimenti. Jane lo aiutò, approfittandone per controllare dentro i vari sportelli. "Ho chiamato la Torre per far sapere che eravamo arrivati, ho controllato la casa più a fondo e ho fatto un giro di sicurezza per la città. E la spesa, già che c'ero," concluse, strofinandosi il volto.

Jane aggrottò le sopracciglia, non aveva ricordato di parlare agli altri, forse Oktober si aspettava una sua chiamata, magari solo per sfogarsi del fatto che loro potessero viaggiare mentre lei no.

"Se non hai altro di importante da fare vai adesso, ho dato una sistemata alla camera da letto," ordinò Jane, togliendo forzatamente le mani di Ethan dal sacchetto in cui si erano infilate di nuovo. "Dai, qui faccio io," aggiunse, anticipando il suo ribattere.

"Non c'è fretta, Jane, posso aiutare," rispose, non muovendosi di un passo.

"Non c'è fretta, appunto, vai a dormire. Hai bisogno di riposo." Iniziò a tirarlo, camminando indietro passo dopo passo, e anche se sarebbe potuto rimanere piantato dove si trovava, non muovendosi di un millimetro nonostante tutti gli sforzi di Jane, la seguì con una leggera smorfia. "Dai, ti rimbocco le coperte," scherzò lei.

Una mezza risata scivolò via dalle labbra di Ethan, e Jane seppe di aver vinto quella discussione. Per quanto si fidasse di lui era anche consapevole che il riposo era un elemento fondamentale, non potevano avviare quella missione con del sonno mancato, non avrebbe giovato a nessuno di loro e, pur capendo la necessità di agire e la frenesia, in condizioni meno personali le pause sarebbero sembrate più importanti di quanto parevano al momento.

Quindi trascinò Ethan fino alla soglia, sorprendendosi di quanto quei movimenti, quella familiarità che si era instaurata tra loro due, fosse ormai normale. Era un pezzo del puzzle che riempiva quel riquadro della loro vita e parlava di semplice quotidianità e affetto.

Si voltò quando si accorse che Ethan si era fermato, e si ritrovò con le sue labbra premute contro le proprie in una carezza casta e gentile. Jane sorrise nel bacio, spingendosi contro di lui e baciandolo a sua volta.

Lasciò che i minuti scivolassero via, strisciando lenti, il silenzio interrotto solo dai loro respiri, schiocchi di labbra che riempivano il vuoto con un vortice di soave musicalità. Il cuore di Jane balzò nel petto diverse volte, perché amava quella loro intimità, l'esserci l'uno per l'altra, capirsi nel silenzio, senza bisogno di dire nulla.

Ethan inclinò il capo e si separarono. Quando Jane sollevò lo sguardo, si incastrò nel suo, celeste, calmo, privo della tensione che aveva notato prima.

"Al piano di sopra c'è una stanza per le comunicazioni, ho già messo questa casa in collegamento con la Torre, quindi è quanto più sicura possa essere. E poi una con attrezzature per l'esercizio fisico, e una che fa da armeria," spiegò, e Jane ascoltò con attenzione, mettendo da parte quelle informazioni per qualsiasi evenienza. "Il resto della casa è normale, abbiamo l'acqua calda," concluse con un certo sollievo che lei si ritrovò a condividere.

"Dai, adesso vai," incitò Jane, spingendo con le mani che gli aveva appoggiato al petto, pur rimpiangendo subito non poter sentire il battito del suo cuore contro di sé quando si separarono.

Ethan non obiettò più, mostrandosi placato, e si andò a stendere sul letto sotto gli occhi vigili di Jane. La seguì con gli occhi per tutto il tempo, e in essi Jane lesse una serietà più profonda, delle parole trattenute, importanti, forse simili a una di quelle confessioni che si erano scambiati nella sicurezza di coperte stropicciate e cuscini scaldati; leggere ammissioni o canzoni soffocate.

Ma quell'espressione non durò a lungo, l'intento venne presto celato dalle palpebre che si abbassarono.

"Quando mi sveglio mi metto al lavoro," disse invece, senza muoversi per infilarsi sotto le coperte.

"Domani," suggerì lei, osservando come quel flebile sorriso tornò a piegargli le labbra.

"Domani," acconsentì, e solo allora Jane si permise di arretrare e chiudersi con delicatezza la porta alle spalle.

Si fermò oltre la portafinestra che dava sul giardino sul retro, che era incolto e selvaggio nella sua crescita incontrollata. Quello, più della via deserta su cui aveva camminato, era un ritaglio che non era mai appartenuto alla sua vita, una novità che risplendeva di una bellezza fino ad ora sconosciuta. Si ritrovò a espirare a fondo e a immaginarsi in un luogo del genere in un futuro magari non troppo lontano, senza preoccupazioni, senza pericoli, con Ethan e le persone che le stavano più a cuore vicine, nelle case accanto, nella stessa piccola e calma città.

Una vibrazione dalla tasca la distolse da quella folle fantasia.

Tuttavia non la abbandonò con rammarico, la mise solo da parte con un leggero sospiro, al sicuro in un angolo luminoso della mente, per poi aprire il messaggio che le aveva mandato Oktober.

> `Per qualsiasi cosa ci siamo.`

> `"Anzi, se mi dai una mano per uscire da qui ti aiuto a decidere cosa regalare a Ethan il prossimo natale. E a me :)"`

Jane osservò placida per qualche minuto il sole danzare tra le fronde. Avrebbe assaporato quella quiete il più possibile, perché conscia nel profondo che non sarebbe durata a lungo.

Nome:
Katya Zadornov

Data di nascita:
29/08/1969

Luogo di nascita:
Volzskij

Luogo di residenza:
Volzskij

Situazione familiare:
Divorziata con un figlio a carico

Occupazione:
Infermiera al City Hospital

Gruppo sanguigno:
A+

Patologie:
Emicranie, Osteoporosi

Stato mentale:
Distimia, episodi depressivi

Altro:
Figlia unica di genitori di famiglia povera, ha frequentato la scuola locale, per poi vincere una borsa di studio per l'indirizzo di medicina e terminare gli studi con il massimo dei voti. Incontra il compagno pochi anni dopo e celebrano il matrimonio in famiglia, ~~il primo figlio muore poco dopo la nascita~~. Si presume che questo evento sia la causa del seguente divorzio, ultimato diversi anni dopo, non prima della nascita del secondo figlio.
La sua occupazione attuale è al City Hospital, di seguito la tabella con i turni.

Nome:
Yuri Zadornov

Data di nascita:
12/07/2003

Luogo di nascita:
Volzskij

Luogo di residenza:
Volzskij

Situazione familiare:
Katya Zadornov (madre)
Ivan Vorobyov (padre)
Nessun fratello o sorella in vita

Occupazione:
/ (studente)

Gruppo sanguigno:
A+

Patologie:
Lieve anemia

Stato mentale:
Stabile

Altro:
Secondo figlio di Katya Zadornov e Ivan Vorobyov. Frequenta la scuola pubblica di Volzskij, non ha ancora mostrato preferenze per specifici indirizzi di studio. Ha un buon rapporto con i compagni di scuola.
Niente di importante da riportare.

62

FILE 06 - SICK

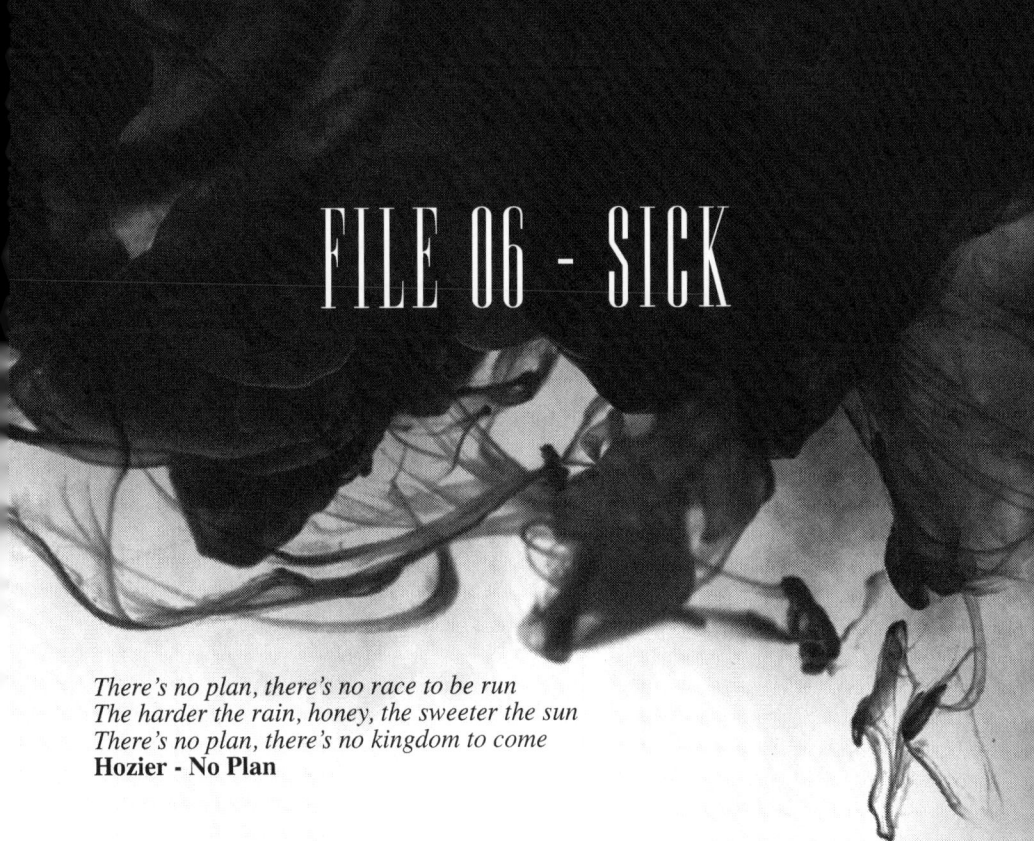

There's no plan, there's no race to be run
The harder the rain, honey, the sweeter the sun
There's no plan, there's no kingdom to come
Hozier - No Plan

  Lontani dall'aeroporto le preoccupazioni si facevano più piccole e distanti a ogni passo che prendevano, anche se Vasily era del tutto consapevole che si stavano dirigendo verso una molto più pericolosa categoria di problemi.

  Per suo dispiacere non era stato in grado di sbirciare il nome che Sette aveva scelto di inserire nei documenti chiaramente falsi. Cercare di allungare le mani si era rivelato un tentativo vano poiché l'altro era sempre stato in grado bloccarlo prima che potesse sfiorare la carta stampata, in una dimostrazione di abilità che gli aveva ricordato con chi stesse viaggiando. Quello era stato abbastanza per spezzare il minimo di buon umore che aveva recuperato.

  Perché si era lasciato un po' andare, quello Vasily doveva ammetterlo, aveva allentato la corda nel scoprire un volto *normale* al posto di una maschera di pallore cereo e venature nere.

  Si rese conto, studiando il proprio compagno di disavventura, che il fondotinta che aveva applicato con tanta minuzia stava già svanendo, nonostante la sua durata avrebbe dovuto essere ben più lunga.

  Vasily vedeva l'ombra della macchia che segnava il lato del collo di Sette sotto lo strato coprente, e ciò che doveva essere la causa di tale fatto; c'era un lieve strato di sudore che rendeva la sua pelle lucida. Notò un paio di gocce vicine all'attaccatura dei suoi capelli bianchi, non più celati dalla parrucca ma dal solito cappuccio.

Aggrottò le sopracciglia, confuso, perché il clima in Inghilterra non era caldo in quel periodo dell'anno.

Poi i suoi occhi vaganti si incastrarono in quelli di Sette, testardamente puntati davanti a sé, ma umidi e con le palpebre pesanti. Al di sotto dello strato di colore le profonde occhiaie che accompagnavano il suo sguardo annebbiato erano segni scuri e profondi.

E allora realizzò che c'era qualcosa che non andava.

"Ma stai male?" domandò, accelerando il passo per superarlo e studiarlo meglio.

Sette gli rivolse una delle sue solite espressioni gelide, ma l'effetto fu del tutto nullo quando Vasily notò che l'occhio destro aveva la stessa patina acquosa. Era un pensiero sciocco, perché era ovvio che l'avesse, ma quel pozzo nero era sempre parso tanto opaco da dargli l'impressione di un che di alieno piuttosto che umano. Era strano e sconcertante notare che non era così.

"No," esordì laconico. Si mosse di lato e Vasily si aspettò una spallata quando lo superò di nuovo, ma le loro giacche nemmeno si sfiorarono.

Lo osservò tirare fuori un mazzo di chiavi da una tasca, e in quel momento realizzò che erano arrivati a quella che doveva essere la loro destinazione.

La sua attenzione vagò così sull'abitazione che si era palesata davanti a loro.

Per essere una struttura relegata alla periferia, Vasily doveva dire che... no, non c'era molto da dire. Era anonima, con l'intonaco rovinato e aloni di umidità sull'intera facciata, le finestre erano chiuse, coperte da tapparelle di un colore ormai indefinibile.

Fece una smorfia; sperava che l'interno fosse più decente.

Vasily si riscosse nel momento in cui l'altro si mosse con sicurezza verso l'appartamento, le mani che con gesti sicuri sbloccavano la porta d'ingresso.

"Ehi, non ignorarmi!" gli urlò dietro, soffocando un'imprecazione quando vide la porta che stava per richiudersi, minacciando di lasciarlo fuori.

Infilò un piede nella fessura per bloccarla, per poi spingersi in avanti ed entrare.

"Evita di prendermi in giro, hai un aspetto di merda," aggiunse, raggiungendo Sette che, nel salone spoglio, stava mollando a terra i borsoni.

Senza pensare, un vizio che avrebbe fatto meglio a perdere al più presto, allungò una mano con l'intento di controllargli la temperatura.

Si sarebbe dovuto aspettare il colpo al polso e la pistola che all'improvviso si ritrovò puntata contro.

"Non mi toccare." Malgrado l'evidente stato febbricitante, rimase stabile come la presa che aveva sull'arma.

"Oh, adesso passiamo alle armi da fuoco? Si può sapere come cavolo hai fatto a farla passare in aeroporto?" si lamentò, preso alla sprovvista, ma si riscosse di fronte alla sua espressione immutata.

Era una scena tanto familiare che quella che avrebbe dovuto essere paura si trasformò in nervosismo e rabbia di fronte a una tale noncuranza.

"Per di più non stai bene, è evidente, devi prendere qualcosa," insistette, cercando di ignorare il riflesso di luce che risplendette sullo scuro metallo della canna.

Il silenzio si allungò, appesantendosi. Vasily ebbe l'impressione di sentirlo avvolgersi intorno al collo come un cappio. Si sforzò di deglutire, obbligandosi ad aspettare che fosse lui a fare la mossa successiva.

Fissò i suoi occhi spaiati, chiedendosi cosa percepisse attraverso quella patina nera che intaccava quello destro, *se* ci vedesse. Quello argenteo, invece, sembrava illuminarsi in contrasto con il rossore irritato della sclera.

L'arma si abbassò, sparendo poi come era apparsa, portando la tensione con essa.

"Sto bene." La piattezza della sua voce si accompagnò in modo perfetto alla superficie liscia della porta della stanza che gli venne sbattuta in faccia.

Vasily si ritrovò ad ammirare il terribile colore giallognolo del legno, sospettando che sarebbe stata un'immagine a cui si sarebbe dovuto abituare.

"Certo, come no," sbuffò, il tono tanto basso che a malapena riuscì a udire le sue stesse parole. C'era una sensazione che si agitava in mezzo al petto e Vasily considerò che, per quanto assurdo, doveva essere preoccupazione.

Non aveva idea di che farsene con tale scoperta, ma qualunque cosa fosse non avrebbe reso le cose più facili, tutt'altro.

"Se tra due ore non esci da lì vengo a controllare che tu non sia morto, mi devi non pochi soldi, Ted!"

Fu così che Vasily si ritrovò solo in un'abitazione sconosciuta, in una città che aveva solo esplorato in foto, con un coinquilino che era uno degli individui più ricercati dall'AIS e presto impegnato in quella che sarebbe di certo stata una missione fuorilegge.

Le cose sarebbero potute andare peggio.

Oltre il forzato ottimismo con cui Vasily stava cercando di rallegrarsi, realizzò in fretta che non c'era molto di cui essere felici. Gli bastarono dieci minuti per notare che l'unico cibo disponibile era quello in scatola e che non avevano un'antenna funzionante.

Passò la seguente ora a installare una postazione nella sala centrale, perché l'unica stanza da letto era al momento occupata – Vasily cercò tutto il tempo di non ragionare su cosa quello avrebbe causato – e si ritrovò a creare un router quasi da zero, mettendo insieme componenti che aveva avuto la prontezza di portarsi da casa.

Concluso quel compito e sentendosi più stanco di quanto avrebbe voluto, valutò che aveva circa tre quarti d'ora prima di attenersi alla decisione che aveva comunicato a Sette e andare a controllarlo. Quindi non rimaneva molto altro da fare, se non riprendere in mano i documenti.

Li riordinò sul tavolino da caffè per poi sedersi sul divano, concentrandosi per ritornare ai codici su cui aveva lavorato, ma l'idea non lo stuzzicava più così tanto, non quando si accorse che Sette aveva portato qualcosa.

Raccolse la busta di carta più chiara e la studiò per qualche attimo, restio ad aprirla.

Lanciò una breve occhiata alla porta sempre chiusa, piuttosto convinto che non avrebbe avuto interruzioni, e che se Sette l'aveva lasciato lì non gli doveva importare più di tanto se lui avesse curiosato.

O almeno così si disse quando si decise a sfogliarli.

Non sapeva cosa si era aspettato, ma quello che trovò non fu entusiasmante come sperava. Era una raccolta di dati relativi a una struttura che Vasily non conosceva, ma si trattava evidentemente di uno dei covi di ciò che restava di una delle cellule indipendenti dell'AIS. Furono i dati informatici ciò che lo confusero di più. Se Sette era in grado di districarsi in mezzo a tutti quei codici perché aveva cercato il suo aiuto?

Non aveva senso, perché Sette aveva detestato qualsiasi loro interazione, ne era certo, e niente gli avrebbe impedito di allontanarsi da quell'accordo se non lo necessitava veramente.

Vasily valutò ciò che aveva sotto il naso, e quasi si diede una manata in faccia quando arrivò all'ovvia conclusione che c'era stato qualcun altro al suo posto, una persona che aveva aiutato Sette ad annientare dall'interno quel luogo.

Mise da parte quei file, mentre piccoli e insidiosi interrogativi crescevano nella sua mente, questioni su cui non voleva riflettere troppo a fondo.

In quel momento i suoi occhi si inchiodarono su un logo ben conosciuto; un esagono che racchiudeva tre semplici lettere. E se non era stato abbastanza bizzarro ciò che aveva appena visto, quello di certo lo era ancora di più.

Vasily aveva abbandonato l'AIS da tempo per questioni che non voleva rievocare, e di certo Sette aveva qualcosa contro di essa.

Quindi allungò una mano esitante, e notò che il fascicolo era sottile, che non conteneva più di un paio di fogli.

Il primo era un certificato di nascita, subito affiancato a uno di morte le cui date corrispondevano. Infine, gli ultimi due fogli erano uno screenshot di una mappa di Volzskij, e l'ultimo alcune informazioni di scarso rilievo su una famiglia del posto.

Forse era una casa sicura, un rifugio in caso la situazione si sarebbe rivelata critica, ma che senso avevano i due certificati? E perché c'era il simbolo ufficiale dell'AIS e i contatti telefonici allegati?

Riempito da frustrazione e confusione, richiuse i documenti e li seppellì con non poca stizza in fondo alla pila, per poi stiracchiarsi contro lo schienale del divano e rilasciare un pesante sospiro mentre fissava il soffitto macchiato.

Aveva la brutta impressione che si fosse cacciato in un problema troppo complicato, che neanche le somme più astronomiche avrebbero potuto giustificare.

Non ci credeva davvero, in fondo, i soldi erano in grado di risolvere *molte* rogne. Si rifiutava di considerare che questo non fosse uno di essi.

Vasily controllò il cellulare e vide che le due ore erano passate.

Si mise in piedi e, schiacciando il più possibile il nervosismo, decise di recuperare dalla valigia un po' di aspirine. Poi aprì senza bussare la porta dietro cui Sette si era chiuso.

La stanza era spoglia, sottili raggi di luce filtravano attraverso le tende bucate da tarme e vecchiaia, sfiorando l'ammasso scomposto di coperte su uno dei due letti singoli.

Vasily sospirò; sapeva che avere due stanze separate sarebbe stato un lusso, ma almeno non dovevano condividere una matrimoniale.

Non che avrebbe avuto molto in contrario, anzi… si era già reso conto della bellezza celata e rovinata del volto dell'altro, ma non era poi così elettrizzato all'idea di svegliarsi con un coltello puntato alla gola o ad altri punti sensibili del corpo.

"Ehi, sei vivo?" chiamò, calciando la struttura del letto, mentre aveva le mani occupate dal fascicolo e dal bicchiere mezzo pieno d'acqua. Dal suo interno si poteva udire il leggero sfrigolare del medicinale che si stava sciogliendo.

Una parte delle coperte si mosse, e un ginocchio impattò contro la coscia di Vasily, facendolo sbilanciare appena.

"Lo prendo come un sì," sibilò, trattenendo un'imprecazione.

Andò a sedersi sull'altro letto, notando che almeno il materasso non era spoglio, e appoggiò il bicchiere sull'unico comodino che li divideva.

Nel frattempo Sette si era issato a sedere, la schiena appoggiata contro il muro e la testa girata completamente verso di lui.

"Cos'è?" La sua voce era bassa e roca.

"Medicinale, dovresti prenderlo."

"Non mi serve," ribatté Sette, quasi parlandogli sopra.

"Ho uno strano senso di déjà-vu," borbottò tra sé, ormai abituato all'incapacità che l'altro aveva di cogliere la sua ironia. "Ascolta, Mordecai, voglio avere i miei soldi e tornare a casa in fretta, magari vivo, quindi mi servi in forma." Spinse il bicchiere verso di lui, ottenendo solo uno sguardo vacuo.

"Mordecai?"

Vasily batté le palpebre un paio di volte, la confusione che emergeva alla strana reazione che aveva ottenuto. Aggrottò le sopracciglia, studiando il volto dell'altro; non c'era la rigidità che aveva conosciuto fino ad allora, e si chiese se dovesse iniziare a preoccuparsi per il suo malessere o se Sette fosse per metà nel mondo dei sogni. "Sì, è un nome biblico." E alla questione del nome, sul suo viso si dipinse il solito cipiglio a cui Vasily era abituato. Ammise che si sentì sollevato nel riconoscerlo di più con quell'espressione.

Fece per socchiudere le labbra per contestare, ma poi la sua attenzione venne attratta dall'altra cosa che Vasily aveva portato con sé. Il fascicolo di carta chiara giaceva apparentemente innocuo sulle proprie gambe, con il simbolo dell'AIS, preciso e discreto, a decorarne un angolo.

"Già, lo hai lasciato di là insieme a tutto il resto," disse, con un sorriso forzato e voce tesa.

Sette dovette notare il suo umore, e di quello Vasily fu grato, perché per quanto fosse pessimo con le relazioni, almeno era ricettivo.

"Quindi?" sollecitò, confermando le sue teorie. Tuttavia non capiva se lo facesse apposta a rendere ogni conversazione scomoda e fastidiosa o non fosse in grado di parlare alle persone in modo normale.

"C'è qualcosa che dovrei sapere? Magari sulle le basi di cui a quanto pare ti sei già occupato?" lo interrogò, agitando i documenti per sfogare l'energia nervosa che gli stava crescendo in petto.

Sette lo fissò immobile, come in attesa che Vasily dicesse qualcosa di più intelligente. Seppur la faccia fosse rovinata, certe espressioni e occhiatacce erano manifestate alla perfezione.

Quando il silenzio si fece soffocante per entrambi, vide Sette trarre un profondo respiro esasperato.

"Non sei tanto stupido da credere che io abbia lavorato da solo, quindi non capisco cosa mi stai chiedendo."

"Chi è che ti aiutava? E perché ho preso il suo posto?" Immaginò che quelle non fossero domande poi così rilevanti, non quando ci si ritrovava a fare da spalla a un ricercato, criminale e assassino, eppure tale questione, l'idea della persona mancante, si era insinuata come una scheggia sotto la pelle, e Vasily aveva il forte bisogno di liberarsi di quel dubbio.

L'espressione e il tono piatto di Sette non cambiarono quando parlò.

"Non ha più importanza."

E quello non era un po' come avere la risposta?

Vasily si ritrovò a sperare di non venir sostituito allo stesso modo quando – perché temeva si trattasse solo di una questione di tempo – le cose sarebbero andate storte.

70

FILE 07 - REVEALED

Home is where they say the heart is
Mine's buried in the yard
Hell's a place they say is for sinners
[...] But... how, can I exist? Within the mist of this?
MISSIO - Can I Exist

C'era silenzio, stasi, e Sette non riusciva neanche a sentire il leggero ronzio dei cavi elettrici sopra le loro teste. Era quasi come se fossero piombati in una dimensione priva di suono. La base era poco più avanti, circondata da erbacce e rifiuti abbandonati.

Spostò lo sguardo sui piccoli dettagli, muovendo la testa da un lato all'altro in un gesto che era più una necessità che un'abitudine.

Non c'era niente da vedere, non c'erano tracce di vetture, e i sentieri erano ormai ricoperti dalla natura, le recinzioni arrugginite e storte. Bastarono quei dettagli a spingerlo a muoversi dopo soli cinque minuti di osservazione.

Ignorò il dolore ai muscoli, e scese dalla piccola collinetta su cui si erano appostati, non curandosi più di passare inosservato.

"Ehi, ma... dove vai? Posso hackerare anche a distanza, eh!" La voce di Vasily gli giunse chiara alle orecchie nonostante i diversi passi che aveva messo tra loro due. Non dubitava della sua affermazione, ma c'era un tarlo nel fondo della sua mente che lo infastidiva. Non poteva ignorare la stranezza che aveva davanti, perché consapevole di come la scena sarebbe parsa nella normalità, e quello di certo non era il caso.

Non si disturbò a rispondere e avanzò tra la sterpaglia a passo rapido, scacciando il leggero bruciore che continuò a tormentarlo. Tenne comunque la guardia alta, sondando la zona con la vista rovinata, in cerca del riflesso di qualche lente delle telecamere di sorveglianza o del metallo di un'arma.

Non c'era nulla, e per qualche ragione quello non lo tranquillizzò.

Era uno scenario che si era presentato a lui al termine di una missione, dopo aver ucciso e distrutto, avvolto in un silenzio soffocante che lo prendeva alla gola e gli urlava nelle orecchie tutte le cose che lo avevano portato fino a lì.

Si avvicinò alla porta blindata e controllò il lettore posto a lato; i tasti erano consumati dall'utilizzo e il sottile schermo spento.

Voltandosi, si rese conto che Vasily l'aveva seguito, portandosi quello che pareva un massiccio cellulare alla mano e dei cavi annodati che gli spuntavano da una tasca dei pantaloni. La sua espressione era infastidita, ma c'era una sfumatura di curiosità che la colorava a sua volta.

"Hai capito quello che ho detto?" Sette si dovette trattenere dal sospirare esasperato.

Fissò il suo nuovo e rumoroso collaboratore, valutando se fosse stata una buona idea accostarsi a una persona di tanto diversa da sé, riscuotendosi al ricordo che non aveva avuto molte altre possibilità. "Apri," gli disse, indicando il lettore con un cenno della testa.

Vasily aggrottò le sopracciglia quando i suoi occhi si posarono su di esso, una piega combattuta si fece strada sul suo volto.

Ci volle un po' prima che prendesse una decisione, e Sette desiderò essere in grado di comprendere meglio cosa si agitava dietro agli sguardi delle persone.

"Sissignore." Lo udì borbottare tra sé mentre si rimetteva al lavoro.

Ripescò un cacciavite minuscolo, per poi aprire la parte inferiore del lettore ed estrarre un cavo specifico che poi tagliò e collegò al dispositivo in un qualche modo che Sette non comprese.

In poco tempo la spia verde posizionata sopra di loro si illuminò, e Sette percepì la vibrazione del movimento sotto al palmo che aveva appoggiato contro di essa.

"Contento?" chiese Vasily quando si aprì il primo spiraglio.

Sette non rispose a quella domanda stupida. Si limitò ad incoraggiare il movimento della porta per poter passare oltre, voltò il capo per fare un cenno all'altro di seguirlo, perché per quanto dubitasse che fosse occupato, c'erano delle cose che Sette non era in grado di fare da solo.

Quindi si addentrò nel corridoio, e almeno a quel punto Vasily ebbe il buon senso di stare zitto.

Sette avanzò fino a che non raggiunse un ampio spazio aperto. Ad illuminare quel luogo, oltre alla luce che era filtrata attraverso la fessura, era il bagliore rossastro e intenso delle luci d'emergenza.

Quello fu sufficiente a fargli comprendere che le possibilità di trovare qualcuno lì sotto erano scarse. Non era molto ciò che funzionava con i generatori secondari a parte le strumentazioni più rudimentali.

Sarebbe dovuto essere rassicurante, ma non si allineava con le informazioni che aveva ricavato. I picchi di energia avevano indicato quel luogo come una delle strutture più attive, ormai una delle uniche rimaste, e viste le sue dimensioni avrebbe dovuto avere bisogno di un gran numero di agenti per essere portata avanti.

Non sapeva bene a cosa pensare al momento, quindi scacciò le insicurezze e avanzò, una mano posata sulla pistola appesa al fianco.

Come lo stato attuale indicava, nessuno dei computer ammassati sulle scrivanie era acceso, e dubitava che sarebbe stato in grado di aprire la cassaforte con chiusura elettrica nell'angolo più lontano.

Si guardò alle spalle, e vide Vasily dare lunghe e attente occhiate a ciò che li circondava, la sua espressione era confusa mentre la sua attenzione saltava da uno schermo scuro all'altro.

"C'è bisogno che io faccia qualcosa? Insomma, questo posto mi pare già abbastanza morto di suo."

"Sì, cancella tutto se puoi." Ignorò le lamentele dell'altro su quanto fosse difficile infiltrarsi in un sistema quando c'era così poca corrente, e si addentrò nella base nella speranza di comprendere meglio cosa fosse successo.

E fu nella stanza seguente, ampia e priva di mobili, che notò i numerosi fascicoli lasciati a terra, ordinati in un cerchio quasi perfetto, come se ogni piccola cartella fosse una tacca di un quadrante regolato con maniacale precisione.

Avanzò, indeciso, gli occhi agitati che saettavano da un angolo all'altro dello spazio, subito più allerta, quasi aspettandosi che chiunque avesse posizionato i documenti potesse spuntare dalle ombre.

Tutto quello che giunse alle sue orecchie fu solo l'armeggiare di Vasily nella stanza precedente e il proprio respiro pesante, quindi prese la sua decisione e avanzò verso di essi, continuando a occhieggiarli con sospetto, perché qualcuno li aveva disposti così, come un dono, un motivo ordinato che mostrava l'intento di metterli in mostra, anche se su molti di essi c'era la dicitura *top secret*.

Si accucciò davanti a quello più vicino. La carta era sottile e chiara, senza alcun logo a segnarla, alla luce rossa pareva quasi intrisa di sangue. Qualche foglio spuntava oltre gli angoli come unico dettaglio in disordine.

Cautamente, Sette aprì il fascicolo e dalle prime righe gli parve di fare un tuffo nelle gelide e oscure acque del passato.

C'erano le coordinate del luogo in cui aveva speso la maggior parte della vita, le foto della sua camera, non più di una cella spoglia, e la sua stessa faccia a fissarlo, ma più giovane e priva delle macchie nere che la segnavano ora.

Scorse rapidamente le informazioni riportate sui rapporti, notando con uno strano senso di inquietudine che non c'erano spessi tratti neri a cancellare parole e passaggi. I documenti erano intonsi, tutti i dati più sensibili messi in bella mostra.

Lo richiuse con un gesto secco, per poi passare a quello successivo, lasciato accanto al primo.

L'interno non era differente, i rapporti riportavano missioni, addestramenti e vari test. Il loro stato era perfetto.

Lo stesso valeva per quello dopo, solo che a fissarlo da una foto scolorita non era se stesso, ma Sei.

Erano messi lì perché potessero essere trovarti e letti.

Sette non comprese perché all'improvviso le sue stesse mani, che erano state ferme e precise nei momenti del bisogno, iniziarono a tremare. Quindi con dita che a malapena rispondevano al suo volere, raccolse i documenti uno a uno, raggruppandoli in un'unica pila e mettendoseli sotto braccio.

Fece per voltarsi e camminare nel vano successivo; poteva già vedere oltre la soglia gli schermi lucidi dei computer, quando un lontano borbottio lo fece irrigidire.

C'era qualcosa di familiare in esso, che frugava tra i suoi ricordi.

Con il cuore che precipitò sotto terra, a Sette tornarono in mente gli irrequieti bisbigli degli Abissali, i loro versi che erano parole di odio cristallizzato, capaci di perforare mente e anima.

Si bloccò con il fiato incastrato in gola, la mente che correva a mille. Non poteva essere, non aveva senso che ci fosse uno squarcio nel Velo in quel luogo, altrimenti sarebbe già stato infestato. Il terrore lo avvolse come una coperta umida e soffocante. Aveva perso il controllo? Era mai possibile che il sangue che gli scorreva nelle vene avesse trovato un modo per reagire? No, non era così.

Aveva sempre avuto l'impressione che potesse succedere, lo sapeva nel profondo del suo cuore, soprattutto quando veniva trascinato in quella nera semicoscienza, che l'Abisso gli era più vicino di quanto credesse, pronto a stringerlo a sé come un figlio perduto.

In un battito di ciglia realizzò che c'erano delle differenze.

Mancava la pressione insopportabile dell'Abisso che cresceva intorno a lui, non sentiva il sangue fremere in reazione, se non parole lontane che, per quanto conosciute, erano solo umane.

Ormai più confuso che spaventato, Sette si voltò, cercando la fonte di quel suono.

Ripercorse il corridoio, un passo alla volta, con la presa serrata sui dossier, fino a che non distinse con chiarezza sufficiente la voce.

"...Soggetto Sette mostra segni di rigenerazione di ferite profonde a una velocità stabile, risulta molto più rapida rispetto alla norma standardizzata nei Guerrieri con Marchio più esteso. Le analisi per oggi possono dirsi concluse, ritorneremo su questo test domani per testare la resistenza alla frattura e la velocità di guarigione a essa, proveremo con qualcosa di classico, magari l'omero o un femore per avere dati più precisi."

La sensazione di familiarità si fece più forte, nello stesso modo in cui uno strano nervosismo parve volergli comprimere la cassa toracica. Accelerò il passo, tuttavia non riuscendo bene a capire da quale delle innumerevoli porte socchiuse stesse venendo trasmesso quel pezzo di sé.

Avanzò, le mani ripresero per qualche assurda ragione a tremare. Uno strano senso di pericolo faceva correre adrenalina nel suo corpo e cancellava il bruciore dei muscoli. Superò porta dopo porta, ma quella voce conosciuta che continuava a parlare, riemersa dal passato.

"Purtroppo le fratture non guariscono alla stessa velocità. Avevamo ipotizzato

che il rapporto sarebbe stato proporzionale, ma a quanto pare dovremmo fare più tentativi per avere risultati completi, temiamo che la solidità delle ossa sia rimasta invariata dall'ultimo trattamento. Per ora quella esposta è ragionevolmente quella che ha più difficoltà a guarire senza alcuna azione esterna, temo sarà necessario intervenire per evitare che l'osso guarisca nel modo sbagliato." Ormai più vicino, Sette poteva udire leggeri suoni di sottofondo, lo sfregare di tessuto, oggetti metallici che venivano scontrati e, infine, respiri fatti pesanti dal dolore. *"Anche se a ripensarci potrebbe rivelarsi un ottimo caso da studiare, vedremo di posticipare i test da svolgere riguardanti i limiti di dissanguamento. Poi potremo procedere al passo finale dell'Abbraccio, l'operazione è fissata per il mese prossimo, contiamo in un altro successo."*

In quel tempo che divenne infinito, Sette trovò la stanza giusta.

Era uno spazio non troppo ristretto, vuoto se non per il largo monitor che svettava su un solitario mobiletto. La tastiera e il mouse parevano sul punto di cadere oltre il bordo.

Ma non esitò sulle immagini vecchie e un po' sfocate che stavano scorrendo sul monitor, perché c'era Vasily lì, con gli occhi sbarrati puntati sul computer, che non si era neanche reso conto dell'arrivo di Sette.

"Piccola nota a margine: Soggetto Sette a seguito dell'allontanamento di Soggetto Tre sta mostrando un forte attaccamento nei confronti del Soggetto Sei. Per quanto sia un comportamento che scoraggiamo vivamente, forse questo legame può essere sfruttato a nostro favo..."

Scattò in avanti, puntando sui cavi con il preciso intento di interrompere quella registrazione.

"Aspetta!" Qualcosa si strinse intorno al suo braccio, ma con un gesto violento si scrollò dalla presa, la pelle che formicolava in fastidio al contatto.

Lo schermo piombò sul pavimento in un'esplosione di scintille e schegge di plastica, spezzando a metà quell'ultima parola.

Non sarebbe dovuto succedere, perché Sette aveva allungato la mano per staccare i fili, ma tra il tremore e la vista limitata, la mancanza di tridimensionalità che lo affliggeva a causa di quell'occhio che aveva perso, lo aveva portato a urtare il bordo dello schermo. Appoggiato su quell'unico mobiletto, come in un cinema dell'orrore, era finito a terra.

Non era quello che aveva voluto, ma il senso di improvvisa leggerezza che gli scoppiò in mezzo al petto alleviò comunque quell'altra cosa che sembrava volerlo soffocare.

Era forse vergogna?

Conosceva la vergogna?

Ricordava tutte le volte che si era dovuto spogliare sotto a luci asettiche ed espressioni vuote, ricordava una stanza con pareti di sbarre, ricordava il dover condividere dolore con esperimenti che non erano meglio di lui, ma che lo avrebbero sempre capito.

Ma non ricordava nulla di simile a quello che stava succedendo in quegli istanti, non ricordava nessuno indossare l'espressione che adesso aveva Vasily; un miscuglio di emozioni che Sette non era in grado di discernere.

Quindi reagì nell'unico modo che conosceva.

"C'è una cassaforte a chiusura elettrica in fondo al corridoio. Prendi i soldi e sparisci, non farti più vedere," sibilò Sette, sentendosi lontano da quel luogo più che a livello fisico.

"Cosa… che stai dicendo? Perché?!" La voce di Vasily tremava, forse di rabbia o forse di qualcos'altro, ma Sette arretrò quando lo vide cercare di allungare per l'ennesima volta la mano verso di lui.

Sette non parlò, troppo agitato per mettere in fila le parole giuste, perché aveva capito che quel luogo non era una base attiva, ma era un'esposizione. Prove e documenti messi in mostra per chi sarebbe arrivato, segreti che avrebbero diviso e distrutto se lasciati alla luce, se appresi dalle persone sbagliate. Comprese che era la trappola perfetta; lui era arrivato lì per primo, attirato dalle informazioni che aveva ricavato abilmente, ma presto altri sarebbero giunti a controllare.

Quello che restava delle cellule indipendenti dell'AIS cercava il caos, voleva frantumare l'equilibrio e ricostruirlo poi a piacere.

Sette poteva già vedere quella spaccatura negli occhi spalancati di Vasily.

Scheda Test 150194AC-S07

Risultati del test #127
Il Soggetto Sette mostra una normale reazione alle ferite, che siano superficiali o profonde. Il ritmo di rigenerazione è coerente con quello ipotizzato. Per informazioni più specifiche sulle varie tipologie di ferite e traumi ascoltare la registrazione #7T127.

Risultati del test #128
La reazione ai virus è a sua volta come da aspettativa. Mostra immunità a tutti i ceppi finora testati. L'unica reazione che abbiamo annotato è stata per quelli più aggressivi e che hanno un tempo di incubazione minore, quali ███, ███, ███. Non abbiamo comunque mai registrato sintomi più gravi di un'influenza e del normale dolore muscolare. È da tenere in considerazione che quest'ultimo potrebbe essere un residuo del test precedente, suggeriamo di avere un periodo di riposo più lungo tra un test e l'altro.

Risultati del test #129
Eravamo restii a tentare questo tipo di test, tuttavia abbiamo considerato il suo scopo, e qualora dovesse avere successo siamo certi che questo tipo di preparazione possa essere proficua per un eventuale accesso all'Abisso.
La sessione di deprivazione sensoriale nella vasca ha causato un cambiamento nell'attività bioelettrica, come indicavano le nostre ipotesi. Al termine della sessione, tuttavia, il soggetto ha faticato a liberarsi dello stato alterato della percezione, e non ha voluto esprimersi sull'esperienza.
Consideriamo che continuare a provare sia la cosa giusta, quantomeno fino a che non avremo dei dati più sicuri sul modo in cui il suo corpo e la sua mente reagiscono. Proveremo un'alternativa rimuovendo la vasca e limitando la deprivazione a uno spazio isolato e buio e allungando il tempo di esposizione.

90

FILE 08 - TENSE

I saw their eyes, I saw their eyes, I saw their eyes
Looking down from the train through those busted window panes
They were calling out my name, "Boy, you're next."
North Country Gentleman - Ghost Train

Vasily accelerò l'andatura, faticando a seguire la pennellata di bianco che era Sette in mezzo alla vegetazione.

Il petto si contrasse, ma non per la fatica, per qualcosa di più cupo e doloroso, e temette che gli potessero cedere le gambe da un momento all'altro. Sarebbe bastata una radice nascosta, e lui sarebbe caduto faccia a terra e non avrebbe trovato la forza di rialzarsi.

Si chiese se non sarebbe stato meglio così, se magari lasciar perdere tutto sarebbe stata l'idea più saggia, perché in fondo era ciò che voleva fare fin da subito, da quando aveva visto la sua faccia rovinata e aveva compreso che i rischi non valevano tanto quanto la ricompensa.

Tuttavia era cambiato qualcosa, e per quanto quel peso tentasse di trascinarlo giù, non poteva smettere di muoversi, di seguire con attenzione rapita le ciocche di capelli nivei che danzavano tra le ombre.

"Aspetta," ansimò, e non ricordò con esattezza ormai quante volte avesse fatto quella richiesta, solo per realizzare che non avrebbe saputo che dire o cosa fare, siccome tutto si stava muovendo troppo in fretta, in modo troppo caotico.

Forse quella preghiera implorante era diretta a qualcun'altro, in cuor suo stava chiedendo al tempo di fermarsi per qualche istante, solo per lasciargli riprendere fiato.

E se Sette si fosse fermato cosa mai avrebbe potuto dire per cercare di sistemare le cose? Lo avrebbe ascoltato?

Quindi non restava che resistere e seguirlo attraverso il dolore e la confusione. Avrebbe continuato così, ma l'altro non pareva condividere la sua idea.

Si voltò, trafiggendolo con un'occhiata di pura furia, e seppur le sue espressioni apparissero sempre un po' strane e difficili da comprendere per via della macchia che si mangiava una parte del suo viso, Vasily non faticò affatto a capire che forse non avrebbe dovuto insistere tanto, ma che altro poteva fare?

"Ti ho detto di andartene," sibilò con rabbia. A Vasily sembrò di tornare indietro, a ripetere una discussione inutile.

"No," ribatté con forza, recuperando il fiato, e mentre lo fissava sconcertato si accorse che pure Sette aveva il fiatone e, per sua disgrazia, una pistola stretta in mano. Forse avrebbe dovuto notare subito quel dettaglio. Percepì il sangue defluire dal volto quando la sollevò e gliela puntò contro, avanzando minacciosamente di un paio di passi.

"Non voglio ripetermi."

Vasily non trovò la forza di arretrare. Per quanto ormai si sarebbe dovuto abituare a trovarsi delle armi puntate contro, quella era la prima volta che lo terrorizzava a tal punto. Fu come trovarsi davanti all'incarnazione stessa del pericolo, e il tremore che gli invase le gambe lo fece sentire come un bambino di fronte alle sue prime paure.

Con la situazione che non faceva che peggiorare, Vasily deglutì, ma invece di sollevare le mani e arrendersi, cercò la forza per rispondere.

"Dove vuoi che vada? Sono sperduto in uno Stato che non conosco, in una città di cui non avevo nemmeno mai sentito il nome. Ti aspetti che mi giri e prenda a camminare nella direzione opposta? Siamo in mezzo al nulla!" Alle sue parole l'espressione di Sette si svuotò di ogni cosa e la pistola venne abbassata. A Vasily parve di avere di fronte a sé la stessa persona che aveva riconosciuto attraverso il proiettore, in quelle immagini su cui stava cercando di soffermarsi il meno possibile. Era l'espressione assente di un manichino, o di un morto, e nonostante la minaccia era cessata, Vasily non ne fu tranquillizzato.

Sette si voltò senza dire una parola e riprese a camminare.

Vasily esitò, sorpreso da quella reazione e, ignorando il disagio, si rimise in marcia.

Il silenzio era pesante, i loro movimenti nella fitta boscaglia erano l'unica cosa a mormorare. Quindi Vasily li ascoltò per minuti che erano eternità, avendone abbastanza quando notò che quelli di Sette erano molto più silenziosi dei propri.

"Per non parlare del fatto che tutte le mie cose sono rimaste nell'appartamento, mi farebbe piacere recuperarle," borbottò nervoso. Era sicuro che Sette non gli avrebbe più dato retta, quindi continuò ad avanzare verso la macchina che poteva vedere più avanti, cercando di prepararsi per un viaggio che sarebbe stato molto più teso e silenzioso di quello attuale.

Superare la soglia della casa sicura non fu tranquillizzante come Vasily aveva sperato, perché era tutto lì ad aspettarli: fogli sparsi sul tavolino, cavi che giacevano sul pavimento come serpenti addormentati, quasi a ricordargli come tutto era stato differente, quante strumentazioni avesse e quanto poco in verità conosceva.

Vide Sette superarlo e dirigersi subito nella stanza da letto.

Quando lo raggiunse, a passi esitanti, notò che stava infilando abiti scuri e armi nel borsone con cui aveva viaggiato.

"Che... che stai facendo?" Neanche ci rimase male quando l'altro non parlò, tuttavia durante tutto il tragitto in macchina aveva avuto molto tempo per ragionare e meditare su cosa fare. Rimase comunque spiazzato quando Sette richiuse la borsa, se la issò in spalla, e tornò indietro, superando Vasily fermo impalato sulla soglia.

"Aspetta, che fai?" insistette con più forza, saltellando oltre qualche filo per raggiungerlo e piazzarsi sulla porta d'ingresso, destinazione ormai ovvia di Sette.

Ottenne un'occhiata gelida in cambio, e la macchia nera parve volerlo inghiottire.

"Me ne vado," esordì, la voce era piatta e l'espressione altrettanto vuota.

Vasily si dovette trattenere dal sollevare gli occhi al cielo, e non solo per l'esasperazione, ma in parte perché aveva la sensazione che, se avesse distolto l'attenzione, Sette sarebbe sparito.

"Non è quello che... voglio sapere che ti passa per la testa, dove credi di andare? Non abbiamo un piano," cercò di spiegare, ignorando il fatto che i problemi fossero di certo molti di più.

A quella lamentela il cipiglio di Sette si indurì ulteriormente, una leggera ruga si formò tra le sopracciglia, e quando ribatté lo fece con tono glaciale.

"Tu vuoi sapere cosa mi passa per la testa. E *io* ho un piano."

"Allora condividilo!"

"No."

"Perché?!" esclamò Vasily, stufo di quel litigio che stava girando in tondo da quella mattina.

"Te l'ho già detto, devi sparire." Come si era aspettato la risposta di Sette fu la stessa, e a quel punto capì che non potevano andare avanti così, che avrebbero continuato a sbattere la testa l'uno contro l'altro a meno che non avessero cambiato modo di reagire.

"Sì?" Doveva essere lui a fare la mossa giusta, ed era un'opportunità che avrebbe usato al meglio. "E non ti viene in mente cosa potrei fare una volta da solo?" lo sfidò, il suo stesso cuore che pareva perdere un battito per il timore.

"Cosa stai dicendo?" C'era una leggera curiosità nel suo tono, ma Vasily conosceva il rischio che stava correndo. Prese un respiro e iniziò a spiegare senza davvero riflettere su ciò che gli stava uscendo dalla bocca.

"Solo che ho parecchi contatti in giro, che ho modo di inserirmi nella rete dell'AIS in due minuti netti e condividere tutti quei documenti che ti sei portato dietro, che ho scansionato e messo al sicuro non appena ti sei chiuso in stanza." Niente di tutto quello era vero.

Sette doveva saperlo, perché uno sguardo calcolatore lo studiò. Vasily percepì quegli occhi sfiorargli la pelle come una lama avvelenata.

Poi inclinò la testa da un lato, e i capelli nivei scivolarono sul volto, coprendo l'occhio sano e lasciando che fosse quello nero, circondato dall'informe macchia nera, a fissarlo con crudeltà.

Vasily cercò di non rabbrividire.

"Mi stai minacciando?" Ma si rivelò impossibile a quel tono di voce.

Si schiarì la gola, sentendo il colore abbandonare la propria faccia alla consapevolezza di star giocando con il fuoco. Sette gli aveva già puntato armi addosso, e anche se ormai poteva dire di aver imparato a leggere cosa ci fosse oltre quel gesto, pensò che questa volta le cose sarebbero potute andare in modo diverso.

"Non mi piace metterla così. Quindi accetta questo consiglio; dovresti rendermi un tuo ostaggio, o qualcosa di simile, se non vuoi altri casini addosso."

"Sarebbe più facile farti fuori," suggerì Sette, seguendo il suo stesso ragionamento, e Vasily comprese che lì c'era la possibile conferma alla sua domanda riguardo a chi c'era stato al suo posto.

"Già, non ne dubito," fece con una risata nervosa. Più tardi si sarebbe dato dello sciocco, ma era la cosa giusta da fare. "Ma non lo sarebbe altrettanto trovare una persona brava quanto me." Poteva sperare solo che quella garanzia fosse sufficiente a superare quell'impasse, ad avere la vita salva e un posto al suo fianco. "E non vuoi concludere questa faccenda il più in fretta possibile?"

Seppe di aver vinto quando lo vide sospirare, chiudere le palpebre e abbassare il capo. Si domandò se si stesse pentendo quanto lui di aver creato quella collaborazione.

"Devo uscire comunque."

"Lascia qui la borsa," ordinò subito Vasily, allungando una mano verso di lui.

Si diede dell'idiota quando lo vide arretrare di un paio di passi, rapido, in reazione al suo gesto con il volto che, se possibile, sbiancava ulteriormente, per poi atteggiarsi a un'espressione di fastidio e nervosismo.

Sette lasciò cadere il borsone esattamente dove stava, e in silenzio, superò Vasily senza sfiorarlo, per poi sparire nelle ombre serali.

Vasily quindi si ritrovò ad attendere, seduto sul piccolo e scomodo divano mentre la notte gettava il suo telo nero sul mondo, realizzando che niente di quello che aveva lasciato lì sarebbe stato fondamentale per rimettersi a viaggiare, di certo Sette sapeva rubare una macchina e difendersi, non avrebbe avuto alcun problema a ricavare soldi da qualche parte.

Era probabile che avesse fatto un errore a imporsi così, forse era solo uno stupido, ma la verità era che ormai se ne trovava dentro, ciò a cui aveva assistito andava ben oltre ciò che avrebbe potuto trovare nel dark web, o nei siti più protetti dell'AIS, perché un progetto del genere non poteva essere descritto a voce, o immaginato. Vasily aveva la nausea che gli stringeva la gola alla sola idea dell'unione così azzardata e folle di un corpo umano a un Abissale.

Aveva la mente piena di quelle registrazioni frammentate, di quegli occhi un tempo entrambi argentei, circondati da pelle pallida e atteggiati in un'espressione di inumana indifferenza mentre una goccia di sangue correva con lentezza dalla tempia allo zigomo, marchiando il biancore su cui si trovava come avrebbe fatto sulla neve fresca.

Si immaginò un alto come Sette, e poi altri due, e poi ancora, e non fu più in grado di chiudere occhio. Realizzò, in una lenta e bruciante epifania, che non poteva tirarsi indietro, per quanto la moralità non fosse mai stata qualcosa di cui si era preoccupato più di tanto, non poteva più far finta di niente.

Riuscì almeno a trarre un flebile sospiro di sollievo quando, del tutto inaspettata, la sagoma di Sette invase il suo campo visivo, come un fantasma sputato via dalle ombre e dal silenzio. Rimase lì mezzo secondo, giusto per farsi vedere, prima di voltarsi e sparire oltre la porta della stanza da letto.

"Partiamo all'alba." Fu l'unica cosa che venne detta fino al mattino seguente e a Vasily, per una volta, andava bene così.

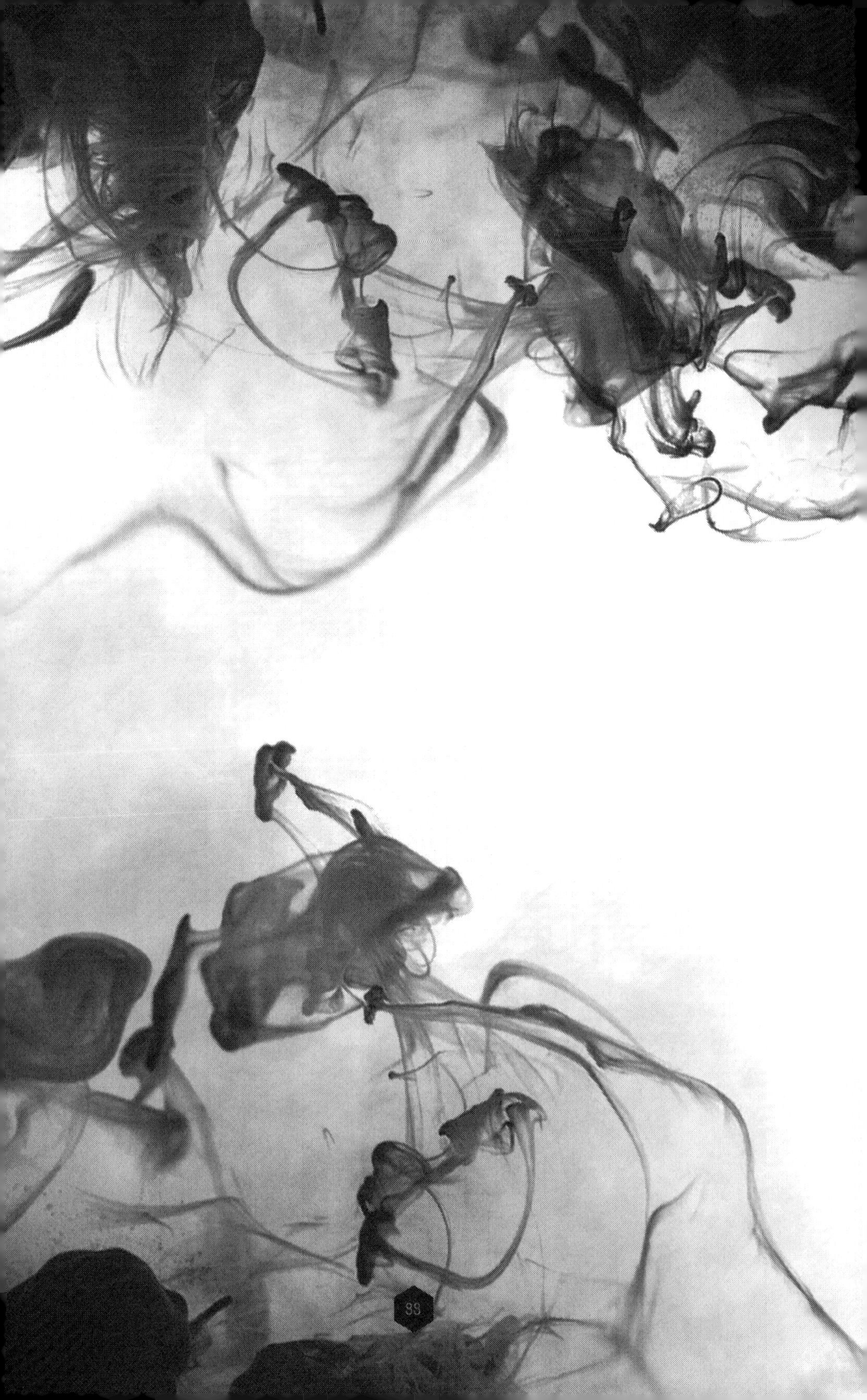

FILE 09 - HURT

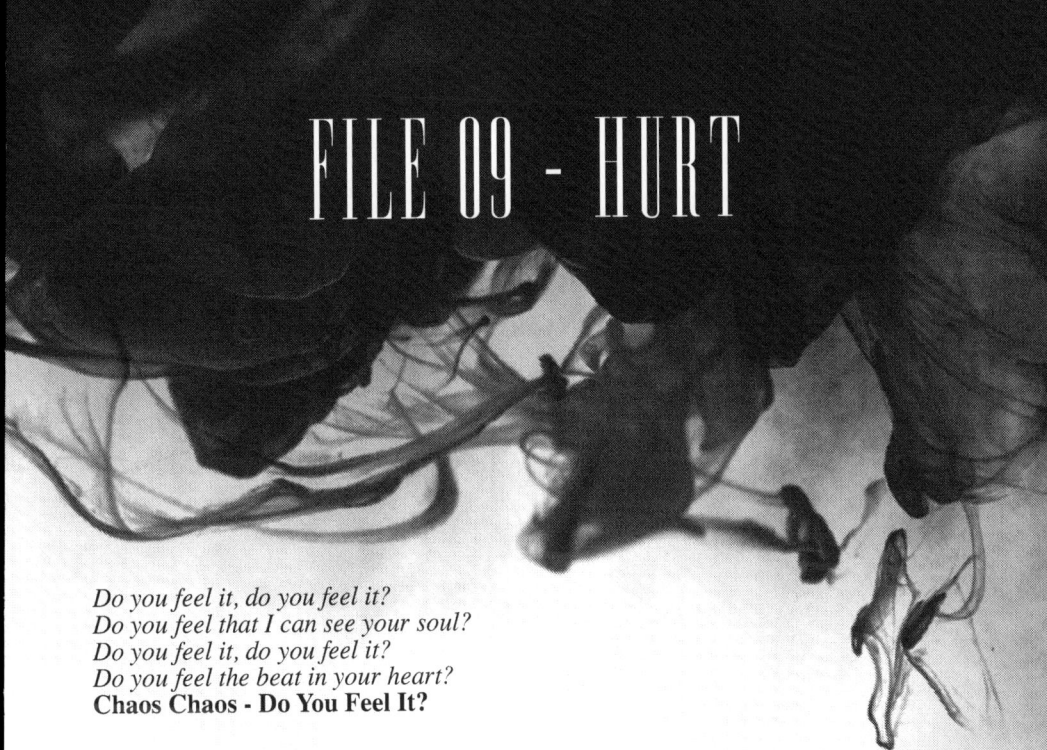

Do you feel it, do you feel it?
Do you feel that I can see your soul?
Do you feel it, do you feel it?
Do you feel the beat in your heart?
Chaos Chaos - Do You Feel It?

 Muoversi in mezzo alla vegetazione di una terra sconosciuta, sotto un cielo che prometteva pioggia da un secondo all'altro, aveva un che di familiare.

 Ethan controllò la posizione sul cellulare, ormai sicuro di essere quasi arrivato a destinazione. Poteva udire il lieve brusio delle linee elettriche più avanti, eppure nessun movimento o scalpiccio a parte il proprio interrompeva il silenzio.

 Componendo il numero a memoria, si portò il cellulare all'orecchio.

 "*Sì?*" La voce di Beth giunse dopo solo uno squillo, attenta e preoccupata.

 "Avevi detto che c'era stata attività?" domandò Ethan, tenendo il tono basso.

 "*Ho registrato livelli molto alti di consumo per diversi giorni di fila, poi nulla per un po' se non per qualche aumento stamattina presto. Perché, c'è qualcosa che non va?*" Mentre Beth parlava, Ethan non aveva esitato ad avanzare, superando del tutto la vegetazione e avvistando finalmente la struttura.

 Non era molto più che un cubo di cemento scuro, circondato da rifiuti abbandonati come un recinto, non c'erano auto né tracce umane.

 "Pare deserta. Mi sto avvicinando, e temo che ci sia già stato qualcuno," commentò quando vide la porta d'ingresso blindata lasciata socchiusa e lo schermo a lato sfarfallare; un paio di fili tagliati penzolavano al di sotto, la gomma che li circondava lucida e satura di colore.

C'era una pesantezza nell'aria che ormai Ethan aveva imparato a riconoscere come qualcosa che non era per gli altri palpabile. I resti delle emozioni di chi aveva lavorato lì permeavano l'aria, e sopra il più lontano strato di vecchie e mondane emozioni, c'era una corrente di nervosismo e panico che gli stringeva la gola.

"*Vedi se riesci comunque a trovare qualcosa, annoteremo nel rapporto le condizioni in cui l'abbiamo trovata.*" Il sospiro di Beth venne accompagnato dal suono dei tasti in sottofondo.

"Va bene." Ethan chiuse la chiamata e la quiete calò di nuovo, pesante e fastidiosa, colma di qualcosa che percepì solo allora. Fu tanto familiare da dargli l'impressione di essere tornato alla Torre, indietro nel tempo.

La sensazione gli tolse il fiato, gli fece fremere i muscoli e, con la lenta violenza di una marea che si alzava, il ricordo riemerse, chiaro e preciso; un frammento di passato che la sua memoria non era stata in grado di rovinare.

Si voltò senza bisogno di sentire la sua voce.

"Non troverai niente." E anche quella era esattamente come la ricordava, come risuonava nella sua testa nei giorni in cui la mancanza gli scorticava l'anima.

Avrebbe riconosciuto quella voce ovunque, l'avrebbe pescata in mezzo a una folla senza sforzo. Nell'ultimo anno non aveva fatto che cercarla nei silenzi delle missioni, o nel peso della sua assenza, e l'aveva desiderata sfiorargli il petto e le labbra con una delicatezza che sarebbe sempre stata agonizzante.

Era intensa, e il colpo al petto fu doloroso ma perfetto a modo suo.

Furono solo tre parole, ma l'impatto era travolgente. Impossibile da predire e da sopportare. Le fibre del suo essere erano impreparate per una cosa del genere. Il suo cuore sobbalzò senza permesso, lanciandosi poi in un ritmo inconsistente e fin troppo rapido. Ogni respiro era un tremore, un tradimento del proprio corpo che era molto più spaventoso della debolezza.

Crudele nell'accecante chiarezza, era lui, ed era come se non fosse passato un solo secondo. Era devastante, come qualcosa di così semplice potesse avere tanto potere su di lui.

"Sasha," sussurrò, quasi senza accorgersene, mentre la realtà pareva allontanarsi ancora di più fino a che in quello spazio vuoto non rimasero che loro due. Ethan si perse in quella visione, nella sua figura fasciata da abiti scuri, i capelli tirati indietro che lasciavano libero il volto rigido, gli occhi di metallo ghiacciato, impassibili. Nel gelo della sua espressione, nella postura chiusa, a Ethan parve per un attimo di essere sulla strada di casa.

In quel brevissimo istante, in quel momento di effimera stasi decise, e sapeva, che avrebbe trovato un modo per non lasciarselo sfuggire, che avrebbe stretto la presa e non gli avrebbe permesso di scivolargli via dalle dita come acqua limpida. E per quanto la sorpresa lo aveva sciccato, la missione aveva priorità. Quando Ethan rifletté su ciò che gli aveva detto un brivido lo percorse.

"Cosa vuoi dire?"

Lo osservò stringersi nelle spalle senza tirare fuori le mani dalle tasche dei pantaloni e lanciare una breve occhiata all'ingresso socchiuso. "L'hanno svuotata. Hanno rimosso i dati più importanti, e chi è stato qui prima di te si è portato via il resto."

Ethan aggrottò le sopracciglia alla descrizione tanto accurata, nonostante ciò che aveva visto poteva ricondursi a ciò che aveva detto.

"Come lo sai?" chiese comunque, con il sospetto che si faceva largo in lui. Perché ricordava fin troppo bene quei pomeriggi, o interi giorni, riempiti della sua assenza, ricordava aver fissato i segni sulla sua pelle, così come ricordava il sapore amaro che avevano avuto i suoi pesanti segreti, il suo piano solitario di distruggere e cancellare chi lo aveva privato di una vita normale.

Tutto ciò non pareva tanto diverso.

"Non ti fidi?" Nel silenzio il tono di Sasha suonò lieve, e lui ebbe l'impressione di non essersi mosso, in tutto quel tempo, da dove era stato seduto accanto a lui al piano, a conversare di quelle cose.

"Non si tratta di fiducia, Sasha," cercò di ribattere, di trovare un altro punto d'appoggio in quella discussione.

Ma Sasha vide oltre la sua bugia, e la risposta fu come un colpo allo stomaco. "Si è sempre trattato di fiducia con te, Ethan."

Deglutì. Sospirò. Cercò di liberarsi di quel fastidio che premeva contro lo sterno, di affidarsi alle onde di onnipresente rabbia che giungevano dall'altro, tastando con sollievo quel costante intento e concentrazione che lo accompagnava nelle missioni, nelle situazioni più tese, e in esso trovò l'appiglio giusto.

"Vai a controllare se vuoi, ma non mi ritroverai qui fuori una volta che avrai finito," aggiunse lui, forse prendendo il mutismo di Ethan come la sconfitta che era.

"Che diavolo stai dicendo?" Il tono era strozzato dal panico che si era riacceso all'improvviso.

Fece un paio di passi in avanti, come se Sasha potesse sparire da un momento all'altro. Lo vide seguire i suoi movimenti con occhi attenti, ma la sua postura non cambiò. Per un attimo si domandò come avrebbe reagito se si fosse avvicinato, se lo avesse stretto tra le braccia, affondando le dita tremanti nei suoi capelli del colore della notte, perdendosi in quelle sensazioni spesso discordanti che riuscivano comunque a farlo sentire al sicuro, a casa.

"Era una trappola, credi che siate stati gli unici a notare l'attività di questa base? Hanno tirato un'esca e aspettato che il loro obiettivo abboccasse per potersi muovere," spiegò, spostando lo sguardo da Ethan per farlo scorrere sulla struttura vuota e silenziosa davanti a cui si trovavano. Voleva avanzare, ma ciò che disse lo bloccò sul posto. "Immagino che tu non sia venuto da solo."

E in quella soffocante stasi, in cui una strisciante e terribile consapevolezza si faceva largo in mezzo al suo petto, il cellulare di Ethan prese a squillare, la sua squillante melodia che strideva nell'immobilità di quel giorno irreale.

Sapeva chi era a chiamare, e la necessità di agire era tanto forte quanto quella di rimanere lì, in quello spiazzo vuoto con la persona che era la sua altra metà.

"Cosa succede?" Il fiato che faticava a superare le labbra.

"Ci sono due furgoni neri di fronte all'appartamento... e ho un pessimo presentimento." La voce di Jane era tesa, con una vena di malcelato timore che Ethan ebbe l'impressione di poter percepire addosso anche attraverso la linea telefonica.

"Non uscire, sto arrivando," le ordinò, tentando di suonare il più possibile fermo e rassicurante.

"Ethan, non..."

"Resta in linea, dimmi se ci sono cambiamenti," aggiunse, cercando di non lasciarle il tempo di preoccuparsi troppo. Non aveva idea di cosa stesse succedendo, ma doveva mantenere la calma.

"Ok," mormorò lei, con la calma e la sicurezza che cancellavano in parte la preoccupazione.

"Dovevate essere più cauti." Il tono di Sasha era un ammonimento, e qualcosa nel suo tono attirò di nuovo l'attenzione di Ethan, giusto per vederlo voltarsi, indirizzandosi verso un sentiero nascosto nell'erba alta.

Il suo corpo agì senza che potesse ragionare e, con uno slancio, strinse la mano intorno al polso di Sasha.

La cruda disperazione che strisciava lungo i suoi polpastrelli era un bruciore che non aveva nulla a che fare con vecchie ferite, e per quanto avrebbe fatto male, Ethan non avrebbe fatto altro che serrare la presa, perché non aveva importanza il dolore che si irradiava in entrambi, che fosse reale o un riflesso. Questa volta non l'avrebbe lasciato sfuggire.

"Vieni con me." I loro occhi si incrociarono, ed era troppo e troppo in fretta e non abbastanza. Non ci furono lenti sguardi, come carezze lungo zigomi affilati, labbra strette, o silenzi rubati, al loro posto c'era solo la familiare e fredda ma debole rabbia.

"Non sono qui per aiutarti, Ethan."

Ethan non fu sorpreso né sciocato. Non erano in grado di giocare pulito quando la situazione era così. Si laceravano a vicenda senza pietà, si rubavano il fiato in una danza che li lasciava svuotati di forza e volontà.

Per lo meno era un gioco che Ethan aveva imparato a vincere.

"Ma io ho *bisogno* del tuo aiuto."

Nel silenzio soffocante del viaggio, l'unica cosa ad accompagnare le vibrazioni del motore spinto al massimo furono i leggeri respiri di Jane che giungevano dal cellulare. Era una quiete tranquillizzante, ma la consapevolezza che quel momento di stasi stava durando abbastanza per permettergli di arrivare in tempo fu spezzata quando rientrarono in città.

"*Stanno scendendo.*" Quelle due parole, delineate da un sussurro tremulo, furono abbastanza per spezzare l'effimera calma che aveva forzato su sé stesso.

"Arriviamo," avvisò, trattenendo un'imprecazione e premendo con più forza sull'acceleratore. "Nasconditi nel bagno," suggerì, notando di sfuggita Sasha che recuperava una pistola dalla borsa che aveva con sé. E per quanto fossero in pericolo, la familiarità di averlo accanto, di non essere più solo in una ricerca folle, riuscì ad allentare in parte quella sfera di tensione che gli pesava addosso.

Attraverso la linea poteva udire i colpi di qualcuno che cercava di sfondare una porta e un trambusto incomprensibile sollevarsi subito dopo, sapeva che le cose si sarebbero risolte, perché poteva già vedere il profilo della loro casa sicura affacciata sulla via deserta, e i due furgoni neri che la macchiavano con la loro cupa e pesante presenza.

Con il cuore che batteva a mille, Ethan fermò la macchina contro il marciapiede di fronte all'abitazione, non distogliendo l'attenzione dalla figura in nero che stava salendo gli ultimi scalini che conducevano alla porta abbattuta.

Si sentiva spezzarsi pezzo dopo pezzo, tra il bisogno di controllare il cellulare, come se così potesse avvicinarsi di più a Jane, e continuare a fissare l'appartamento immobile e quel nemico armato.

Il suono di uno sparo gli trafisse la mente, e per un attimo temette il peggio, ma poi vide e il nemico sulle scale cadere in avanti con arti molli e scoordinati

"Non ucciderli! Non puoi…" Il resto della protesta si perse nel fragore di un altro sparo, ma poté comunque scorgere la rabbia nell'espressione di Sasha, che bruciava come un tizzone incastrato tra le costole, prima di ritrovarsi a correre verso l'ingresso.

C'era un altro agente nella sala. Era già voltato verso di lui, di sicuro allertato dallo sparo che aveva abbattuto il compagno.

Ethan non sobbalzò quando una pallottola si piantò nello stipite a un soffio da dove era la sua testa, ignorò le schegge che gli graffiarono il volto e, con un gesto rapido che era puramente guidato dall'istinto di sopravvivenza, tirò fuori la pistola che portava al fianco.

L'uomo crollò a terra con un gemito ed entrambe le mani premute sulla ferita alla coscia. Il sangue prese subito a colare tra le dita fasciate dai guanti scuri.

Udì un trambusto dal piano superiore, e si mosse più in fretta, perché per quanto stesse cercando di mantenere la calma poteva percepire le emozioni di Jane, il panico e la paura battergli nel petto come un altro cuore. Per quello non esitò e compì gli ultimi passi che lo separavano dall'uomo, sferrandogli un pugno contro la tempia, in modo da metterlo fuori gioco senza ucciderlo.

Senza fermarsi si diresse verso le scale e corse di sopra. Lanciandosi un'occhiata alle spalle notò Sasha entrare in casa solo in quell'istante con occhi vigili e attenti.

Non si lasciò distrarre e continuò a seguire quelle emozioni, notando che parevano essersi alleviate, meno intense. Cercò di non farsi soffocare dall'agitazione, e quando raggiunse il corridoio si ritrovò a trarre un sospiro di sollievo malgrado lo scenario.

C'era un agente steso lì in mezzo, accasciato sul suo stesso pugnale ancora stretto in mano; la lama spariva tra la stoffa scura della giacca rinforzata.

"Jane," chiamò sulla soglia del bagno, vedendo nel momento in cui fece un altro passo l'altro uomo a terra, accanto ai frammenti di porcellana del lavandino spezzato e una chiazza di sangue che si allargava con lentezza intorno alla sua testa.

Jane era in piedi nell'angolo più lontano, tremante, le palpebre serrate e le mani schiacciate sulla bocca, un livido si stava poco a poco formando su un lato del suo volto.

Le sue gambe si mossero senza bisogno di un pensiero coerente, e nel secondo seguente le sue braccia erano già avvolte intorno alla sua forma tremante. Era rigida contro di sé, e non fu in grado di liberarsi del tutto della preoccupazione che macchiava il sollievo di averla lì, viva.

"Sei ferita?" la interrogò, staccandosi per accarezzarle il volto pallido.

Jane scosse la testa, obbligandosi a prendere lunghi respiri, a spingere un sorriso che sembrava più una smorfia sulle labbra tirate. "Credo di star per vomitare," sussurrò, per poi sedersi sul bordo della vasca, le dita che andavano a stringersi convulsamente sul bordo chiaro.

Ethan continuò a sfiorarle con delicatezza il viso – facendo attenzione al livido – e la schiena in quelli che sperava fossero movimenti rassicuranti.

Sasha li raggiunse, fermandosi sulla soglia per studiare la situazione. Ethan lo osservò mentre i suoi occhi catalogavano uno a uno i dettagli, dal cadavere in mezzo a schegge macchiate di sangue, il pugnale che era scivolato via, vicino alla porta e, infine, con uno sguardo che era freddo come insensibile acciaio, sulla ragazza seduta oltre quel disastro.

"Che cosa è successo?" si rivolse a Sasha, incapace di fermare il tono di accusa che gli colorò le parole. Era andato tutto bene, era riuscito a mettere fuori gioco chi era già entrato, e le lezioni di autodifesa e combattimento che Jane aveva deciso di seguire con serietà avevano dato i loro risultati. Se i nemici fossero stati di più, se qualcosa fosse andato storto, non avere l'aiuto di Sasha per tutto il tempo avrebbe potuto portare a un esito ben diverso.

"Ho messo un tracciatore su una delle loro vetture."

Ethan strinse le labbra, mal sopportando i secondi fini che parevano essere dietro a ogni sua azione.

Il dolore gli si insinuò nel cuore quando realizzò che Sasha aveva avuto ragione. Si trattava di fiducia, e a seguito tutto quello che era successo, dell'obbligata separazione, Ethan stava trovando non poche difficoltà a ricrearla, o a ritrovare ciò che il loro legame era stato in passato.

"Ok, dobbiamo andarcene da qui." Scacciò dalla mente quei tormenti; in un momento del genere non lo avrebbero aiutato in alcun modo.

"Dovrete fare più attenzione," li redarguì Sasha, che era accucciato accanto all'agente a terra, le mani che frugavano con precisione nelle tasche della divisa scura. Ethan si voltò verso di lui, pronto a riprendere, seppur con frustrazione, la discussione che era rimasta in sospeso. Ma si ritrovò di nuovo bloccato, perché Sasha era testardo almeno quanto lui e sapeva fare la mossa decisiva nelle situazioni difficili. "E no, Ethan, non verrò con voi."

"Allora veniamo noi con te." La voce di Jane era bassa e tremula, ma le sue parole risuonarono con forza.

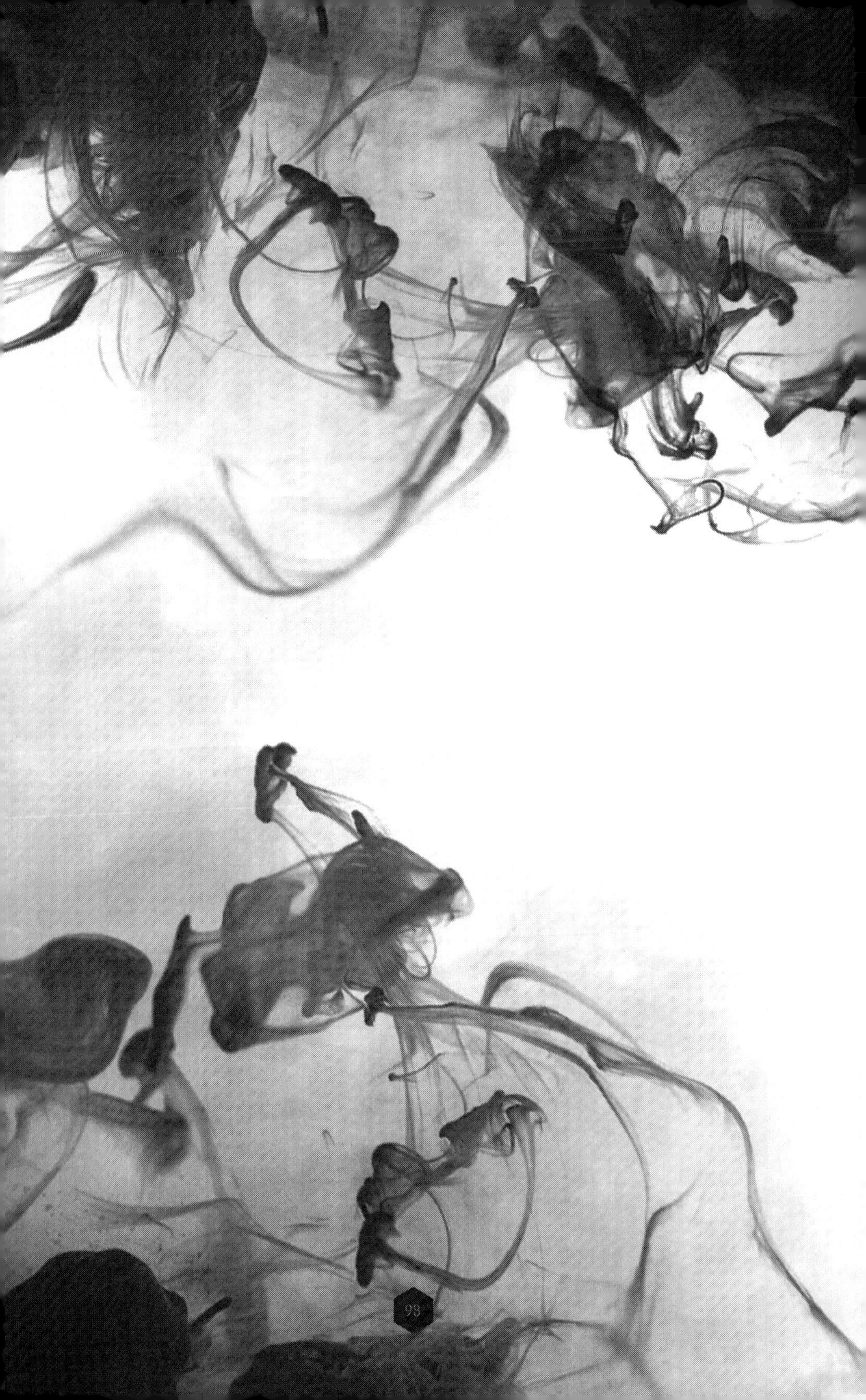

FILE 10 - TALKATIVE

Arms wide open
I stand alone
I'm no hero and I'm not made of stone
Right or wrong
I can hardly tell
FFDP - Wrong Side of Heaven

L'asfalto scorreva fluido sotto le ruote dell'auto rubata. Avevano abbandonato quella con cui erano arrivati per assicurare un po' più di tempo alla fuga, e insieme al panorama che rapido filava via, Jane poteva sentire l'adrenalina lasciarla, e venne invece invasa da una crescente ansia e da un malessere che non era solo mentale.

Strinse i denti quando l'umidità le si allargò sul fianco, pensando di poterla tenere nascosta fino a che non si sarebbero fermati, ma celare qualcosa del genere a Ethan era impossibile, soprattutto con il dolore che si faceva bruciante e il timore che le stringeva il cuore.

Voltò il capo dal sedile posteriore, e i suoi occhi cristallini la trovarono all'istante, colorati di preoccupazione e sorpresa.

Jane socchiuse le labbra per dire che stava bene, ma le parole le si incastrarono in gola, per-ché le mancava l'aria, ma non che avesse importanza, perché Ethan aveva già slacciato la cintura per poi scavalcare lo spazio che li divideva.

"Ehi." Jane distinse a malapena la voce infastidita di Sasha alla guida, troppo presa da ciò che provava, tra la sofferenza e la nausea che stavano crescendo in lei. Ethan si mosse nell'auto come se le sue gambe lunghe non fossero un impedimento, e sarebbe dovuto essere ridicolo, ma si ritrovò incapace di dire o fare molto.

"Continua a guidare," ordinò lui, per poi sistemarsi accanto a lei.

Sasha sbuffò, ma il ronzio del motore rimase costante.

"Che succede?" chiese Ethan, avvicinandosi, lo sguardo che vagava con premura dalla sua faccia al suo corpo, in cerca della ferita, come se potesse trovarla così facilmente.

"Non me ne ero accorta, davvero…" balbettò lei, togliendo la mano dal fianco. C'era una macchia appena visibile sulla felpa scura, e una rossastra che le colorava i polpastrelli, rag-grumata intorno alla cicatrice che le segnava il palmo.

"Adrenalina. Succede," la rassicurò Ethan, sollevandole con delicatezza la maglia. Lo udì sospirare e Jane si forzò a guardare il taglio, non più lungo di una manciata di centimetri, se-gnarle la parte bassa del costato.

"Non è profondo, almeno, ma non possiamo lasciarlo così." Si mise a rovistare tra le borse che, in tutta fretta, avevano preso dalla casa e portato in macchina.

"Mi dispiace," mormorò Jane, ottenendo da Ethan un'espressione sorpresa. Si morse le lab-bra, sentendosi del tutto inappropriata.

"Non scusarti," fu la replica di Ethan, il cui volto era contratto in un modo che Jane non comprese mentre tirava fuori disinfettante e bende. "Anzi, dovrei farlo io," aggiunse, sco-stando un attimo gli occhi su Sasha, le cui mani erano strette con forza sul volante. "Sarei dovuto essere più attento, non dare per scontato niente, e assicurarmi che tu fossi al sicuro." Poi si fermò, uno strano cipiglio gli piegò la bocca. "Ma te la sei cavata benissimo da sola."

E nonostante quelle parole, Jane non fu in grado di scacciare quella sensazione di inutilità che le premeva sullo sterno. Gli occhi si inumidirono, e si convinse che era solo il dolore e non l'adrenalina che l'aveva abbandonata, lasciandola in balia di emozioni troppo pesanti e crudeli.

"Dovremmo fermarci, non abbiamo molte bende, e sono finiti gli antidolorifici." La voce si indurì sull'ultima parte mentre scoccava una rapida e dura occhiata a Sasha attraverso lo specchietto retrovisore.

"Ho io degli antidolorifici," propose lui, ricambiando con stesso tono ed espressione.

"Devo comunque prendere da mangiare," disse Ethan nei secondi di quiete in cui Jane desi-derò poter essere altrove.

Il resto del tragitto continuò in silenzio, e l'unica cosa che ancorò Jane alla realtà era la ma-no di Ethan che, con cura, ripuliva il taglio. Cercò di concentrarsi su quel contatto, consape-vole che la sua paura non avrebbe aiutato nessuno.

Incrociò le sue iridi celesti che strabordavano di preoccupazione e affetto, e anche se la si-tuazione era meno che ottimale, Jane si ritrovò riempita di una calma più profonda, perché non doveva affrontare tutto quello da sola, poteva contare su di lui. Cercò di rivolgergli un piccolo sorriso, nel tentativo di rassicurarlo, perché per quanto le ultime ore erano state spa-ventose, era certa che quella fosse la strada giusta da prendere.

Il motore si quietò, il paesaggio oltre il finestrino si schiarì, non più distorto dalla velocità.

La vettura prese uno svincolo, inserendosi nel parcheggio di una zona di sosta in cui si tro-vava un piccolo e anonimo market accanto al distributore di benzina.

Poi Ethan si allungò verso i sedili anteriori.

"Dammi le chiavi," ordinò, con la mano tesa e gli occhi seri.

Ci fu una conversazione silenziosa e immobile in cui la tensione era quasi palpabile. Dopo secondi interminabili Sasha cedette e le rimosse dal cruscotto, lasciandole cadere nel palmo dell'altro senza sfiorarlo.

"Se credi che togliermele sia un buon modo per tenermi qui, ti sbagli," commentò Sasha, l'espressione dura e gelida come metallo.

"Lo so." Ethan aprì lo sportello per scendere dalla vettura. "Ma c'è un motivo se ho scelto quest'auto," concluse, uscendo e chiudendosela alle spalle, per poi premere un tasto sulle chiavi. Le luci lampeggiarono una volta e, mentre lui si allontanava, sul volto di Sasha si di-stese un velo di comprensione. Jane poteva vedere la sua rabbia quando provò a tirare la maniglia e questa, con la stessa ostinata testardaggine di Ethan, non aprì la portiera.

"Mudak," sibilò Sasha, e Jane realizzò diverse cose in quel momento.

Si trovava da sola con Sasha, per la prima volta dopo quella che era un'eternità, con un si-lenzio pesante e pressante che li schiacciava.

Se solo non avesse già perso sangue Jane sarebbe arrossita. Perché ricordava quando aveva provato a parlare con Sasha, ricordava la conversazione disastrosa, e il modo in cui si era defilato.

Si morse le labbra, abbandonandosi sul sedile e desiderando poterci sparire dentro. La ferita pulsò contro il fianco, e si rese a malapena conto che Sasha stava tirando fuori qualcosa dalla tasca della giacca.

Un suono in qualche modo familiare le fece notare il bottiglino arancione riempito a metà di pastiglie chiare tenuto tra le dita di Sasha. Glielo stava porgendo tra i sedili, e Jane si ritrovò a prenderlo con non poca esitazione.

"Ti conviene mangiare qualcosa, e magari prenderne solo mezza, sono piuttosto forti," la avvisò quando Jane prese a rigirarselo tra le mani. Lesse l'etichetta e notò che quelle pasti-glie di Twice avevano un dosaggio molto più alto di qualsiasi cosa Jane avesse mai preso, e il fatto che Sasha tenesse in tasca un farmaco a base di morfina come una qualunque scato-letta di mentine le mise addosso una pungente preoccupazione.

Prese un sospiro, bloccando l'inquietudine, ma iniziando a percepire la stanchezza addosso. Non aveva fame, malgrado fossero le due passate, il miscuglio di ansia e dolore le impedi-vano di provare molto altro.

Come era possibile che loro fossero in grado di sopportare cose del genere ogni giorno? Di andare avanti nonostante le ferite, i dubbi e la sofferenza che si celavano sotto la pelle?

Da quando avevano intrapreso quel viaggio si sentì inadatta, chiusa in una macchina spen-ta in cui non stava accadendo alcunché.

Si strofinò il viso, e le parole le sfuggirono di bocca.

"Come fate?" sussurrò Jane, rompendo il silenzio e la tensione che erano tanto fastidiosi e brucianti quanto la ferita al fianco. "Come fate a non spezzarvi?"

Il mormorio venne inghiottito dal silenzio che si prolungò in quello che parve un tempo infi-nito, in cui Jane cercava di stringersi in se stessa, come se così potesse evitare di cadere a pezzi.

"Ci spezziamo," la corresse Sasha, quando ormai si era convinta che non avrebbe ottenuto risposta. Lo vide con gli occhi lontani, puntati sulla figura di Ethan che, oltre alle vetrate del piccolo market, si stava muovendo per prendere le ultime cose. "Ci spezziamo tutti, ma non lasciamo che le spaccature ci divorino." Si sistemò sul sedile, come se fosse a disagio. "O al-meno è quello che direbbe lui," concluse infine, con una leggerezza che la sorprese, e bastò quello per non farla finire a pezzi.

Jane si trovò bloccata, perché lo vedeva nei suoi occhi, ora un po' più caldi, nella linea meno tesa delle spalle, e nel modo in cui parlava.

Aveva creduto che non ci fosse nulla in comune tra lei e Sasha, e si era sempre sbagliata, perché ciò che li accomunava si stava avvicinando, con i capelli biondi legati in una bassa coda e un sacchetto di carta stretto al petto. La sua attenzione era fissa sull'auto, come se temesse che in quegli istanti potesse ripartire all'improvviso.

Jane si permise di studiarlo per qualche breve secondo, ricordando le volte che si era persa in lui, nei suoi tratti decisi e nel modo in cui le sue labbra si piegavano quando era felice. Poi notò che anche Sasha lo stava osservando avvicinarsi.

Sapeva che lei e Sasha provavano le stesse cose per Ethan.

Entrò in macchina e lanciò le chiavi a Sasha, e quest'ultimo le prese al volo con uno scatto rapido, per poi inserirle nel foro di accensione, ma senza girarle.

"Puoi aggiornarci su cosa sta succedendo? Cosa sai?" Ethan gli passò un sacchetto uguale a quello che aveva lasciato sul sedile posteriore. Il calore e il profumo del pane scaldato si sol-levò nell'aria.

"Stavo tenendo d'occhio la situazione, niente di più, cercando qualche informazione qua e là, e di punto in bianco i dati energetici di certe strutture sono sparite, tutti i loro database cancellati, ho voluto vedere di persona," spiegò mentre Ethan si avvicinava a Jane per sole-varle di nuovo la maglia e controllare lo stato della ferita. Le garze si erano macchiate di ros-so, ma pareva che avesse smesso di sanguinare. "C'è attività al di sotto di quello che si vede normalmente, e il colpevole sta creando scompiglio." La voce di Sasha riempiva l'abitacolo, e Jane cercò di concentrarsi su di essa mentre Ethan le copriva il taglio con un grosso cerotto improvvisato di spessa garza e nastro medico.

"Dovrei dare dei punti per sicurezza, ma adesso non posso fare molto più di così," mormorò Ethan.

Jane annuì e sollevò il bottiglino di antidolorifici per farglielo notare.

Fu allora che accadde qualcosa di molto strano, perché Ethan posò gli occhi su di esso, poi li spostò su di lei e, mentre il suo volto si arrossava, li portò infine su Sasha.

Lo fissò con un'espressione indecifrabile, e Jane voleva sapere cosa gli arrivava da Sasha per farlo reagire così.

Poi il momento si spezzò quando Ethan si schiarì la gola per parlare.

"Credi sia la stessa persona… o gruppo, che ha creato la trappola?" Aprì la carta e ne tirò fuori due panini, ne passò uno a Jane, che lo prese tra dita tremanti. Aveva lo stomaco chiuso, ma se non avesse mangiato ora se ne sarebbe pentita più avanti, quindi mandò giù piccoli bocconi.

"Non avrebbe senso." Fu il laconico commento di Sasha.

Jane si mise ad ascoltare per bene, raccogliendo un'informazione alla volta.

"Come avevamo immaginato," mormorò Ethan, appoggiando il burger sul sacchetto e sporgendosi in avanti. "Quindi c'è da tenere in considerazione che qualcun altro ci sta mettendo i bastoni tra le ruote."

"Cosa vuoi dire?" Sasha incrociò lo sguardo di Ethan nello specchietto.

Fra tutti era l'unico che stava mangiando, il panino era già sparito, e stava rovistando distrattamente nel sacchetto in cerca di qualcos'altro.

Jane aggrottò le sopracciglia e tentò di ricordare quali fossero le controindicazioni precise di un farmaco a base di oppioidi.

"Non è una gita di piacere, e non è una missione come un'altra. Ci servono le giuste prove per farti tornare a casa," disse Ethan, e tutto sembrava star andando bene, ma Jane si rese subito conto che quella era stata la cosa sbagliata da dire.

"Di cosa diavolo stai parlando? Sono un ricercato," sibilò Sasha.

Il silenzio che calò fu più pesante di quello precedente, e Jane sbiancò per il nervosismo che le parve di percepire nell'aria come una corrente elettrica.

"Quello che ha fatto Chekov non deve ricadere su di te," spiegò Ethan, cercando di mantenere un tono calmo. Cosa che tuttavia non funzionò, perché Sasha si voltò, finalmente confrontandolo faccia a faccia.

"Apri gli occhi, credi si tratti solo di quello? Ho disobbedito a ordini diretti, ho distrutto proprietà dell'AIS, rubato informazioni, *ho ucciso persone*," ribatté Sasha, le parole come tuoni nell'aria, rabbia e frustrazione riempivano la sua voce e il suo viso. "Devi finirla, Ethan, devi *smetterla* di credere che esista una soluzione a tutto."

"Abbiamo un piano, Sasha, sappiamo come sistemare le cose," insistette Ethan, sporgendosi di più verso l'altro, tanto da portarlo a ritirarsi un po', un flash di timore si insinuò tra il resto delle rabbiose emozioni.

E Jane temeva che non sarebbero arrivati da nessuna parte, che avrebbero chiuso quella discussione con un mutismo doloroso, cose non dette e parole sbagliate, quindi si forzò di calmare l'agitato battere cuore e prese un respiro.

"Ha ragione, sai?" li interruppe. Entrambi si bloccarono, due paia di iridi chiare finirono su di lei, come se si fossero dimenticati della sua presenza. Jane si tirò un po' più su. "Possiamo farlo, devi solo fidarti di noi per questa volta." Non mostrò alcuna esitazione, contrastando il tremore delle mani che stava facendo danzare le pastiglie nel contenitore.

Quel flebile suono fu l'unica cosa a intaccare la quiete, e Jane si ritrovò incastrata negli occhi di Sasha che, interdetto, la fissava come se non l'avesse mai vista prima, lei sostenne la sua espressione tempestosa, combattendo l'agitazione che le colorò il volto

Lo vide quindi scuotere il capo, per poi voltarsi e, senza dire un'altra parola, accendere l'auto. La vibrazione del motore la fece sobbalzare, il che le mandò una fitta lungo il fianco.

"Quanto manca per l'aeroporto?" Usò lo stesso tono gentile, desiderosa di mettere un tempo limite a quella sofferenza.

Il che le fece venire in mente le pastiglie che aveva ancora in mano. Le studiò con sospetto, non sicura di voler usare una medicazione così forte e potenzialmente pericolosa, ma sape-va che se il dolore si fosse fatto insopportabile quella sarebbe stata la sua unica possibilità.

"Solo un paio d'ore," chiarì il Guerriero russo, infilando la marcia e facendo ripartire l'auto.

"E dove stiamo andando, di preciso?" Quello mancava nel mosaico mentale di informazioni che aveva costruito.

Quando lo chiese gli occhi di Sasha erano ormai due muri di metallo insormontabile. "Dove è iniziato tutto."

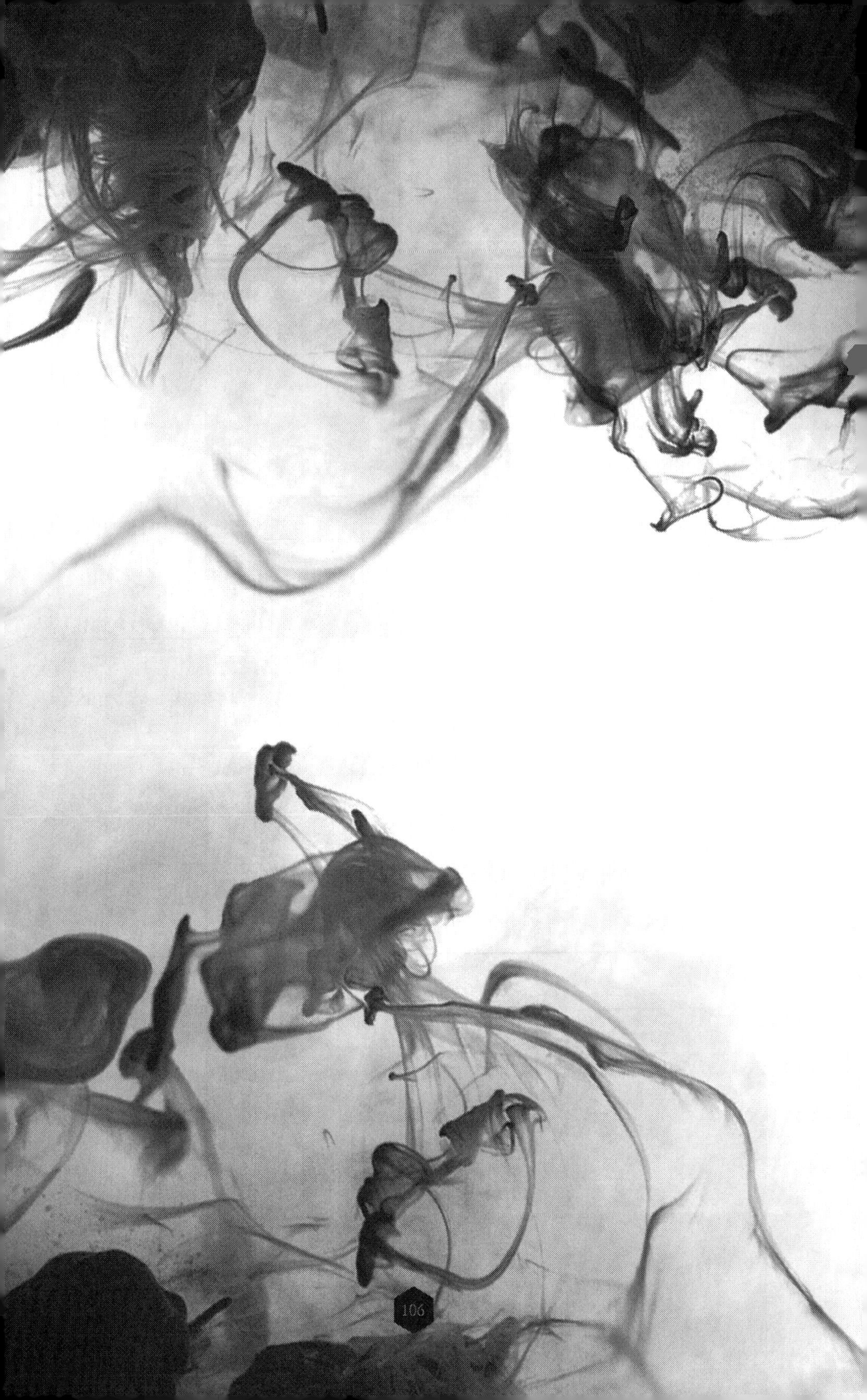

FILE 11 - FRAIL

With his ultraviolence (Lay me down tonight)
Ultraviolence (In my linen and curls)
Ultraviolence (Lay me down tonight)
I can hear sirens, sirens
Lana Del Ray - Ultraviolence

La stanchezza contro cui aveva combattuto ormai da giorni stava minacciando di travolgerlo con tutta la sua potenza. E pensò che forse per quella volta poteva fermarsi un attimo, giusto una notte, per permettere al proprio corpo rovinato di rimettersi in sesto. Perché un peso gli premeva sullo sterno, i muscoli bruciavano al solo muoverli, e le coperte morbide parevano un conforto fin troppo invitante.

Gli era rimasto più tempo di quanto si era aspettato dopo quell'ultima uscita. Recuperare ciò di cui aveva avuto bisogno era stato rapido e semplice, e il sonno lo stava accarezzando con mani ammalianti, ma si obbligò a combatterlo.

Quando la polvere bianca gli invase prima una narice e poi l'altra ci fu solo un rapido bruciore, crudele e fastidioso, che lo obbligò a strizzare gli occhi e a trattenere il fiato per il tempo che impiegò a passare.

Il cuore aveva preso a battere con più forza, agitato da quella nuova e inaspettata sensazione, ma presto tutto si calmò, il silenzio tornò, scacciando l'acuto fischio che gli perforava le orecchie, e tutto tornò a funzionare normalmente.

Poi arrivò la debolezza, tenuta a bada per troppo, e Sette si lasciò trascinare da essa senza capire se quella droga avesse funzionato o meno.

L'unica cosa ad accompagnarlo nelle tenebre fu il respiro e i piccoli spostamenti di Vasily oltre la porta.

Il sogno era nero e indefinito, si espandeva in infinite direzioni senza fine, muovendosi in modo erratico e insensato. C'era un qualcosa di familiare in esso, nelle sfumature rossastre e incomprensibili che gli giravano attorno. Aveva l'impressione di intravedere delle figure che si agitavano, e nel profondo sapeva che ne sarebbe dovuto essere spaventato, ma non provava altro che una strana necessità.

Qualcosa gli strinse l'avambraccio, una presa calda e forte, a tratti fastidiosa nella sua pressione. Ma era qualcosa che conosceva; c'era qualcosa che lo stava tenendo, e ben presto un'altra mano gli strinse anche l'arto libero.

Non poteva più allontanarsi. Ma quando tornò a guardare davanti a sé lo vide.

Non aveva una forma definita, era un ammasso nero nelle tenebre vive che lo circondavano, ma lo riconobbe comunque.

Era qualcuno che conosceva bene.

Ed era a sua volta un luogo.

Era Adam.

Era l'Abisso.

La voce con cui parlò non aveva senso, era un miscuglio di parole inesistenti, di borbottii e sibili animaleschi.

Eppure comprese ogni parola.

Che misera esistenza.

Tentò di scrollarsi, di tirarsi indietro, ma era bloccato, e la stretta si fece più cattiva, più ferrea. Aveva l'impressione che ci fossero degli artigli contro la pelle.

Il tuo posto è con me. Lo sappiamo entrambi.

Cercò di negare, ma non fu in grado di aprire la bocca, di parlare o a lamentarsi. Non poteva fare nulla.

Torna da me.

Le sue palpebre si spalancarono, e il buio della stanza sostituì l'oscurità del sogno, dell'abisso, e della creatura senza volto. Era stato un rumore ad averlo svegliato, e si immobilizzò per qualche momento, cercando di capire se si trattasse solo di un frammento dei suoi sogni che si era trascinato nei primi minuti di veglia, o qualcosa di diverso.

Era il cigolio delle assi del pavimento che si piegavano sotto a passi misurati, era il sussurro metallico di armi che sfregavano contro gli abiti.

Si scostò le coperte di dosso, mantenendo i movimenti precisi per evitare di fare rumore, posò i piedi a terra, e recuperò il coltello.

La lama catturò la debole luce che filtrava dalla finestra, e Sette allora si mise in posizione, i muscoli invasi di adrenalina e pronti a scattare.

Si avvicinò alla porta, spingendola con lentezza.

Quando uno spiraglio si aprì sulla soglia, vide il resto del piccolo appartamento, avvolto dalle tenebre della notte e riempito da due intrusi. I loro abiti scuri si confondevano con ciò che li circondava, ma la sagoma dei loro fucili era ben chiara, rischiarata da una delle loro torce, la cui luminosità era al minimo per non essere notati.

Immobile, Sette li studiò mentre camminavano dalla cucina alla sala, e in un istante di realizzazione si ricordò che non era più solo, che per quanto si fosse abituato a lavorare con la morte come unica compagna, le cose erano cambiate.

Vide uno dei due aggirare il divano, dove Vasily era raggomitolato sotto a un ammasso di coperte.

Udì il click della sicura.

I suoi muscoli si contrassero per puro istinto.

Spinse via la porta e, con un gesto fluido e praticato così tante volte che nemmeno la sua vista dimezzata poteva rovinare, lanciò la lama.

Il pugnale si piantò con un suono secco nel cranio del nemico, spaccando il casco di plastica dura che avrebbe dovuto proteggerlo. Il colpo di pistola partì lo stesso, seppur in ritardo, e il proiettile andò a piantarsi da qualche parte nel pavimento, facendo volare schegge di legno ovunque.

Il boato riecheggiò nello spazio, facendo fischiare le orecchie di Sette e sobbalzare Vasily, ma di quello si rese a malapena conto, perché c'era ancora l'altro uomo di cui occuparsi, il quale però parve troppo sorpreso per reagire con prontezza.

Cosa che non mancò di fare il terzo individuo che Sette non aveva notato.

Percepì uno spostamento a destra, e voltò del tutto il capo per coprire il punto cieco, ma non reagì abbastanza in tempo, perché del metallo gli si strinse intorno al polso.

Se non altro quello fu un sollievo, perché preferiva delle manette a una pallottola nella tempia.

La sicura del secondo uomo scattò, e agì con tutta la velocità possibile.

Incassò la testa sulle spalle e si lanciò oltre le gambe dell'uomo a cui era stato ammanettato. Il suo slancio lo trascinò giù, e l'uomo si ritrovò incapace di attutire la caduta rovinosa con un braccio teso sotto di sé e l'altro impegnato a sorreggere il fucile. Il rumore di un osso che si spezzava all'impatto con il pavimento si perse al suono di altri due spari che rimbombarono nella stanza, catapultando il tutto in attimi di quiete sibilante.

Sette si dimenò contro il peso del cadavere che gli era finito addosso, ritrovandosi poi bloccato dalla corta catena delle manette.

Lanciò un rapido sguardo a Vasily, e fu sorpreso di non vederlo riverso sul pavimento in una pozza del suo stesso sangue. Stava invece lottando contro l'ultimo uomo nel modo più inefficace possibile; la coperta che aveva usato per dormire era stata lanciata addosso al nemico e, in qualche modo, lo aveva buttato a terra, ma senza alcuna arma raggiungibile o parte del corpo da poter ferire la situazione sarebbe presto peggiorata per lui.

Sette si agitò con movimenti nervosi, trattenendo un verso di frustrazione quando l'acciaio scavò nella carne annerita del polso.

Malgrado la posizione scomoda, recuperò dal corpo un coltellaccio militare. Strinse la mano libera sull'impugnatura, e si accorse con orrore che stava tremando.

Serrò la mascella e, con un paio di colpi decisi, tagliò a metà l'arto a cui era legato. L'osso si frantumò, i tessuti si aprirono sotto la lama pesante, e caldo rosso gli schizzò sul volto.

Si mise in piedi e, soppesando la lama, si preparò per lanciare una seconda volta. Le uniche cose che lo rallentavano erano le sue gambe, non più stabili.

Le vertigini iniziarono a rovinargli le percezioni.

Le mani continuavano a tremare.

Vide Vasily beccarsi un colpo in faccia che, pur attraverso la coperta, lo fece cadere indietro, dando all'ultimo rimasto una possibilità di liberarsi.

Ma non aveva importanza, perché Sette stava già avanzando, lanciandosi sul nemico per affondare il coltello oltre la stoffa e nel suo collo con un gesto decisivo.

Il rosso colorò la trapunta chiara.

Nell'improvviso silenzio Sette si ritrovò a boccheggiare in cerca di aria che non bruciasse.

Allentò la presa sul coltello, e lasciò che la gravità lo trascinasse verso il basso. Gocce di sudore gli solleticarono la fronte, e combattere era come cercare di contrarre un muscolo intorno a una frattura. Le costole dolevano quando respirava, il cuore batteva impazzito con un ritmo doloroso.

"Ehi, stai…" Il parlare spaventato di Vasily si interruppe, e un tono di quello che pareva disgusto colorò le parole successive. "Oddio… che schifo. Sto per vomitare." Lo udì bisbigliare, e poi la sua corsa verso la cucina riverberò nelle assi, diffondendo vibrazioni nel corpo sfinito di Sette.

Vide il soffitto piegarsi e danzare. Chiuse gli occhi, cercando di spegnere il fuoco che gli corrodeva le vene. Percepiva con estrema chiarezza il modo in cui voleva liberarsi da quel misero insieme di carne e terminazioni nervose per tornare alle sue origini. In un qualche modo distorto provava quel desiderio lui stesso; senza forma, senza colore, ma presente e fastidioso quanto una ferita appena aperta.

C'era una destinazione da raggiungere, una tenebra rovente e familiare, e sentì il fisico cedere.

Forse era svenuto, perché quando riaprì gli occhi si ritrovò con la schiena appoggiata al divano, e una presa che lo scrollava per le spalle.

"Andiamo, non puoi continuare a fare così adesso," disse chi aveva davanti, la voce si perse nel fischio che gli occupava la testa.

C'erano schegge di legno sotto le dita quando le schiacciò a terra per tirarsi un po' più su.

"Adorerai quello che sto per dire: un po' avevi ragione, sai? Saremmo dovuti partire subito," continuò l'altro, e Sette si sforzò di mettere a fuoco la realtà, ma tra la sua condizione e la notte fonda non distinse quasi niente, solo tratti abbozzati dal bagliore della luna. Gli parve di riconoscere uno zigomo morbido, degli occhi chiari…

"Sei?" bisbigliò, sporgendosi in avanti. Le mani prudevano, ma non era per via delle schegge, né per il sangue che le imbrattava. Voleva toccarlo, le braccia tremanti e la poca forza che aveva erano le uniche cose a reggerlo.

"Eh? Sei cosa? Dai, ho già raccolto la roba mentre ti facevi il tuo dannato sonnellino." L'illusione si frantumò, catapultandolo in una realtà che era piena di dolore e odorava di morte e polvere da sparo.

Tutto tornò a posto e Sette cercò di alzarsi. Non potevano più stare lì, perché di certo quegli uomini dovevano essere stati in collegamento con qualcuno. Forse era già troppo tardi, forse un'altra squadra era già dietro la porta.

E la cosa più spaventosa era che non volevano ucciderlo, perché non avevano puntato le loro armi verso di lui come avevano fatto con Vasily. Per Sette c'erano state un paio di manette, e per quanto ne fosse stato lieto di quello, ora il terrore lo invadeva alla realizzazione di cosa ciò volesse dire per lui.

"Non…" cercò di rispondere, reggendosi al divano per trascinarsi in piedi, ma il capogiro fu così violento che cancellò ogni cosa dalla sua mente. Scivolò a terra, non riuscendo a reagire quando la mano di Vasily si strinse attorno al suo avambraccio per sorreggerlo.

"Cosa?" chiese con voce frenetica.

Sette si sarebbe odiato in una situazione differente, ma al momento ciò che importava era rimanere vivi, o liberi. Il tremore delle sue parole non era dovuto alla vergogna, bensì alla spossatezza che era tornata a reclamarlo.

"Non credo di farcela da solo," mormorò infine, rinunciando a quell'ultimo briciolo di forza che aveva. Affondò nei cuscini a cui era appoggiato.

Il silenzio calò pesante, coprendo i suoni delle movenze nervose di Vasily. Sette credette per un attimo che fosse successo qualcosa, ma non riusciva a leggere la sua espressione al buio.

Quando l'ansia gli morse la pelle Vasily finalmente si spostò, avvicinandosi a lui. E anche se Sette se lo era aspettato ed era necessario, non poté non irrigidirsi o sopprimere un brivido di timore quando il ragazzo prese il suo braccio e se lo avvolse sulle spalle per tirarlo su.

"Io lo avevo detto, mai una volta che mi ascolti, eh? Lo sapevo che non stavi bene, e non provare a rispondermi male perché non voglio altre minacce, non nelle condizioni in cui ti trovi ora, chiaro?" E in quell'uragano di parole, Sette venne sollevato. Il dolore puro che aveva sostituito il sangue nelle vene cancellò il resto, lasciandolo in balia del proprio corpo che, pesante e inutile, stava venendo portato via.

Se fosse stato da solo sarebbe rimasto lì, incapace di fare altro che strisciare, o attendere che chi avesse messo su quell'esibizione alla base venisse a prenderlo per fare di lui una nuova cavia da laboratorio.

"Appena saliamo in macchina ti imbottisco di antibiotici, e non provare a lamentarti." La voce di Vasily lo riportò alla realtà per qualche istante, e realizzò che erano già in strada, con il vento che sfiorava il suo volto congestionato.

"Sarebbe inutile," bisbigliò, cercando di forzare le gambe per non farsi trascinare del tutto, ma non fu in grado di trovare alcun tipo di coordinazione.

Si rese conto che si stavano avvicinando alla stessa macchina che avevano usato fino ad allora. Non era una mossa sicura, ma non poteva fare niente.

"Che stai dicendo?" domandò Vasily, ansando per la fatica. Avevano ormai raggiunto la vettura.

Venne spostato, sdraiato sui sedili posteriori e, con la luce degli interni dell'auto che tentarono di accecarlo, mormorò una sola risposta.

"Non è come sembra."

Vasily chiuse la portiera e, dopo aver fatto il giro intorno all'auto, salì al posto del guidatore.

"Questa battuta non è adatta alla situazione attuale," esclamò, mettendo in moto.

Fu da lì in poi che per Sette le cose persero la poca definizione che era rimasta, e non sapeva se fossero già ripartiti, ma ebbe la netta impressione di essere trasportato via. Era l'unica cosa che percepiva, quella strana e disgustosa attrazione che tirava a ogni centimetro di pelle, a ogni scheggia d'osso. Era insopportabile e orribilmente familiare.

Nella sua mente l'istinto si agitava pigro, perché nelle profondità, da qualche parte, c'era la consapevolezza che presto il mondo sarebbe esploso in un boato di sofferenza e borbottii incomprensibili.

Era come se stesse succedendo da capo, e l'unica cosa a impedirgli di spezzarsi del tutto o cedere a quel richiamo era il lontano parlare di Vasily che, attraverso il dolore e i ricordi che tornavano a tormentarlo, lo raggiungeva.

"Ehi!" esclamò Vasily, e poi, con tono più basso: "che diavolo ti succede?"

Infine il tremore che lo scuoteva si fermò, e le sagome confuse della realtà vennero inghiottite dalle tenebre in cui gli parve di vedere figure inumane e danze insensate ma familiari.

Dal primo capitolo del Trattato sull'Abisso, di Marcus Miller:

1. I rischi e le conseguenze di un Abbraccio eseguito in modo scorretto.

[...]

È necessario tenere a mente la pericolosità dei materiali che maneggiamo in questo lavoro. Come spiegherò nel capitolo seguente, l'Abisso è un luogo misterioso e affascinante, ma altrettanto pericoloso.
I livelli di insidia che cela al suo interno sono molto alti, eppure, nonostante i rischi, ne abbiamo volutamente portato uno spicchio nel nostro mondo, usandolo sulla nostra stessa pelle. È stato forse il desiderio di un bene illusorio che ci ha spinti in questa direzione, o forse soltanto la voglia di comprendere il più possibile quelle tenebre pericolose e sconosciute.

L'Abbraccio è un processo delicato, e ci sono voluti anni prima di comprendere che il sangue abissale non è compatibile con chiunque. È passato moltissimo tempo prima che riuscissimo a comprendere quale fosse la chiave per avvicinare questi due mondi senza ███ il candidato. E ancora oggi è facile fare errori di diverso genere.

a) Un abbraccio troppo esteso, con un Marchio che supera il limite imposto, può rivelarsi fallimentare durante il processo, o a seguito. Il corpo tende a ███ nel tempo, perché incapace di metabolizzare la nuova sostanza. In questi casi i sintomi sono molto simili, se non i medesimi, di quelli che affliggono gli Estrattori, di cui parlerò nel capitolo seguente.

b) Eseguire un Abbraccio in modo scorretto o con materiali non rifiniti a dovere è fatale. Non è stato ancora trovato un metodo alternativo a quello attuale.

Penso che esista, tuttavia, un modo per superare i limiti in modo quantomeno sicuro, e sono altrettanto certo che non sarò l'unico a ricercare questa strada, seppur si rivelerà segnata di sangue e dolore. La chiave è sempre la stessa, per quanto difficile da ottenere e comprendere; la vicinanza all'Abisso altera la nostra realtà, il nostro corpo, e deve esserci un punto focale tra i tre strati che esistono (Realtà, Velo e Abisso) in cui ogni cosa è possibile.

[...]

116

FILE 12 - TIRED

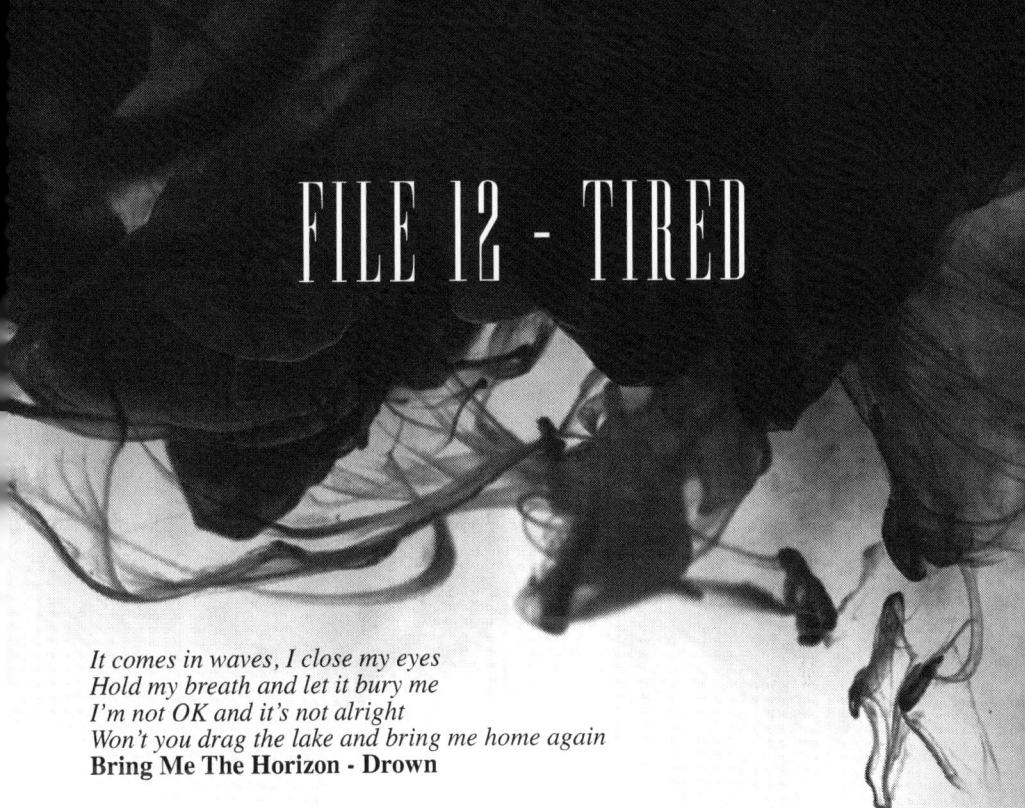

It comes in waves, I close my eyes
Hold my breath and let it bury me
I'm not OK and it's not alright
Won't you drag the lake and bring me home again
Bring Me The Horizon - Drown

Lauren superò la soglia della sala computer e seguì attraverso la penombra il bagliore dei computer accesi, le cornici si toccavano e creavano una curva luminosa intorno alla figura di Beth.

Raggiunse il muro e fece scattare l'interruttore.

La stanza venne invasa dalla luce e udì la ragazza gemere, con le mani ora premute sul volto.

Aspettò che si riprendesse, sentendo lei stessa la fastidiosa pressione agli occhi, causata dalla luce improvvisa e anche… qualcos'altro. La guardò strofinarsi con forza, e poi voltarsi verso di lei, ora al suo fianco. Notò allora il rossore delle sue sclere, le occhiaie profonde e il volto pallido, congestionato sulle guance.

Lauren era arrivata lì con passi tranquilli, pronta a obbligarla a riposarsi con tono deciso e una preoccupazione colma di affetto, eppure ciò che si ritrovò davanti richiedeva un approccio diverso.

"Stavi piangendo?" tentò con dolcezza la donna, appoggiandosi alla scrivania.

Beth scosse la testa, prendendo un profondo respiro.

La sua voce non tremò quando parlò, ma era roca e bassa. "Sono solo stanca e molto frustrata. Non è una buona combinazione," mormorò, appoggiandosi allo schienale della sedia e spingendosi indietro. Le rotelle cigolarono sul pavimento, e i suoi occhi si puntarono sui monitor.

Nel silenzio, Lauren studiò le schermate; c'erano finestre su finestre aperte, scansioni di documenti e cartelle ammassate negli angoli non coperti dai file. Si ritrovò disorientata e spaventata alla possibilità che in tutto quello non ci fosse una singola cosa che sarebbe tornata loro utile.

"Hai trovato qualcosa?" chiese, incapace di trattenere l'incredulità.

"Siamo arrivati alla fine degli archivi digitali, e abbiamo letto ogni documento fisico su cui siamo riusciti a mettere le mani," spiegò Beth, infilandosi le dita nei capelli e tirando, Lauren percepì le unghie sfregare contro la cute, e un brivido le percorse la schiena.

"Non va bene."

"Lo so, ma ti aspettavi altro dal Capo dell'AIS? Era piuttosto ovvio che non avremmo trovato neanche una foto di una sua camicia stropicciata. E queste informazioni inutili che stanno occupando tutta la mia materia grigia. Non potrò mai dimenticarle," disse Beth, e alla fine le sue parole si trasformarono in un lamento. Lauren, nonostante tutto, si ritrovò a sorridere un po', in fondo sapeva che non era così, che Beth non avrebbe mai esaurito lo spazio a disposizione nella propria mente, la sua grandiosa memoria eidetica la rendeva la migliore in ciò che faceva.

"Eppure deve esserci qualcosa, per forza," ribatté Lauren. "Non è possibile che non ci sia niente riguardo il processo contro Chekov." Perché Lauren lo ricordava bene, era stata lì, aveva visto un mostro venire smascherato, il suo volto cupo mentre gli venivano elencati i suoi crimini e di come l'AIS aveva tagliato ogni tipo di rapporto, requisito qualsiasi privilegio, e lo avevano radiato. Già allora Lauren, per quanto giovane e con molta meno esperienza, aveva osservato tutto con orrore, sentendo la confusione crescerle dentro quando non era stata emessa nessuna sentenza di morte, nessun ergastolo. Lo avevano lasciato andare con uno schiaffo sul capo come unica punizione.

Quanti errori avevano fatto quel giorno, quanto avevano sottovalutato. Ed era certa che sotto c'era stato dell'altro, ed era ciò per cui stavano scavando con disperazione in quegli ultimi mesi, seppur con scarsi risultati.

"Magari dovremmo abbassare il tiro, forse possiamo recuperare qualcosa sui suoi dipendenti," suggerì Beth, allungando le braccia sopra il capo per stirarsi.

"Non sarebbe abbastanza, non basterebbe per quello che dobbiamo fare." Lauren aveva già più e più volte considerato quell'idea nei giorni passati, quando l'inevitabile fallimento aveva iniziato a farsi vedere all'orizzonte.

Beth si rilassò sulla sedia, e Lauren la guardò passare i denti sul labbro inferiore, aggrottare le sopracciglia e far scorrere lentamente gli occhi, come se stesse studiando cose che solo lei poteva vedere.

"Stai pensando a qualcosa," teorizzò Lauren, percependo il pungente dolore dei denti che affondavano nel labbro. La vide sedersi un po' più dritta, lo sguardo nervoso si spostò su di lei.

"A molte cose, a dire il vero." Cadde di nuovo un silenzio carico di tensione e disagio. Lauren recuperò un'altra sedia e si mise accanto a lei.

"Ti ascolto," la incitò.

"Ho un'idea. Ma è rischiosa. E non so se valga la pena correre altri rischi."

"A questo punto siamo con le spalle al muro, direi che è il momento di tirare fuori tutto quello che abbiamo, no?" domandò, lasciando che le ultime speranze si accendessero imperterrite.

"Ok, allora." Prese un profondo respiro, raggruppò idee e parole, per poi spiegare con voce bassa, come se volesse assicurarsi che quella conversazione rimanesse privata, pur essendo da sole. "Abbiamo cercato su tutti i registri, in tutti gli archivi, e sono venute fuori cose abbastanza interessanti, ma mai sostanziali. E per tutto il tempo ho avuto questa pulce che mi tormentava, questa idea che potrebbe funzionare, perché è ovvio che non c'è nulla su tutto ciò che è ufficiale. Ma se scavassi più a fondo? Se solo scendessi più in profondità so che troverei quello che ci serve, perché qualcosa deve esserci."

Il silenzio si propagò intorno a loro, come se stesse filtrando tra le spesse finestre, per portare una notte solitaria tra quelle mura che non erano più accoglienti di quanto erano state un tempo.

Lauren si appoggiò meglio al tavolo, la mente che correva a mille, ripercorrendo giorni passati, momenti che rilucevano chiari nella sua memoria. Ricordava la ragazzina che era stata Beth, come pareva avercela con il mondo, e come il mondo stesso era stato indifeso sotto alle sue dita abili.

"Avevi detto che avresti smesso di fare l'hacker," mormorò, e qualsiasi forma di giudizio o rimprovero venne schiacciata dalla preoccupazione.

"A dire il vero ho continuato a farlo, controllare telecamere e sistemi stradali a distanza non è esattamente *non-hacker*," ammise lei con una smorfia. Aveva ragione, ed era consapevole che non tutte le strutture dedicate a loro vantassero un supporto come quello che poteva offrire Beth. "Però sì, mi ero ripromessa di non andare oltre a questo."

"Se credi di poter trovare quello che ci serve…" Stava cercando di non valutare quali conseguenze negative sarebbero sorte, ma solo alle possibilità che si stavano aprendo davanti ai loro occhi.

"*So* che posso trovarlo, è solo che non so quanto attentamente stiano controllando ciò che passa nella nostra rete," insistette, la voce che tremava a causa di quella che doveva essere una tempesta di emozioni alimentate dal peso delle notti insonni. Lauren attese, vedendola tormentarsi le mani e raccogliere le forze per continuare a parlare. "Ma posso scovare il collegamento tra Chekov e Moyer, ne sono certa, e tirare alla luce tutta la corruzione," mormorò infine, e la donna prese un profondo respiro, perché era di quello che si trattava, era la loro ultima possibilità per sistemare i torti e tornare a vivere tranquilli.

Lei era l'unica che poteva farcela.

"Ci fidiamo di te, Beth." E non le ricordò come una volta che avrebbero cambiato del tutto l'AIS, riportandola al simbolo puro e giusto che era stato un tempo, non sarebbe stato possibile ignorare quelle azioni. Beth conosceva i rischi, sapeva che ogni comando che avrebbe digitato sulla tastiera equivaleva a stringere le manette che sarebbero calate sui suoi polsi.

Così come Lauren comprendeva che lei avrebbe fatto lo stesso al suo posto, che la punizione per un piccolo crimine le sarebbe parso come un buon prezzo da pagare per salvare la loro famiglia.

Lei annuì, e tutta l'energia parve scivolarle via dal corpo. Lauren la vide appoggiarsi di peso allo schienale, lo sguardo spento che si puntava verso un punto lontano, oltre gli schermi luminosi.

"E per qualsiasi cosa, ricorda che siamo sempre al tuo fianco. Ma direi che è il caso che io metta via tutte queste scartoffie, ora," sospirò, sperando che a questo punto la ragazza avrebbe accettato di buon grado la proposta di andare a riposare. "A proposito, Lucas?"

A quello Beth parve riscuotersi.

"L'ho mandato a dormire…" Si interruppe solo per controllare l'ora. Lauren fece una smorfia nel notare che erano già passate le quattro di notte. "Qualche ora fa. Stava fissando il vuoto."

"Anche tu mi sembri un po' troppo interessata a quel muro. Quando è stata l'ultima volta che hai dormito?" Non aveva davvero bisogno di una risposta; aveva il peso della stanchezza sui muscoli come se fosse stata lei stessa a perdere ore e ore di sonno.

Ormai quella era una sensazione che in molti parevano condividere alla Torre.

"Una mail," borbottò Beth, e Lauren sbuffò al suo cambio di argomento.

"Beth, sono…"

"No, davvero, c'è una mail," ripeté, indicando mollemente la notifica che era apparsa su uno dei monitor, quasi inghiottita dal caos che lo dominava.

Con gesti lenti e appesantiti, la ragazza appoggiò la mano sul mouse, e il cursore andò ad aprire una nuova schermata.

Quando Lauren lesse parola per parola, non riuscì a trattenere un ghigno.

"È una richiesta di trasferimento definitivo dalla struttura dell'Ohio," commentò, e un po' della pesantezza volò via, abbandonando il suo petto con una velocità che la sorprese, perché a malapena si era resa conto di quanto il suo animo era stato greve. "Qualcuno sarà piuttosto felice di questa notizia."

"L'unica buona, finora," sospirò Beth, portandosi alle labbra la tazza di caffè, facendo però una smorfia quando si ritrovò a sorseggiare nient'altro che aria.

A: StatenIsland@AIS.com   inviata: oggi, 21.53
Da: EzraMillerOH@AIS.com
Oggetto: Richiesta di trasferimento

Ho da poco appreso che la vostra squadra è impegnata in un lavoro lungo e complesso. In merito a questo, mi permetto di sottoporvi il mio curriculum nella speranza che le mie esperienze e competenze siano di Vostro gradimento e affinché possiate considerare l'ipotesi di concedermi un trasferimento permanente nella Vostra sede.
Abbiamo già collaborato in passato e per questo sono certo che la mia presenza in squadra possa essere di grande aiuto e supporto. L'agenzia è sicuramente organizzata in modo ottimale ed efficiente e ritengo che la mia figura professionale possa dare ancora molto.
Soprattutto, avrei piacere a ricongiungermi con la signorina Liang, la quale non si è risparmiata di inviarmi messaggi e missive di qualsiasi genere e per questo vorrei evitare di ricevere anche un piccione viaggiatore.

Spero che la mia richiesta venga accolta e che io possa esprimere al meglio la mia professionalità.

Ringraziando per l'attenzione prestatami, Vi invio i miei più cordiali saluti e spero che tutta questa formalità non vi abbia fatto venire l'orticaria come a me.
In fede, Ezra Miller.

124

FILE 13 - CONFLICTED

Though I'm weak and beaten down
I'll slip away into the sound
The ghost of you is close to me
I'm inside out, you're underneath
Don't let me be gone
Twenty One Pilots - Goner

Vasily era nel panico. Puro panico.

Stringeva la presa sul volante con una forza che gli stava facendo nascere fastidiosi crampi alle braccia, alle spalle e, se avesse continuato così, temeva anche alla schiena. Non era in grado di rilassarsi perché, per quanto le strade fossero vuote all'alba, non sapeva cosa fare o dove andare.

Stava vagando da ormai un paio d'ore, con lo sciocco timore che se si fosse fermato le persone che erano venute a cercarli li avrebbero trovati all'istante perché non aveva cambiato auto.

Non era così, per quanto la morte di quegli agenti nell'appartamento sembrava una soluzione, era consapevole che non li avrebbe affatto aiutati.

Quindi con il brusio del motore in sottofondo e il livello del carburante che continuava a calare, si mise a cercare un parcheggio, o una stazione di servizio in cui sostare e riflettere, riorganizzarsi.

E tutto quello non ricopriva l'interezza dei suoi problemi. Perché c'era un'altra situazione, più complicata e potenzialmente pericolosa, di cui si sarebbe dovuto occupare.

Lanciò un'occhiata nello specchietto retrovisore, osservando la figura di Sette. Era rimasto sdraiato nella posizione in cui l'aveva lasciato, ciocche bianche e scompigliate a coprirgli parte del volto.

Riportò gli occhi sulla strada quando si assicurò di nuovo che stesse respirando. E forse il fatto che quella era almeno la decima volta che controllava avrebbe dovuto rassicurarlo, ma la verità era che non aveva idea di cosa stava succedendo.

Vide un hotel affacciarsi sul lato della strada, e solo allora si permise di espirare profondamente, rilasciando la tensione.

Un passo dopo l'altro, si spronò, e cercò di non soffermarsi su altro mentre posteggiava in uno dei box.

Prese a guardarsi intorno, pensando che quella era stata forse una delle cose migliori che avesse potuto trovare. Era l'alba, e ciò gli avrebbe permesso di muovere le cose da una macchina all'altra senza doversi preoccupare troppo di farsi scoprire.

Quindi scese e controllò le varie vetture, cercando di valutare quale sarebbe stata meno complicata da rubare.

Si morse le labbra, perché malgrado avesse visto Sette farlo con facilità, non voleva dire che sarebbe stato altrettanto semplice per lui.

Si avvicinò a una berlina e tirò la maniglia. Non si aprì, ma non partì nessun allarme.

"Ok," mormorò, desiderando che Sette si svegliasse e si liberasse di questo ostacolo, ma questa volta se la sarebbe dovuta cavare da solo.

Tornò indietro, aprì il bagagliaio e recuperò lo spesso fil di ferro che Sette aveva usato in precedenza. Prima di rimettersi al lavoro si avvicinò al ragazzo per verificare le sue condizioni.

Posò un palmo sulla sua fronte, sentendola rovente e umida di sudore, quando gli scostò i capelli e cercò il suo battito lo trovò rapido ma regolare.

Vasily non era un medico, a malapena distingueva una febbre da qualcosa di più grave, quindi si limitò a fare ciò che gli diceva l'istinto.

Lasciò tutto spalancato, sperando che l'aria fresca lo avrebbe aiutato un minimo, e poi tornò al lavoro, cercando di muoversi più in fretta possibile.

Inserire il fil di ferro tra la guarnizione e il finestrino fu la cosa più semplice. Sbloccarla gli impiegò non poco tempo, e alla fine ne uscì con mani doloranti e con un'agitazione crescente che pareva sul punto di soffocarlo da un momento all'altro. Quando il deciso click risuonò nel silenzio si dovette trattenere dal piangere di gioia e nervosismo.

Sbloccò la portiera e salì, mettendosi a tastare sotto il volante per cercare i cavi, ma quando li strinse tra le mani realizzò che non aveva idea di cosa stava facendo.

Scassinare era stata una cosa, ma questo…

Appoggiò la fronte allo sterzo, attento a non suonare per sbaglio il clacson, e si ritrovò a valutare le opzioni. Ma per quanto ragionasse, tra tutte le idee e le possibilità, capì che non ce l'avrebbe fatta.

Doveva trovare un modo per svegliare Sette, altrimenti non ne sarebbero mai usciti.

La fortuna parve volergli sorridere almeno questa volta, perché quando raggiunse l'altra vettura, trovò Sette con gli occhi aperti mentre tentava di sollevarsi su un gomito, i capelli candidi gli ricadevano davanti al volto in modo disordinato, incapaci tuttavia di celare i suoi occhi un po' persi e lucidi.

"Ehi," chiamò Vasily, con il cuore che si riempiva di sollievo.

Occhi spaiati si puntarono su di lui, e vide le sue labbra socchiudersi, come se stesse per dire qualcosa. "Ho bisogno che mi dici come far partire un'auto senza le chiavi."

La supplica cadde nel silenzio, e ci vollero diversi istanti perché l'altro tornasse un po' più lucido. Si guardò attorno con più chiarezza, catalogando i dettagli, e la tensione si fece presente nella sua espressione.

"Lo faccio io," mormorò, mettendosi seduto.

E a Vasily sarebbe andato bene se non l'avesse visto sbiancare ulteriormente, se possibile, al movimento. Poteva vedere l'intricato intreccio di vene e capillari scuri che si diramavano sotto il fine strato di pelle.

"Non se ne parla, non so cosa hai ma stai male, dimmi cosa devo fare," insistette, cercando di non farsi prendere dall'ansia che cresceva ogni secondo che passavano a discutere.

"Va bene," bisbigliò. "Fammi uscire da qui."

"Cosa?"

"Se vuoi far partire la macchina… fammi scendere," ripeté Sette, fissandolo con rigida determinazione, e Vasily realizzò di non poter far altro che assecondarlo. Come avevano fatto i ruoli a scambiarsi così in fretta? Forse Vasily non era mai stato al comando, neanche quando era l'unica persona cosciente.

Soffocò le proteste e si limitò ad aiutare Sette, sorreggendolo come aveva fatto all'appartamento. Questa volta il suo corpo si appoggiò al proprio, seppur tremante e reso debole da quella che immaginava essere febbre, poteva sentire la rigidità dei muscoli e il profilo delle ossa che spingevano contro la pelle sottile, il calore che emanava era spaventoso, ma Vasily cercò di non soffermarsi su quei dettagli mentre lo portava verso l'altra vettura, lasciandolo quando si appoggiò al sedile del guidatore.

"Tu intanto prendi il resto," disse a voce bassa, dopo aver recuperato un coltello a serramanico da una tasca.

E Vasily agì con la mente sul punto di spegnersi. Recuperò il borsone di Sette dal bagagliaio, il sacchetto di stoffa con il cibo, lo zaino in cui aveva messo tutta la tecnologia indispensabile e il fascicolo.

Il motore si avviò, al suono quasi gli cedettero le gambe per la gioia, e affrettò il passo, non preoccupandosi di chiudere lo sportello.

Raggiunse l'auto e caricò in fretta tutto quello che aveva portato, per poi tornare al posto del guidatore. Il sollievo svanì quando vide che Sette era di nuovo incosciente, con il capo reclinato in avanti e le mani abbandonate in grembo, il coltello caduto sul tappetino scuro.

"Merda," sibilò, cercando di non lasciare che il panico lo soffocasse ancora. Perché Sette si era svegliato, seppur per poco, e quello doveva significare che stava meglio.

Trascinò Sette al posto del passeggero, allacciandogli la cintura con dita nervose, e poi si bloccò, perché si ritrovò a riflettere, a fare un ragionamento che stava insorgendo nella sua mente.

Studiò il volto di Sette, segnato e immobile, e realizzò che si era ritrovato immischiato nei suoi disastri, che avrebbe potuto continuare a vivere la sua tranquilla vita se non avesse accettato la sua proposta.

Forse le cose sarebbero tornate al loro posto se avesse slacciato la cintura e lo avesse portato fuori dall'auto, per poi sdraiarlo sull'asfalto di quel parcheggio silenzioso.

Eppure... eppure non aveva la forza di premere quel tasto e *farlo*, perché ormai sapeva che non c'erano solo risposte nervose e gesti spietati. Comprese che la richiesta che gli aveva fatto Sette non era per testardaggine, almeno non solo, ma timore.

Perché poteva vedersi con fin troppa chiarezza mentre seguiva le sue istruzioni, per poi ripartire da solo, lasciandoselo alle spalle.

Pensò che se l'avesse abbandonato non sarebbe stato tanto migliore di quegli agenti che, come codardi, li avevano attaccati nel cuore della notte.

Prese un profondo sospiro e, sistemando le ultime cose, ripartì, promettendosi che non avrebbe più pensato in quel modo. Strinse le mani sul volante e si concentrò sulla guida, questa volta scegliendo le strade con più attenzione.

Aveva una mezza idea, era l'unica possibilità che avevano se volevano continuare in questa direzione. Ricordava la locazione segnata sul documento, e pur non avendo idea di cosa ci fosse a Volzskij, si convinse che doveva essere una casa sicura, che alcuni dei nomi che vi erano segnati sopra non erano altro che identità da indossare per nascondersi.

A mente fredda, con un'idea e una traccia da seguire, Vasily si permise di rilassare uno a uno i muscoli, di guidare libero dal terrore che l'aveva soffocato.

Quindi seguì le indicazioni per l'aeroporto, lanciando di tanto in tanto delle occhiate a Sette per controllare la sua condizione, e nel frattempo ragionava e pianificava un modo per far passare i controlli a entrambi.

Fu quando parcheggiò che il resto del piano prese forma, per quanto inconsapevolmente e guidato da pura disperazione.

Vasily si ritrovò a fissare il bagagliaio aperto dopo aver tirato fuori i borsoni in cerca del portatile per iniziare ad hackerare il sistema di sicurezza dell'aeroporto, perché c'era qualcos'altro che non aveva notato nell'agitazione.

C'era un aggeggio di metallo e stoffa ripiegato davanti ai suoi occhi, e Vasily impiegò qualche secondo di troppo prima di capire di cosa si trattava.

Era una carrozzella di scarsa qualità, con il tessuto che copriva il sedile e lo schienale consumo e sottile, le ruote segnate in più punti da accenni di ruggine.

Vasily osservò quei dettagli con la vergogna e il senso di colpa che emergevano in lui come cadaveri colmi di gas che riemergevano da profondità cupe e torbide. Tutto quello che aveva scacciato fino ad ora si ripresentò, tutti i momenti in cui aveva forzatamente fatto finta di nulla si spezzarono, catapultandolo in una realtà che aveva ignorato.

Stava viaggiando con un ricercato, era complice di almeno tre omicidi e chissà quanti altri crimini e infrazioni. Di sicuro il denaro con cui Sette lo stava pagando era sporco e, come ciliegina sulla torta, rubavano auto come se fossero giocattoli, non pensando due volte alle persone a cui stavano recando tale danno. Inoltre il casino in cui era finito era più grave di quanto immaginasse, perché ciò a cui aveva assistito alla base non era altro che una scheggia di un iceberg piazzato al centro della sua rotta.

Si ritrovò seduto nello spazio ora vuoto del portabagagli, cercando di spingere via la nausea che gli stava stringendo la gola, perché non poteva permettersi di stare male, non quando Sette non riusciva a rimanere cosciente per più di qualche minuto.

Ma sapeva di dover fare una scelta, così come sapeva che non avrebbe esitato di fronte a quel titano di ghiaccio.

Richiuse lo sportello, lasciando la carrozzella dove era, ma portando con sé il proprio zaino contenente il portatile. Risalì in macchina e si mise a lavorare, tenendo ben a mente che entro meno di un'ora sarebbe tornato ad aprire la portiera per tirare fuori la sedia a rotelle come se gli fosse sempre appartenuta.

E decise così che avrebbe affrontato l'impatto.

132

FILE 14 - DAZED

You know you need a fix when you fall down
You know you need to find a way
To get you through another day
Let me be the one to numb you out
Let me be the one to hold you
Three Days Grace - Painkiller

Se Jane avesse saputo in anticipo del malessere che l'avrebbe tormentata per ore avrebbe buttato via la pastiglia di Twice fuori dal finestrino.

Sentiva gli arti formicolare in uno strano senso di vuoto, di nulla, che tanto fortemente andava a contraddirsi sulla sua pelle. La stordiva e le rimescolava lo stomaco. Diverse volte aveva avuto il timore di vomitare, ma quell'insopportabile fastidio non era mai diventato altro che una presenza ingombrante al limite della sua percezione.

Si chiese come Sasha potesse sopportare una cosa simile, se il malessere che lo tormentava era tanto peggiore di questa gravosa assenza e strana insensibilità.

Il viaggio era passato in una pesante foschia di nausea e fastidio, ricordava in modo vago il resto del tragitto in auto, la larga struttura dell'aeroporto, e poi la familiare sensazione di trovarsi schiacciata tra i posti della classe economica. Non aveva idea di come avessero potuto passare i controlli, considerata la loro identità e la sua condizione, ma quel dubbio l'avrebbe riservato per il futuro, quando la realtà non era sul punto di svanire.

Più di tutto, ricordava con più chiarezza le voci di Ethan e Sasha dopo l'atterraggio, quando il mondo pareva essersi fermato e ridotto di dimensioni, confinato da quattro portiere e sedili di una macchina che non apparteneva a loro. C'era stata una discussione, e Jane impiegò secondi di troppo per realizzare che il soggetto era lei stessa.

Quello era il motivo principale che l'aveva fatta pentire di aver accettato la pastiglia da Sasha, mentre qualche ricordo lontano rievocava momenti in cui la propria madre, come qualsiasi altra al pianeta, scoraggiava dal prendere caramelle dagli sconosciuti.

Avrebbe accolto più che volentieri il bruciore al fianco in cambio di un po' più di presenza mentale e la prontezza di intervenire in quella conversazione che si stava svolgendo come se nemmeno fosse con loro.

"Credi che l'abbia obbligata?" La voce di Sasha spezzò il sottile strato di nebbia che le offuscava la mente, frantumandola come se fosse stata una lastra di ghiaccio opaco.

"Hai visto in che condizioni è?!" esclamò Ethan, e le spaccature si fecero più estese, più profonde, lasciando filtrare negli abissi la pallida luce del sole. Le tenebre vennero scacciate, relegate agli angoli più lontani della mente, dove solo i tormenti più antichi esitavano ancora.

"È stata una sua scelta," si difese Sasha, con lo stesso tono che, per quanto fosse piatto e vuoto, la raggiunse con più definizione. O forse stava tornando in sé.

"Una scelta che non avrebbe dovuto fare. Come puoi dare un dosaggio del genere a una persona che non ha mai usato questo tipo di medicinali e che, tra l'altro, ti ricordo essere illegali," disse Ethan, e se Jane fosse stata più lucida le si sarebbero arrossate le guance, forse per nervosismo o per la vergogna di aver fatto qualcosa di sconveniente. Ma non era stato così, perché aveva preso quella pastiglia con lucidità e la piena consapevolezza delle sue controindicazioni. Forse era stata una follia, ma le regole si stavano piegando intorno a loro, sfumando via come fumo al vento, per quello era parsa la cosa più logica da fare.

E così, poco a poco, lo strato di confusione si sollevò, ricatapultandola nella realtà.

Il fianco tornò a tormentarla, e per quanto preferiva il dolore alla quasi incoscienza di una dose troppo forte di oppioidi, non lo accolse con un sorriso.

Seguì la strada per un po', con palpebre pesanti, nel tentativo di orientarsi.

Vedeva *bianco*, e per un attimo temette che il medicinale stesse in qualche modo agendo, sfumando ciò che le scorreva sotto gli occhi, ma si accorse abbastanza presto che non era così, che ciò che rifletteva in modo così forte la luce del sole calante non era un'illusione, ma una distesa di neve, a tratti interrotta da parti più scure; segnaletiche, tralicci, qualche paese lontano nascosto al limite dell'orizzonte.

"Dove ci troviamo?" si ritrovò a chiedere con la voce che grattava contro le pareti della gola. "E per favore, smettetela di parlare come se non ci fossi."

Il silenzio calò pesante e fastidioso per qualche secondo, e per una volta entrambi i Guerrieri furono a disagio. Jane decise di non soffermarsi troppo sulla situazione che si era andata a creare, perché avrebbe finito per vedere se stessa come un intruso.

"Siamo quasi a Volgograd," rispose Sasha, non troppo infastidito dal discorso attuale.

"E che ci facciamo a Volgograd?" domandò cauta, chiedendosi se si fosse persa qualche informazione fondamentale dal fascicolo della missione.

Nel silenzio interrotto dalla vibrazione del motore, Sasha sospirò, per poi lanciare una lunga occhiata a Ethan che lei non riuscì a decifrare. Ethan lo fissò a sua volta, impassibile, e non parlò.

Jane in quei momenti ebbe il timore che fosse successo qualcosa di cui lei non era a conoscenza, che i pezzi sulla scacchiera si erano mossi mentre lei era stata impegnata a osservare altro.

"Era da un po' che tenevo d'occhio questo posto, con quello che è successo in Inghilterra ho avuto la conferma che cercavo," iniziò a spiegare Sasha, e per Jane fu strano sentire parlare in quel modo di un luogo che, secondo il suo sballato orologio biologico, era a solo qualche minuto di distanza.

"Per quale motivo non sei venuto subito qui? Sapevi che quella era una trappola." intervenne Ethan, e la pausa nella conversazione fu più breve, ma altrettanto pesante.

"Volevo vedere chi avrebbe abboccato," ammise l'altro, rendendo evidente il fastidio che provava nell'aver trovato loro invece della persona che si aspettava.

"Ti sei fatto vedere di proposito, quindi?" ipotizzò lei, non sorprendendosi quando il suo sguardo di ghiaccio si rifletté sullo specchietto retrovisore per perforarla.

"Non cercavo voi, sono arrivato in ritardo. E a sapere che sarei finito in questa situazione avrei di certo agito in modo diverso." Quello confermò il sospetto di Jane.

"Chi cercavi?" Si sporse in avanti, seguendo quella spinta che le faceva salire le parole alle labbra, quell'istinto che le diceva che c'era una spiegazione importante sotto a tutto quello, un qualcosa che avrebbe infine ricollegato i punti e dato chiarezza alle fatiche e agli enigmi.

Ma non giunse risposta, e l'aria parve irrespirabile a causa della tensione.

"Sasha." Il suo nome spezzò l'aria, e all'improvviso Jane, stordita, si ritrovò sballottata di lato, il fiato mancargli dal petto, e la testa le girò prima che si rendesse conto che Sasha aveva fermato la macchina, accostando bruscamente.

Non sapeva cosa fosse successo, se erano stati seguiti di nuovo, ma il silenzio le rivelò che c'erano solo loro tre, che forse aveva solo assistito a uno scatto di rabbia da parte di Sasha.

Cercò di scacciare il timore, perché Ethan l'avrebbe percepito e si sarebbe sentito in colpa per averla immischiata in un affare così spinoso. Quindi si rimise seduta come se non fosse successo niente, concentrandosi sulle loro parole.

"Avrete notato che qualcuno si sta lasciando alle spalle basi con informazioni cancellate e le tracce rimosse. Terra bruciata. Un disastro," elencò Sasha con tono scuro e colmo di nervosismo. Jane non si perse il movimento che fece quando infilò una mano in tasca, stringendola intorno a qualcosa che ora Jane comprese essere il contenitore di pastiglie.

Sembrò che volesse prenderne una, pur non avendone bisogno. Jane non sapeva che effetto gli facessero, e dubitava che fosse salutare questo suo attaccamento.

"Sì, credevamo fossi tu," intervenne Ethan, gli occhi adombrati fisso sull'altro Guerriero.

"Non ero io," ribadì, per quanto ormai fosse chiaro.

"Chi allora?" insistette Ethan, voltandosi verso di lui.

Ci fu l'ennesima pausa nella conversazione, e Jane guardò Ethan studiare Sasha, leggerlo come nessun altro era in grado di fare. Le loro espressioni si rispecchiarono, entrambi colti da una tensione che apparteneva solo a uno di loro, e poi il volto di Ethan si colorò di confusione.

"Lo conosciamo, e non è… davvero una persona," disse Sasha, le parole dette con lentezza, come se avesse dovuto tirarle fuori a forza.

"Sette?" mormorò Ethan, la realizzazione e la sorpresa gli invasero il volto, e Jane ebbe l'impressione di vederlo allontanarsi, tornare indietro nel tempo, in giorni in cui tutto era stato così diverso da come era sempre stato.

Le parole di Sasha colpirono anche Jane.

"Sì che lo è," intervenne quindi, senza riflettere, non preoccupandosi per una volta di riflettere prima di parlare. "È una persona tanto quanto lo sei tu," aggiunse con forza, ricordando in modo vivido la devastazione sul suo volto mentre stringeva a sé il corpo martoriato del compagno, in mezzo a una macchia di sangue nero in quella stanza medica bianca e desolata, circondato dagli abitanti della Torre ma solo come non doveva esserlo mai stato.

Una stilettata bruciante la perforò ripensando a lui, e poi quella sofferenza cambiò, perché lo aveva detto lei stessa, Sette e Sasha erano uguali e quello, unito alle parole del Guerriero, la riempirono di gelo.

"Come puoi dire che è lui?" Il tono di Ethan era molto più tranquillo, e Jane si tirò indietro, appoggiandosi allo schienale, lieta che, a parte la tensione che si era creata, avevano tutti e due ignorato le implicazioni delle sue parole.

"Era una trappola su misura, chi credi che possa essere interessato ad attività e informazioni di vecchie basi, oltre a noi?" La voce di Sasha le giunse lontana, e cercò con tutte le forze di aggrapparsi a essa per non perdersi in quel tormento che le pareva di aver creato lei stessa.

Osservò con occhi tristi il profilo di Sasha mentre faceva ripartire la macchina, scacciando ogni preoccupazione, perché nessuno di loro avrebbe apprezzato la pena che le stava infestando l'anima.

"Dovresti dare un'occhiata alla sua ferita, siamo quasi arrivati," suggerì poi, riportandola a problemi più concreti.

Il luogo in cui giunsero non era Volgograd, ma una sua provincia a circa mezz'ora d'auto. Kirova si era aperta davanti a loro tra i titani bianchi, con strade scure illuminate dai bagliori di un arancione incandescente, trasformando quella città in un gioiello di colori vibranti in mezzo al vuoto della neve.

A vedere quello spettacolo insolito e lieto dopo ore di viaggio, Jane dimenticò per un po' la ferita che irradiava calore e stilettate di fastidio a ogni movimento.

Le abitazioni erano schiacciate le une contro le altre, come se loro stesse cercassero di ripararsi dal freddo. E la casa sicura di fronte a cui si trovarono non era poi così differente da quella che si erano lasciati alle spalle.

"Quindi cosa intendete fare?" si ritrovò a chiedere Jane una volta finito di trasportare l'ultimo dei pochi bagagli in quell'appartamento spazioso.

C'era un vasto open-space all'ingresso, abbracciato su un lato da ampie finestre che davano sulla strada ripulita. Per quanto la Torre fosse molto simile sotto quell'aspetto, era a disagio di fronte a tanta esposizione. Ricordò però che quando era scesa dall'auto quelle vetrate non avevano rivelato nulla dell'interno. Il resto era quasi vuoto, e le luci dei lampioni accarezzavano un divano schiacciato contro una parete, un semplice tavolo al centro dello spazio e una cucina con una penisola, c'erano infine due porte chiuse, che dovevano portare alla camera da letto e ai servizi. Era come se qualcuno avesse buttato in quell'appartamento il minimo indispensabile.

"Al momento raccogliere informazioni, direi," propose Ethan, lasciando a terra l'ultimo borsone, per poi darsi un'occhiata intorno. "A patto che questo posto sia sicuro come dici," aggiunse, rivolgendosi a Sasha.

"Lo è," disse, addentrandosi nell'open-space, fino a raggiungere le finestre. Jane si permise di studiarlo, ora che era girato di spalle, e realizzò che quello, più che la Torre o il campo di battaglia, doveva essere il suo habitat naturale; nascosto in una cittadina sperduta e innevata, in cui forse il sole riflesso sulla neve o le profonde e insondabili tenebre notturne avrebbero potuto celare i segreti che si portava addosso. Poteva essere nessuno in quel luogo, niente, e Jane capì quanto una cosa del genere potesse portargli pace. "Comunque sì, ci sono un paio di cose da controllare, poi decideremo come muoverci. Non è diverso dal solito, alla fine."

"Come posso aiutare?" Era pronta a riconquistare la propria famiglia.

140

FILE 15 - STRANDED

Somewhere in the end of all this hate
There's a light ahead
That shines into this grave that's in the end of all this pain
In the night ahead there's a light upon this
Pretty Reckless - House on a Hill

"Lauren?" chiamò, con il portatile stretto al petto e i suoi angoli che scavavano fastidiosamente nello spazio tra le costole.

La donna si voltò, staccandosi dallo stipite della porta del suo laboratorio, aveva una mano all'orecchio, e Beth impiegò qualche istante a notare il cellulare nascosto tra le ciocche di capelli rossicci.

Quindi inspirò a fondo e attese, combattendo la tensione che cresceva in modo esponenziale a ogni secondo.

Ascoltò a malapena la chiamata, consapevole che più tardi Lauren avrebbe comunicato a tutti come stavano proseguendo le cose. Si prese quindi quei momenti per liberare la testa dalle preoccupazioni, e se la cosa fosse stata possibile pensò che si sarebbe addormentata lì, in piedi in mezzo allo studio.

Furono i passi di Lauren a riscuoterla.

"Come stanno?" chiese, anticipando il suo rimprovero sul modo in cui e si stava sfibrando, immersa nelle ricerche.

"Tutto a posto per ora, o così pare, ho parlato con Ethan, si sono fermati a Kirova, raccoglieranno informazioni sulle attività a Volgograd e capire che diavolo sta succedendo,"

"Tu? Hai trovato qualcosa?"

Beth annuì, sentendo le parole morirle in bocca quando abbassò lo sguardo sullo schermo del portatile. Fece un cenno con il capo, cosicché Lauren la seguisse.

Tornarono indietro, e Beth non ricordava l'ultima volta che aveva dormito a letto piuttosto che sul divanetto lì in quella stanza. Le era ormai più familiare la figura dei cuscini sistemati in malo modo sulle coperte spaiate, delle tazze lasciate sul tavolino, rispetto all'appartamento che condivideva con Lucas.

"Ho fatto un controllo dei contatti di Moyer, come volevi," iniziò a spiegare Beth, senza ancora toccare il portatile che teneva ora appoggiato alle gambe. "Non stavo cercando nulla di particolare, ma ho trovato tracce di uno scambio di mail con la prigione della Hoffman Island, la Blacklist. Non ho potuto leggerle, e mi è venuta in mente un'altra cosa che ho deciso di controllare per scrupolo." E a quel punto fece scorrere il cursore su una schermata che elencava tutti i nomi dei prigionieri e altre varie informazioni più o meno sensibili a riguardo. "E i numeri non corrispondono," continuò, passando a una nuova finestra. "Così sono andata più a fondo, ed ecco." Evidenziò la sezione di una pagina contenente le comunicazioni più importanti, e lì in cima, evidenziato con un titolo rosso, c'era l'avviso della morte del prigioniero 0125, cinquantasette anni, maschio bianco, Adam Chekov.

Lanciò un'occhiata a Lauren e la vide sbiancare, il volto svuotarsi di qualsiasi emozione se non sorpresa.

"Santo cielo."

Anche per Beth era stato così, aveva litigato con se stessa per capire se il sollievo che l'aveva invasa era stato sbagliato. Ma alla fine non aveva avuto molta importanza.

"Ma guarda i numeri, non corrispondono." Aprì una scheda su cui aveva fatto un confronto dei nominativi. "Dovrebbe essercene solo uno in meno, e invece ne mancano due," concluse, in attesa di ascoltare la conclusione a cui era giunta Lauren.

"Può essere che qualcuno sia stato rilasciato?" A quello Beth si ritrovò a sospirare, perché non erano giunte alla stessa ipotesi, e per quello la ragazza aveva deciso di controllare meglio, di scavare più a fondo.

"No, sarebbe stato annotato, e non è quello il punto," spiegò, mettendo poi il

cursore su un altro nome, evidenziandolo. Un'altra persona mancante dall'elenco.
"Credo che abbiano usato questo annuncio come copertura, oppure…"

"Oppure è il contrario," mormorò, portandosi una mano tremante al volto. Beth non rispose, troppo impegnata a cercare di soffocare il senso di impotenza che stava riemergendo con forza. C'era così tanta frustrazione all'idea che quello che avevano ottenuto era stato per nulla, che tutti i problemi che avevano risolto ne avevano creati di peggiori, e il fatto che la strada verso la tranquillità sarebbe stata lastricata da ulteriore dolore e sangue.

"A quanto risale questo?"

"Circa una settimana fa." Una settimana prima Oktober era tornata alla Torre con un documento che la relegava al confine di Staten Island, da quel giorno, o poco più, era quando avevano registrato strani picchi di energie in basi che erano da molto state inattive. Combaciava tutto in modo fin troppo bizzarro. Pure le mail riportavano quella data; una delle poche cose che era riuscita a ricavare da quei file. "Non voglio presumere nulla, però una situazione del genere intorno al suo nome…"

"Manderò Oktober a controllare la prigione." Lauren parlò con prontezza, e Beth poteva quasi vedere i piani delinearsi dietro i suoi occhi, le infinite possibilità e soluzioni.

Beth sorrise, lieta che la sua amica potesse tornare ad agire. Averla alla Torre, incapace di sfogare quell'energia nervosa che le si agitava in corpo, non faceva bene a nessuno dei presenti.

Quella sarebbe stata una buona situazione per farla tornare un po' in sé, e magari ricongiungersi con una persona che non vedeva da tempo.

"E tu vedi di riposare," fu il modo in cui la salutò Lauren mentre usciva dal suo laboratorio.

"Dove siamo?" Il mormorio di Sette lo fece sobbalzare, strappandolo via dall'osservazione attenta e incerta.

Il ragazzo era accasciato contro il finestrino della macchina affittata, e solo sporgendosi Vasily poteva vedere il suo occhio sano, un po' fuori fuoco e sormontato da un sopracciglio aggrottato in quella che di certo era un'espressione di confusione. Era chiaro che stesse meglio, ed era cosciente, seppur spossato.

A seguito del viaggio in aereo si era un po' ripreso; la sua pelle aveva smesso di scottare ed era rimasto cosciente molto più a lungo, aveva chiuso le palpebre solo per smaltire la stanchezza accumulata.

A Vasily sarebbe piaciuto fare lo stesso.

"Speravo potessi dirmelo tu, Rodin," commentò, cercando i suoi occhi spaiati, che però rimasero a vagare oltre il finestrino, a studiare e catalogare quanto possibile ogni cosa malgrado la sua condizione. Vasily sapeva che non era sicuro. Non erano in una via affollata, ma chiunque sarebbe potuto passare di lì, lanciare un'occhiata all'interno e riconoscere con estrema facilità uno dei ricercati dell'AIS. Vasily aveva riapplicato il fondotinta coprente, ma era venuto via con il sudore poche ore dopo l'atterraggio, lasciando macchie di pelle scoperta qua e là, rivelando quelle molto più scure che avrebbe dovuto celare.

"Perché?" sussurrò Sette, stanco, ruotando il capo nella sua direzione per fissarlo. Lui non si lasciò scoraggiare, perché era possibile che Sette fosse confuso, che a causa di un'intera giornata divorato da quello strano malessere faticasse a ricollegare i fatti. L'alternativa era qualcosa con cui Vasily non voleva avere a che fare.

"Siamo a Volzskij," gli disse, sperando che quello sarebbe stato abbastanza per dargli chiarezza.

La reazione che ricevette fu l'esatto opposto di quello che aveva sperato, se non qualcosa di peggio.

Lo vide tirarsi più su, facendo forza con un braccio contro la portiera, per poi puntargli un'occhiata di fuoco addosso.

In tutto il tempo che lo aveva conosciuto non aveva mai visto quella sorta di rabbia diretta interamente a lui, perché era come se volesse incolparlo di… tradimento. Lo vide prendere un profondo respiro, e gli parve che l'aria sfrigolasse per la tensione che aveva per sbaglio causato.

"E perché siamo a Volzskij?" La sua voce tremò di nervosismo, e il calore gli salì alle guance, congestionandogli il volto, ma strinse i denti e trattenne quel bruciore senza nome nel petto.

"C'è una casa sicura, no? Non sapevo dove altro andare con te che…"

"*Perché Volzskij?*" lo interruppe con lo stesso tono incendiato e la rabbia negli occhi, e Vasily si bloccò, cercando di comprendere cosa altro c'era che gli sfuggiva, dove stava l'errore per il quale si stava guadagnando un simile trattamento.

"Perché era scritto nel tuo fascicolo!" esclamò quando vide Sette aprire la bocca per riproporre la domanda.

Con il cuore che batteva a mille, vide l'espressione di Sette contorcersi, gli occhi scattare oltre il finestrino e soffermarsi sui dettagli; sulle case innevate, i cui colori caldi risaltavano sotto a quella cortina bianca, i lampioni alti e le macchine parcheggiate, le targhe che indicavano con chiarezza la loro appartenenza russa.

"Questa non è una casa sicura," sibilò Sette, il tono pieno di ira nonostante fosse evidente che le energie si stessero esaurendo rapidamente.

Il gelo lo riempì, e la sensazione di trovarsi in mezzo a un oceano con una semplice scialuppa e un paio di remi spezzati gli parve coerente con la situazione in cui si trovavano. Si passò una mano sulla faccia, desiderando poter cancellare le ultime ore, giorni, o magari settimane. Ormai il tempo si stava fondendo su se stesso in un susseguirsi incomprensibile di nottate insonni e giornate colme di tensione.

Eppure se l'era cavata da solo, era stato in grado di portarli lontano dal pericolo, dalla trappola, e l'avrebbe fatto senza l'aiuto di nessuno se non per quella piccola situazione dell'auto rubata.

Non poteva arrabbiarsi ora, non sarebbe servito a nulla, anche se il modo di fare di Sette non faceva che torturare i suoi nervi, sapeva di dover mantenere una mente più chiara e pragmatica possibile, per altro ci sarebbe stato tempo.

"Va bene, va bene... posso pensare a una soluzione." Riaccese il motore. "Una camera d'hotel potrebbe andare bene mentre ci riorganizziamo," ragionò, ma un movimento davanti a sé attirò la sua attenzione e si bloccò, perché non aveva parcheggiato in quel punto per puro caso.

Il portone dell'abitazione che aveva controllato fino ad allora si era aperto, e ne stava uscendo una donna fasciata da un lungo cappotto, sciarpa avvolta al collo e un cappellino di lana schiacciato sui capelli biondi, stringeva la mano a un ragazzo che doveva avere bene o male dieci anni.

Vasily si ritrovò ad aggrottare le sopracciglia, perché per quanto ormai avesse scoperto che quella non era una casa sicura, non si era aspettato che fosse abitata.

Non sapeva per quale motivo Sette aveva l'indirizzo di un appartamento in cui vivevano delle persone normali.

Tuttavia, quando si voltò per chiedere spiegazioni, l'espressione colma di disprezzo di Sette era mutata in qualcosa di più cupo, ma non era indirizzata a lui, bensì alle due persone che si stavano muovendo con cautela sul marciapiede congelato.

Mise la retromarcia e si allontanò da lì senza che Sette dovesse dirglielo, si diresse verso l'hotel che aveva notato entrando in città, concludendo che sarebbe stato abbastanza anonimo per fermarsi per qualche giorno.

Si morse il labbro nel tentativo di trattenere il bisogno di pretendere delle spiegazioni.

Non aveva idea di cosa fosse successo lì, del significato della rabbia di Sette e di quella sua ultima occhiata, così colma di risentimento, ma poteva ben immaginare, ora con più chiarezza, che il disastro in cui si era cacciato doveva avere proporzioni inimmaginabili, e che i soldi che l'altro gli aveva promesso non valessero la fatica.

Vasily realizzò che avere a che fare con un Sette incosciente era stata una benedizione.

"Hai preso tutto dalla mia stanza?" fece il ragazzo, e Vasily non riuscì a pensare a una replica, perché mentre Sette stava recuperando le sue energie lui ne era sempre più svuotato. Il giorno intero di viaggio e la tensione stavano iniziando a farsi pesanti, e tutto quello che voleva fare in quel momento era lasciare che il materasso lo inghiottisse.

Per non parlare del fatto che aveva dovuto portare tutti i bagagli da solo su per le scale. Non potendo rischiare che Sette venisse visto nella hall dell'hotel era entrato dalla scala antincendio, infilandosi dalla finestra come aveva fatto nell'appartamento di Vasily.

"Sì, ho preso il tuo borsone, ma ho dovuto lasciare le armi per entrare in aeroporto, non ho idea di come tu abbia fatto a farle passare l'ultima volta," mormorò contro il cuscino; il tessuto aveva un fastidioso odore di ammorbidente, il che gli fece ricordare che forse era il caso di farsi una doccia, ma non ne aveva le forze.

"Non intendevo quello," rispose rapido l'altro, sedendosi sul bordo del letto. Vasily ringraziò il cielo che non fossero finiti in una camera matrimoniale, per fortuna avevano trovato delle stanze doppie disponibili.

Non ci teneva a farsi pugnalare nel sonno.

E a proposito di sonno, sentì le palpebre cadergli, dimenticandosi quasi del tutto di ciò che aveva detto Sette.

"Ehi." Uno scossone mosse il letto e si obbligò ad aprire gli occhi che a malapena si era reso conto di aver chiuso.

Lanciò un'occhiata scocciata verso l'altro, che si era liberato delle macchie di fondotinta sul viso. Vasily si ritrovò a studiare il suo volto segnato, il suo occhio destro, spento e opaco, e per qualche motivo qualcosa si allentò dentro di lui, forse perché quello era più familiare che vederlo come una persona… normale.

"Ho preso il tuo borsone," ripeté, chiedendosi per un attimo chi dei due stesse perdendo la testa. "C'era dell'altro?"

Lo vide sospirare esasperato, e l'irritazione gli morse le costole.

"Sì," disse solo Sette, senza aggiungere altro, gli occhi incupiti che vagavano per la stanza, infastidito di trovarsi lì.

A quel punto Vasily non riuscì più a trattenersi, non che in tutta la sua vita ci avesse mai provato, ma non aveva molta importanza al momento, inoltre per il suo cervello esausto ormai niente aveva senso.

"Se ti aspetti delle scuse, scordatelo." Cercò di scacciare la spossatezza dalla voce. Si tirò su, sedendosi contro la testiera e fingendo di non avere il suo sguardo pungente addosso che tentava di bruciargli un buco in faccia. "Mi hai salvato la vita e ok, grazie. Ma non intendo starmene tranquillo mentre mi tratti di merda sputando su tutto quello che ho fatto." Tentò di mantenere un tono stabile e scacciare il tremolio dalla voce.

"Quello che hai fatto?" domandò, colmo di una cattiveria che sorprese Vasily. "Ci hai trascinati in questo… *posto*…" E il disgusto con cui sputò quell'ultima parte fu la cosiddetta goccia decisiva, e tra fatica ed esasperazione, Vasily non riuscì più a contenere ciò che gli ribolliva dentro.

"Sì, perché non avevo idea di dove andare, e le uniche indicazioni che avevo portavano qui. Forse se solo ti fossi degnato di condividere un po' più di informazioni adesso saremo altrove, e non ho idea del perché tu sia tanto infastidito da questa città, così come non so che diavolo ti è preso nell'ultimo giorno!" esclamò, il tono che si alzava di parola in parola, e alla fine si ritrovò con le dita strette nelle coperte, le unghie che premevano comunque contro i palmi e le nocche doloranti.

Nel silenzio Vasily notò l'espressione impassibile di Sette, e sapeva che urlare così non era servito, non con lui, perché che senso aveva arrabbiarsi quando il mondo gli correva dietro con pistole e catene?

"Non sono affari tuoi," ribatté Sette dopo un lungo mutismo.

E Vasily a quel punto avrebbe potuto contestare, dire che ormai erano eccome affari suoi, che il rischio di ritrovarsi con una pallottola in testa gli dava quantomeno il diritto di sapere in che casino si era cacciato. Ma era esausto, e di portare avanti l'ennesima discussione non ne aveva voglia.

"Ma certo," sibilò, per poi avvolgersi nelle coperte e girarsi verso il muro.

Non dovette nemmeno obbligarsi ad addormentarsi, perché il sonno lo raggiunse con mani rapide e lo trascinò in un abisso senza colori, ma con una melodia di spari e ossa che si rompevano come unico accompagnamento.

150

FILE 16 - ANGRY

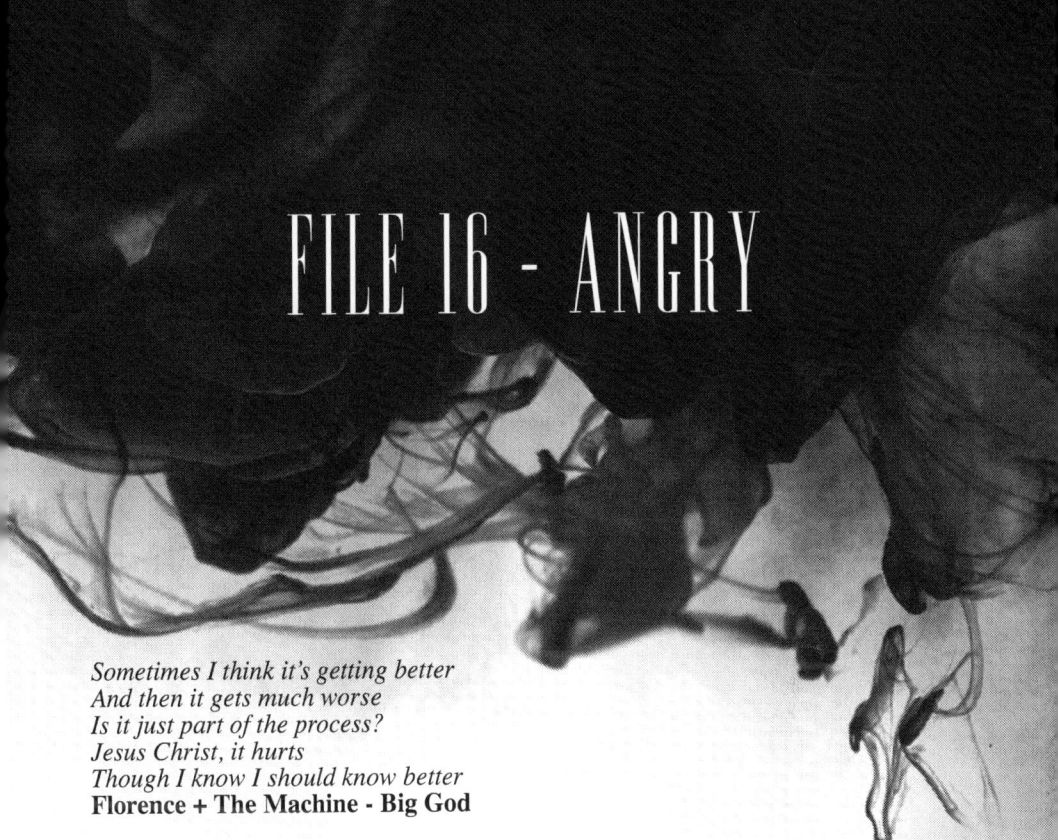

Sometimes I think it's getting better
And then it gets much worse
Is it just part of the process?
Jesus Christ, it hurts
Though I know I should know better
Florence + The Machine - Big God

Vasily si svegliò all'improvviso, e i suoi occhi si riempirono delle ombre di una stanza d'albergo sconosciuta e del bagliore giallognolo dei lampioni in strada.

Con mani scoordinate e corpo assonnato si scostò le coperte di dosso, rendendosi a malapena conto del fastidio per aver dormito in jeans e degli spifferi gelidi che smuovevano le tende, facendolo rabbrividire.

Prese il borsone che aveva abbandonato a terra e, seguendo quel dubbio che l'aveva tormentato tanto da svegliarlo, prese il portatile e lo aprì.

Sbatté più volte le palpebre, cercando di scacciare il fastidio della luminosità dello schermo, e si mise a cercare, soffocando sbadigli e strofinando via il sonno dalla faccia.

C'era un piccolo dettaglio che lo punzecchiava, che non era certo di ricordare bene, quindi recuperò le coordinate delle mappe energetiche che gli aveva dato Sette e che lui aveva diligentemente scannerizzato. Le inserì nel motore di ricerca, e subito realizzò di aver fatto un errore.

Tornò indietro e ripeté il passaggio, per poi aggrottare le sopracciglia e ricontrollare i dati. Realizzò che non c'era niente di sbagliato, che il picco di energia si trovava molto vicino a dove erano loro.

Dovette zoomare perché l'area segnata era vasta, e si allargava da Volgograd con macchie irregolari, ma tutte collegate, fino a raggiungere città più piccole e discrete, una delle quali era proprio Volzskij.

Passò un palmo sul volto, i ragionamenti fin troppo rallentati per poter mettere più luce sulla faccenda.

Recuperò i documenti cartacei per controllare se lo sbaglio era stato un altro, ma le informazioni erano chiare e precise, l'indirizzo della famiglia che avevano spiato il giorno precedente era dove Vasily li aveva portati.

Quella vicinanza non poteva essere una coincidenza, né tantomeno il nervosismo di Sette alla scoperta, ma il ragazzo non comprendeva come trovare il filo che collegava il tutto e dava un senso all'immagine contorta e spezzata che gli si stava formando in mente.

La verità era che si era buttato in quel casino all'idea di un'ottima ricompensa, ma non aveva valutato i contro, e anche quando i veri rischi si erano mostrati con divise nere e armi letali, aveva deciso di continuare.

E non era più per i soldi, ma il non sapere ormai lo tormentava quasi più del rischio di rimanerci secco.

Quindi, incurante dell'ora, si voltò verso l'altro letto, deciso a ottenere le sue spiegazioni in qualche modo.

Solo che le coperte erano ben tirate sul materasso vuoto.

E finalmente si accorse che la corrente che lo aveva fatto rabbrividire proveniva da una fessura, perché la finestra era stata lasciata socchiusa.

"Ah, cazzo," si lasciò sfuggire dalle labbra. Attese, fissando le tende chiare agitarsi nella brezza e, poco a poco, le emozioni iniziarono a svegliarsi. Il fastidio che bruciava in mezzo al petto era timore, la sorpresa pizzicava sulla pelle, facendolo fremere ed elettrizzandone ogni centimetro.

Non poteva più reagire, dopo tutto quello che aveva passato, che aveva fatto e vissuto, non voleva credere che potesse finire così.

La rabbia giunse quando ormai lo schermo del computer si era scurito del tutto e Vasily alzò lo sguardo sulla figura che si stava per infilare nella stanza.

Strinse i denti, obbligandosi a non fare nulla. Temeva che un minimo movimento potesse farlo esplodere, e si limitò ad osservarlo.

Seguì la sagoma minuta di Sette scavalcare il cornicione e, con una mano stretta intorno a un sacchetto di plastica più vuoto che altro, dirigersi a passo tranquillo verso la scrivania. Superò Vasily, seduto a terra tra i due letti, e non lo notò nemmeno perché si trovava nel suo punto cieco.

Quindi si sedette. Lo intravide svuotare il sacchetto, muovere cose, senza essere in grado di comprendere cosa stesse facendo con le luci spente. Con solo il suono dei suoi movimenti leggeri a interrompere il silenzio si ritrovò a riflettere che se solo avesse dormito una mezz'oretta in più non si sarebbe accorto di nulla, e ricordò di come in Inghilterra Sette era svanito per buona parte della notte, per qualche strano motivo.

Poi tirò su con il naso, con forza e troppo a lungo per essere una reazione inconscia, e il sospetto gli si aggrappò alla gola con artigli affilati.

Si alzò con lentezza, notando tuttavia come il corpo di Sette si immobilizzò, le spalle si fecero rigide, se non per il capo che girò verso di lui. In quel lasso di tempo Vasily premette l'interruttore e la luce giallognola della lampada da comodino inondò la stanza.

Sbatté un paio di volte le palpebre per liberarsi del fastidio di essere stato tanto al buio ma, quando la sua visione tornò a fuoco, quello che vide fece riemergere tutta la rabbia che aveva soffocato negli ultimi giorni.

Era quasi invisibile sulla sua carnagione chiara, quella leggera polverina bianca che gli si appoggiava sulla pelle, che sporcava le labbra più scure, ma era più che evidente sulla superficie di legno.

"Che diavolo stai facendo?" sibilò Vasily, avvicinandosi in tutta fretta, la voce soffocata dall'orrore e dal battere furioso del proprio cuore. "È cocaina questa?"

Studiò il viso impassibile di Sette e cercò nei suoi occhi qualche altra prova, o qualcosa che dimostrasse che non era ciò che sembrava. Il destro rimaneva una pozza di tenebra opaca che strabordava sulla sua pelle, mentre il sinistro, con il suo chiaro mercurio che quasi si confondeva con la sclera, aveva una pupilla normale. Non era ristretta alle dimensioni di una punta d'ago né tanto grande da inghiottire l'argento dell'iride. Non che volesse dire molto; non aveva idea di cosa stesse prendendo o se era la prima volta quella notte.

"Secondo te?" Il tono di Sette era piatto e basso in quella che sarebbe dovuta essere nonchalance, ma che Vasily aveva imparato a riconoscere come una delle sue reazioni più pericolose.

Divorato dalla rabbia, ignorò quell'avvertimento e si mosse per spazzare dalla scrivania la polvere bianca, ma una stretta d'acciaio al polso lo bloccò a metà strada.

Trattenne un gemito al dolore che si irradiò da quel punto.

"Non ci provare," lo avvertì Sette, senza lasciare la presa e mettendosi in piedi davanti a lui. Vasily non si mosse quando si ritrovò l'altro a pochi centimetri, solo il suo braccio teso in quella posizione scomoda a dividerli.

"Da quanto va avanti questa cosa?" sibilò, cercando di liberare la mano che era sempre più intorpidita.

"Non sono affari tuoi." Sette lo fissò e, nonostante il nervosismo, Vasily si ritrovò ad annegare in un mare tempestoso di tenebre e luce argentea.

Il calore dell'altro gli accarezzava il volto mentre il gelo della sua espressione lo trafiggeva fino in fondo all'anima.

"Lo so che vuoi tenermi fuori da tutto, che io faccia solo la mia parte, ma sono una persona, ok? Mi rendo conto di quello che mi sta intorno, e non puoi tenermi all'oscuro di tutto, perché potrei raggiungere il limite e decidere di mollare tutto. Anzi, potrebbe succedere adesso." Tirò fuori parole che sembrarono fare il loro effetto; il volto di Sette cambiò, la rigidità scivolò via e Vasily non avrebbe notato il timore nella sua espressione se non fosse stato tanto vicino. "Adesso rispondi," concluse, agitando con forza il braccio e riuscendo così a liberarsi dalla presa ora allentata.

Si sfiorò il polso arrossato con le dita dell'altra mano mentre le sensazioni tornavano poco a poco, insieme alla consapevolezza che si sarebbe formato un livido.

Nel silenzio, con il vento invernale che si insinuava tra le tende ma che non faceva alcunché per annullare il fuoco che li circondava, in quel calore scoppiettante lui fu a malapena in grado di udire il mormorio amareggiato di Sette.

"Lo è, ma non che abbia importanza, dato che neanche questa funziona."

Le sue parole sprofondarono nello stomaco, perché voleva dire che non era stata la prima volta, che aveva già usato altro, ma allo stesso tempo emerse un altro spicchio di informazione, dando vita a un'altra domanda alla quale Vasily temeva di non aver bisogno di porre.

"In che senso? Non era questa roba a farti stare male?"

Sette gli lanciò un'occhiata storta e arretrò di un paio di passi, come a volersi allontanare da quell'argomento.

"Stimolanti, allucinogeni, erba… non funziona niente. Non sento più niente," mormorò, e fu con un nervosismo che parlava di agitazione e non di rabbia che distolse lo sguardo e lo puntò altrove.

Vasily si riscosse dalla confusione, perché non era quello il punto, perché erano sostanze chimiche e che facessero effetto o meno non voleva dire che in qualche modo non avessero il loro impatto. "Non ha importanza se funziona, hai idea di cosa ti stai mettendo in corpo? Per quale motivo lo stai facendo?"

Sette riportò gli occhi spettrali su di lui, e per una volta a Vasily parve di considerato davvero, senza peso, senza cattiveria o strane aspettative, solo una particolare piattezza che parlava di una calma non duratura.

"Te l'ho detto." La voce era piatta e priva di qualsiasi emozione.

"No," mormorò Vasily dopo essersi scrollato di dosso la confusione. E forse era per via del sonno e della stanchezza, ma quando la risposta giunse più chiara comprese che avrebbe dovuto capirlo subito.

"Non sento nulla. A parte quando sto male, non sento *nulla,*" ripeté infine Sette, compiendo quegli ultimi passi che lo dividevano dal letto e sedendocisi sopra con fare sconfitto. Vasily vide in quel gesto un che di diverso, di umano, che non avrebbe mai immaginato di scorgere in lui. Allora si ritrovò svuotato, e le maschere caddero, così come i muri di nervosismo e indifferenza.

Fu con un malessere che aveva imparato a considerare suo compagno che comprese che aveva fatto tutto quello solo per provare qualcosa, per essere tormentato dagli stessi dolori fantasma che assalivano Vasily in continuazione.

Si chiese se fosse stata la sua testardaggine ad avergli garantito quella nuova conoscenza, o se in verità Sette non aspettasse altro che un individuo abbastanza forte da poter vedere oltre quei tratti pallidi e le macchie nere.

Senza parole, si sedette accanto a lui, alla sua sinistra, per non nascondersi nel suo punto cieco, e i ricordi riemersero uno a uno, piccoli tasselli di un qualcuno che dubitava sarebbe mai arrivato a conoscere del tutto, ma di cui conosceva già fin troppo. Perché ricordava ciò che aveva scoperto alla base; quelle voci disinteressate che parlavano di esperimenti dagli occhi vuoti, i cui tratti chiari e impassibili erano macchiati di sangue, a malapena distorti dal dolore di innumerevoli test disumani e cruenti esperimenti di cui non era sicuro voler sapere i dettagli.

Non voleva biasimarlo, siccome dubitava che una persona normale, al suo posto, sarebbe stata in grado di *sentire*.

Non sapeva neanche *quanto* Sette fosse umano.

E ora anche quel nome gli dava il voltastomaco.

Era come se ciò che non poteva provare Sette fosse stato catalizzato in lui, il dolore e la pena che provò per quella creatura fu più soffocante del nervosismo, della paura e della rabbia. Ognuna di quelle cose venne schiacciata dalla necessità di cambiare le cose, di renderle un minimo migliori.

Scrutò il modo in cui aveva il capo abbassato, i polsi appoggiati alle ginocchia e le mani abbandonate tra di esse. Ne sollevò una e la passò sotto il naso, la leggera polvere bianca si sparse sulla sua pelle, risaltando sulla macchia scura che dominava il centro del suo palmo. La fissarono entrambi.

Vasily doveva trovare una soluzione, perché non l'avrebbe lasciato rovinarsi.

Quindi ragionò su ciò che lui stesso aveva provato; le emozioni più forti, elettrizzanti, qualcosa che era sempre unico, e il volto prese colore per il timore e l'agitazione quando gli venne un'idea.

"Ehi, Ted?" chiamò, e pur essendo l'ennesimo nome buttato a caso, l'altro si voltò con espressione esasperata ma non infastidita.

E Vasily non aveva bisogno di altro, si avvicinò un po' e posò le labbra sulle sue.

Erano screpolate dal freddo, ma morbide e calde, quasi roventi. Inspirò, e Vasily approfittò di quella reazione per spingersi più a fondo, per catturare il suo labbro inferiore tra i denti e mordere, ritirandosi solo quando il sentore chimico della droga gli bruciò in bocca.

"Che cosa…" Il suo fiato caldo gli sfiorò le labbra sensibili con la carezza inebriante del suo sussurro. Non si mossero, ma Vasily aveva l'attenzione di Sette su di sé, poteva immaginare la sorpresa, e temette che dovesse esserci dell'orrore in esso, ma il suo corpo era quasi rilassato, seppur tremante, e nessun'arma era stata tirata fuori.

"Volevi sentire qualcosa, no?" Vasily usò lo stesso tono, incapace di trovare il coraggio di sollevare lo sguardo, tuttavia colse il lieve movimento del suo capo. Sette annuì, esitando solo qualche istante. "Questo potrebbe funzionare." E senza soffermarsi su altro affondò le dita in quel mare di ciocche argentee e lo tirò a sé. Lo baciò ancora, assaporando gli angoli della sua bocca, e Sette glielo lasciò fare, non pareva rispondere ai suoi movimenti, ma non si stava opponendo.

Quando fece scivolare i polpastrelli lungo il suo collo percepì il danzare incontrollato del suo cuore.

Avvolse un braccio intorno alla sua vita e lo strinse a sé. Divorò il suo sospiro tremante quando riuscì a infilare la mano sotto la sua maglia troppo leggera. Sfiorò la sua schiena, accarezzando le curve dei muscoli e le valli tra le costole, la sua pelle era liscia e bruciante, custode di un calore febbricitante e perfetto.

Spostò la bocca sul suo collo, lì sul bordo di un'altra macchia nera, non permettendosi di respirare a lungo quando l'affanno di Sette gli rimbombò nel torace. Morse la pelle morbida, gustando il sentore frizzante dell'aria invernale che gli era rimasto addosso, e spostò entrambe le mani sui suoi fianchi, sollevando i lembi della maglia fino a toglierla, scoprendo una distesa di neve e catrame.

Lo spinse per sdraiarsi sul letto, e i suoi capelli argentei si persero sulle lenzuola chiare, dandogli l'aspetto di un angelo caduto, riverso sulle sue stesse piume e segnato dai peccati dell'umanità.

Era splendido così; con il corpo che fremeva sotto il suo palmo, con i muscoli rilassati e i tratti inumani che lo rendevano unico. Non c'era più orrore o paura negli occhi di Vasily, perché finalmente lo vedeva per ciò che era; niente più che un ragazzino con un peso troppo grave da portare, con segreti tanto ingombranti che emergevano attraverso quello strato sottile e candido.

E c'era qualcosa di strano, notò. Allora passò dita leggere sul suo petto, dove un tatuaggio di numeri e lettere spariva dentro altro nero, e poi su un'orribile cicatrice che gli segnava tutto il torace. Gli strinse il polso con delicatezza ma senza fermare i suoi movimenti, era come se si stesse aggrappando a lui.

"Che cos'è?" La sua era semplice curiosità, quasi non aspettandosi una risposta.

Lo vide deglutire con forza, chiudere le palpebre, con la mano stretta intorno al suo polso dove si era già in parte formato un livido.

"Il mio nome," mormorò, e Vasily ebbe il desiderio di sfiorare quella macchia scura che divorava il suo occhio e la pelle circostante come stava facendo con tutte le altre, così come avvertì il bisogno di non riflettere su quel nuovo pezzo di lui, perché non portava altro che tristezza e sofferenza.

Quindi prese un altro respiro, e scacciando pensieri cupi che tentavano di emergere, si abbassò su di lui, le ginocchia ai lati della sua gamba, e riprese da dove si era fermato.

Morse lì dove il battere frenetico del suo cuore lo raggiungeva attraverso la pelle del collo, incapace di smettere di studiare i tratti che si avvolgevano sulle sue spalle come artigli scheletrici. Si staccò, e solo allora si rese conto che quelle erano parte del suo Marchio, che il nero partiva dalle sue mani e raggiungeva le spalle, con solo qualche interruzione oltre il gomito, come se un artista da lì in poi avesse dato pennellate caotiche.

Deglutì a vuoto, non potendo né volendo immaginare quanto dolore avesse causato una cosa del genere, e con gli occhi sigillati passò le labbra sul suo petto, sullo sterno forte, sui pettorali, muscoli di acciaio nudo, e sulla carne tenera dei suoi capezzoli. Una mano scattò tra i suoi capelli quando ne morse uno con delicatezza, modellando la carne con denti e lingua, gustandosi il suo gemito soffocato con un sollievo che lo spinse ad osare.

Arretrò sul letto, facendo scorrere i polpastrelli sui suoi fianchi chiari, sfiorando una cicatrice nera che assomigliava troppo a quella che avrebbe lasciato un proiettile, e poi giù, su addominali frementi e lungo le ossa sporgenti del bacino.

Raggiunse il bordo dei pantaloni e vi agganciò le dita, sentendo altro calore rovente sotto, il pollice sfiorò il bottone, e una fitta alla cute lo fece sobbalzare quando Sette tirò i capelli che teneva ancora stretti.

"Fermati," sussurrò con voce soffocata, tirando a sé le gambe.

"Scusa, ho fatto qualcosa…" Il timore di aver esagerato gli bruciava già dentro. Eppure stava andando tutto bene, aveva sentito il piacere inondare entrambi, ma adesso…

"No, no. Va bene così, *basta*," e con quelle parole tremanti che non sembravano appartenergli, si girò su un fianco, rannicchiandosi su se stesso. La schiena nuda all'improvviso irrigidita e le spalle tremanti. Nascose il volto tra le mani, e Vasily lo vide affondare le dita tra i capelli, premendole unghie contro la cute chiara.

Si sedette sui talloni e lo vide piccolo e tremante.

Con ogni briciolo di eccitazione spazzata via e ancora il debole sapore chimico della cocaina sulle labbra, si chiese dove avesse sbagliato.

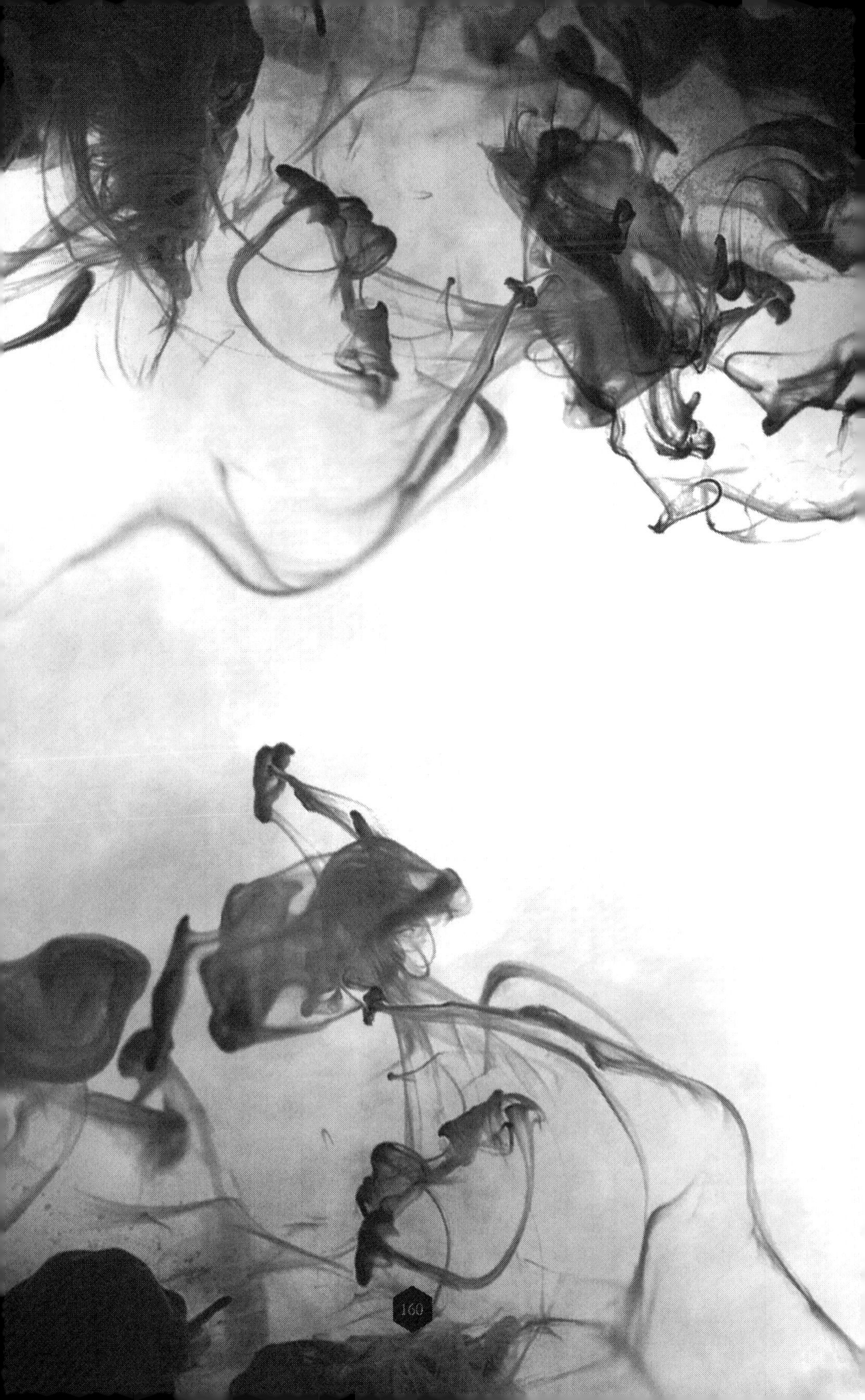

FILE 17 - BROKEN

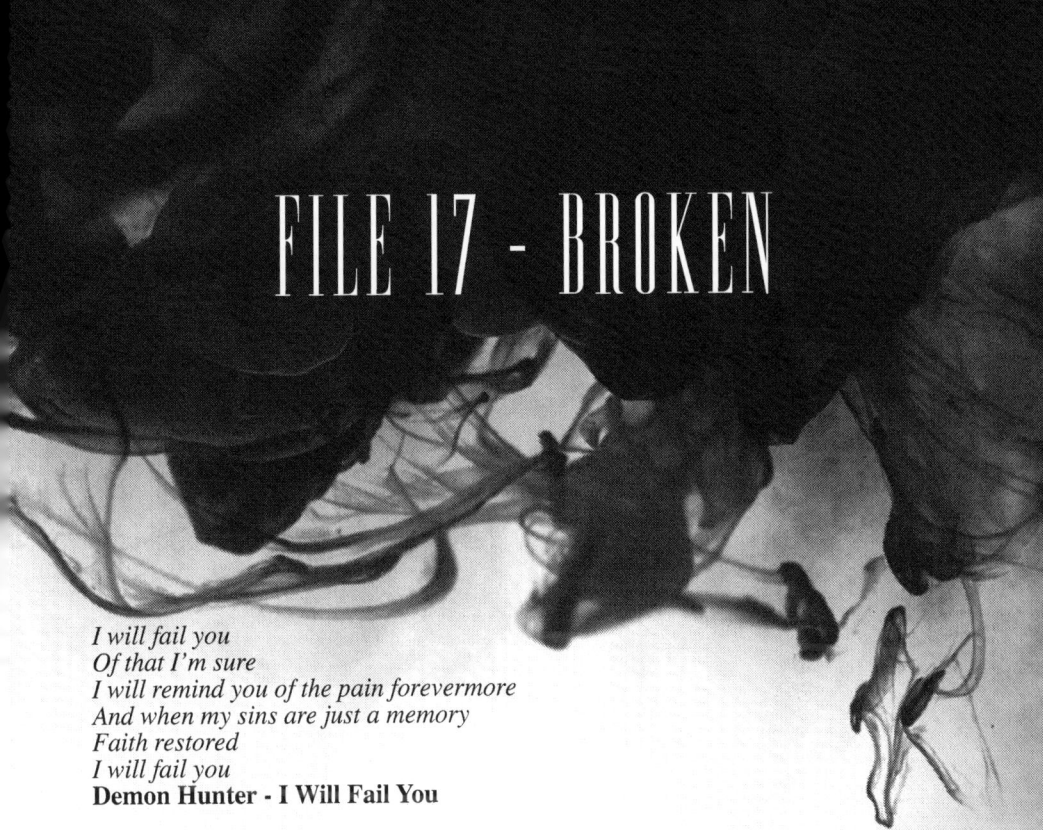

I will fail you
Of that I'm sure
I will remind you of the pain forevermore
And when my sins are just a memory
Faith restored
I will fail you
Demon Hunter - I Will Fail You

Era sul punto di frantumarsi, mentre la realtà gli scivolava via dalle mani come un vento gelido che lo faceva tremare.

Premette le dita contro le palpebre, cercando di inspirare nonostante il blocco che gli premeva sul petto, gli pareva che un peso insostenibile stesse tentando di fermarlo, schiacciarlo, e il terrore non faceva che aumentare in modo esponenziale, dando vita a confusione e panico.

Si era *già* spezzato, perché la verità era quella; non c'era un angolo di lui che non fosse già caduto a pezzi almeno una volta e rimesso in sesto in malo modo, con le spaccature che si sovrapponevano e a malapena corrispondevano a ciò che era stato in origine. Non trovava un senso a quello che era successo. Per quale motivo anche la droga più pesante non sortiva nessun effetto, mentre un tocco che non portava dolore doveva causargli tutto quello strazio?

Non era stata solo la sorpresa a disarmarlo, ma i ricordi che per quasi un anno aveva cercato di dimenticare, di ignorare. La verità era che sarebbero stati sempre con lui, con il loro gusto dolceamaro di occasioni sprecate e momenti rubati.

Ciò che aveva avuto con Sei non era stato nulla, mai niente che andasse oltre i tocchi rassicuranti e talvolta labbra vaganti, e mai più di quello. Non erano stati… baci, ma il bisogno reciproco di respirarsi a vicenda.

Solo quando aveva compreso ciò che voleva fare Vasily si era accorto con crudele chiarezza tutto quello che non aveva avuto con Sei.

Era diventato troppo, e ogni cosa si era rotta.

Eppure, per quanto fosse tutto così doloroso, per quanto il panico continuasse a stringerlo per la gola, non poteva permettersi di crollare o di mostrarsi debole davanti all'altro.

Aveva fatto un errore a scoprirsi, a lasciare che Vasily lo vedesse e comprendesse che la sua storia l'aveva scritta sulla pelle a tratti di cicatrici e residui d'Abisso. Non sapeva quanto avesse compreso, quanto sapesse, ma era comunque troppo.

Quindi prese a morsi il panico, lo sottomise e lo relegò nelle profondità di sé più cupe come gli era stato insegnato a fare. Si mise a sedere sul materasso, sorreggendosi su braccia tremanti, notando che Vasily era seduto per terra tra i due letti, avvolto dalle coperte pesanti, con gli occhi puntati su di lui.

Si fissarono sbigottiti per diversi momenti di pura immobilità, e quando lui fece per aprire la bocca e dire qualcosa, Sette si mosse, recuperando la maglia e alzandosi mentre la indossava.

"Stai bene?" Il suo tono era basso e pieno di preoccupazione.

La mano si fermò sul proprio petto, e ricordò come la risposta a un altro interrogativo gli era uscita dalle labbra senza esitazione.

Il mio nome, aveva detto, e adesso, a vederla così, forse quello era stato il minore degli errori.

"Ehi…"

"Sto bene," lo interruppe con tono brusco, e con la coda dell'occhio lo vide chiudersi di più in se stesso, ma con le sopracciglia che si aggrottavano sulle iridi chiare.

"Stai tremando," disse, e allora Sette comprese che aveva ragione; le dita fremevano ancora, e fermò giusto in tempo lo spasmo che cercò di attraversargli la schiena, l'affanno era rimasto incastrato dietro lo sterno.

"Ascolta, mi dispiace. Avrei dovuto chiedertelo, e saltarti addosso così è stato da cafoni." Sette lo ascoltò a malapena mentre recuperava i resti della cocaina dal tavolino e la faceva finire nel cestino senza esitare, in fondo si era rivelata inutile. E pur avendo trovato un modo per sentire qualcosa, non era più così sicuro di volerlo. "Cosa che io cerco di non essere, e per questo adesso mi sto preoccupando, hai avuto un attacco di panico, sai?" Il silenzio si allungò, e poi Vasily si alzò, le trapunte si accasciarono a terra con un suono che era un sussurro. "Puoi almeno rispondermi?"

"Sto riflettendo," ribatté, sperando che così capisse che quello non era il momento per un'altra discussione, che c'erano cose più importanti di cui occuparsi.

"Per quale motivo fai così?" Si immobilizzò, e il sacchetto che stava per buttare insieme a ciò che restava della droga gli rimase in mano. Sbatté le palpebre in confusione, per poi voltarsi nella sua direzione e pugnalarlo con un'occhiataccia.

"*Così* come?"

"Come se non fosse successo niente! Come se non avessi visto cosa ti porti addosso, e come se non ti importasse." E all'improvviso una presa si strinse intorno al suo polso. Sette non fu in grado di trattenere il sobbalzo, e temette che lo spavento a quel contatto inaspettato fosse emerso sul suo volto.

Perché ora l'aria pareva fragile, sul punto di rompersi al minimo tocco o parola, e a malapena riusciva a sopportarlo.

Così era il suo normale, era il suo dovere che gli diceva di cancellare tutto ciò che non era utile, che lo faceva star male, di trascurare ognuna di quelle cose, ignorare il dolore e continuare invece ad avanzare.

"Per favore, voglio solo *capire*. Mi pare di star impazzendo," parlò con tono più calmo.

Ma Sette non era mai stato bravo a parlare, per quanto ci provava, per quanto tentasse di creare una diga tra sé e tutto quello che minacciava di travolgerlo e spezzarlo, qualcosa traspariva sempre, ed era tutto troppo da sopportare, doveva liberarsi di quel peso che lo tormentava, di quella paura che gli attanagliava le viscere in silenzio.

"Va bene." Si scrollò con forza dalla sua presa, mentre quel tocco si imprimeva fin nelle ossa, unendosi a tutti quelli che l'avevano preceduto.

Si chinò a terra, recuperando il borsone e aprendo la cerniera nascosta che celava un doppio fondo, recuperò la manciata di fascicoli e documenti che aveva trovato alla base. Ce n'era uno per ciascuno di loro, dagli esperimenti falliti a quelli meglio riusciti, c'era chi era caduto senza potersi rendere utile, c'era chi li aveva abbandonati, chi era sopravvissuto e chi no.

Non c'erano informazioni riguardo i suoi ultimi due anni, né sul suo viaggio nell'Abisso, forse perché in così pochi ne erano a conoscenza, ma immaginava che Vasily sarebbe stato in grado di connettere i punti, di capire che la sua stessa abilità e terrore l'avevano quasi ucciso.

Scuotendosi da quei pensieri e mettendosi in piedi, si voltò verso l'altro che ora lo stava fissando con un misto di confusione e sorpresa.

"Stanotte ho recuperato un po' di informazioni, e presto avremo da fare. A patto che tu voglia comunque continuare dopo aver avuto le tue dannate risposte," lo sfidò con voce bassa e pericolosa, e solo allora notò la scintilla di timore nei suoi occhi.

Immaginò che ottenere ciò che si desiderava non fosse mai stato tanto spaventoso.

Chi dei due era più intimorito in quella stanza?

Ma non era molto più semplice così? Lasciare che fosse lui a scegliere di andarsene, piuttosto che rischiare di spezzarsi nell'istante che precedeva una decisione? A ogni segreto rivelato e reazione negativa? Non era meglio che se ne andasse lui, adesso, piuttosto che restare sulle spine in attesa che la solitudine lo colpisse a tradimento?

Si sarebbe liberato della paura, così, poiché ciò che temeva era ciò che desiderava. Ma, in fondo, sarebbe stato tutto molto più facile una volta da solo.

Sette era diverso, Sette non era una persona, Sette era un numero, un'arma, e non doveva aver bisogno di nessuno per portare a termine lo scopo per cui era stato creato. Quelle settimane erano stati attimi di debolezza per cui aveva già pagato.

Era certo che Vasily non sarebbe stato in grado di sopportare il peso della verità; ricordava la sua reazione alla base, come era stato inorridito mentre ascoltava e assisteva a uno dei loro test.

Un solo fascicolo sarebbe stato abbastanza per allontanarlo e liberarsi di lui, della sua umanità che tanto faticava a capire, e avrebbe potuto concludere le cose a modo suo. Eppure decise comunque di lasciargli tutto, di soffocarlo con spiegazioni non richieste, o forse… forse era per un altro motivo che prese quella decisione, perché qualcosa che non era odio né rabbia si stava agitando in lui, qualcosa di più fragile e piccolo che tentava di sbocciare, ma che non comprese.

Lasciò il plico di fascicoli sulle coperte e si voltò verso la finestra. Doveva fare rifornimento di armi, e quello era un buon momento.

Scivolò nel gelo della notte e sperò che al suo ritorno la stanza si sarebbe svuotata, e così il suo stesso petto.

La cosa più difficile non fu trascinare su per l'uscita antincendio la sacca riempita di armi, ma notare che la camera era occupata e obbligarsi a entrare comunque.

Rimase qualche secondo a osservare, consapevole di non essere stato notato, e valutò la situazione.

C'era Vasily seduto sul bordo del materasso, con il volto nascosto tra le mani, sotto la fastidiosa luce accesa, poteva vedere tutti i fascicoli aperti e sparpagliati al suo fianco.

Per un attimo l'agitazione gli grattò nel petto, siccome neanche lui aveva letto tutto di quei documenti; il passato segnato su di essi era un promemoria troppo crudele che non era stato in grado di affrontare.

Vasily non se ne era andato, ma l'alba era lontana e immaginò che non avrebbe lasciato un rifugio caldo nel bel mezzo di una notte d'inverno in Russia, quindi Sette avanzò, scavalcando il davanzale e ignorando l'altro ragazzo.

Mollò il borsone a terra, accanto all'altro, valutando cosa portare, e giungendo alla conclusione che magari quello era il momento di liberarsi di tutti quei rapporti, segreti e documenti che non erano altro che un peso.

Avrebbe dovuto farlo prima, ma in qualche assurdo modo aveva avuto l'impressione che se avesse bruciato ognuno di quei nomi, uccidendo ciò che di loro non era morto, avrebbe dovuto dire addio ai ricordi che aveva, e per quanto non si sarebbe rammaricato a liberarsi di alcuni, ce n'erano altri che teneva stretti a sé, anche se erano dolorosi come schegge di vetro.

"Mi hai dato tutto questo per cercare di allontanarmi, vero?" Il mormorio di Vasily lo prese alla sprovvista, e fece per ribattere, ma l'altro continuò a parlare con voce solo un poco più decisa. "Mi dispiace, non era mia intenzione farti sentire messo all'angolo… volevo aiutare." Le coperte si mossero, i suoi passi si fecero più vicini, e uno tocco leggero come il vento si avvolse intorno al suo polso in un gesto che era un riflesso di quelli delle ore precedenti. E questo non parlava di violenza o terrore, ma di qualcosa di più silenzioso. "E sì, voglio aiutare. Perché sono sicuro che sia quello che, nei tuoi modi assurdi, tu mi stia chiedendo."

E quell'emozione sconosciuta, delicata e morbida, gli sbocciò nel petto come un fiore oscuro.

La pelle era sottile e calda nella sua mano, il Marchio nero che la intaccava fino al palmo aveva ormai tutto un nuovo significato.

Si ritrovò a puntare lo sguardo lì, dove il proprio Marchio spuntava oltre la manica, e con la mente scombussolata, per qualche ragione, cercò di fare un confronto.

I suoi pensieri corsero rapidi, rievocando i ricordi di una famiglia non perfetta e mettendoli a fianco a quello che aveva appreso di Sette e gli altri; un gruppo di ragazzini senza legami. Gli allenamenti per diventare un buon Agente a confronto con gli esperimenti che avevano eseguito su di lui. E infine ricordò di come era stato tradito, come gli avevano proposto di mettere a rischio la vita per salvare quella della sorella, e come i compagni di Sette erano stati gettati via, divorati da morti insensate e crudeli.

Eppure c'era così tanto che non capiva, e non era del tutto certo di voler andare fino in fondo, perché ogni pagina che aveva voltato, ogni riga che aveva letto erano state una pugnalata fra le costole, ma era certo che ci fosse dell'altro.

Nonostante l'orrore crescente, aveva immaginato cosa fosse successo.

Vedeva il suo aspetto, e ricordava le capacità che l'Abbraccio gli aveva dato, ma era troppo da tenere in considerazione. L'idea che gli avessero fatto aprire il Velo da solo come aveva indicato il suo file era un qualcosa che lo riempiva di timore.

Non poteva ignorare l'evidenza, non adesso che Sette gli aveva lanciato addosso con tanta rabbia ciò che aveva cercato. Aveva ottenuto ciò che voleva, ma adesso non significava nulla.

Ciò che aveva detto era vero, per quello lo tirò e parlò con una fermezza che sorprese lui stesso.

"Andiamo." Lo portò verso il materasso su cui stavano sparsi tutti i documenti. Lo fece sedere sul bordo e si permise di studiare la sua espressione.

Era come una statua di marmo, bloccato in un'espressione indecifrabile che parlava di attesa e di timore. Lo vedeva nella sua mascella contratta, nei suoi occhi puntati in avanti con ostinazione e nel suo rigido silenzio. Ma non c'era altro.

"Ho…" Si schiarì la voce, riordinò le idee e ricominciò. "Ho letto tutto, e ho un'idea di cosa possa essere successo dopo." Le parole poi gli morirono in bocca. Sette ancora non aveva parlato.

Strinse di più la presa, premendo le dita non più intorno al suo polso, ma contro il suo palmo, in una presa che sperò fosse più rassicurante.

Perché il dolore che aveva provato per lui eguagliava ben poche cose, e aveva il bisogno di prendersi cura di lui in qualsiasi modo possibile quando era chiaro che nessun altro lo avesse mai fatto.

"Allora dovresti andartene." Lo udì mormorare, e si chiese cosa fosse a farlo parlare così, di cosa avesse paura.

"Forse," acconsentì. "Ma la verità è che sono certo che questa potrebbe essere la cosa giusta da fare."

Sette si voltò verso di lui, gli occhi spaiati atteggiati in un'espressione di sospetto e confusione.

Vasily sorrise. Almeno stava ottenendo un qualche tipo di reazione, e se aveva condiviso così tanto con lui, indifferentemente da quale fosse stato l'intento che c'era dietro, avrebbe potuto, e magari dovuto, fare la stessa cosa.

"Ero parte della struttura di Mosca, ero un agente non operativo, me la sono sempre cavata con la tecnologia," commentò con un mezzo ghigno. "Ma poi mia sorella ha iniziato a stare male, lei era una persona normale, e ha avuto la sfortuna di ereditare una malattia genetica. Così ho richiesto all'AIS dei fondi, aveva bisogno del loro aiuto in tutti i modi, e ciò che mi hanno offerto è stato di diventare un Estrattore, perché di quelli non ce ne sono mai abbastanza e vengono pagati molto bene." Si dovette fermare, inghiottire il groppo doloroso che gli si era formato in gola. "Non sono riuscito ad accettare, sono stato un codardo e un egoista, ho deciso di mollare tutto e arrangiarmi. Ho rubato, e lavorato per chiunque, e poi quando ho avuto abbastanza soldi… non ho comunque fatto in tempo," confessò, appoggiandosi con la schiena al muro, sforzandosi di cercare qualcosa che non fosse disgusto nel suo viso. "A volte mi chiedo come sarebbe andata se avessi accettato la loro offerta. Forse le cose si sarebbero risolte al meglio."

Lo vide scuotere la testa, aggrottare le sopracciglia.

"Gli Estrattori hanno vita breve, è il motivo per cui lui ci ha creato," mormorò.

Il silenzio calò pesante, colmo di confessioni che erano state fatte grazie alle ombre notturne, in cui tutto appariva lontano, un sogno o un incubo che sarebbe svanito con le luci dell'alba.

L'orrore cercò di riemergere, quindi si schiarì la voce e, senza lasciare la sua mano, forse più per sé che per lui, decise di cambiare argomento.

"Perché stai facendo tutto questo? È per vendetta, o qualcos'altro?" Era forse quella la cosa più importante da capire. Non poteva essere per sopravvivenza; c'erano modi e modi per sparire dai radar, per diventare fantasmi, ma lui non sembrava interessato a quelle soluzioni.

"Questo è ciò che so fare, è l'unica strada che posso percorrere." Scosse il capo, ma per qualche ragione Vasily immaginò che non si trattasse solo di quello da come evitò di guardarlo.

"Credi che sia così? Per quale motivo non stai cercando un modo per sistemare le cose? Non credo vorrai vivere per sempre in condizioni del genere."

E tutto a quel punto sembrò tornare indietro, quando Sette si voltò verso di lui rivide nei suoi occhi la stessa rigidità gelida e sprezzante dei primi giorni. "Credi che esista una possibilità del genere per *me?*"

Comprese ciò che tutta la rabbia era stata in verità. Nient'altro che un muro di rovi e filo spinato a protezione di un'anima spezzata. Poteva quasi vederla sanguinare attraverso lo spiraglio che aveva creato con il tempo e la determinazione. Voleva fare il possibile per allungarsi di più verso di lui e riparare quelle spaccature, ma immaginava che non avrebbe mai visto una tale vulnerabilità. Ne aveva forse colto una scintilla quando gli aveva sfilato la maglia e il suo corpo gli si era rivelato, ma non aveva avuto l'effetto desiderato.

"Sì." Eppure la speranza, in un momento del genere, era difficile da trovare. "Sì, con questo, credo che si possa fare qualcosa. E tutti i file che hai cancellato o mi hai fatto eliminare avrebbero potuto aiutarti."

Vasily sospirò quando lo vide scuotere il capo, perché comprese che nulla sarebbe mai stato normale per lui. Si morse le labbra, soffocando il bisogno di dargli un conforto che forse non avrebbe accettato o compreso, e capì che loro due erano troppo differenti.

Sette non si considerava una persona, e a questo punto pure Vasily faticava a vederlo come tale.

Con la tristezza che gli avvolgeva i polmoni in una stretta soffocante, non poté che arrendersi a lasciare che fosse lui a guidare le loro scelte, come era stato fin dall'inizio.

"Quale è il prossimo passo?" chiese, stringendo le loro mani unite, sperando, desiderando…

Scheda Informazioni 210993-S06

Malattie infettive testate:
AIDS
Borreliosi (malattia di Lyme)
Malattia di Chagas
Colera
Difterite
Epatite (A, B, C)
Morbo di Hansen
Malattia di Marburg
Tetano
Reazione maggiore a:
Epatite*

Traumi testati:
Frattura composta, scomposta, scomposta esposta.
Microfratture.
Slogature.
Note:
È necessario riallineare l'osso in caso di fratture scomposte ed esposte per fare in modo che non guarisca nel modo sbagliato.

Interventi chirurgici:
Impianto di ghiandole secondarie di Abissale.
*Per la reazione avuta, trapianto del fegato con organo Abissale.
Note approfondite nel file IC06
Anestesia:
Nessuna.
Esito:
Positivo. Tempi di recupero più prolungati di quanto ipotizzato.

Mostrato allergie o reazioni avverse a farmaci: NO

NOTA BENE: In caso di eventi gravi, tali da mettere in pericolo la vita o lo stato di salute del soggetto, e che richiedono decisioni immediate e tempestive in ordine a ricoveri, trasferimento e terapie anche chirurgiche, è necessario ricevere prima il consenso del supervisore e, quando non disponibile, del medico incaricato al momento.
NON procedere senza il permesso del superiore, anche a costo di aggravare la situazione attuale.

Scheda Informazioni 150194AC-S07

Malattie infettive testate:
AIDS
Borreliosi (malattia di Lyme)
Malattia di Chagas
Colera
Difterite
Epatite (A, B, C)
Morbo di Hansen
Malattia di Marburg
Tetano
Reazione maggiore a:
Nessuna

Traumi testati:
Composta, scomposta, scomposta esposta. Microfratture. Slogature.
Note:
È necessario riallineare l'osso in caso di fratture scomposte ed esposte per fare in modo che non esso non guarisca nel modo sbagliato.
Le microfratture non sembrano causare dolore o venire registrate dal soggetto.
Il soggetto Sette mostra più tolleranza alle slogature, si è dimostrato in grado di proseguire gli esercizi con traumi del genere.

Interventi chirurgici:
Impianto di ghiandole secondarie e organi di Abissale.
Note approfondite nel file IC07
Anestesia:
Nessuna.
Esito:
Positivo. Tempo di recupero come da previsione.

Mostrato allergie o reazioni avverse a farmaci: NO

NOTA BENE: In caso di eventi gravi, tali da mettere in pericolo la vita o lo stato di salute del soggetto, e che richiedono decisioni immediate e tempestive in ordine a ricoveri, trasferimento e terapie anche chirurgiche, è necessario ricevere prima il consenso del supervisore e, quando non disponibile, del medico incaricato al momento. **NON** procedere senza il permesso del superiore, anche a costo di aggravare la situazione attuale.

172

FILE 18 - CALM

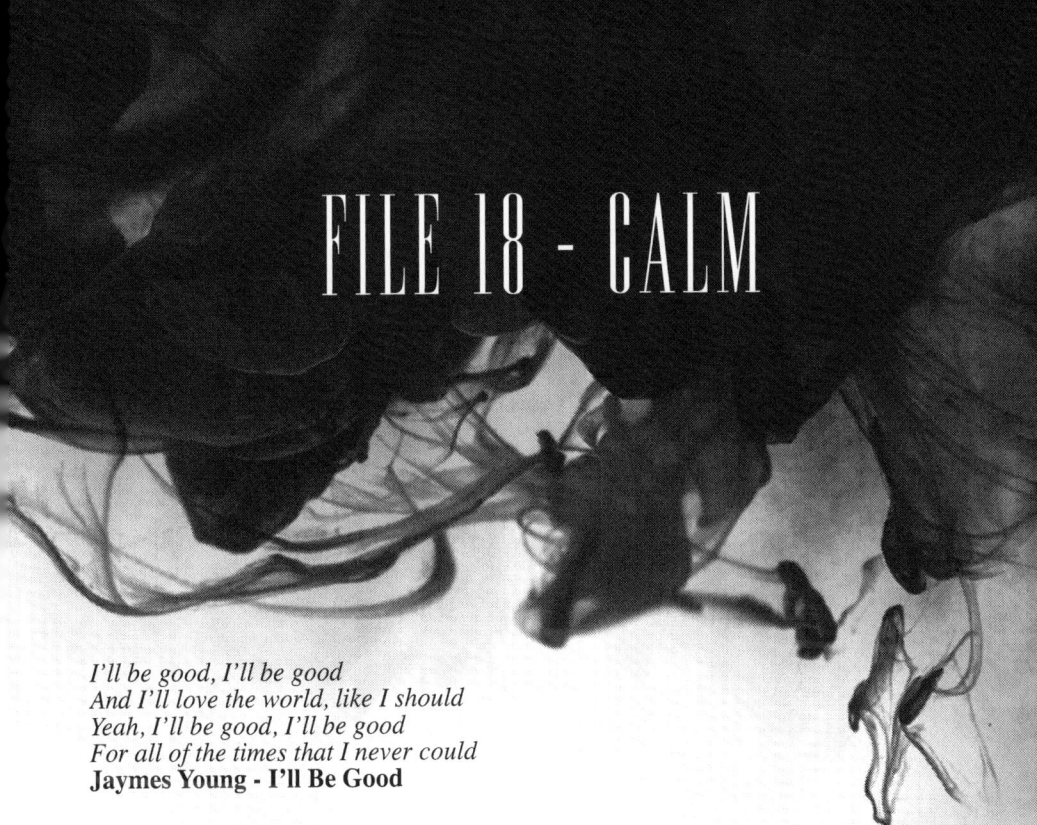

I'll be good, I'll be good
And I'll love the world, like I should
Yeah, I'll be good, I'll be good
For all of the times that I never could
Jaymes Young - I'll Be Good

Jane avanzò nello spazioso appartamento, trovandolo del tutto differente da quello in Inghilterra, ma notando le piccole cose che lo accomunavano: era l'arredamento spartano, essenziale, con portatili e cellulari allineati sul ripiano della cucina, poteva immaginare che negli sportelli ci fossero barattoli di cibo, nulla di invitante e a malapena commestibile, ma quantomeno *utile*.

E tenendo ben presente quel concetto, si sarebbe dovuta aspettare l'unico letto matrimoniale in una delle due stanze.

Quando se lo ritrovò davanti agli occhi fu più la sorpresa che l'imbarazzo a bloccarla.

"Prendo il divano," disse Sasha alle loro spalle, per poi sparire in bagno.

Jane storse le labbra, cercando gli occhi di Ethan e trovandoli piantati sulla porta che si era appena chiusa.

Prese un respiro profondo, chiedendosi quanto le cose sarebbero state complicate. Lì non c'era lo stesso spazio vuoto che dominava la Torre, non c'erano piani separati e silenzi, ma una stanza aperta e tre persone costrette a vivere a stretto contatto.

Era qualcosa del tutto differente, e sperò che in qualche modo, oltre che a rendere le cose difficili come da aspettativa, potesse risolverne altre.

"Svuotiamo le borse, intanto," suggerì Ethan a seguito di un sospiro, muovendosi oltre la soglia. Era spoglia come tutto il resto, ma non meno spaziosa, con un armadio e un paio di brandine ripiegate contro il muro. Le persiane erano chiuse, e lame di luce si posavano sul letto coperto dal piumone pesante.

Mentre Ethan svuotava le valigie, Jane decise di aprire le finestre e far girare un po' l'aria polverosa e pesante; aveva già uno strato di polvere sulla pelle, a impastarle la bocca e infastidirle il naso.

Sistemare non fu un affare rapido, perché sarebbero potuti ripartire in pochi giorni, quindi optò per infilare la borsa nell'armadio e lasciarla lì.

Sasha uscì e lo vide passare senza neanche voltarsi nella loro direzione.

Conosceva Ethan, se il modo in cui funzionava la sua testa, come non era capace di rinunciare alle emozioni altrui, ma lo stesso non avrebbe potuto dire di Sasha. Tutto quello che conosceva di lui era grazie ad altri, e le poche volte che aveva provato ad avvicinarsi si era sempre scontrata con un atteggiamento chiuso, da un'aggressione che scaturiva dalla necessità di proteggersi. Ricordò che Sasha non era consapevole di ciò che Jane sapeva di lui, e che avrebbe fatto bene a rimediare.

Sperò che almeno le cose fossero cambiate, che il tempo passato lontano lo avesse aiutato a vedere la realtà sotto una luce diversa.

Magari non si sarebbe ritrovata con un coltello puntato alla gola quando avrebbe ammesso di aver visto i segni sul suo corpo.

"Diamo una controllata a quel taglio, ok?" La voce di Ethan la riscosse dal suo cupo rimuginare, e si ritrovò ad annuire.

Quindi si spostarono in bagno, Ethan la fece sedere sul bordo della vasca, per poi sollevarle un lembo di maglia per controllare le condizioni della ferita.

"Come va?" chiese lui mentre toglieva il vecchio bendaggio.

"Meglio, credo." Si sporse per controllare come era messa la ferita. La pelle intorno al taglio era arrossata e macchiata di sangue secco. Non c'era nessuna infezione, nessun gonfiore sospetto, ma a vederla era comunque spiacevole.

"Fa male?" si preoccupò Ethan, passandoci il disinfettante.

"Ora sì," sibilò lei a denti stretti, cercando di sopportare il bruciore, ripetendosi che era temporaneo.

"Scusa," mormorò senza staccare gli occhi dalla ferita mentre applicava la tintura cicatrizzante e altre bende. Jane seguì il processo in silenzio, lasciando che i pensieri vagassero, e facendosi forza per affrontare un argomento che non potevano più evitare.

"Che vuoi fare?" si obbligò a chiedere, scacciando via l'esitazione.

"Riguardo?" fece Ethan, distogliendo l'attenzione dai lembi del cerotto.

"Lo sai cosa." Abbassò la voce a un mormorio.

Lo vide fermarsi, sbattere un paio di volte le palpebre e sedersi a terra davanti a lei. I suoi occhi si puntarono sulla carta che aveva tra le mani, i resti delle bende e la bottiglia di betadine appoggiata sulle piastrelle. Per qualche istante non giunse nessuna risposta, e se Jane gli avesse lasciato abbastanza tempo avrebbe trovato un modo per parlare d'altro.

"E sai anche cosa ne penso," aggiunse.

"Non riesco a immaginarmi una conversazione del genere che non sfoci nell'ennesima discussione," confessò lui, e Jane si ammorbidì. Aveva assistito a piccoli sprazzi di screzi e diverbi, non conosceva fino in fondo tutto ciò che nasceva tra loro due quando parlavano, quando litigavano, ma poteva ben immaginare quanto fosse sfibrante celare emozioni e sentimenti così forti. Vi aveva assistito con Ethan, a seguito di quell'ultima missione al Seaview, come tutto quello che aveva tenuto dentro aveva buttato giù dighe e barriere, travolgendolo con una massa titanica.

Non voleva che succedesse di nuovo.

"Beh, certo, avete due teste dure come il marmo," scherzò, abbassando la maglia e lisciando le pieghe per avere qualcosa con cui distrarsi. "Ma non deve essere adesso, né devi per forza farlo tu, anzi… credo che sia meglio…"

"Vuoi parlargli tu?" la interruppe, sorpreso.

Jane studiò la sua espressione interdetta, e nella sua mancanza di rigidità immaginò di poter scorgere nelle sue pupille il riflesso di quella forza che spesso diceva di adorare.

Non l'aveva mai preso sul serio, non aveva mai considerato che le sue parole non fossero dettate da ciò che provava per lei. Eppure in quel momento iniziò a crederci, perché sapeva quanto Sasha era importante per lui, e il fatto che si fidasse a tal punto di lei, delle sue capacità, per provare ad aggiustare le cose tra loro, era la validazione di cui aveva bisogno.

"Tanto vale." Fu incapace di nascondere un sorriso. "Dovremmo dirgli cosa stiamo organizzando per farlo tornare a casa, altrimenti non si fiderà," suggerì, in fondo tutto il resto non era svanito, il resto dei problemi era rimasto lì.

Ethan prese un sospiro, e la leggerezza rimasta svanì del tutto, lo vide annuire e sfregarsi le palpebre serrate. Jane si sentì un po' in colpa per aver tirato fuori quella questione, quindi si obbligò a lasciarla un attimo da parte e a tornare indietro.

"Lo stai già facendo dormire sul divano," sibilò, sperando che notasse il sorriso che le stava incurvando le labbra.

I suoi occhi celesti si puntarono su di lei, colmi di stanchezza e affetto, e accolse quel cambio di marcia con sollievo.

"È stata una sua scelta, e in qualunque modo possano essere le cose, preferirebbe comunque non stare con noi."

Jane sollevò un sopracciglio, dubbiosa, ma decise comunque di prenderla alla leggera.

Un passo alla volta.

"Ma Ethan... *il divano,*" sussurrò inorridita.

"Ok, ok, ho capito," replicò con una mezza risata, cogliendo l'immagine che Jane aveva creato. Vedeva l'assurda domesticità di quello scenario, la figura di Sasha avvolta da una singola coperta su quel divano massacrato come parte di una coppia sul punto di scoppiare, quando invece potevano essere più uniti che mai. Era un'immagine ridicola, ma c'era un che di rassicurante, perché erano tutti e tre lì.

Ethan raggiunse la cucina una volta lasciata Jane a riposarsi. Poteva percepire la calma del suo sonno pervadere quella casa così vuota, e si chiese per quanto quella sensazione positiva sarebbe stata l'unica cosa che avrebbe provato tra quelle mura.

Attivò la macchina del caffè e fissò la tazza di vetro riempirsi goccia a goccia, il sentore della bevanda calda invase l'aria, e bastò quello a fargli tirare un sospiro di sollievo.

Ci fu del movimento dietro di sé, la presenza familiare di Sasha si aggiunse a tutti quegli stimoli, era un po' come tornare indietro nel tempo, essere alla Torre, quando le cose non andavano benissimo, ma non erano ancora così incasinate.

"A che avevate pensato?"

Recuperò due tazze dal mobile e le riempì entrambe.

"Abbiamo un piano per farti tornare a casa." Si girò e gliene porse una.

"E credi che possa funzionare?" domandò lui, il sospetto che arrivava, per niente inaspettato, come una fredda stilettata nella sua mente.

Ethan cercò di studiarlo meglio nella penombra notturna, di osservare con più calma, senza l'agitazione e la frenesia del giorno precedente, ma le tenebre erano troppo fitte, ed ebbe l'impressione di non potersi avvicinare.

"Non sai nemmeno di cosa si tratta, perché sei già così negativo?" si lamentò, incapace di trattenere il nervosismo che gli crebbe nel petto.

Ethan era stanco, e stava faticando molto a mantenersi intatto, a non crollare di fronte alle due persone più importanti della sua vita e mostrare quanto fosse spaventato all'idea di perderle.

"Non ho preso in considerazione la possibilità di tornare, non con quello che ho fatto," commentò Sasha, ignorando la sua reazione.

Ed era quella la differenza, realizzò. In altri tempi non avrebbe sprecato quell'opportunità per farsi prendere dalla rabbia, per dare il via a una discussione da cui sarebbero usciti senza alcun progresso. Non c'era più quel muro eretto come difesa.

"Ti sei rassegnato," fece, insicuro.

"Adattato," lo corresse Sasha, e lui fece una smorfia, non convinto.

"Non dirmi che ti piace vivere così," lo sfidò, avendo l'impressione che quella conversazione così calma non stesse avvenendo davvero. Prese un sorso di caffè, e il sapore era tanto pessimo da confermargli che non stava sognando.

"Non riguarda ciò che mi piace o meno, lo sai," ribatté, e aveva ragione, perché era necessità, era bisogno e sopravvivenza. Si arrivava a un punto in cui le preferenze non contavano. Quando si trattava di situazioni del genere, di questioni di vita e di morte, non si voltava il capo alla peggiore delle condizioni.

"Comunque, ascoltami un attimo," tentò, scacciando ciò che non era utile in quel momento. Doveva fargli capire il quadro completo, e perdersi nella propria testa non sarebbe servito. "Abbiamo fatto dei controlli, ed è venuto fuori che

Chekov è stato messo dentro non per i suoi folli progetti, ma per aver utilizzato materiali e spazi dell'AIS dopo essere stato radiato. Le informazioni su te e gli altri... *ragazzi,* sono stato insabbiate al pubblico. Tu e Sette siete ricercati per le vostre azioni, non per quello che siete, capisci?"

Il silenzio pesò su entrambi, Ethan percepì la sorpresa di Sasha, e vi si aggrappò con tutto quello che aveva, sperando che quelle ultime parole potessero convincerlo. "Possiamo mostrare la verità. Basta inganni e bugie."

"E credi che questo basterebbe a ripulirmi," fece, con una constatazione colma di diffidenza e irritazione.

Ethan scosse la testa e prese un profondo respiro; nel suo mare di negatività non riusciva a trovare una scintilla di speranza. Aveva ragione lui, non si era adattato, si era rassegnato.

Ormai non poteva più mentirgli.

"Stiamo raccogliendo prove contro Moyer. Tutta questa questione ci ha fatto capire che qualcuno più in alto sta gestendo le cose. Ormai siamo certi del collegamento, e a tempo debito lo tireremo giù dal suo trono. Ci si siederà una persona più degna," concluse, non volendo andare più a fondo, perché era ancora tutto troppo incerto per scendere nei dettagli, ma si fidava ciecamente delle capacità di Beth e di chi aveva lasciato a Staten Island per muovere quei fondamentali tasselli.

"Una persona più degna," ripeté Sasha, osservandolo con attenzione, ed Ethan udì l'interrogativo nel suo tono, così come la leggera scintilla di curiosità a cui si aggrappò subito.

"Rikhard, o magari Lauren," propose lui. "In fondo si stanno occupando loro di questo. Per aver smascherato uno schema del genere, acquisire qualche posizione in più è il minimo che gli spetta." Appoggiò la tazza ora vuota nel lavandino, vi fece scorrere l'acqua per pulirla, prima di lasciare che il silenzio li avvolgesse di nuovo.

Sospirò, siccome ciò che stava sentendo da Sasha non era diverso da ciò che si sarebbe aspettato; la diffidenza era un pugnale a doppia lama che feriva senza alcuna distinzione, incurante di tutte le possibilità e le promesse. Ethan accolse quel dolore come un avvertimento, un contrasto alla folle speranza che gli percorreva il corpo come energia elettrica, perché c'era sempre un dettaglio che poteva andare storto.

Ma c'era del calore sul fondo di quel mare nero.

"È già qualcosa, no?" Cercò i suoi occhi quando non ottenne nessuna risposta, e si ritrovò di fronte a quella maschera di impassibilità che celava riflessi di ricordi.

Sasha non parlò, ma il suo volto non si accese di scherno, distolse lo sguardo dopo pochi secondi.

Non era un sì, ma non era neanche un no.

180

FILE 19 - SINCERE

Somebody call a doctor, think a part of me died
When something opened my heart
Let a stranger inside
I was led to believe in a dream
Normandie - Holy Water

La notte passò silenziosa e, anche se Jane poteva sentire la tensione nell'aria, la stanchezza era troppa per impedirle di crollare nel momento in cui la sua testa toccò il cuscino. Non ricordò se era riuscita a coprirsi con il piumino, ma quando si svegliò era avvolta dalle spesse coperte, con il sole dell'alba che a malapena tagliava le tenebre della sua stanza.

Si girò nel letto, con movimenti rigidi e un po' impacciati per via del dolore pungente della ferita, trovando l'altra metà vuota, e immaginò che Ethan non avesse toccato il materasso quella notte.

Per quanto si fosse abituata a quegli orari così anticipati, in cui le ore dell'alba, e a volte quelle precedenti, erano le più produttive, sapeva che non sarebbe mai adattata del tutto.

Quindi si alzò dal letto, sfregandosi il sonno dal volto e, datasi una ripulita in bagno, emerse nell'open space. Ethan era seduto a terra, con la schiena appoggiata al divano e un ventaglio di fogli e documenti sparsi sul parquet chiaro. Sasha si era sistemato di lato sul divano, e Jane fu interdetta nel notare gli occhiali dalla montatura scura sul suo naso. La luce del tablet che aveva appoggiato sulle gambe sollevate si rifletteva sul vetro sottile.

Lo guardò mentre si premeva le dita contro le palpebre dopo averli tolti e lasciati da parte; il bagliore dello schermo evidenziò le occhiaie e il colore metallico delle sue iridi che all'improvviso si puntarono su di lei.

Era strano vederlo al di fuori di una divisa da missione, senza armi o sangue addosso. Era più umano, forse più avvicinabile, e Jane non percepì il brivido che le avrebbe, in altre occasioni, attraversato tutto il corpo.

"Avete dormito?" domandò, spostandosi con passi leggeri verso la cucina e sperando di trovare qualche tisana.

"Forse qualche minuto," rispose Ethan.

Purtroppo la sua ricerca tra gli sportelli la portò solo a scoprire caffè e altro cibo in scatola.

E nel silenzio ebbe l'impressione che qualcosa fosse assente, perché ricordava una sera non troppo dissimile da quella mattina, con le luci esterne che li raggiungevano a stento, e una melodia di una delicatezza inumana a riempire lo spazio tra di loro, intessuta dalle abili mani di Sasha, in grado di distruggere quanto creare.

Jane pensò che era quello che mancava, non solo la sua bevanda preferita, ma qualcosa di loro, un po' di musica, un po' di anima in quello spazio che avrebbero dovuto condividere, magari un dettaglio che li avrebbe avvicinati di più, spianato la tensione che di tanto in tanto emergeva nei silenzi troppo lunghi.

Andare a fare compere fu la prima cosa che fece quando il sole emerse dall'orizzonte.

I giorni proseguirono con lentezza, tra pomeriggi passati in mezzo a ricerche e telefonate che parevano eterne.

Jane colse quei momenti per dare più vita all'appartamento.

Era una sciocchezza, abbellire un posto che presto o tardi avrebbero dovuto abbandonare era del tutto inutile, ma non sopportava quei muri spogli e il vuoto che abitava gli angoli, perché era quasi come se non ci fosse nulla di umano o di importante.

Quindi si lasciò guidare da istinto e desideri, e iniziò a comprare cose che non avevano per forza utilità.

Recuperò un orologio dall'aspetto vintage, con il corpo in legno e le spesse lancette decorate di un colore più scuro, un set di tazze con scritte in russo che non comprese ma sperò non fosse niente di brutto, piccoli e sciocchi soprammobili, qualche quadretto incorniciato, e infine un vecchio grammofono, seguito a sua volta da innumerevoli vinili.

In pochi giorni l'appartamento si riempì di musica e, per quanto impossibile, Jane desiderò poter comprare un pianoforte.

Stava già meglio, e aveva l'impressione di respirare con meno tensione e rilassarsi, anche se per poco. Si ritrovava a sorridere quando gli occhi di Ethan vagavano intorno all'appartamento e i tratti del suo volto si rilassavano, seppur in modo quasi impercettibile.

E infine, fu quando lo notò Sasha che i tasselli andarono al loro posto, perché forse aveva fatto tutto quello per creare la giusta situazione, l'occasione migliore per avere una conversazione che avrebbe dato una svolta a ciò che era importante.

Ormai Jane aveva smesso di diffidare delle proprie capacità, quindi non si sorprese quando, mentre stava decidendo che canzone mettere quella sera, Sasha si accostò.

"Cosa stai facendo?" E per quanto nel profondo sapesse che qualcosa sarebbe successo, di certo non si era aspettata il tono di accusa dietro a quella richiesta.

Abbassò la custodia e incrociò i suoi occhi di metallo e ghiaccio, obbligandosi a sostenerli.

"Perché, cosa credi che stia facendo?" fece, confusa, ma ottenendo in cambio solo la stessa espressione rigida e immobile.

Realizzò che non si trattava di un quesito buttato lì, che non era ciò che stava facendo *in quel momento* ad averlo fatto avvicinare, ma era quell'insieme di gesti e piccoli cambiamenti inutili di cui aveva avuto bisogno per stare meglio. Capì che per qualcuno come Sasha dovesse non solo essere sciocco, ma forse sospetto, perché Jane aveva cercato con più intento ciò che avrebbe potuto far piacere a lui; dal giradischi, i vinili di musica classica e il desiderio, che purtroppo tale era rimasto, di procurarsi un pianoforte.

"Voglio solo rendere questo posto più normale," spiegò.

"*Normale*," ripeté lui, sputando quella parola come se fosse veleno, con sdegno e disprezzo.

Jane si morse le labbra, perché per quanto potesse dire di cavarsela nelle conversazioni, averne una con Sasha era sempre stato difficile.

"Sì, e magari rendere le cose più semplici." Cercò di sorvolare su quell'errore, pentendosi di non aver ragionato bene su come una conversazione del genere si sarebbe potuta sviluppare. Era stata troppo confidente in se stessa, dimenticando che Sasha era una forza della natura, che per quanto fosse silenzioso, la sua vocazione sembrava essere quella di destabilizzare e sovvertire. Quindi prese un sospiro e riprovò. "Ok, ascolta, lo so che non ti piaccio affatto, e che a dire il vero non c'è niente di semplice, ma... potrebbe esserlo."

Lui inclinò il capo da un lato, continuando a fissarla impassibile. "Di che stai parlando?"

"Di tante cose," temporeggiò Jane, ma sapendo che avrebbe dovuto spiegare con chiarezza. "Avevo già provato a parlartene, ricordi?"

E dovevano ricordarla piuttosto bene entrambi, ma nonostante quello non era banale riconoscere i passi falsi, gli errori fatti. Forse allora era stata troppo diretta, forse avrebbe dovuto usare parole differenti. O forse, più semplicemente, non era arrivato il momento per portare a galla emozioni e sentimenti che non erano ancora pronti a uscire allo scoperto.

Era passato molto tempo da allora, era successo così tanto che al solo ricordo le girò la testa.

"Io sono certa che potrebbe funzionare, se solo tu..." cercò di spiegare.

"Tu non sai niente... *niente* di me o di cosa c'è tra noi," la interruppe, il tono più cupo e schivo. E se fosse stato un tempo diverso, Jane avrebbe preso quella reazione per ritirarsi, ma in verità non era altro che un'apertura per trovare l'equilibrio, per togliersi dal petto qualcosa che le pesava fin troppo.

"Veramente..." ribatté. "Veramente lo so. O almeno, so un po'."

Quella confessione catturò la sua attenzione, e forse non avrebbe dovuto parlare, perché la preoccupazione che scorse nei suoi occhi la scosse più della sua rabbia. Ma non poteva fermarsi ora, e rischiare di lasciare il tutto più danneggiato.

"Quando Ethan ti ha recuperato, ti ha riportato alla Torre, io... io l'ho aiutato a sistemare le tue ferite. Quindi so, ho... *visto.*" Perché se c'era una virtù a cui Ethan teneva era la fiducia, per quanto le cose fossero difficili tra di loro, Jane non aveva mai pressato per risposte, consapevole che non le avrebbe ottenute da lui per una questione di puro rispetto.

Sasha impallidì, e Jane scorse una scintilla di orrore, prima che questa venisse celata da un incendio di rabbia pronto a divorare ciò che lo circondava.

"Magari non ti piaccio perché non hai mai avuto l'impressione di poterti fidare di me o di chiunque non fosse Ethan, ma la verità è che puoi farlo, credo di averlo dimostrato a dovere," continuò senza che lui riuscisse a dire alcunché, lasciando che il discorso le scivolasse via dalle labbra senza poterci riflettere.

Si trovava in equilibrio sul filo del rasoio, in cui era quasi impossibile capire come muoversi, dove ogni piccolo passo falso poteva significare fallire.

"Non sai di cosa stai parlando," sibilò, ma Jane non si fece intimidire, perché era vicina al risultato in cui sperava.

"Forse, ma non voglio vederlo soffrire, ed Ethan non può rinunciare a te, così come noi non possiamo stare senza di lui. Non funzioniamo se siamo separati, non è vero? Vogliamo tutti la stessa cosa." Perché *quella* era la verità, c'erano fili e catene che legavano i loro animi con nodi scorsoi, e più si tirava per allontanarsi più ci si ritrovava uniti. Era un qualcosa da cui nessuno di loro poteva più scappare, e Jane era convinta che ormai fosse il caso di smettere di nascondersi. Intuiva che Ethan e Sasha la vedessero in modo non troppo diverso. Non era una questione facile, non lo sarebbe mai stata, ma non si sarebbe risolto nulla senza cambiare qualcosa.

Non fu scoraggiata dal suo silenzio, perché sul suo volto non c'era più traccia di rabbia, e pur essendo tornata quella maschera impassibile, Jane ipotizzò che dovesse essere per nascondere ben altro.

"Non sei stufo di stare da solo?"

Sasha distolse lo sguardo, una leggera ruga a segnargli lo spazio tra le sopracciglia, e non replicò. Jane sorrise, perché non c'era stata alcuna negazione o fuga disastrosa per mettere fine a quella conversazione come era successo in passato, solo una crepa appena accennata in quel muro di ghiaccio che proteggeva la sua anima.

Con calma, si disse Jane.

Con lentezza, frattura dopo frattura, avrebbero fatto crollare quella parete invalicabile.

E nella calma serale, quando Jane passò oltre l'unica stanza, non fu in grado di trattenere un sorriso nel vedere Ethan e Sasha seduti sul letto, a parlare con toni bassi di un argomento che non era lavoro, seduti abbastanza vicini perché le loro gambe si sfiorassero.

Cercò di godersi quei brevi istanti, perché non sarebbero durati a lungo. Qualcosa di oscuro li attendeva all'orizzonte, pronto a rovinare la pace che avevano appena trovato.

183

FILE 20 - DEFIANT

I am not one you see
And all the days that will ever be
Not for pleasure, not for show
Burning bridges, one to go
Jerry Cantrell - A Job To Do

Oktober picchiettò con nervosismo il piede sull'asfalto, mentre l'attesa le gravava sulle spalle e sul petto.

L'aria fredda le agitava i lunghi capelli neri, interrompendo in continuazione la visuale della mastodontica prigione di Hoffman Island, che sembrava sul punto di sprofondare tra le onde. L'isolotto artificiale accoglieva su tutta la sua superficie la Blacklist, una delle prigioni più sicure al mondo, e nonostante Oktober fosse lì come ospite non poté che sentire una certa soggezione di fronte alle sue alte mura incolori e alle torri di osservazioni occupate da sentinelle attente e nervose.

Li vedeva da dove stava grazie ai suoi occhi perfetti, e per sconfiggere la noia cercò di capire che fucili imbracciassero.

La sua attenzione vagò da un angolo all'altro, si posò sui gabbiani che volteggiavano lungo le correnti, le loro ampie ali immobili, e fu grata del fatto che almeno quel luogo fosse entro i confini che non poteva superare. Se fosse stato per lei non avrebbe esitato ad accompagnare Ethan e Jane nella loro missione, e invece era bloccata e tutto ciò che poteva portare a termine erano state le uscite per le scorte di cibo di M82.

Udì dei passi dietro di sé, e una voce la fece voltare, il corpo che si muoveva come guidato da una forza esterna.

"Chi non muore si rivede," commentò Ezra con un ghigno che gli piegava la bocca. Le sue iridi spaiate luccicavano sotto il cielo sgombro di nuvole, l'azzurro tanto invitante quanto quello castano.

"Non dovrei dirlo io?" ribatté Oktober, le parole che le si incastravano in gola per motivi che non voleva considerare.

Una delle ultime volte che aveva visto Ezra era stato sul divano di una struttura sconosciuta, con il timore che li circondava come una creatura senziente dopo la missione del Seaview. Ricordava la ferita che lei stessa aveva ricucito, i colori dei suoi lividi e il modo in cui le loro dita si erano intrecciate in una promessa che nessuno dei due aveva potuto mantenere.

Lui fece spallucce, il sorriso rimase sulle sue labbra, ma qualcosa nel suo cipiglio si incupì quando lo fece scorrere su ciò che li circondava.

"Puoi spiegarmi per quale motivo mi hanno spedito qui? Non ho inviato la richiesta di trasferimento alla prigione, né infranto la legge, che io sappia." Si avvicinò per poi fermarsi al suo fianco.

Oktober lo studiò; il suo profilo era rigido e fiero come l'ultima volta, ammorbidito dallo strato di barba bionda, ma c'era qualcosa in più, e non era nel suo fisico, quanto più nel portamento inflessibile. Oktober non sapeva con chiarezza cosa era accaduto in Ohio, ma immaginava che il loro legame con Revekka li avesse compromessi in qualche modo.

"Credo che Lauren abbia colto l'occasione al balzo."

"Mi state mettendo alla prova?"

"Forse." scherzò Oktober, anche se non si trattava affatto di quello. Prese un sospiro profondo. "Sono successe delle cose, e stiamo cercando una soluzione, qualsiasi aiuto è ben accetto."

Ezra annuì mesto; tutto ciò che rimase nella sua espressione fu concentrazione e determinazione.

"Andiamo, allora."

Entrare nella prigione fu facile, ma solo perché erano attesi. Una guardia li perquisì con cura, per poi scortarli attraverso i corridoi, e mai una volta videro una cella. Forse quella zona era ben separata dai prigionieri, e anche se Oktober non era mai stata interessata a quel mondo, non poté che chiedersi a cosa portassero tutte le porte che stavano superando.

Si fermarono davanti a una che non era molto differente dalle altre, e quando superarono la soglia li accolse un'ampia stanza con schermi installati sui muri.

Le riprese delle celle li circondavano, gettando un bagliore chiaro all'ambiente. Non c'era altra fonte di illuminazione oltre ad essi e alla piccola lampada sulla scrivania al centro.

C'era un uomo ad aspettarli con le mani incrociate sulla copertina di un gigantesco tomo. Aveva uno sguardo quasi vacuo, e da dietro agli occhiali dalla montatura sottile la sua attenzione si spostò dallo schermo sulla scrivania a loro, non mostrando alcuna emozione nel vedere i nuovi ospiti.

"Signore, sono i visitatori di cui vi avevano avvisato questa mattina," li introdusse la guardia alle loro spalle, prima di ritirarsi in corridoio.

"Prego," li invitò l'uomo. Oktober si avvicinò a passo sicuro, lasciando che Ezra continuasse a studiare i dettagli.

"C'è un motivo particolare per cui siete qui?" Oktober trattenne una mezza smorfia; non si era presentato e, pur conoscendo il suo nome grazie alle ricerche di Beth, quello non toglieva che fosse già chiaro che non apprezzasse la loro presenza.

"Dobbiamo leggere i vostri registri," spiegò, altrettanto bruscamente. Se non voleva giocare non l'avrebbe fatto nemmeno lei.

"Sono confidenziali," ribatté lui con fermezza, gli occhi porcini immobili e impassibili su di lei. Oktober aveva l'impressione di sentirseli addosso, e quella volta non fu in grado di impedire al fastidio di contorcerle il volto.

"Crediamo abbiate fatto un errore," intervenne Ezra con tono diplomatico, e Oktober si obbligò a prendere un respiro e a ragionare con chiarezza.

Da come stavano andando le cose era già piuttosto ovvio che strada avrebbero dovuto prendere.

"Di cosa state parlando, con precisione?"

Forzò un sorriso sul volto e compì gli ultimi passi che la dividevano dalle due sedie poste dalla loro parte della scrivania. Si sedette su quella più vicina al computer e si sporse più avanti, cercando di addolcire il tono.

"Avete avuto un decesso di recente, uno piuttosto preoccupante, o sbaglio?" chiese.

"È così," fece l'uomo, a disagio. Si appoggiò contro lo schienale e aggrottò le sopracciglia, facendo scorrere gli occhi da lei ad Ezra.

"Abbiamo fatto un controllo, siccome si tratta di un criminale molto pericoloso, e abbiamo scoperto che risultano due persone in meno da quel giorno invece che una. Quindi volevamo solo accertarci che fosse tutto in ordine, possiamo capire lo scompiglio che possa portare la morte di Chekov, soprattutto se così improvvisa."

Nel silenzio che calò, rispose solo il ronzio degli schermi che li circondavano e il cigolare delle sedie che stavano occupando.

Rimase ferma, mantenendo la stessa espressione, e si rese conto di quanto lui stesse studiando lei. Credeva di essere in vantaggio, di poter entrare e ottenere ciò di cui aveva bisogno, ma era una partita alla pari, e doveva giocarsela nel modo giusto.

"Le nostre misure di sicurezza sono impeccabili, ve lo assicuro, è più probabile che ci sia stato un errore nella trascrizione. Sono certo che sia tutto in ordine."

Oktober si tirò indietro, lasciando scivolare via la mano dalla base del computer. Obbligò il cuore a continuare con il suo ritmo costante e controllato, i polmoni a espandersi e a restringersi con la stessa concentrazione di quando restava immobile per ore, pronta ad allineare il colpo perfetto. "Ma certo, volevamo solo essere sicuri, ci dispiace aver dubitato del vostro sistema."

E con quelle parole si mise in piedi, strinse con forza il polso di Ezra, e lo trascinò con sé verso la porta, sperando che avesse il buonsenso di non dire nulla, di non forzare la mano ora che stavano facendo le ultime e decisive mosse.

Non fu infatti la sua voce a fermarla, pur avendo l'impressione di poter percepire la sua confusione e il nervosismo come una corrente elettrica attraverso la pelle.

"Notificheremo i piani alti della vostra visita qui, in caso non ne fossero già al corrente." Il tono del direttore era piatto e incolore, ma Oktober conosceva il significato di quell'avvertimento. Non aveva apprezzato il loro intervento, e quello bastava per far fiorire i più cupi sospetti.

"Ma certo," acconsentì cordiale, voltandosi solo per ghignare all'uomo. Notò in quel momento che gli occhi spaiati di Ezra erano puntati su di lei con un'intensità insolita, e per un attimo si pentì di non averlo avvisato del loro piano, ma quantomeno era abbastanza esperto da non intralciare o dubitare.

Non era abituata a lavorare a stretto contatto con qualcuno, se la cavava molto meglio quando si trovava nel suo nido da cecchino, in silenzio e sola, in attesa della perfetta occasione.

Con i pensieri che le vorticavano in testa, vennero guidati dalla guardia verso l'uscita. Continuò a stringere il polso di Ezra, per qualche motivo incapace di lasciarlo andare una volta che superarono l'ultima soglia.

"Cazzo," mormorò lui quando l'aria aperta tornò ad accarezzare i loro volti.

"Che succede? È andata bene," canticchiò lei, lasciandogli finalmente la mano e tirando fuori il cellulare per controllare la schermata.

"Non mi pare," borbottò Ezra, incrociando le braccia al petto.

A Oktober venne da ridere, ma si trattenne.

Gli fece vedere lo schermo, che stava mostrando un download in corso.

Perché sì, era stata una partita difficile, ma non c'era scritto da nessuna parte che non si poteva barare.

"Ho attaccato una cosina simpatica al suo pc, entro un paio di minuti Beth avrà accesso a tutti i suoi file," spiegò, incapace di quietare il sollievo che le piegò il volto.

I giorni erano una sfida continua, e Oktober non era fatta per arrendersi.

Alle sue parole sul volto di Ezra si allargò in un sorriso gemello, l'espressione si illuminò di gioia e di qualcos'altro.

"Mi sei mancata, sai?" mormorò, avvicinandosi di un paio di passi.

E Oktober avrebbe ribattuto *Non avevo dubbi* se solo non si fosse ritrovata un paio di labbra premute contro le proprie. Le mani si mossero di loro volontà, stringendosi sui fianchi di Ezra. Mappò con le dita i rilievi e le leggere cavità delle sue costole, dei muscoli scattanti e tonici che le avvolgevano.

Pur senza vederlo sapeva che non c'erano più lividi o cuciture, e quello che le sbocciò nel petto era un fiore dai petali di un colore fiammeggiante.

Il cellulare si illuminò, creando un bagliore fastidioso che si rifletté sui muri chiari della stanza da letto. Le tende erano tirate, e non un raggio di sole filtrava attraverso di esse.

Beth si rigirò nelle coperte, tastando la superficie del comodino per recuperare il telefono. Strizzò le palpebre contro la luce, cercando di leggere la notifica, ma notando dall'orario che aveva dormito circa un'ora.

Quando mise a fuoco la vista, si accorse che Oktober aveva piazzato la trasmittente che aveva creato Lucas sul computer della prigione.

Aveva sperato che non fosse necessario, perché era un altro crimine che andava a pesare sulle sue spalle. Se solo fossero riusciti a controllare in modo normale il registro sarebbe stato meglio. Ma c'era la possibilità che in qualche modo chi lavorava alla Blacklist fosse immischiato in quella strana e cupa trama che aveva scoperto.

Forse Oktober non aveva potuto fare altrimenti.

Ma la cosa importante ora era un'altra.

Con dita rapide e abili entrò nella rete della struttura, superando firewall come se fossero fogli di carta, e la cosa ovvia che andò a controllare furono le mail. Inserì la data che corrispondeva alla presunta morte di Adam Chekov e iniziò a scorrere, a leggere, e poco a poco i dettagli si fecero più chiari.

La determinazione si accese in lei, cercando di scacciare il nervosismo, perché erano stati ingannati, tutti loro. Si erano affidati a un sistema che non era mai stato dalla loro parte, in cui la corruzione regnava su di loro come un'entità invisibile ma letale.

Era in momenti come quelli che le preoccupazioni per il suo futuro andavano a svanire; sapeva che quella che stava percorrendo era l'unica strada per mettere le cose in ordine.

Ricontrollò l'orario, e cercò di fare il calcolo di quante ore di fuso ci fossero tra Staten Island e Volgograd, ma i calcoli le sfuggivano, siccome la sua mente era del tutto concentrata su ciò che aveva sotto gli occhi.

Purtroppo i suoi sospetti erano stati corretti; Chekov non era affatto morto, una persona dall'esterno, o un gruppo, era riuscito a tirarlo fuori con la collaborazione del direttore della Blacklist, cercando di celare la sua morte con dati fuorvianti. Era probabile che ci fosse un corpo in più usato per supportare quella farsa.

La loro battaglia non era finita, non lo era mai stata, e c'erano molti più seguaci di quanti avevano creduto che erano liberi di agire.

Chiuse un attimo lo schermo, rigettando la stanza nelle tenebre, e desiderò poter rimanere così per un tempo indeterminato, avvolta dalle ombre, in cui nulla esisteva se non la calma e la quiete, con il caldo conforto di Lucas e della famiglia al proprio fianco e nulla in più di cui preoccuparsi.

Si permise qualche minuto in cui non si concentrò su altro se non sul respirare, e poi si rimise al lavoro.

A: Blacklist@AIS.com *inviata: oggi, 8.15*
Da: StatenIsland@AIS.com
Oggetto: CONFIDENZIALE. Richiesta di supervisione

Buongiorno,
Le scrivo per inoltrare una richiesta di controllo. Stiamo visionando un caso importante e abbiamo notato delle discrepanze nei vostri dati.
Manderemo due agenti preparati per controllare la vostra struttura e i vostri registri. So che questa mail può sembrare brusca e non una richiesta quanto più un avviso, ma non possiamo permetterci di temporeggiare.
Mi aspetto che gli Agenti che verranno inviati siano accolti in modo consono.
In attesa di risposte,
Lauren Moore.

196

FILE 21 - FOUND

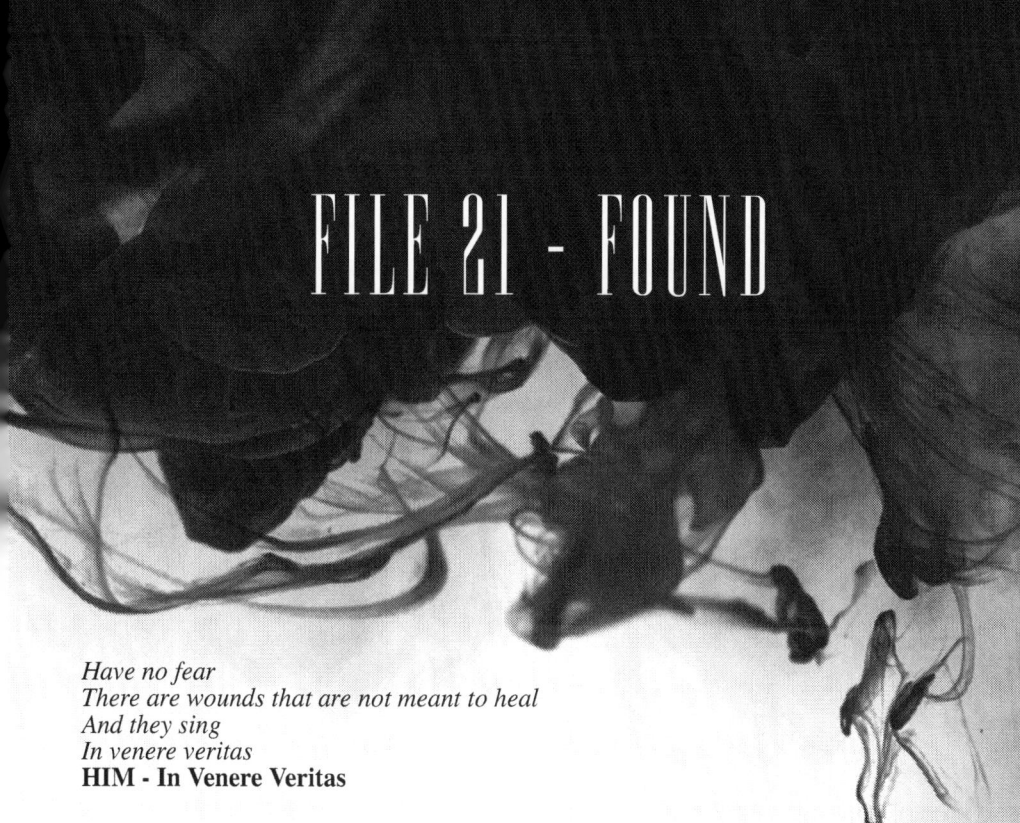

Have no fear
There are wounds that are not meant to heal
And they sing
In venere veritas
HIM - In Venere Veritas

I giorni seguenti furono un miscuglio confusionario di spostamenti e stanze d'albergo. Non si allontanavano mai troppo da dove erano arrivati, e Vasily non avrebbe saputo dire se era per volere proprio o c'era un obiettivo che li teneva legati a quella zona. Tuttavia c'era qualcosa di importante a Volgograd, e non solo perché era il luogo indicato nella maggior parte dei documenti che aveva letto, dove Sette e i suoi fratelli erano rimasti più a lungo, ma perché fu chiaro, ben presto, che quella fetta di passato non era stata del tutto sepolta.

Inoltre non c'era nessuna casa sicura a cui potevano affidarsi, nessun luogo vuoto e funzionale che li avrebbe accolti, quindi per quanto scomodo, non potevano che spostarsi ogni due o tre notti.

Vasily aveva avuto l'impressione, leggendo i documenti, che molti dettagli fossero stati rimossi. Aveva finalmente una visione più chiara di ciò che era successo, di tutto ciò che era Sette, eppure aveva delle questioni che lo tormentavano. Una delle quali riguardava la famiglia che avevano visto il primo giorno, e la strana reazione di Sette.

Non aveva affrontato l'argomento, come non aveva affrontato la questione più… fisica che avevano condiviso, seppur morta sul nascere. L'equilibrio era troppo fragile per approcciarsi a questioni del genere, eppure aveva l'impressione che il loro tempo stesse per scadere. Ma non erano lì per piacere, e presto o tardi i nodi sarebbero giunti al pettine.

Negli ultimi giorni Sette gli aveva chiesto di tenere sotto controllo la stessa base in cui aveva passato buona parte della vita e, quando Vasily aveva deciso di dare un'occhiata, aveva rilevato una discreta attività energetica.

Non sapeva di cosa si trattasse con esattezza, e il brutto presentimento che potesse essere un'altra trappola come quella in Inghilterra lo rendeva restio a proseguire a passo più spedito nelle ricerche.

"C'è una cosa che non capisco," iniziò a dire Vasily, dopo aver lasciato da parte la valigia e aver recuperato il pc per tornare a lavorare. "Quando sei stato male, di cosa si trattava?" tentò, valutando che quello potesse essere un argomento quantomeno sicuro. I primi giorni della settimana precedente erano stati passati chiusi in stanza, con Sette a malapena cosciente e Vasily che cercava di non farsi prendere troppo dal panico.

Sette si lasciò cadere sul letto di fronte a lui, espressione impassibile, ma priva del gelo o della rabbia a cui Vasily era stato abituato.

"Questo, credo." Sollevò la mano destra, facendogli vedere il palmo macchiato di nero.

Vasily puntò l'attenzione lì, desideroso di scoprire quell'ennesimo tassello mancante. l'Abbraccio era doloroso, e per ritrovarsi con un Marchio come il suo, che segnava tutto il corpo, doveva avere delle ripercussioni piuttosto importanti.

"Non sarei dovuto sopravvivere a quello che mi è successo, e a volte il mio corpo cerca di ricordarmelo."

Vasily fece una smorfia a quelle parole, poiché non era abbastanza e continuava a nascondere dei pezzi di verità che lui desiderava ardentemente poter stringere tra le mani.

"Non sai come funziona? Cioè… si può curare?" Era consapevole che una volta marchiati lo si rimaneva a vita, ma quello stesso Marchio non avrebbe mai dovuto superare la metà dell'avambraccio. Quindi sarebbe stato possibile che ciò che ruotava intorno a Sette spezzasse l'ennesima regola.

"Non credo, non mi hanno detto molto, forse non lo sapevano nemmeno loro." Vasily lo osservò stendersi a letto, e i suoi occhi si bloccarono per qualche secondo di troppo sulla striscia di pelle pallida che spuntava tra la maglia e i pantaloni. Ricordava come era liscia sotto i polpastrelli, come era stata calda tra le sue labbra, e si ritrovò a volerne di più, a desiderare di poterlo stringere a sé, senza tutti quegli strati di abiti e segreti come protezione.

E poi si rese conto della risposta che gli aveva dato.

"Loro chi?" domandò, la confusione che spingeva via tutto il resto.

Il silenzio si allungò un po' di più. Vasily cercò qualcosa nella sua espressione, ma la parte macchiata della sua faccia era rivolta verso di lui, quindi non colse nulla da quella superficie nera e opaca che era il suo occhio.

"… nessuno," mormorò dopo qualche altro istante di quiete e immobilità.

Vasily sospirò esasperato, cercando di capire il motivo per cui rimanesse così chiuso, se era una mancanza di fiducia o qualcos'altro.

"Boyd, sto cercando…"

"Sette," lo interruppe all'improvviso. Vasily lo fissò mentre si tirava su con gesti nervosi, lo sguardo che tornava quello di un tempo a perforarlo come una lama. "Mi chiamo *Sette*," sibilò, e le parole rimasero sospese in aria, il suo nervosismo gli sfrigolava contro la pelle.

Vasily si sforzò per non ribattere, per non dire che quello *non era un nome*, perché non sarebbe servito e avrebbe solo peggiorato la situazione. Quindi si arrese, prese un profondo respiro e continuò con tutta la calma che riuscì a recuperare.

"Ok, *Sette*. Sto cercando di aiutare, lo so che deve essere strano per te."

Lo vide sgonfiarsi, la rabbia abbandonarlo con la stessa velocità con cui l'aveva colto. "Ne so quanto te, ok? Va e viene, e devo sopportare finché dura."

"Va bene," mormorò Vasily, ben consapevole che invece nulla di quello che aveva detto andava bene, ma anche che insistere avrebbe dato il risultato opposto.

In quei giorni aveva imparato a conoscerlo meglio, a vedere oltre quel muro insidioso di spine e a volte, nella penombra serale, a scrutare il suo profilo e scorgere qualcosa che andava oltre il bisogno distruttivo che li aveva trascinati fino a quel punto. Una scintilla che lo faceva rimuginare su occasioni sprecate, scelte sbagliate e le conseguenze che esse avevano su qualcuno che non aveva voce in capitolo.

O forse erano solo ragionamenti inutili, alimentati dall'orrore che poteva sorgere tra le fitte linee di quei documenti, che con il loro tono freddo e cinico non erano in grado di mascherare la verità.

Scacciò quei pensieri e si rimise a visionare le immagini sullo schermo.

Da quando Sette era tornato con informazioni sulla base di Volgograd non aveva smesso di controllare, di studiare le riprese di sicurezza di qualsiasi dispositivo nelle vicinanze, e aveva così iniziato a individuare chi ci lavorava. Non erano più di una decina di persone ma, considerando i mezzi ridotti che aveva con sé, aveva impiegato troppo, e la frustrazione non aveva fatto altro che spingerlo a impegnarsi di più. Detestava non ottenere risultati in fretta.

Quindi il pomeriggio era passato così, e fu quando Vasily decise di staccare e procurarsi da mangiare che notò una faccia familiare su una particolare inquadratura.

Si tirò su, sistemandosi il portatile sulle gambe, e cercò altre riprese per confermare o smentire il sospetto che era sbocciato.

E per quanto fissasse e pregasse, per quanto sperava che non fosse così, era ormai evidente che aveva trovato molto più di quanto stessero cercando.

"Ehi," chiamò, spingendo la voce attraverso la gola chiusa.

Sette si avvicinò e Vasily voltò lo schermo verso di lui, mostrandogli diversi fermo immagine delle varie registrazioni.

Sette inspirò, sorpreso, e non ebbe la forza di studiare il suo volto, timoroso di cosa avrebbe potuto trovare.

"Non può essere," mormorò Sette, il tono gelido.

"Dovrebbe essere in prigione, no?" chiese Vasily, scorgendolo con la coda dell'occhio mentre annuiva. "L'ho rintracciato fino a una casa che risulta in vendita e non abitata."

Sette non odiava Chekov, c'era stato del risentimento nei suoi occhi nei momenti in cui avevano parlato di lui, ma aveva notato anche una strana fame, un bisogno che stonava con tutto il resto.

La pessima sensazione che stava mettendo radici al centro del suo petto non fece che crescere e, per un attimo, se ne ritrovò soffocato.

"Dammi l'indirizzo," ordinò Sette con freddezza, allungando una mano verso il computer nello stesso momento in cui Vasily lo allontanò, chiudendo poi il portatile per sicurezza.

"No," ringraziò che almeno la voce non gli stesse tremando, malgrado il resto del corpo volesse farlo.

Si stava rendendo conto, poco a poco, di cosa significava questa scoperta e di come avrebbe cambiato tutto.

"… no?" ripeté, l'indignazione a intaccare il suo tono gelido.

"Dimmi cosa vuoi farci," pretese, ignorando il brivido che gli percorse la schiena.

"Voglio l'indirizzo, secondo te cosa devo farci?" fece Sette, e il sarcasmo non divertì affatto l'altro, anzi, quelle parole lo schiaffeggiarono con forza.

Vasily prese un sospiro, non poteva chiedergli di lasciar perdere, ma neanche lasciarlo andare come se niente fosse, perché allora le loro strade si sarebbero divise. Sette avrebbe avuto la sua conclusione e Vasily si sarebbe liberato di quel peso.

Ma non sembrava giusto, era ancora tutto troppo delicato, e Sette si stava per lanciare dentro una tempesta senza saperlo… o forse solo non gli importava più di tanto.

Vasily lo aveva visto venire guidato da una spinta che parlava di disperazione più che di qualsiasi altra cosa. Sapeva che Sette non credeva di poter avere un posto nel mondo, ma forse lo stava cercando comunque, seppur nel modo sbagliato.

Capiva cosa intendeva fare con quell'informazione, e quale strada avrebbe dovuto prendere. "Volevo solo essere sicuro," gli disse. "E comunicarti che verrò con te."

E Vasily, così come aveva capito molte cose in quel viaggio, comprese ciò che voleva per lui. Fu con una profonda amarezza, tuttavia, che si ritrovò a considerare che il sogno di una vita normale per quel ragazzo a pezzi era solo un'utopia.

Ma quello non significava che non avrebbe almeno provato.

Nonostante ciò che avevano scoperto e il bisogno crescente di mettere fine a quella faccenda, si presero qualche giorno per organizzarsi. Vasily si impegnò ad assicurarsi della parte più tecnica, di memorizzare la strada che li avrebbe portati in quel luogo, e di decidere il momento giusto.

Sette si occupò del resto, tra cui procurarsi una macchina nuova e trovare delle armi con il numero seriale cancellato, non rintracciabili. Vasily non credeva che quello li avrebbe aiutati molto, ma si ritrovò comunque a tirare un sospiro di sollievo quando il peso della pistola si posò sul suo palmo.

Sperava di non doverla usare, ma ormai aveva capito che stare al fianco di Sette comportava non pochi rischi. Ricordava il panico nello svegliarsi a causa di uno sparo, per poi rendersi conto di essere disarmato e in pericolo.

Quindi la accolse come un'effige, e la portò al fianco mentre guidava sulla strada nevosa, avvolta da una notte buia, priva di stelle o luna.

La neve scricchiolava sotto le ruote, ma il suono era soffocato dal brusio del motore e del riscaldamento che si stava rivelando in parte inutile a causa del finestrino di Sette, sempre testardamente aperto di almeno un paio di dita.

Quella leggera corrente invernale che si insinuava nello spazio e andava ad avvolgersi dietro al collo di Vasily era una mano scheletrica. Ma non aveva detto nulla, perché il disagio che gli mangiava lo stomaco era secondario a ciò di cui Sette aveva bisogno.

Dopo quella che fu circa di mezz'ora di viaggio, Vasily fermò la macchina su un vialetto imbiancato, i fari erano stati spenti prima, per sicurezza, e ciò che faceva luce erano le poche lanterne da giardino e la console interna dell'auto.

Vasily non poteva immaginare cosa avesse in mente Sette, cosa voleva fare una volta superata quella soglia, e aveva l'impressione che pur chiedendo non avrebbe ottenuto una vera risposta, ma poteva vedere il conflitto in lui, l'indecisione che a tratti emergeva.

Tolse le mani dal volante, realizzando solo allora di averle strette convulsamente sul cuoio, e si voltò verso l'altro.

Sette era accarezzato dalla brezza gelida, avvolto da quel bagliore spettrale e con quegli occhi unici puntati sull'obiettivo. Vasily rabbrividì, perché fu come rivederlo per la prima volta, o forse era come vederlo *davvero*.

Aveva il candore di una lama dal riflesso ingannevole, un avvertimento di pericolo e una dimostrazione di un filo perfetto, lavorato con maestria e portatore di silenzio.

"Ehi, Sette," chiamò nel silenzio, cercando di scacciare quell'immagine.

Lui si voltò, e in quel battito di ciglia tutto tornò normale, come se tutto ciò che non fosse nello spazio ristretto dell'auto non esistesse. C'erano solo loro, e se quello non era il momento giusto per chiedere non lo sarebbe mai stato.

E c'erano tante cose che Vasily avrebbe potuto scegliere di domandare, alcune più importanti di altre, ma i suoi pensieri erano bloccati su quel qualcosa che in quegli ultimi giorni lo aveva tormentato.

"Volevo dirti che mi dispiace per quello che è successo quella notte in hotel. Lo so che l'ho già detto, ma ecco…" Si fermò, prese un profondo respiro. "Non volevo rovinare nulla."

"Non c'era niente da rovinare," ribatté l'altro con voce confusa.

"Ascolta," fece con più forza. "Magari per te non avrà senso quello che sto per dirti, e la cosa va bene, voglio solo che tu sappia." Cercò i suoi occhi e lì, in quell'unione di nero e argento, trovò la forza di cui aveva bisogno, siccome oltre, là fuori, ci sarebbe stato altro dolore e forse altra morte. "Il fatto è che mi piaci, a volte sei proprio insopportabile e ti prenderei a schiaffi, ma la verità è che la maggior parte del tempo desidero solo averti tra le mie braccia." Si obbligò a fermarsi lì. Non poteva dirgli di come si vedeva insieme a lui, in un mondo normale, tra coperte soffici la domenica mattina a non far altro che oziare, a rilassarsi nel silenzio senza pretese o aspettative, senza rischi e pericoli che attendevano un loro passo falso.

Non poteva dirgli che sognava per loro qualcosa di normale, perché nulla lo sarebbe mai stato.

"Io…" Lo sentì sussurrare, con gli occhi che fuggivano e si puntavano all'esterno. "Non so cosa dirti, Vasily."

E per quanto quelle parole fossero dolorose come una pugnalata tra le costole, Vasily non provò rabbia o delusione, sapendo che non si sarebbe dovuto aspettare nulla. Eppure si ritrovò a sorridere comunque, perché lo aveva chiamato per nome.

Forse alla lunga non gli sarebbe bastato, ma era abbastanza per allontanare quella mano gelida che, come un presagio oscuro, sfiorava la loro pelle.

Dal quindicesimo capitolo del Trattato sull'Abisso, di Marcus Miller:

15. Le Origini dell'Abisso.

Concludo questo trattato con delle riflessioni e ipotesi, e in particolare con la domanda che più ci affligge.

Che cosa è l'Abisso?

Ci sono infinite ipotesi, dalle più assurde alle più sensate. Molti di noi invece preferiscono non pensarci, non volerlo scoprire e limitarsi a utilizzare il suo potere a proprio piacimento per più tempo possibile. Non ci sono certezze, tuttavia c'è un pensiero, una fissazione, di cui non sono mai riuscito a liberarmi in tutti questi anni.

Partendo da ciò che conosciamo possiamo dire che esso sia una manifestazione alternativa della nostra realtà, un luogo in cui ogni energia negativa si accumula e cresce, muta, acquisisce volontà. È un luogo inesplorato e inesplorabile, tanto segreto quanto i più profondi abissi della Fossa delle Marianne e del Challenger.

Non sono mai riuscito a togliermi dalla mente gli abbandonati scavi del profondissimo pozzo di Kola, in Russia, degli anni Ottanta. Cosa hanno visto gli studiosi e gli esploratori là in fondo, in quel foro che hanno creato, non più largo di 23 centimetri, a più di dodici chilometri di profondità? Era lì, l'Abisso, appena oltre quello strato che è stato perforato, separato da noi solo da un letto di roccia?
Quali creature vivono nel punto più profondo del mondo? In che modo la pressione altera i materiali, la realtà? Esiste ancora dell'aria lì sotto, oltre quel limite, o il peso di ciò che siamo e delle emozioni negative che proviamo è tanto imponente da cancellare anche l'acqua e lasciare solo una specie di... oblio, madre e ventre di orrori?

Sono consapevole che queste possano apparire come farneticazioni di un pazzo, ma non esistono teorie concrete, e ogni idea può essere considerata folle quanto qualsiasi altra.

C'è un antichissimo studio di un monaco di Kamu che riteneva che ogni emozione avesse il suo peso, che la gioia fosse leggera come una piuma, l'amore come un soffio di vento, la rabbia come un macigno e l'odio come una montagna. Non sarebbe insolito credere che l'Abisso sia del tutto concentrato sotto di noi, in uno di quei baratri marini ancora segreti, cupi e a malapena abitati e che in qualche modo, a causa nostra, queste profondità possano emergere?

O forse non è nulla di tutto questo, e noi non possiamo neanche lontanamente avvicinarci o immaginare i segreti e le verità dell'Abisso.

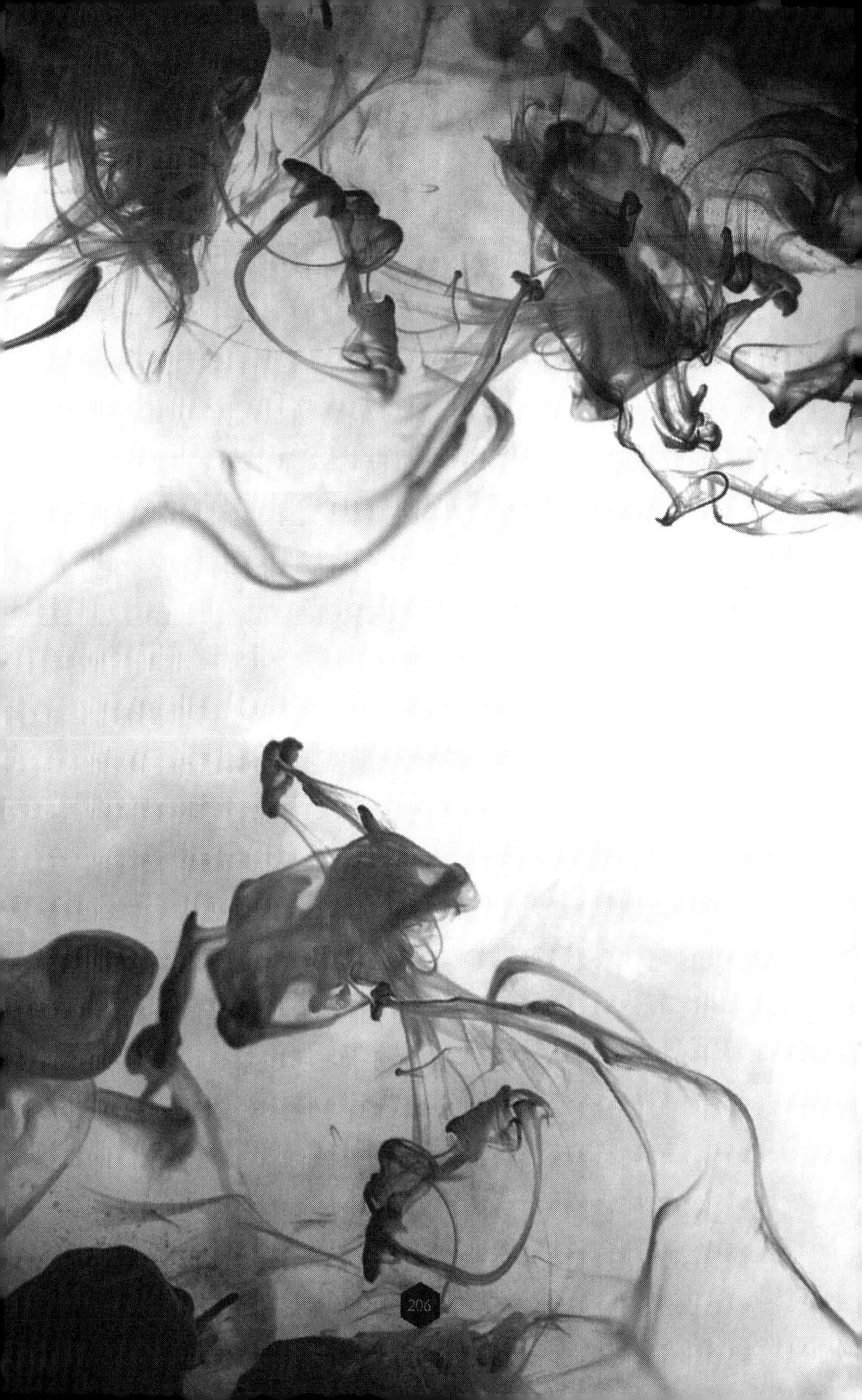

FILE 22 - SILVER

Every day's another complication
A journey through another maze
I found my way through recapitulation
Everything is still a haze
Gemini Syndrome - Mourning Star

"Aspettami qui, ok?" Sette non attese una risposta prima di scendere dall'auto. La neve scricchiolò sotto i suoi stivali, e proseguì incapace di voltarsi indietro.

C'era qualcosa in mezzo al petto che bruciava, simile a ciò che era sbocciato in albergo, una sensazione incomprensibile che, seppur mitigata dal tempo, era stata sempre presente. Adesso era più forte e il cuore batteva con un ritmo strano, le dita tremavano.

Si fermò sul vialetto imbiancato, spostò gli occhi sulla mano, sulla macchia nera che la segnava, e cercò di fermarne il tremito, ma fu inutile, il fiato gli si bloccò in gola.

Aveva fatto così tanta strada, e mai aveva immaginato che sarebbe arrivato a quel punto, era stato un obiettivo lontano, quasi astratto. Era stato convinto di morire all'inizio del percorso.

Ma ora la porta si ergeva solida davanti a lui, circondata da tenebre e ghiaccio, come un miraggio.

Raggiunse finalmente l'ingresso, e forzò la serratura nel modo più silenzioso possibile.

Entrò nell'abitazione accompagnato dai fiocchi di neve che avevano preso a cadere pesanti intorno a lui.

L'interno buio era difficile da distinguere, pur con la porta lasciata socchiusa, la luce che filtrava dall'esterno era minima, e dovette aspettare qualche istante per abituarsi. In quel tempo si accorse di un'altra cosa.

Poteva udire una persona parlare in lontananza, il borbottio animato giungeva da una parte più profonda della casa.

Si lasciò guidare da essa, seguendone il tono pacato fino a che non si fece più chiara fino a permettergli di sentire la conversazione.

"Non ti mancano i soldi, non dovrebbe essere così difficile." Quando riconobbe la voce familiare di Adam fu come subire un colpo in testa. La realtà svanì, il muro a cui era appoggiato, la corrente fredda che filtrava attraverso gli spifferi... non c'era più nulla se non il suo respiro incastrato in gola e quel tono che l'aveva accompagnato per tutta la vita.

"Sono certo che non sarà un problema arrivare a loro. Per di più sono sicuro che presto cercheranno qualcuno come te visto come sono sparpagliati e separati, avranno bisogno di nuove persone." Non fu in grado di seguire il suo discorso, tanto era preso da quel tono, dal modo in cui la sua lingua d'argento si destreggiava tra le parole come sapeva fare solo lui. Quasi come se non fosse passato un solo giorno Sette poteva immaginare che stesse parlando con lui.

"L'ultima volta ha funzionato bene, Revekka ha fatto quel che doveva e si è sacrificata per la causa, rimediando agli errori. Ti assicuro che non finirai come lei se eseguirai il tuo lavoro a dovere."

Prese un respiro, obbligando l'aria a scorrere in modo naturale e il cuore a rallentare il suo palpitare furioso. Con un fremito che gli percorse il corpo, si sporse oltre la soglia.

E lo vide.

Era un po' come scrutare attraverso una finestra che dava sul passato. Adam era lì, appoggiato al ripiano della cucina, un bicchiere mezzo vuoto in una mano e il telefono portato all'orecchio nell'altra. L'unica luce era quella della lampada sopra i fornelli che gettava un bagliore caldo in mezzo a tutto il gelo. Sette poteva studiare la sua espressione, vedere le rughe contrarsi, e realizzò che era tutto uguale. Colui che aveva chiamato padre non era cambiato, se non per qualche capello bianco in più, e percepì qualcosa in mezzo al petto, una strana frenesia che non riuscì a trattenere.

"Va bene, attendo tue notizie, allora."

Fece un passo, l'esposizione era più un rischio, quanto una necessità.

"Sì, buonanotte, Marcus." Chiuse la chiamata, e Sette lo osservò mentre posava il cellulare sul ripiano e si voltava.

I loro sguardi si incrociarono e fu come tornare un ragazzino dalla pelle perfetta, dai tratti non segnati da cicatrici e segni scuri. Era come andare indietro, e poté quasi ignorare la mancanza di vista nell'occhio destro, il bruciore ormai costante del sangue che gli scorreva nelle vene, e dimenticò il malessere che volteggiava su di lui, con la promessa di assalti imprevedibili.

"Figliolo." La sorpresa sparì rapida dal suo viso, sostituita da qualcosa che nella penombra Sette non fu in grado di identificare. "Mi sei mancato, ma sono felice di vederti, speravo che mi trovassi." Ogni sillaba lo trascinava più distante dalla realtà, e ognuno di quei secondi si stringeva attorno al suo collo come un cappio invisibile. "Possiamo tornare a casa ora, lo so che lo vuoi," insistette, avanzando di un passo, spostandosi per superare l'isola.

"No… io…" cercò di contestare, perché non era lì per quello. Aveva uno scopo, ed era…

"Non sai che cosa fare, vero? Senza ordini da seguire, senza indicazioni. Non hai più i tuoi fratelli e tutto il mondo ti vuole morto o dietro le sbarre. Io posso proteggerti e ridarti uno scopo. Lo sai bene," aggiunse, scacciando con la sua voce le indecisioni, ma riportò anche a galla la memoria di un altro paio di occhi di mercurio, di lunghi capelli che sembravano una ragnatela di luce, di un nome tanto simile al suo e del dolore contro cui aveva combattuto da quando lui era morto.

"Sette," lo chiamò, con una lieve nota di rimprovero, e lui sobbalzò, riportando tutta la sua attenzione su Adam. "Non hai altra scelta, non dureresti a lungo là fuori."

"Posso farcela da solo," sibilò, consapevole che avesse ragione, in fondo quanto ci sarebbe voluto perché altri agenti sarebbero venuti a cercarlo? Quante possibilità aveva di sopravvivere con il corpo che si ritrovava? Presto un nemico abbastanza abile e fortunato gli avrebbe piantato una pallottola in testa nel momento in cui era più fragile.

"Fare… cosa?" Quella domanda lo punse in mezzo al petto, quel tono di leggera curiosità lo colpì in pieno, perché... cosa stava cercando di fare? Cosa sperava di ottenere andando in giro a cancellare tutti i dati che poteva trovare? Aveva saputo che le sue azioni erano futili, che malgrado gli sforzi lui non era altro che una persona sola contro un titano come suo padre.

Il silenzio gli pesò addosso, ma Adam sorrise, la sua espressione si riempì di un qualcosa di più delicato e dolce.

"Io lo so come sei fatto. Sei perso, fuori controllo, e solo io posso aiutarti e sistemare le cose, a controllare ciò che il tuo corpo è in grado di fare." E con quelle parole tese una mano verso di lui, il palmo rivolto verso l'alto in un invito che non doveva avere nulla di sbagliato. "Io ti posso aiutare, così tu aiuterai me a creare un mondo in cui potrai esistere senza preoccupazioni."

Quello era tutto ciò che voleva, di cui aveva bisogno. Una guida, un punto fermo... un padre, riavere l'unica famiglia che aveva mai conosciuto.

Senza neanche riflettere lasciò la presa sul coltello che cadde a terra con un tintinnio scordato, e con il respiro che tornava regolare, con il peso che gli si sollevava dalle spalle, avanzò, alzando la mano per prendere la sua.

E un boato all'improvviso spezzò il silenzio.

Nel brusio altrettanto assordante che ne seguì, Sette vide Adam crollare indietro, un punto rosso che si allargava sulla camicia chiara.

Il suo stesso petto esplose a quella scena, come se avessero sparato a lui, e nella confusione a malapena identificò Vasily mentre correva in avanti.

"Che cosa hai fatto?" urlò, e quello che percepiva dietro le costole questa volta era semplice da identificare; era paura, terrore e disperazione.

Si lanciò oltre il mobile della cucina, vedendo il proprio padre come l'umano quale era, fragile e spezzato, il suo sangue era rosso, normale, non quello di una divinità.

"Padre," lo chiamò, posando un palmo sulla ferita, sentendo i muscoli contrarsi sotto di esso in uno spasmo di dolore. Il liquido, quasi fresco contro il calore della pelle, lo imbrattò immediatamente e continuò a scorrere tra le dita imperterrito.

Cercò di dire qualcos'altro, ma il fiato gli si bloccò in gola con un suono soffocato, e la vista già limitata si fece più annebbiata.

Con la coda dell'occhio vide Vasily avvicinarsi, ma Adam parlò, tra un sussulto e l'altro, con le labbra macchiate di rosso e il viso contratto, gli stessi occhi duri e colmi di gelo che Sette aveva imparato a conoscere si piantarono nei suoi per un'ultima volta.

"Se non posso... averti io. Non può averti... *nessuno.*"

Riconobbe il riflesso del metallo di una pistola quando il dolore gli spaccò il torace.

Vasily si mosse quando sentì lo sparo. Il suo cuore prese a battere all'impazzata, raddoppiando il ritmo forsennato che aveva preso quando aveva visto Sette a un soffio dal cedere, dall'allungare la mano e gettarsi tra le braccia del suo tiranno.

Ma adesso poteva vedere il corpo di Sette contrarsi, i capelli lasciare una scia chiara nell'aria mentre la sua figura collassava su un fianco.

Calciò via la pistola di Chekov per poi gettarsi a terra, in ginocchio, accanto al ragazzo.

Aveva entrambe le mani premute contro il fianco, dove una macchia di sangue scuro come la pece si stava allargando rapida, il volto teso in una maschera di agonia e le palpebre sbarrate.

Lo prese per le spalle per sdraiarlo sulla schiena, e lui trattenne a malapena un gemito di dolore.

"Sette?" lo chiamò, ma la sua attenzione era fissa davanti a sé, i muscoli irrigiditi come se bastasse quello per scacciare la sofferenza. Portò le mani sulle sue, cercando di allontanare il panico, di non congelarsi lì nonostante le sue conoscenze di medicina sul campo fossero basilari.

"È... uscita," sibilò Sette, e Vasily impiegò troppo per capire che stesse parlando della pallottola, ma bastò quello per metterlo in moto, per spingere i suoi arti a muoversi.

Con gesti tremanti si tolse la giacca, per poi premerla contro il foro. Cercò di infilarne una parte sotto di lui, dove doveva esserci quello d'uscita, ma era terrorizzato all'idea di spostarlo troppo.

"Cazzo, cosa devo fare?" parlò quasi tra sé, sentendo le lacrime di nervosismo, o forse orrore, annebbiargli la vista.

Non era quello che doveva succedere, era stato uno sciocco ad ascoltarlo, perché si era ripromesso di aiutarlo, eppure lo aveva lasciato andare da solo nella tana del lupo.

"Il kit… in macchina," suggerì Sette, in un sussurro per nulla rassicurante, poteva sentire l'aria sibilare attraverso la ferita con un orribile suono di risucchio.

Vasily tremò; sarebbe dovuto uscire e lasciare lì Sette, e non aveva idea di cosa sarebbe potuto succedere in quel tempo, temeva che non avrebbe fatto abbastanza in fretta, che le cose fossero già irrecuperabili.

Ma non poteva permettersi di pensare così, quindi fece forza con le gambe tremanti e si mise in piedi.

"Resta sveglio. Ti prego, resta sveglio!" E con quella supplica sulle labbra, corse fuori dalla casa, lungo il vialetto innevato e dietro l'auto rimasta accesa. Prese il kit e tornò indietro.

Quello che non era stato più di un minuto parve durare un'eternità, ogni passo troppo lento e breve, ogni battito doloroso nel petto.

Giunse nella cucina, e si rese conto che Chekov era rimasto lì, il suo colorito era pallido quanto quello di Sette, ma si accorse che non si stava più muovendo, che i suoi occhi vacui erano fissi alla sua destra, dove il ragazzo stava cercando di rotolare sul fianco, verso Adam.

Vasily si precipitò da lui, obbligandolo a sdraiarsi, ma notando con fin troppa chiarezza la sua mano lasciare una macchia nera su quella di Chekov dove l'aveva appoggiata.

"No…" gemette, ma Vasily si obbligò a non dare alcun peso a quel gesto, siccome la cosa importante ora era un'altra.

Era il tremolio nell'aria che catturò i suoi occhi come una calamita con un pezzo di metallo, e come tale non riuscì a distogliere l'attenzione per diversi secondi, perché lì davanti a lui c'era in foro di proiettile che segnava il muro, contornato da schizzi neri, e intorno ad esso la realtà pareva distorcersi con pigra lentezza, con la danza ipnotica dei miraggi nel deserto.

Impiegò fin troppo tempo a notare di cosa si trattava, e ancora di più nel convincersi che fosse reale, che il Velo si stesse spezzando, proprio lì, proprio in quel preciso punto dove la pallottola stranamente chiara e il sangue di Sette si incontravano: l'Abisso stava tentando di valicare le pareti del loro mondo.

Si ritrovò immobile, bloccato come una preda di fronte al predatore, e solo quando il respirare tremante di Sette si fece più affaticato si riscosse.

Il terrore rimaneva, ma continuare a fissare quel punto non l'avrebbe portato a nulla, se non a un possibile attacco di panico, quindi si sfregò le mani sui pantaloni, asciugando sudore e sbavando nero sul tessuto. Poi, raccogliendo tutta la determinazione che aveva, aprì il kit e osservò una a una tutte le cose che vi erano dentro; ago e filo, bende, ma sapeva che non sarebbero bastate per una lesione del genere. Il sangue stava continuando a scorrere, e quello che si stava allargando sul pavimento aveva già raggiunto le sue ginocchia.

A quel punto l'addestramento e l'adrenalina lo guidarono, e cadde in uno stato di trance. Non si rese conto di fasciare le ferite, di come chiese a Sette di respirare in un certo modo mentre lo faceva, o di come strinse le bende, sperando che quello bastasse.

"Andiamo, ti porto al sicuro," mormorò, per poi tirarlo su. Avvolse un suo braccio intorno alle spalle, e così iniziò la faticosa camminata verso l'auto.

Vasily non notò neanche il gelo che lo abbracciò, che gli accarezzò la pelle lasciata scoperta, perché tutto quello a cui poteva fissarsi era continuare a camminare, e trascinarli verso quella che sperava sarebbe stata la salvezza.

Si lasciarono una casa vuota e silenziosa alle spalle… fino a che, all'improvviso e tutto in una volta, non lo fu più.

Il boato giunse potente e inaspettato.

Vasily sobbalzò, con il cuore che gli si contorse dolorosamente in petto, e quasi cadde quando Sette irrigidì tutti i muscoli e soffocò un suono che pareva un urlo strozzato, per poi iniziare a mormorare negazioni e richieste senza senso.

"Cazzo," sibilò, incapace di spingere fuori dalle labbra qualcosa di sensato quando l'altro si agitò. Sette tentò di mettere meglio i piedi sotto di sé e spingersi in avanti, cosa che divenne anche facile quando Vasily, con le poche forze che gli erano rimaste, si ritrovò a correre verso la macchina.

Conosceva quel suono, e ogni secondo che passava era un secondo in più che rubavano alla morte.

A seguito dello scatto di energia e panico, o forse a causa di quello, Sette perse del tutto la coscienza quando lo caricò in macchina.

Vasily non esitò. Mise in moto e partì, troppo spaventato per voltarsi, avendo l'impressione che quel solo movimento potesse metterli a rischio. Si permise di controllare che Sette, per quanto a fatica, stesse respirando, e si augurò che il luogo in cui lo avrebbe portato avrebbe potuto fornire l'aiuto di cui aveva bisogno con tutta la disperazione e la speranza che il suo corpo stremato poteva provare.

Guidò con la paura che gli stava addosso come un parassita, ma i minuti passarono, e nessuna creatura atterrò sul tetto dell'auto, nessun arto lungo e prensile spaccò i finestrini per raggiungerli. Al di fuori della macchina rimase il silenzio.

Non ne capiva il motivo, ma non poteva mettersi a ragionare adesso, a malapena la sua mente aveva abbastanza energia per costringersi a guidare. Prese quindi un profondo respiro, asciugandosi dal volto le lacrime che non ricordava di aver versato e, ormai lontano da quella casa, con le mani macchiate di sangue scuro, recuperò il cellulare e digitò il numero che aveva letto sul fascicolo di Sette in Inghilterra, prima della base, dell'attacco e di tutto questo disastro.

Ringraziò la fortuna che li avesse baciati quella sera, e sperò che non fosse tutto inutile.

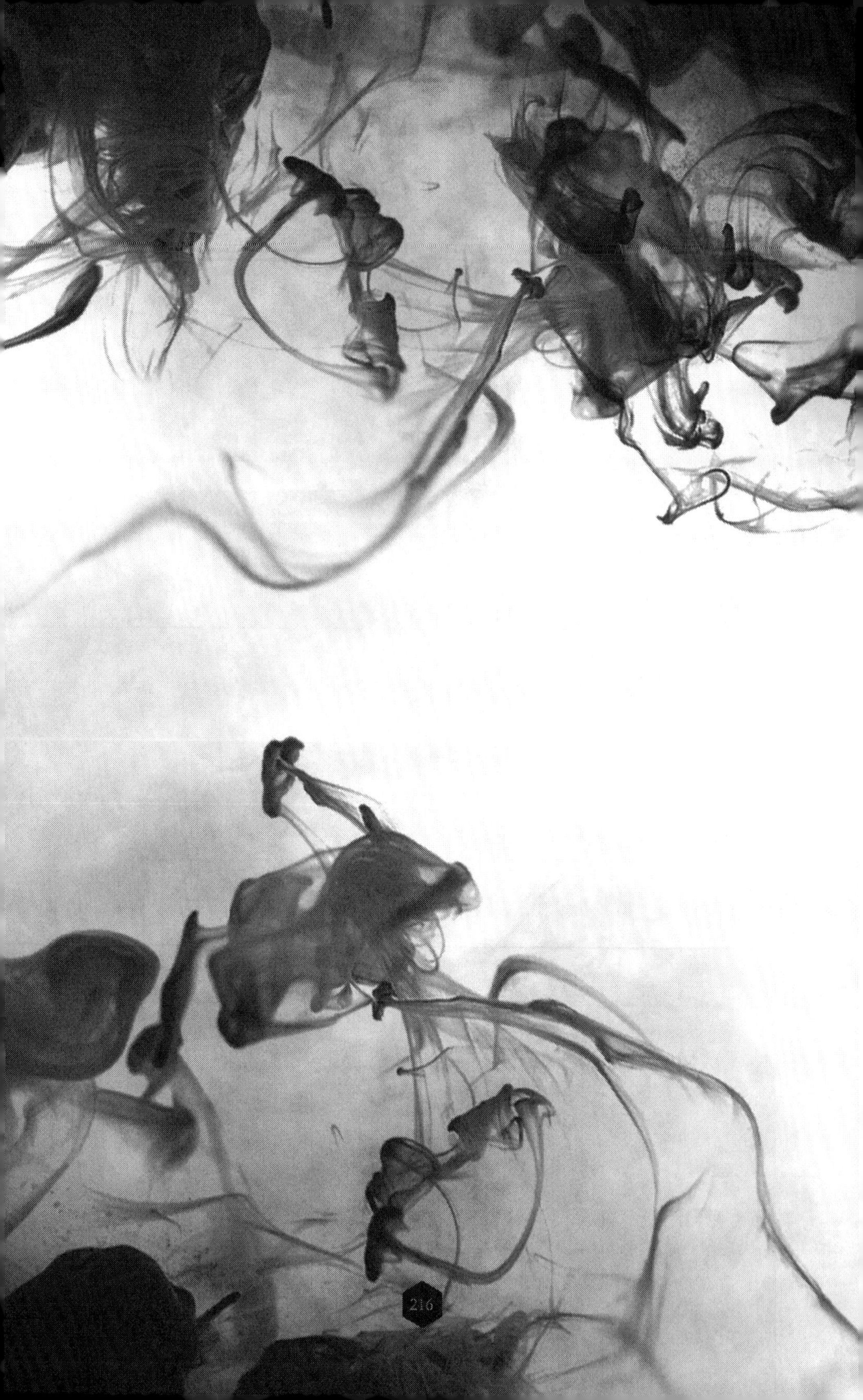

FILE 23 - UNEXPECTED

Hear the silent song
A moment have come before this.
My heart, so violently beats along.
Bleeding me to want to end it all.
HIM - All Lips Go Blue

"Sei riuscito a recuperare qualche video di sorveglianza?" La voce di Ethan la distolse dalla profonda contemplazione dell'ennesimo file inconcludente.

Jane sollevò gli occhi, strofinandoli nel tentativo di scacciare il bruciore.

Gli occhiali da riposo erano rimasti in sala, e a quanto pareva nessuno di loro aveva voglia di recuperarli. In quegli ultimi giorni erano passati da un volto all'altro a causa delle ore che tutti e tre spendevano davanti a uno schermo o sui documenti.

"No," fu la laconica risposta di Sasha. "Non sono un hacker." Non si voltò da dove era seduto ai piedi del letto, e lei non riuscì a leggere la sua espressione perché stava dando loro la schiena.

"Non mi pareva avessi troppa difficoltà a rubare file vari per i tuoi progetti segreti," lo punzecchiò Ethan con estrema leggerezza, nonostante l'argomento risultasse ancora spinoso a distanza di più di un anno.

Si guadagnò un'occhiataccia lanciata da sopra la spalla.

Jane si sorprese a sorridere; la loro relazione era cambiata, si era evoluta in quel lasso di tempo in cui si erano ritrovati a dover convivere forzatamente. Certi dettagli erano rimasti uguali; Sasha non era di certo la persona più socievole, ma non c'era più una solida armatura, e i suoi silenzi non erano colmi di astio, ma di una semplice tranquillità e concentrazione che aiutava sia Ethan che lei a stare più sereni.

Non avrebbe mai saputo dire se fosse stato il periodo che aveva trascorso lontano dalla Torre o la libertà ad averlo alleggerito tanto, ma non poté che esserne lieta, perché di quel passo le cose sarebbero migliorate, ed Ethan non era da solo nella sua testarda missione dedita a spogliarlo del tutto delle sue difese, ormai inutili.

Tuttavia ciò di cui stavano cercando di occuparsi era qualcosa di ben più complicato, e Jane recuperò il cellulare dal comodino e lo passò ad Ethan senza neanche rifletterci.

"È importante," mormorò quando vide la sua espressione confusa e, come si era aspettata, nell'istante seguente il telefono prese a squillare.

La tensione riempì l'aria all'improvviso, e un brivido le percorse il corpo quando Ethan lo prese e si alzò.

"Sì?" lo sentì chiedere, e la sua espressione si incupì.

"Un attimo... chi parla?" Jane mise di lato i fogli che aveva sulle gambe, e si spostò in avanti, fino a ritrovarsi accanto a Sasha.

"Come?" Per quanto Jane avesse saputo che la chiamata sarebbe stata importante, di certo non si sarebbe aspettata qualcosa di così confuso.

Si lasciò guidare da quella spinta e recuperò il borsone da sotto il letto.

"Cosa stai facendo?" Immaginò dovesse sembrarle una schizzata. In fondo le conversazioni tra loro due erano state indirizzate su quell'argomento che li accomunava, e a Jane avrebbe fatto piacere parlare di sé e sperare che lui facesse lo stesso per saldare quel rapporto che stavano creando, ma non era quello il momento.

"Temo che dovremmo ripartire, quindi preparo le valigie," spiegò, non volendo iniziare un discorso sul proprio istinto paranormale che, per quanto l'avesse accettato e compreso, era ancora qualcosa che spesso la metteva a disagio.

"Jane ha ragione," fece Ethan, il capo abbassato sul cellulare in mano.

Lei lo studiò, e con lo sguardo accarezzò le sue sopracciglia aggrottate, le sue labbra serrate in una linea retta, il corpo teso, colmo di preoccupazione.

"Cosa è successo?"

Ethan scosse la testa. "Non ne sono del tutto sicuro, ma conviene muoverci, magari chiamare la Torre e…"

"Ethan," lo chiamò Sasha, tirandolo fuori dall'agitazione che lo aveva catturato.

"Chekov è morto," mormorò Ethan, e il mondo parve fermarsi, lo spazio congelarsi. Jane si voltò per vedere gli occhi di Sasha spalancarsi per lo shock.

Aveva l'impressione che il silenzio le premesse addosso per cercare di schiacciarla a terra. Da quando avevano scoperto che Chekov era uscito di prigione senza che nessuno ne sapesse nulla non avevano fatto altro che ricerche su ricerche, in cerca di una soluzione.

E ci aveva pensato, era certa che tutti loro avevano sperato almeno una volta in quello scenario, ma che capitasse così all'improvviso era come un fulmine a ciel sereno, e ora si ritrovavano ad annaspare tra sentimenti contrastanti, tra speranza e rabbia, in un uragano che, era evidente, stava destabilizzando Ethan più di quanto avesse fatto quella notizia.

"Ok," fece Jane, scacciando ciò che non era pura determinazione. "Finiamo di preparare e partiamo, è tanto lontano?" Cercò di mantenere la sua attenzione su qualcosa di concreto e reale.

"No, è a Volzskij, circa a un'ora da qui."

Sperò che quello potesse aiutare anche Sasha, perché non si era mosso, e il suo colorito si era fatto ancora più pallido.

Jane abbandonò la borsa riempita a metà, che mai era stata svuotata del tutto, si chinò davanti a lui. Intrecciò le dita con le sue, sentendo la cicatrice liscia che gli segnava il palmo, e strinse un poco.

Al contatto sobbalzò, lo sguardo interdetto si spostò da Ethan a lei, e prima che potesse fare qualsiasi cosa, che fosse arrabbiarsi o reagire male, Jane ritirò la mano, sentendo comunque il suo calore esitare sulla pelle. "Dobbiamo andare."

Bastò quello per mettere in moto tutto il resto.

Si organizzarono come una macchina ben oliata, mettendo via tutto quello che avevano portato, accertandosi di non lasciare tracce compromettenti.

Sulla soglia di quell'appartamento Jane si guardò indietro, consapevole nel profondo che quella sarebbe stata l'ultima volta che avrebbe camminato sotto le luci di una Kirova innevata dalle ampie finestre, che non si sarebbe più destreggiata in una cucina che non conosceva o rigirata in un letto sconosciuto, in attesa che venisse riempito.

Le sarebbe mancato tutto quello, perché era stata parte fondamentale del loro cammino.

Infine, esitò quando vide il giradischi, e lo salutò con rammarico. Era sempre stata la musica ad averli uniti, ma ormai non ne avevano più bisogno. Quella tristezza svanì come fumo al vento, lasciandola con la sensazione che qualcosa di più arduo sarebbe giunto.

Katya richiuse la porta di casa, riuscendo dopo ore a prendere un profondo respiro. Il turno all'ospedale l'aveva stremata più del solito, e le mani le tremavano per la fatica, i polsi erano indolenziti e il volto gonfio per la stanchezza. Ci passò una mano sopra, sentendo i segni della mascherina sotto le dita.

Quello che era successo all'ospedale non l'avrebbe raggiunta tra le mura di casa. Il sentore di disinfettati e sangue le si aggrappava addosso, ma non era nulla che una lunga doccia non avrebbe potuto lavare via, così come la nausea che avrebbe presto domato con una tisana calda.

E se fosse stata ben attenta e abbastanza silenziosa, sarebbe riuscita a non svegliare Yuri, che dormiva nell'altra stanza e che entro una manciata di ore si sarebbe dovuto alzare per andare a scuola.

A volte il peso della mancanza di suo marito era come un macigno sul petto. Erano serate come quelle che tutto ciò che aveva perso tentava di trascinarla giù nelle tenebre, in cui i sussurri della sua stessa psiche cercavano di convincerla che non meritava altro, che anche quel poco che le era rimasto le sarebbe presto stato tolto.

Vagò per le stanze come uno spettro, e invece che andare in bagno o in cucina, si fermò davanti alla porta del figlio.

Lo osservò dormire, le coperte pesanti rendevano impossibile distinguere come fosse girato, ma le bastava che il suo respiro riempisse l'aria.

Per l'ennesima volta, si chiese quale vita gli stesse offrendo, così colma di solitudine e silenzio, di pesi che a malapena lei riusciva a portare sulle spalle. Non poteva fare molto, restare bloccata a fissare la sua figura non avrebbe cambiato niente, che sperare era inutile, quello lo aveva imparato una ventina di anni prima.

Sarebbe rimasta tutta la notte in quella posizione, ad assicurarsi che a ogni respiro ne seguisse un altro, a vegliare sul figlio che non poteva permettersi di perdere mentre il cielo si tingeva d'alba, se solo qualcuno non avesse bussato con forza alla porta di casa.

Le balzò il cuore nel petto. Erano le due di notte, e i loro vicini non la conoscevano abbastanza per cercarla.

Avanzò circospetta, superando il corridoio in cui si trovava e recuperando lo spray al peperoncino dalla borsa.

Controllò dallo spioncino, e nella lente ristretta vide la faccia di un ragazzo disperato. Aveva delle macchie nere sul volto, come sbavature, e i suoi capelli biondi e ricci erano umidi di neve.

Pronunciò qualcosa in inglese, che purtroppo Katya non riuscì a comprendere, ma la paura nel suo tono fu abbastanza per farle lasciare da parte lo spray.

Di sicuro non era la scelta più saggia, ma non poteva farci molto; aiutare era parte del suo lavoro, ma anche della sua anima, e non era in grado di far finta di niente di fronte a qualcosa del genere.

Quindi, con il timore che le appesantiva il cuore, socchiuse la porta.

La scena che le si presentò davanti era peggiore di quanto avesse creduto.

Il giovane era in compagnia; stava portando un'altra persona con sé, il cui braccio era intorno alle sue spalle e la testa a penzoloni.

Non fu la sorpresa di vedere una persona in più a farla sobbalzare, ma i suoi colori. Perché aveva una cascata di capelli candidi come il ghiaccio, e altre macchie nere.

C'era nero ovunque, oltre che sui loro vestiti e i volti, una copiosa quantità stava gocciolando a terra, unendosi con la neve sciolta.

"Cosa?"

Il ragazzo esitò un attimo, prima di parlare, questa volta e per fortuna, in russo. "Ha bisogno di aiuto," fece, la voce che si piegava.

Katya non comprese di cosa si trattasse, ma arretrò, lasciando che entrassero.

"Gli hanno sparato, ha bisogno di aiuto," C'era panico nelle sue parole, e Katya agì, la mente che tornava indietro a pareti bianche e gesti ben conosciuti, a procedure e manovre ormai automatiche.

"Di qua, sul tavolo," indicò, e iniziò a guidare gli inaspettati ospiti all'interno, quando del movimento attirò la sua attenzione.

"Mà?" Si voltò del tutto quando la domanda di Yuri la raggiunse, e lo vide fermo sulla soglia della stanza, stanco e a strofinarsi il viso con una mano. "Che succede?" La sua espressione si fece più spaventata al suono della ceramica che finiva a terra e si frantumava.

"Resta nella tua stanza, tesoro, per favore," implorò mentre si affrettava in bagno per prendere tutti gli strumenti medici, antibiotici e bende che aveva.

Tornò in cucina per trovare il ragazzo al fianco dell'altro, e allora Katya riuscì a vedere i suoi lineamenti tra le ciocche argentee.

Si permise di esitare un istante alla visione dell'occhio nero, opaco, come se neanche ci fosse, ma aperto e vacuo quanto quello di un argento insolito.

"Dove gli hanno sparato?" chiese per sicurezza, notando comunque già la benda intorno al torace, su un fianco.

"Solo qui, l'ho trattato come un pneumotorace, ma non so…" disse lui, la voce che tremava quanto le sue mani, appoggiate una sul tavolo e una sul polso dell'altro. "La pallottola è uscita," aggiunse quando lei prese a tagliare via la maglia, notò che era umida, ma non di sangue, perché i guanti che aveva indossato si macchiarono di nero.

Si rese conto che tutto quello era sangue, che la situazione era forse più critica di quanto avesse creduto, perché sotto la luce accesa poteva vedere sul suo petto delle cose che non ci sarebbero dovute essere. Una delle quali era una cicatrice che ricordava fin troppo quella di un'autopsia e poi, sulla pelle d'avorio, altre macchie sottopelle, che con le loro forme irregolari parevano distorcere la sua corporatura minuta, oltre a coprire quello che doveva essere un tatuaggio all'altezza del cuore.

Impiegò diversi momenti per realizzare che erano parte del suo Marchio, che esso si estendeva dalle sue braccia fino ad avvolgere le spalle e ripresentarsi in punti casuali della sua pelle.

Deglutì, e forzò le mani a continuare a muoversi. Non faceva distinzioni all'ospedale, e non le avrebbe fatte nemmeno in casa propria.

"Come ti chiami?" Parlò a mezza voce, cercando di distrarsi un poco.

Il ragazzo la fissò con occhi spalancati e arrossati; pareva che avesse pianto.

"Vasily," mormorò quindi, prendendo un respiro profondo.

"Ok, Vasily, avrò bisogno del tuo aiuto." Mantenne il tono fermo e deciso e attese fino a che non lo vide annuire, e si mise in moto, dandogli indicazioni quando necessario.

"E lui come si chiama?" volle sapere dopo qualche minuto di attenta ricucitura, obbligandosi a scoprire di più.

La risposta non giunse subito, ci fu un lungo silenzio, e quando lei risollevò gli occhi in cerca dei suoi allora parlò.

"Sette," disse infine, e lei immaginò di aver capito male. "O almeno è così che vuole farsi chiamare," aggiunse, e Katya decise di non chiedere altro sull'argomento, invece concentrarsi il più possibile sul paziente, per quanto fosse a disagio.

Fu lieta di notare che, per quanto inesperto, aveva fatto un buon lavoro per tenere a bada la ferita fino a quel momento, meno nel notare che la pallottola, nel suo percorso da una parte all'altra del suo corpo, avesse spezzato due costole, o che gli antidolorifici non avessero un effetto duraturo.

Conosceva l'AIS, ma preferiva starne alla larga per non rimanerne di nuovo immischiata e, alla fine, spezzata.

Eppure non aveva mai visto nulla del genere. Non conosceva con esattezza come l'AIS creasse i suoi agenti, a quale innaturale processo il corpo venisse sottoposto, ma malgrado quello immaginò che ciò che aveva davanti non doveva essere normale.

E non conosceva abbastanza quel mondo per fare ipotesi fondate; aveva bloccato tutti i canali principali di notizie che lo riguardavano da quando aveva deciso di riprovare ad avere un figlio… come se quello potesse bastare a proteggere almeno Yuri dalle brutture del mondo.

"Per quale motivo siete qui? Avete bussato a delle porte a caso fino a che non mi avete trovato o sapevate del mio lavoro?"

"No, io… ero certo che questa fosse una casa sicura, o un luogo in cui trovare aiuto," tentò, lasciando la mano ferma sul polso di Sette per continuare a controllare il battito, come aveva chiesto Katya.

"Ma per quale motivo siete qui?" domandò lei, il tono un po' più forte e deciso. C'era del nervosismo che le ribolliva dentro, quelle questioni prive di risposte che reclamavano chiarezza, perché che senso aveva che dopo più di due decenni l'AIS tornasse? Avrebbero cercato di toglierle anche Yuri?

Vide il ragazzo tentennare, il volto macchiato ora segnato da un tormento che la donna non riuscì a comprendere.

"Aveva un documento con le vostre informazioni, ma non mi ha voluto dire altro," spiegò, spostando l'attenzione su di lui. "A dire il vero ho cercato di chiederglielo più volte, e se fosse sveglio non apprezzerebbe il fatto di essere qui. Non ho idea del perché, però," concluse, e se quello doveva farla sentire meglio, si sbagliava.

Ma non aveva importanza, perché Sette aveva ricominciato a riprendere coscienza a metà dell'operazione improvvisata, si ritrovarono costretti a continuare lo stesso quando la morfina non sembrò funzionare.

Katya sentì la nausea tormentarle lo stomaco quando Vasily si piegò su Sette, con la fronte appoggiata contro la sua tempia e la mano stretta nella sua, a sussurrare con la voce che si spezzava inutili rassicurazioni, nel tentativo di allontanare quel dolore di cui non potevano liberarlo.

Concluse il tutto con il cuore pesante, fasciando le ferite ora ricucite e disinfettate.

Quando si voltò e vide Yuri osservare il tutto con viso pallido e occhi spalancati, il suono di qualcuno che bussava una seconda volta alla sua porta la raggiunse.

226

FILE 24 - ALIGHT

Insane, inside the danger gets me high
Can't help myself got secrets I can't tell
I love the smell of gasoline
I light the match to taste the heat
Sam Tinnesz - Play With Fire

Vasily non provò timore o agitazione quando il suono giunse, dubitava che il suo fisico esausto fosse in grado di reagire a seguito di tutto quello che era successo; tra lo stress e il terrore gli pareva di non essere più in grado di percepire niente.

Quindi approfittò del fatto che la donna – non si era nemmeno degnato di chiederle come si chiamava con tutto quello che stava facendo per loro – fosse impegnata a parlare con il figlio e magari riportarlo a letto per occuparsi di nuovo della porta.

Si fermò davanti alla superficie di legno, illuminata dalla luce accesa che giungeva dalla cucina, realizzò in quel momento che la chiamata gli si sarebbe potuta ritorcere conto.

Aveva agito guidato da panico e disperazione, ma non poteva sapere chi c'era oltre la soglia.

E se si fosse trovato davanti dei nemici? Che lo volevano morto per recuperare Sette? Non sarebbe stato in grado di difendersi a dovere; la pistola si era persa nella confusione delle ultime ore, c'erano una donna e un bambino, inermi, e

Sette era a malapena cosciente, con un buco che gli attraversava il torace e due costole rotte.

Ma non aveva altra scelta, no?

Alla fine si obbligò a sollevare una mano tremante, ignorando le macchie di sangue nero che la segnavano, e a stringerla sulla maniglia.

La posta si aprì senza un cigolio, e Vasily registrò subito la presenza di tre persone.

Nella luce soffusa, il primo che notò fu un ragazzo alto, dai capelli biondi legati indietro, con occhi chiari che nella notte avevano una sfumatura grigia, la corporatura snella e atletica. Da lì in poi le cose si fecero più bizzarre; notò poi una ragazza al suo fianco, dai lunghi capelli castani e il viso delicato; in mezzo a quello scenario freddo e cupo pareva fuoriluogo. Infine, appoggiato al muro, qualche passo più indietro, vide quello che era più chiaramente degli altri due un Guerriero; aveva i capelli neri come la pece, e uno sguardo rigido e gelido che lo mise subito in soggezione, era più robusto, e Vasily ebbe il presentimento che sarebbe riuscito a spezzarlo con facilità.

"È voi che ho chiamato?" chiese, con il dubbio che si insinuava nel suo tono. Non era di certo sua intenzione dubitare, ma doveva ammettere che si trovava davanti un terzetto insolito.

"Non dovresti saperlo?" Le labbra del ragazzo biondo si piegarono in un lieve sorriso, anche se la stanchezza impedì alla sua espressione di raggiungere gli occhi.

Era strano, ma Vasily si tranquillizzò. Lasciò che la tensione gli scivolasse via dalle spalle e dai muscoli come ghiaccio sciolto.

"A dire il vero credo di sapere poco di recente," ammise, abbozzando una mezza risata che tentò di sbocciare in un singhiozzo. Lo soffocò con tutto se stesso, perché di quelli ne aveva già tirati fuori abbastanza nel viaggio in macchina.

"E quello che mi hai detto è vero?" continuò il ragazzo, senza muoversi, il volto teso e svuotato di ogni simpatia. Vasily lo percepì allora, il suo essere Guerriero; se il ragazzo che era rimasto indietro doveva essere forza pura, lui era… qualcos'altro, un elemento più delicato ma altrettanto letale, per quanto bizzarro. Poteva vedere il pericolo in lui, ma non era un qualcosa di ovvio.

"Sì, tutto vero. Ve lo assicuro." Trattenne un brivido al ricordo. Vide i due scambiarsi un'occhiata in silenzio, e al movimento notò una cicatrice sul suo collo di quello biondo. "Vi inviterei a entrare, ma non è casa mia," aggiunse, spezzando quello strano momento.

"Lo sappiamo." Questa volta fu lei a rispondere, avanzando di un passo e sorridendogli.

Vasily si ritrovò per un attimo interdetto; non capiva lei cosa potesse c'entrare. Era minuta, sembrava fragile, non aveva la rigidità degli altri, ma una gentilezza che stonava, tanto era soffice.

"Dove è successo?" fece il Guerriero in fondo, la voce era ruvida quanto la sua presenza. Questa volta anche la ragazza si voltò, e Vasily non ci rifletté due volte prima di dettare l'indirizzo.

"Vado io," propose quindi, non appena Vasily concluse.

"Sei sicuro?" si volle assicurare l'altro, allungando una mano verso di lui per bloccarlo quando fece per girarsi e riscendere le scale.

"Dubito che la mia presenza qui possa essere gradita," commentò, senza scuotere via il braccio dalla presa.

"Ok, chiamaci quando puoi," disse il primo, annuendo e spostandosi, così che potesse passare.

Vasily quasi fece un passo indietro di fronte a quella scena, non perché percepisse del pericolo, ma perché era passato così tanto dall'ultima volta che aveva visto altre persone interagire tra di loro che si sentì a disagio.

Aveva speso settimane solo con Sette, nascosto in camere d'albergo e incatenato ai propri pensieri e sentimenti tormentati, e in generale non era mai stato una persona socievole, sempre relegato dietro a una scrivania e uno schermo.

Quella semplice interazione gli fece nascere sulla pelle l'immediato desiderio di tornare da Sette, di prendere il suo polso e trovare il battito rassicurante.

Senza dire altro il Guerriero sparì nelle ombre delle scale.

Quello rimasto parlò quando il portone si richiuse.

"Dovremmo quantomeno presentarci," suggerì, issandosi meglio il borsone che portava in spalla. "Lui era Sasha, lei è Jane, io sono Ethan." A quello Vasily si alleggerì, almeno aveva un modo per identificarli, e si ricordò che avrebbe fatto bene a chiedere alla proprietaria della casa come si chiamava.

"Vasily," si presentò a sua volta, esitando un attimo. "E di là... c'è Sette," si sforzò di dire, odiando come quel nome gli si posò sulle labbra. Era così impersonale, così vuoto per qualcuno che aveva dentro di sé così tanto.

Ethan e Jane si scambiarono un'altra occhiata. Vasily li studiò, e la ragazza non parve per nulla disturbata da quello che stava succedendo, al contrario dell'altro, nei cui occhi chiari poteva vedere del nervosismo bruciante.

"Siete qui per aiutare, vero?"

"Dipende," rispose Ethan, il volto duro e serio.

Lei lo studiò con il capo inclinato e occhi attenti. In quel momento Vasily si pentì di averla sottovalutata tanto. C'era un'intelligenza affilata nei suoi occhi chiari, come se potessero vedere oltre la sua pelle, oltre i muscoli e le ossa, e svelare ciò che teneva nascosto nel cuore. "Tu… sai che cosa è questo posto, vero?" fece infine, cogliendolo di sorpresa.

Scosse la testa. "Qui è dove vive la sua vera famiglia." Quando quelle parole lasciarono le sue labbra il mondo gli crollò addosso mentre gli ultimi tasselli andavano al loro posto.

Li fissò entrambi senza vedere nulla. Tutto quello su cui poteva concentrarsi era il ricordo del fascicolo che aveva trovato nella casa in Inghilterra, di come aveva tentato di parlarne con Sette, e poi di come la prima volta che erano arrivati a Volskij avesse reagito tanto male, obbligandolo ad andarsene.

Non capiva il perché della sua reazione tanto negativa, ma con quello che era successo quella notte, con il modo in cui si era allungato verso Chekov, pur così vicino alla morte, poteva ora vedere come la sua idea di famiglia fosse a tal punto contorta e sbagliata.

La donna non ne aveva la più pallida idea. Aveva chiesto a lui come si chiamava il suo stesso figlio. E Vasily le aveva dato un nome che a malapena poteva essere considerato tale.

"L'hai portato qui di proposito, o è stato un caso?" domandò Jane con voce delicata, avvicinandosi di un passo.

Vasily si portò una mano al volto, coprendosi la bocca nel tentativo di scacciare la nausea che gli agitò lo stomaco.

"Stavo cercando aiuto," mormorò, e forse nessuno dei due lo udì. Arretrò su gambe instabili fino a che le spalle non incontrarono un muro. Una presa delicata si strinse sulle sue braccia, e lo accompagnarono mentre scivolava a terra.

C'era qualcosa di umido che gli scorreva sulle guance. Non sapeva neanche il motivo per cui stava reagendo in tal modo, forse era lo stress, o la rivelazione che finalmente colpiva e lo liberava di quei dubbi che l'avevano tormentato.

Con il senno di poi avrebbe preferito rimanere all'oscuro di tutto piuttosto che conoscere questa realtà.

"Ethan?" Sentì chiedere attraverso la nebbia che gli offuscava la mente.

"Dammi un minuto," mormorò il Guerriero, e Vasily non capì perché anche lui paresse sul punto di piangere.

"Ce ne occupiamo noi, ora, ok?" lo rassicurò Jane, e infine lui annuì, grato ed esausto.

Il viaggio in macchina gli prese meno di un'ora, e l'idea che quel luogo fosse così vicino a dove si erano trovati lo portò a serrare le mani sul volante per il nervosismo. Erano stati a un passo, e avevano passato le giornate a fare ricerche inutili. Come aveva fatto quel ragazzino ad ottenere quelle informazioni? Quanto era abile a scovare cose che dovevano rimanere nascoste?

Fermò l'auto sul vialetto innevato, notando altri segni di pneumatici e neve disturbata che rifletteva i distanti bagliori dell'alba che crescevano all'orizzonte.

Scese, e il gelo si insinuò tra i vestiti, scacciando il calore confortevole che si era accumulato in auto, ma lo ignorò, siccome la sua attenzione era rapita.

Ciò su cui i suoi occhi si fermarono furono le macchie di sangue scuro, quasi nero. Non dubitò per un attimo che si trattasse di quello, perché era un qualcosa che conosceva fin troppo bene.

Quindi le seguì fino all'ingresso e, quando trovò la porta aperta, il primo istinto fu quello di tirare fuori la pistola. Poteva essere una trappola, poteva esserci un'imboscata, e per quanto se la sarebbe cavata senza aiuto, non poteva sapere cosa lo aspettava.

Serrando i denti e la presa sull'arma, avanzò cauto oltre la soglia.

L'ambiente era buio e silenzioso, come congelato nel tempo, la corrente sibilava attraverso la porta, ma a parte quello non c'era altro suono.

Controllò una stanza per volta, l'arma sempre in una stretta ben salda. Trovò quello che doveva essere uno studio, ma non diede peso a ciò che c'era al suo interno perché aveva bisogno di assicurarsi che non ci fosse alcun pericolo. Tuttavia, man mano che avanzava, la tensione si fece meno pressante. L'abitazione era deserta.

E poi giunse in cucina, dove terminavano le gocce di sangue nero, fattesi a quel punto molto più estese.

Superò l'isola, e lì lo vide, un'immagine che infinite volte in vita sua aveva desiderato, ma che mai avrebbe immaginato di poter vedere.

Il corpo di Chekov era riverso a terra in una pozza di sangue, lo sguardo vuoto puntato verso destra, lì la macchia era più ampia e il confine si perdeva in quella più scura.

Dove le due pozze si univano si sollevava pigro del fumo in una reazione chimica. Ma non era quella la cosa più preoccupante.

C'era un Abissale a terra.

No. Pensò, quando si rese conto che non era così, e allora si obbligò a calmare il cuore che aveva mancato un battito, perché la creatura era immobile, la sua pelle nera ingrigita dalla morte, e non era *intatta*.

Pareva che ci fosse solo la testa, accasciata di lato in una pozza di scura melma maleodorante e fumante, i piccoli occhi spenti, la bocca aperta e dotata di denti affilati a forma di spilli era molle, ma anche in quelle condizioni il senso di pericolo che emanava era potente come il calore di un incendio.

Sasha si avvicinò, teso, tentando di comprendere cosa c'entrasse quello. Il taglio era netto, come se una ghigliottina vi ci fosse calata addosso, letale e rapida. Come se la realtà si fosse richiusa all'improvviso, sigillando il Velo senza che l'Abissale potesse superarlo del tutto.

Erano al corrente del fatto che Sette, nelle giuste condizioni, sarebbe stato in grado di spezzare il Velo e aprire l'Abisso, ma questo disastro era una matassa di informazioni troppo difficili da comprendere a primo impatto. Quindi si obbligò a ignorare la bestia, ma non poté fare a meno di ricontrollare un paio di volte che fosse inerme, e studiò il resto.

Il tassello mancante lo vide incastrato nel muro, circondato da schizzi scuri. Era una pallottola chiara, che non era stata in grado di penetrare la parete dopo aver, molto probabilmente, trapassato un corpo, e quando la prese tra le dita percepì quella tipica e familiare sensazione calmante che gli dava l'Abissalite.

Non esistevano armi create con quel materiale, e non ne sapeva abbastanza per definire se quella mancanza fosse un problema di quantità dei materiali o altro, ma quello era... *innovativo*. Quello lo dovette ammettere, nonostante ogni cosa legata a Chekov lo nauseava.

Mise via il proiettile e l'arma, poi rimase a studiare quella scena per diversi minuti, quasi aspettandosi che l'uomo potesse rialzarsi in qualsiasi momento. Si obbligò ad avanzare, a osservarlo davvero.

Fissò la camicia chiara segnata di rosso sul petto, come si era attaccata alla pelle ed era annerita intorno al foro di proiettile.

Deglutì e si abbassò; infilò la mano tra i suoi ricci imbianchiti e gli alzò la testa. Il sangue fece un disgustoso suono di risucchio. Lo voltò, lo fissò negli occhi, e desiderò potergli dire che non era quello che si meritava, che avrebbe dovuto soffrire molto di più, ma Sasha si obbligò a rilasciarlo e ad accontentarsi della conferma che la sua presenza era stata cancellata dal mondo. Tutto ciò che rimaneva e che lui stesso aveva creato l'avrebbe presto seguito, se non con un paio di eccezioni.

Si issò da dove si era accucciato, facendo una smorfia quando si accorse di aver camminato nel sangue, e notò altre due cose; c'era una pistola al suo fianco, con il numero seriale cancellato, e un'altra poco lontana, in condizioni simili.

Le raccolse entrambe, controllando munizioni e sicura. Una delle due era caricata di proiettili chiari, opachi come se fossero fatti di sale. Ecco da dove proveniva quell'unico proiettile.

Entrambe avevano sparato un colpo, e poteva quasi immaginare come erano andate le cose, se non che le macchie di sangue erano troppo vicine l'una all'altra e troppo distanti dalla seconda pistola.

Tentò di ricostruire la scena, ma c'erano troppe varianti sconosciute e, a seguito di diversi tentativi fallimentari, decise di tenere entrambe le armi.

Infine c'era un cellulare sul ripiano della cucina, macchiato da schizzi di sangue.

Lo recuperò, sperando in qualche indizio, ma si sorprese nel vedere uno schermo vuoto, privo di applicazioni, non protetto da password. Controllò i messaggi e li trovò vuoti, aprì il registro di chiamate e non trovò niente, allo stesso modo risultò vuota la rubrica.

Le cose strane parevano accumularsi sempre di più, e il disagio scacciò quella strana calma che l'aveva avvolto nel momento in cui aveva visto il suo corpo.

Infilò il cellulare in tasca, sperando che magari Beth avrebbe potuto ricavare qualcosa. Non intendeva affidarsi al ragazzino per una cosa del genere.

Prese un profondo respiro e rovistò nel mobiletto dei super alcolici, per poi aprire una bottiglia dopo l'altra e rovesciarla a terra mentre si muoveva per le stanze, verso quella che aveva notato prima.

Ben presto il sentore pungente invase lo spazio, e Sasha si fermò nello studio, lasciando da parte il flacone di alcool denaturato che aveva recuperato dal bagno, iniziando a raccogliere gli hard disk che gli capitarono tra le mani. C'erano una quantità improbabile di classificatori, e non poteva prenderli tutti, quindi fece una rapida selezione e portò in macchina quelli che avevano informazioni più importanti, confidando che le copie digitali comprendessero ciò che si sarebbe lasciato alle spalle.

Tornò un'ultima volta in casa, e si fermò davanti al cadavere di Chekov, in cerca di quella soddisfazione che era certo avrebbe provato se a far sparire la luce dai suoi occhi fosse stato lui, ma non c'era nulla se non la familiare rabbia e l'odio.

Con il disprezzo che gli bruciava la pelle, versò il resto dell'alcol sul suo volto.

Non rimase a osservare mentre l'abitazione si trasformava in una fiaccola di fuoco furioso, guidò via senza voltarsi indietro. Con tutto il tempo che era passato, distruggere e cancellare pezzi del suo passato rimaneva fin troppo facile.

La pallottola di Abissalite è stato un successo. Il materiale non viene più distrutto come durante molti dei test che abbiamo condotto, e ha un potere perforante identico a quello di una pallottola dello stesso calibro.

Se i tempi fossero stati diversi avrei condiviso questa scoperta con il resto dell'Agenzia, l'avrei brevettata, e sarebbe stato un ottimo strumento per aiutare i Guerrieri nel loro lavoro. Ma non siamo ancora del tutto certi di che effetto possa avere su un Abissale, sarebbero di certo più efficaci di una pallottola normale. Che reazione chimica potrebbero avere con il loro sangue?

Purtroppo non ho modo di rispondere a questo genere di quesito, a seguito di tutto quello che è successo recuperare i materiali di cui ho bisogno non è più così facile, e del puro sangue Abissale è la risorsa più complicata da reperire.

Su suggerimento di Marcus ho iniziato a studiare per creare del materiale medico, scalpelli, bisturi e così via, che potrebbero tornare utili e avere un ulteriore effetto anestetico durante le operazioni.

Mi rammarico solo di non aver potuto testare queste idee e creazioni quando ancora ne avevo la possibilità. Forse non sarebbe cambiato nulla, ma non riesco a liberarmi di questo desiderio.

Adam   12/10/2016

236

FILE 25 - CLEAN

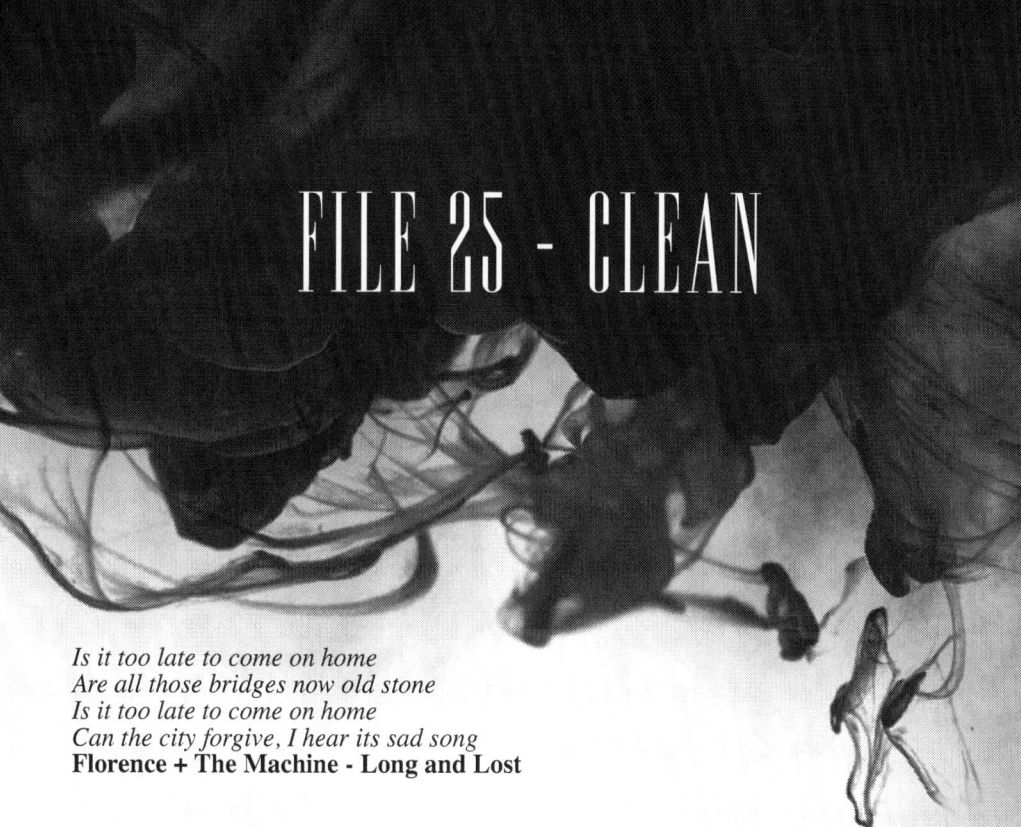

Is it too late to come on home
Are all those bridges now old stone
Is it too late to come on home
Can the city forgive, I hear its sad song
Florence + The Machine - Long and Lost

Nel frattempo che Ethan si addentrava in casa per parlare con Katya e spiegare la situazione, Jane trascinò Vasily fino al bagno, preoccupata per le macchie che segnavano la sua pelle. Ricordava come Lauren si era preoccupata di rimuoverle al più presto quando erano finite sulla pelle di Oktober, e avevano lasciato una leggera irritazione. Non era certa di cosa avrebbero potuto causare a lungo andare, ma non voleva rischiare.

Quindi si ritrovò a pulire il viso di Vasily con un asciugamano umido, assicurandosi che non si fosse formata qualche strana piaga o scottatura al di sotto.

Mentre lei lavorava, il ragazzo rimase in silenzio a osservare il muro, desolato; non sembrava dissociato, quanto più incastrato tra tormenti spinosi, e dalla sua precedente reazione Jane poteva solo immaginare quello che gli passava per la testa, quindi non parlò e proseguì.

Prese il suo polso con l'intento di strofinargli le mani, ma notò che le aveva strette a pugno, le nocche erano bianche tra il sangue scuro.

"Che succede?" chiese, quando incrociò i suoi occhi, determinati e un po' persi.

"Tu lo conosci," disse lui, e non c'era interrogativo nella sua voce.

"Sono… successe molte cose l'anno scorso." A quel punto Jane si accorse che forse era lui a non conoscerlo affatto, non che loro potessero dire il contrario. "C'è qualcosa in particolare che vorresti sapere?" Decise che avrebbe affrontato quella conversazione con la massima delicatezza.

"Che gli è successo? Ho visto… registrazioni e documenti sulla sua intera vita, ma il suo aspetto…"

Jane prese un profondo respiro, perché aveva immaginato che si sarebbe trattato di quello.

"Dovresti toglierti la felpa, se è macchiata di sangue," suggerì intanto, mentre recuperava i pensieri uno a uno. "Il suo sangue potrebbe farti male," aggiunse, vedendolo interdetto.

"Va bene," borbottò lui, e l'indumento si sollevò, esponendo una maglia termica al di sotto, per fortuna priva di macchie. Non avrebbe sprecato tempo a pulire l'altro indumento, ormai da buttare incrostato come era.

"E Sette…" iniziò, strofinando la stoffa rovinata sotto le dita e facendo una smorfia non trovando le parole giuste per un discorso del genere. "Era nostro nemico prima, ha ferito Ethan, e ha combattuto contro di noi più di una volta," iniziò a spiegare. "E poi l'abbiamo trovato sulla soglia di casa nostra, ridotto in questo modo, mezzo morto, risputato fuori dall'Abisso in cui si era buttato per fuggire proprio da noi."

"Stai dicendo… quell'Abisso?" La sua voce uscì come un sussurro spaventato.

"Perché? Quanti ne conosci?" Tentò di alleggerire il tono, ma sospirando sconsolato all'espressione sconcertata del giovane.

"È un miracolo che sia sopravvissuto," commentò, ricordando quanto fosse stato difficile metterlo in condizioni stabili, come il suo corpo aveva continuato a ribellarsi ai cambiamenti.

"Poi?" Il suo corpo, ora teso, era rivolto verso di lei.

Jane lasciò l'asciugamano nel lavandino, corrucciandosi quando si rese conto che aveva rovinato qualcosa della loro ospite.

"Abbiamo cercato di aiutarlo, trovato la sua famiglia e lasciato andare." Ricordava come era stata convinta che gli stessero offrendo la libertà, senza immaginare che forse avrebbe provato a tornare a un qualcosa che conosceva meglio di una famiglia che non aveva mai avuto.

"Come... se nulla fosse?" balbettò lui, mostrando un dubbio che troppe poche persone avevano esposto in passato.

"Stava succedendo molto in quel periodo, confidavamo che non sarebbe tornato da Chekov, non dopo che l'aveva usato e poi abbandonato. Forse non è stata la scelta giusta. Avremmo potuto fare di più per lui," ragionò Jane, ricordando con rammarico che forse certe questioni si sarebbero potute sistemare se solo avessero fatto più attenzione. Ma ormai rimuginare era inutile e improduttivo. "Credevamo che sarebbe venuto qui per delle risposte." E a quel punto trovò i suoi occhi, in cerca di informazioni sulla loro situazione.

"Non me ne ha mai parlato, l'ho scoperto io per caso, e quando siamo venuti un paio di settimane fa non ha reagito bene, voleva allontanarsi a tutti i costi," spiegò lui, e Jane comprese che per Sette non sarebbe stato tanto facile come aveva sperato. Non sarebbe mai tornato da una madre che non considerava tale, con un corpo sfigurato e nessun legame con un passato che non condivideva con loro.

Forse per lui era stato più semplice tornare da Chekov.

"Tu…" tentò Vasily, fermandosi un attimo, il capo chino e le dita tormentate da un tremore nervoso. Jane notò che erano sporche, ma si trattenne dal consigliargli almeno di sciacquarle perché non era il momento. "Tu sai il suo vero nome?" domandò infine in un sussurro, e Jane si sentì un po' spezzare dentro, con un suono limpido di vetro che si incrinava, perché nelle parole di Vasily c'era tanta stanchezza, ma era insieme a un che di più delicato e attento, *fragile*, forse.

Jane non aveva bisogno dell'istinto per comprendere che c'era un legame particolare tra loro due, che Vasily non si stava angosciando tanto solo per una curiosità a vuoto, ma per una preoccupazione sincera e pura.

Jane sorrise con tristezza e scosse la testa.

"Potresti provare a parlare con Katya, ma non credo sia il caso farle sapere che si tratta di suo figlio, non adesso, almeno, non mentre Sette è incosciente." Il silenzio riempì lo stretto bagno, e Jane finse di non vedere lo strato liquido che andò a ricoprire di nuovo le sue iridi.

"Adesso però datti una ripulita," suggerì, indicando con un gesto le sue mani, sperando di fornirgli così una buona scusa per riprendersi.

Anche con il rumore dell'acqua che ricominciava a scorrere, Jane udì con chiarezza il suono di una persona che bussava alla porta del bagno.

Quando andò ad aprire, incontrò il volto teso di Ethan.

"Come è andata?" Lo vide scuotere il capo, e quantomeno fu lieta di notare che pareva essersi ripreso dall'ondata di angoscia che aveva percepito provenire dal ragazzo.

"Non me la cavo molto con il russo, ma dice che non vuole avere niente a che fare con l'AIS. Ci vuole fuori da qui il prima possibile. Quindi appena Sette si riprende dovremmo andarcene." La spossatezza era evidente nel suo tono di voce.

Jane non se la prese, perché poteva capire. Katya aveva una vita che era stata rovinata già una volta dalla loro associazione corrotta, un figlio che, questa volta, avrebbe stretto a sé con tutta la forza e il terrore di una madre che aveva perso troppo.

Non poteva biasimarla, e non osava immaginare ciò che sarebbe potuto accadere se, o quando, avrebbe scoperto la verità.

"Speriamo che Sasha torni in fretta, allora," fece Jane, leggendo nel volto di Ethan la stessa tensione che l'aveva colta da quando aveva detto loro ciò che era successo ed erano stati costretti ad abbandonare la casa sicura.

E la preoccupazione arrivò anche per Sasha. Aveva il timore di come avrebbe reagito a ciò che era accaduto, a ciò che avrebbe visto.

Non poteva immaginare i suoi ragionamenti in una situazione del genere, ma sperava solo che non tornasse a ritirarsi in se stesso, non dopo che erano riusciti a tirare fuori la parte più umana e vulnerabile di lui.

Jane aveva l'impressione che tutto stesse per crollare su di loro, che il peso delle loro azioni sbagliate li avrebbe schiacciati a terra, e che in pochi sarebbero stati in grado di strisciare fuori da quelle macerie.

Vasily ascoltò ogni parola e non si sorprese di quella notizia.

Era esausto, a pezzi, e voleva soltanto che tutto finisse, ma non si sarebbe opposto alla decisione di Katya a patto che non peggiorasse le condizioni di Sette.

Doveva trovare il modo giusto per parlare alla donna, Katya. Non poteva fare domande mirate, siccome avrebbe destato sospetti. Inoltre, niente gli avrebbe assicurato una spiegazione da qualcuno che aveva tanto in antipatia chi, come lui, portava il Marchio.

Valutò per un momento di poter chiedere a Jane di parlare con lei. Gli era chiaro che fosse infinitamente più brava di lui con le parole.

Chiuse l'acqua e rischiò un'occhiata allo specchio.

La faccia che lo stava fissando di rimando era a malapena riconoscibile; i ciuffi biondi erano scuriti dall'umidità e ricadevano molli sulla pelle cerea, segnata da irritazioni rossastre in più punti. Le occhiaie sotto le iridi chiare erano violacee, e parevano lividi.

Distolse l'attenzione, non volendo soffermarsi su quello che custodiva il proprio volto, né sapere quanta disperazione conteneva, quanto mancasse al punto di rottura.

Si avvicinò alla coppia che, ferma sulla soglia, discuteva con tono molto più basso, mentre continuava a pulirsi le mani con l'asciugamano umido. Vasily colse qualche parola, tra le quali il nome dell'altro Guerriero che si era allontanato, e tentò di immaginare che relazione avessero quei tre, per poi scartare il pensiero.

"Devo parlarle," intervenne mentre li superava, ma fermandosi in fondo al corridoio, quando vide in sala la figura di Sette, ora disteso sul divano e avvolto in una leggera coperta.

Sapeva di non avere tempo, ma il discorso passò in secondo piano, e i suoi movimenti vennero come guidati da un'altra forza.

Si ritrovò inginocchiato a terra, a fissare il viso esangue di Sette, a contare ogni respiro affaticato e a lasciarsi accarezzare dal calore febbricitante che emanava. Obbligò gli occhi a spostarsi, non era in grado di osservare i suoi tratti segnati senza che il senso di colpa lo mordesse, perché se solo avesse agito meglio, se fosse stato più preciso, le cose non si sarebbero messe male a tal punto.

Quindi prese la sua mano e prese a pulire anche lui, a scrostare il sangue nero dalle pieghe delle nocche, dalla linea della vita sul suo palmo, e continuò a sfregare, fino a che non si ricordò che la macchia che si annidava sottopelle non poteva essere cancellata.

Con un sospiro profondo, continuò in quel compito autoimposto, mentre tentava di formulare qualche frase di senso compiuto per poter guadagnare del tempo in più con Katya.

Non passò molto perché un rumore di passi si avvicinò, erano abbastanza leggeri da non appartenere a Ethan, e quando si voltò, invece che incontrare l'espressione delicata di Jane, trovò quella rigida di Katya.

"Il tuo amico ti ha detto tutto, sì?" si assicurò lei, e Vasily notò la somiglianza. Avevano gli stessi tratti decisi, lo stesso taglio degli occhi, lo stesso cipiglio severo e cauto.

Erano dettagli minuscoli, quasi cancellati da una vita passata separati, ma fu comunque qualcosa che detestò non aver notato subito.

"Hai capito?" insistette quando lui non parlò.

Vasily allora annuì, riportando lo sguardo su Sette. Forse era stato ciò che aveva detto prima di lasciarlo entrare in quella casa ad averlo spinto tra le braccia di Chekov.

Io… non so cosa dirti, Vasily.

Non si era aspettato nulla di diverso, ma faceva male lo stesso.

"Mi dispiace per questa situazione, non era mia intenzione portare qui questo disastro," parlò con tono basso. "Non era mia intenzione mettere a rischio te o… tuo figlio," concluse, aggrottando le sopracciglia. Era la strada giusta da prendere, ma si sentiva sporco a chiedere. In fondo che diritto aveva di sapere?

"Lo capisco," sospirò lei, sedendosi ai piedi del divano, attenta a non disturbare Sette. "Avevate bisogno di aiuto, e non è da me negarlo quando posso fare qualcosa."

Vasily si chiese se fosse un perduto istinto materno a spingerla ad avvicinarsi, o solo il suo essere medico.

"Ethan mi ha detto che non vuoi avere a che fare con l'AIS…" Alle sue parole la donna annuì, greve, gli occhi cupi e tristi rivolti a terra.

"Ha distrutto la mia famiglia," disse, e Vasily iniziò a percepire il dolore sbocciargli nel petto, perché era lì, la verità, come un fiore velenoso in attesa di essere colto.

Lui non poté fare a meno di allungare le mani verso di esso.

"Yuri?" tentò lui, sperando di aver ricordato il nome che lei aveva pronunciato.

La donna negò con il capo e scostò lo sguardo altrove.

"Che è successo?" La sua voce tremava, forse per l'indecisione a porre quella domanda, o forse per la paura della risposta.

"Hanno preso il mio primo figlio, dicevano che era nato morto, ma io ho un ricordo chiarissimo di lui; l'ho tenuto in braccio mentre piangeva."

Tutto dentro di sé parve spezzarsi, un pezzo per volta, tutto ciò che rimaneva della sua stessa innocenza, della speranza, si frantumò come vetro sottile. I suoi occhi si puntarono come calamite sul volto screziato di Sette, e gli parve di poter vedere oltre le macchie, ma fu un'illusione temporanea, perché l'attimo seguente il nero stava già tornando a divorare la sua pallida carne.

"Come si chiamava?" mormorò, e con le orecchie che fischiavano, il cuore che batteva a mille e la mano stretta in quella di Sette, quasi non udì nulla.

"Kolya."

COMUNE DI VOLZSKIJ

UFFICIO STATO CIVILE

Certificato di Nascita

Volzskij, 15 Gen. 1994

Kolya Vorobyov

È nato il giorno quindici gennaio millenovecentonovantaquattro in Volzskij

Come risulta dal Registro degli Atti di Nascita dell'anno 1994

Al progressivo N. 589 registro 2 Parte V Serie A

Ufficiale dello stato civile

246

FILE 26 - BURNED

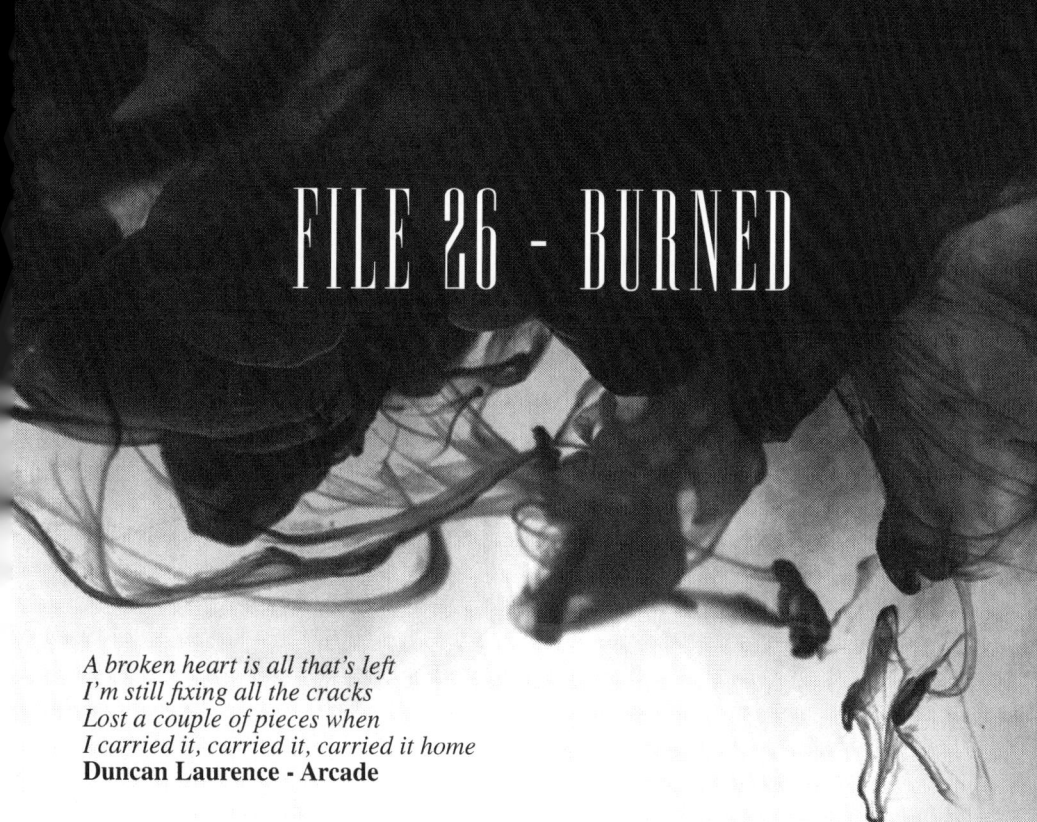

A broken heart is all that's left
I'm still fixing all the cracks
Lost a couple of pieces when
I carried it, carried it, carried it home
Duncan Laurence - Arcade

Il rumore dell'auto riscosse Ethan, che stava osservando sia la sala che la cucina. Nella prima Sette era sul divano, avvolto dalle coperte, mentre Vasily, con il capo che pendeva sempre più per via della stanchezza, puliva con una riverenza che gli stritolò il cuore le mani di Sette, quasi volesse rimuovere quelle macchie che le segnavano.

Cercò di non soffermarsi troppo sul silenzio pesante che proveniva dall'altra stanza, ma fino a che non sarebbe tornato Sasha sarebbe stato difficile avere una conversazione con Katya. Vasily non era nelle condizioni di fare da interprete.

Quindi prese un respiro profondo e aprì con sollievo la porta di casa quando giunse il lieve bussare.

Il volto di Sasha, accarezzato dalla luce artificiale della lampadina nelle scale e da quella del sole nascente, riuscì a tranquillizzarlo. Alcune cose non cambiavano mai, pur con lo scorrere infinito del tempo, sapeva che lo avrebbe accolto in qualsiasi occasione, così come quel miscuglio di emozioni dolci e amare al centro del petto. Quel legame inscindibile era ormai come un filo incandescente teso tra loro.

Con un flash, ricordò quello che aveva confessato a Jane la mattina in cui era sparito, e rischiò di pronunciare la cosa sbagliata.

"Come è andata?" Doveva darsi una calmata, quella non era la situazione giusta per farsi trascinare dai sentimenti.

Senza dire nulla, Sasha gli porse degli hard disk. Ethan se li ritrovò tra le mani e li fissò senza comprendere.

"C'è dell'altro in macchina," aggiunse. E allora Ethan realizzò che si era fidato, invece che distruggere o abbandonare tutto, aveva deciso di fare come avevano chiesto: recuperare più informazioni possibili e utilizzarle per tornare a casa, per togliersi dalla schiena il bersaglio.

Il sollievo che gli scoppiò dentro sovrastò le sensazioni che gli giungevano da tutti i presenti. Non percepì la desolazione di Vasily, il nervosismo di Katya o la tensione di Jane, c'era solo una forte contentezza e quel qualcosa di cui non si liberava mai; quel frammento di Sasha di cui era infinitamente consapevole in ogni secondo.

Ma durò poco, perché tutto ciò che c'era di positivo venne scacciato quando si accorse che Sasha era ancora fermo sulla soglia, e l'agitazione che sentiva da lui nasceva dal bisogno di fuggire e allontanarsi da quel luogo.

Notò che il suo sguardo d'acciaio era puntato sul soggiorno, dove Vasily si era addormentato, la testa appoggiata al bordo del divano in una posizione che di certo non era comoda, e una mano stretta in quella di Sette. L'asciugamano macchiato di nero giaceva ormai abbandonato per terra.

"Gli parlerai mai?" Parlò a bassa voce, riferendosi alla figura esanime di Sette.

"No, se possibile." Ethan si voltò verso di lui, in parte sorpreso. Forse se lo sarebbe dovuto aspettare, ma aveva immaginato che quella sarebbe stata l'unica occasione che avevano di chiarire diversi dettagli.

"Perché?" Non ci rimase male quando Sasha si limitò solo ad assottigliare le palpebre.

Ethan lo ascoltò più attentamente, cercò in lui ciò che stava sotto la costante fiamma di dolore fisico e rabbia, e trovò una tensione strana che non aveva mai percepito da lui. Non volle considerare che si trattasse di paura, ma che altro poteva essere ora che si trovava di fronte a una parte del suo passato irrisolto?

"Ho notato un paio di dettagli strani, comunque." Ignorò del tutto la sua domanda.

"Che intendi dire?" Recuperò due pistole dalla sacca che si era portato e gliele mostrò. Non c'era nulla di particolare, se non il numero seriale cancellato, e quando risollevò lo sguardo lo vide studiare incupito la scena immutata in sala.

"Che di certo non sono entrati sparando," spiegò. "Ce n'era una all'ingresso della cucina, le due pozze di sangue erano al lato opposto della stanza, ma molto vicine tra di loro, e l'altra vicina ad esse, proiettili di Abissalite e..." La sua esitazione lo fece rabbrividire perché percepiva il disagio che scatenava in lui. "Una testa di Abissale, mozzata, il taglio pulito e netto." Sasha lo fissò con un'espressione intensa, ed Ethan ripensò all'ultima volta che aveva visto l'Abisso richiudersi, come la realtà si era sigillata intorno allo squarcio per tornare a esistere normalmente.

Ethan abbassò le palpebre, cacciando via quei ricordi macchiati di rosso, e provò di immaginarsi la disposizione e poi gli scenari. Ne visualizzò diversi, ma non conoscendo abbastanza né Sette né Vasily, non fu in grado di dare un senso a molti di essi.

"Che è successo? Hai qualche idea?" Scacciò la frustrazione causata dalla mancanza di certezze. Non era tanto l'Abissale o il particolare proiettile che doveva aver reagito con Sette, quelli dipingevano un quadro chiaro, ma era la posizione del resto che, per quanto sembrasse trascurabile, non era meno importante.

"Forse," commentò laconicamente l'altro, rimettendo via le armi. Ethan lo vide arretrare di un passo, come se volesse tornare in macchina e rimanere lì.

"Vuoi chiedere a loro?" Voleva tenerlo lì il più possibile e ottenere più certezze che lo aiutassero a capire.

"Non ha più importanza," mormorò.

"Io dico di sì," insistette lui, perché per quanto sarebbe stato spiacevole, Jane gli aveva insegnato a non abbandonare quelle questioni in sospeso, a non tenere per sé cose che era meglio, o necessario, dire. "Comunque… stai bene?"

"Perché lo chiedi?" ribatté Sasha, temporeggiando. Le loro conversazioni seguivano quello stesso ritmo, e ancora adesso Ethan navigava tra risposte taciute e domande lasciate nel vuoto.

"Jane era preoccupata per te." Quello almeno ottenne una vera reazione da parte di Sasha. Il volto chiaro si arrossò un poco, le sopracciglia si aggrottarono, ed Ethan percepì una leggera confusione raggiungerlo. Trattenne una risata, perché era bizzarro vedere Sasha agitarsi quando Jane offriva affetto incondizionato e sorrisi dolci.

La relazione tra loro due non avrebbe mai funzionato senza di lei a donare quell'umanità che spesso a entrambi mancava, quella sensibilità che negli anni di combattimenti e ferite avevano perso.

Prese un sospiro, tenendo da parte quei pensieri per un secondo momento e tornando serio. "Non so che cosa hai visto, né che cosa hai fatto, ma nessuno di noi vuole tornare al punto di partenza."

A quello Sasha si incupì. Di nuovo, non gli disse nulla, ma aveva da tempo imparato a leggere i suoi silenzi.

C'era qualcosa a turbarlo, percepiva quell'ammasso di tenebre in mezzo al suo petto come se gli appartenesse, e si rammaricò di come gli ricordò fin troppo quello che aveva sentito provenire da lui quando ancora stavano alla Torre, in quel periodo in cui nulla funzionava a dovere. "Sashka, che è successo?" Il nomignolo attirò la sua attenzione, ma non ottenne ciò che aveva desiderato. Perché le ombre erano tornate ad oscurare i suoi occhi, e lui provò fin nelle ossa l'odio e il disprezzo che lo avevano riempito.

"Ho bruciato tutto." mormorò con voce piatta, e non fu in grado di leggere oltre a quelle fiamme che lui stesso aveva causato e che ardevano dentro di lui. "Manda le prove alla Torre," aggiunse poi, come se non avesse appena mostrato ad Ethan una scheggia del risentimento che si era trascinato dentro da una vita. Poi fece per voltarsi e tornare da dove era venuto, ma Ethan riuscì a muoversi abbastanza in fretta da bloccarlo.

Le proprie dita si strinsero intorno al suo braccio e, nonostante sapesse della conflittuale relazione che Sasha aveva con il contatto, una strana tranquillità mista a soddisfazione lo invase quando l'altro non lo scrollò via.

"Abbiamo bisogno di un interprete, capisco ben poco di russo, lo sai." Indicò con un cenno la cucina, dove Jane e Katya stavano sorseggiando scomodamente una tazza di tè.

Sasha sospirò, scocciato, ma superò la soglia.

Sette provò a socchiudere le palpebre, ma pesavano come macigni e l'incoscienza era ancora aggrappata al suo corpo.

Poco a poco tornò in sé, a percepire in frammenti, dal dolore che gli avvolgeva il torace alla strana pressione che avvertiva intorno alla mano destra.

Si obbligò a prendere un profondo respiro, e la stilettata di sofferenza lo soffocò.

Con i denti serrati, rimase immobile, obbligando gli occhi ad aprirsi per bene, mentre il cuore prendeva a battere all'impazzata.

Per contrastare il male respirò piano, ma non se ne andò mai del tutto; c'era un tizzone ardente incastrato tra le sue costole, e niente alleviava l'agonia che gli procurava ogni minimo movimento.

Studiò ciò che lo circondava, e si rese conto che si trovava sdraiato su un divano piuttosto scomodo, con delle coperte ruvide addosso, in una stanza sconosciuta. Forse un altro hotel.

Eppure c'erano cornici con delle fotografie sparse sui mobili, c'erano tracce di personalità che nelle stanze sterili degli alberghi mancava. Infine, quando cercò di muoversi per tirarsi su, si accorse che la strana sensazione era dovuta al fatto che c'era Vasily lì, e pareva essersi addormentato mentre gli stringeva la mano.

Nella confusione che gli invase la mente Sette ricordò a sprazzi ciò che era successo.

Ricordava con estrema chiarezza come si era lasciato alle spalle un vialetto innevato sotto la flebile tenebra notturna, e il modo in cui il silenzio in quella casa si era spezzato quando aveva udito la sua voce. Ricordava la sofferenza, il sangue tra le dita, e una disperazione che eguagliava la sofferenza che l'aveva trascinato nelle ombre.

C'erano altri ricordi, più confusi e lontani: il pungere di un ago che gli perforava la carne, lo sfregare del filo contro la pelle viva e parole che lo circondavano, frenesia e agitazione in esse, e poi silenzio, il nulla.

Muovendosi con cautela, sfilò la mano dalla presa dell'altro, traendo un doloroso sospiro di sollievo quando non si mosse.

Trattenendo i gemiti di agonia che minacciavano di scivolargli via dalle labbra, scostò le coperte, facendo una smorfia quando il sangue incrostato nei pantaloni sfregò contro la pelle.

Camminare era uno sforzo insostenibile e, oltre alla ferita, c'era quel malessere a gravargli sulle spalle, come in attesa che lui abbassasse la guardia per affondare i suoi artigli.

Si concentrò solo sull'avanzare, sul posare i piedi a terra, perché concentrarsi su altro, sulla morte a cui aveva assistito, era troppo.

Sentiva già il senso di colpa e la rabbia salirgli in gola come acido, per quello non si voltò verso Vasily, non volendo osservarlo più del necessario, siccome non sapeva come avrebbe reagito.

Il tradimento gli bruciava sulla pelle più della ferita.

Si mise in piedi, barcollando, e iniziò a muoversi per la sala, tentando di comprendere dove si trovasse.

Non vedeva le armi in giro, nessuna borsa in quella stanza, e l'agitazione si fece presente, ma la obbligò a tacere.

Arrancò sostenendosi al muro, e quando arrivò alla finestra coperta dalle tende, attraverso le quali filtrava la lontana luce del sole, si fece guidare da quel bagliore che segnava una strada verso il corridoio.

Raggiunse la soglia, e si avvicinò alla foto incorniciata che vi era appesa.

Lo sconcerto lo colpì come un'altra pallottola. Riconobbe il volto della donna che vi era impresso, l'aveva fissato con disprezzo ogni volta che aveva aperto il file che gli era stato dato dai Guerrieri a Staten Island, l'aveva già visto quando Vasily li aveva portati lì.

Con il senno di poi, avrebbe fatto meglio a dare fuoco a quei fogli.

Qualcosa gli ribolliva dentro, un'agitazione che gli fece bruciare le mani e lo riempì di adrenalina, alleviando il dolore.

Si sarebbe voltato e sarebbe uscito, senza svegliare Vasily, per non tornare mai più in quel luogo.

Ma non poteva dargli troppe colpe, perché non aveva mai saputo cosa si celasse tra quelle quattro mura, non aveva mai svelato quella parte di sé che detestava più di qualunque altra.

Malgrado ciò non voler più avere a che fare con lui. Avevano passato il limite, e si convinse che non si trattava solo di quello che Vasily gli aveva detto in macchina.

Quindi, deciso ad abbandonare quell'abitazione, si mise in cerca di qualche risorsa, solo per notare che la cucina era occupata.

Riconobbe subito la sagoma di Tre che, assorto con lo schermo del computer, non pareva averlo notato.

Sette si chiese se tutto quello fosse un incubo della propria mente stremata, se le sue nemesi si fossero riunite per tormentarlo fino a che non avrebbe esalato l'ultimo respiro, come punizione per la morte che avrebbe dovuto evitare.

Deglutì e fece un passo indietro, e allora un paio di occhi di ghiaccio si puntarono su di lui.

La sua espressione non cambiò, ma nel suo sguardo danzò un'ombra.

Rimasero a fissarsi, immobili, per quelli che parvero secoli.

Tra loro, sparsi sul tondo tavolo al centro della stanza, giacevano immobili diversi hard disk e un flacone arancione di pastiglie mezzo vuoto.

Fu Sette a obbligarsi a parlare, ricordava come erano persistenti e pesanti i silenzi di Tre.

"Che ci fai qui?" sibilò quindi, appoggiandosi allo stipite e sperando che l'altro non identificasse quel gesto come il tentativo di nascondere la debolezza.

"Dovresti tornare a sdraiarti," fece l'altro, come se non l'avesse sentito.

Sette scoprì i denti. "Dov'è la donna?"

A quello Tre reagì; sbatté un paio di volte le palpebre e distolse l'attenzione dallo schermo.

"Al lavoro. E il figlio è a scuola, per rispondere alla tua prossima domanda." Il suo tono era freddo e impassibile.

Un bruciore gli si accese in mezzo al petto, diverso da quello che si irradiava dalla ferita.

"Rispondi alla prima, ora," insistette, staccandosi dal proprio supporto e avanzando nella stanza.

"Per aiutare. Credici o meno, non mi interessa." E con quelle parole tentò di chiudere il discorso, come se Sette non avesse importanza, come se il suo tempo non valesse la pena di essere sprecato con lui, come se non fosse pericoloso, in grado di ferire e uccidere in quelle condizioni.

Rimase interdetto dalla sua risposta, e quella fiamma si sollevò, ruggì dentro di lui. Le sue parole seguenti gli raschiarono contro la gola.

"Aiutare?" sputò quella parola come veleno. "Non ho bisogno del tuo aiuto," ribadì, mentre le briglie del controllo gli scivolavano via dalle dita tremanti; la rabbia, una delle poche cose che comprendeva, prese a scorrere in lui più rapida

del sangue.

"Pareva diversamente," commentò con asprezza Tre, la tensione si fece evidente nel suo corpo, nonostante cercasse di mostrare la sua solita calma glaciale.

Sette respirò e l'aria si incendiò, il dolore non era solo fisico. C'era altro che tentava di spezzargli il torace in due, che gli stringeva la gola e soffocare le parole.

"Che dovrei volere da te, che ci ha abbandonati senza mai guardarti alle spalle?" sibilò, incapace di alzare la voce più di tanto.

"Non sai di cosa stai parlando." Tre si alzò, e Sette si odiò per il passo indietro che prese per puro istinto. Ormai erano nemici, come se non avessero mai avuto un legame.

E quello Sette non riusciva ad accettarlo, tantomeno capire.

"Lo so benissimo, invece! Eravamo… eravamo una famiglia, tutti noi, e tu l'hai gettata via, hai rovinato tutto…" Per quale motivo? Perché rinunciare a quello che avevano? Non c'era mai stato nulla di perfetto, nei loro giorni colmi di sofferenza e delusione, ma i silenzi allora erano un conforto, colmi di una comprensione che ora non poteva condividere né ritrovare.

"Una *famiglia*," ripeté Tre, sputando quella parola come un insulto.

Ma Sette continuò, non si fece fermare dal suo tono colmo di disprezzo, e avanzò su gambe che tremavano, forse per lo sforzo che non avrebbe dovuto compiere, o forse per ciò che gli si stava agitando dentro.

"Eravamo *fratelli!* Non saresti dovuto sparire!" urlò.

"Non sono mai stato tuo fratello, Sette, non lo è mai stato Sei o nessuno degli altri, e di certo Chekov non era un padre." Ormai non c'era più niente a dividerli, il computer dimenticato e le voci che si alzavano.

"Lui…" fece Sette, ma venne interrotto

"Cosa credi di essere, Sette? Un oggetto, un numero, o una persona? Lui ti ha usato. Io, te e tutti gli altri, non eravamo nient'altro che strumenti da gettare via una volta inutilizzabili, non te ne sei reso conto?" Per qualche motivo quelle parole fecero più male della delusione e della rabbia nel ricordare che era stato Vasily a sparare quel colpo, ad averlo portato lì, in un passato che non gli era mai appartenuto e non voleva.

Non era vero.

Nulla di tutto quello lo era.

Erano solo parole create per ferirlo, doveva essere così. Tre non lo conosceva come lo aveva conosciuto Sei. Non era mai stato al suo fianco, non l'aveva mai aiutato.

Era sempre stato suo nemico, ed era quello che contava ora.

Con la mente annebbiata dalla furia, Sette si scagliò su di lui senza riflettere.

Tirò indietro un braccio, e sferrò un pugno con tutta la forza e la velocità che quel corpo rovinato poteva racimolare, solo per ritrovarsi con il fiato che gli sfuggiva dai polmoni quando venne schiacciato contro il muro.

Il polso era bloccato sopra la testa, la presa di Tre era dolorosa quanto una manetta troppo stretta e, quasi inconsciamente, si aggrappò con la mano libera al braccio che aveva premuto contro il petto. Boccheggiò, nel tentativo di recuperare il fiato che l'aveva abbandonato nel momento in cui Tre l'aveva intrappolato contro la parete, ma la vista si offuscò, e percepì l'incoscienza artigliargli il corpo.

E in quel limbo tra realtà e buio, udì un'altra voce.

"Lascialo!" stava urlando qualcuno, e Sette sbatté un paio di volte le palpebre, recuperando fiato, sentendo una calda umidità colargli lungo il fianco.

"Non è vero," mormorò a denti stretti, deciso a non lasciare andare quella discussione, perché erano le fondamenta su cui si basava la sua esistenza. Fondamenta che stavano crollando una dopo l'altra, come legno marcio e annerito, mentre lui era lì, impegnato nel folle tentativo di tenere tutto in piedi con mani piene di schegge.

La voce di Tre arrivò gelida e crudele alle sue orecchie, con un sussurro violento che lo fece tremare. "Ti ha sparato, e se il tuo amichetto non ti avesse trascinato fino a qui saresti morto." Prese un respiro, e vide i suoi occhi puntarsi di lato, lì dove Vasily aveva le mani strette a sua volta intorno al braccio di Tre, come se stesse cercando di spostarlo. "Digli che non è vero," lo sfidò.

Sette tremò mentre l'espressione di Vasily si faceva disperata, il volto pallido segnato dalla stanchezza e dalle lacrime che stavano sfuggendo al suo controllo, lo vide tirare ancora, ma Tre era inamovibile, la sua forza sovrastava quella di entrambi.

E Vasily poi si arrese, non lasciò la presa, ma abbassò gli occhi, le spalle tremanti piegate e il volto chinato.

Sette lo fissò con le palpebre spalancate e il fiato incastrato in gola. "Basta, ti prego, sta sanguinando," mormorò, e finalmente la pressione sul petto lo abbandonò, il polso venne liberato e Sette, con ogni supporto tagliato via e la sicurezza cancellata, non ebbe la forza di stare in piedi da solo.

A: mrcs64@rajan.com inviata: ieri, 23.47
Da: ac9b2f@ccyf.com
Oggetto: Chiamata

Marcus, mi voglio assicurare che quello che abbiamo concordato sia chiaro, mi aspetto una tua chiamata a riguardo al più presto.
Ti ricordo che effettuerò il trasferimento della somma pattuita entro un paio di giorni. Potrai trovare il materiale necessario al solito posto. Puoi occuparti tu stesso dei biglietti aerei e della logistica per trasporti e alloggi, sarà più sicuro in questo modo.
Se hai dubbi sul piano o qualsiasi dettaglio, possiamo parlarne al telefono.
Ti lascio in allegato il file con il mio nuovo numero e nuova email, siccome la durata di quella che sto utilizzando al momento sta scadendo. Ti consiglio di adottare questo sistema, non vogliamo lasciare troppe tracce in giro.
Attendo una tua risposta,
Adam.

258

FILE 27 - GODLY

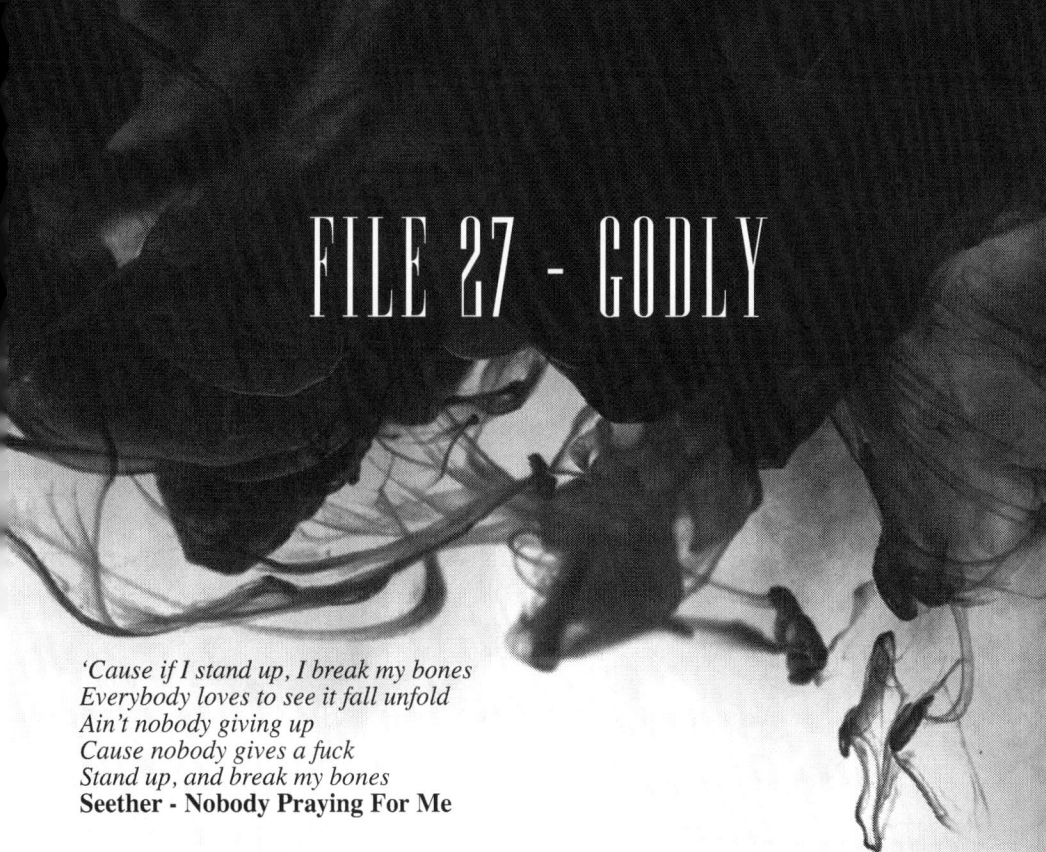

'Cause if I stand up, I break my bones
Everybody loves to see it fall unfold
Ain't nobody giving up
Cause nobody gives a fuck
Stand up, and break my bones
Seether - Nobody Praying For Me

Vasily non pensò a nulla se non a trascinare via Sette, e si rese a malapena conto di Sasha quando si mosse per uscire dalla cucina e poi ancora oltre. Il suono della porta dell'appartamento che si apriva e richiudeva fu come un boato nello spazio vuoto. Non che potessero spostarsi a dovere nelle loro condizioni; Sette a malapena si reggeva in piedi e la ferita al fianco aveva ripreso a sanguinare.

Con il panico e la frenesia che lo facevano tremare, lo afferrò per un braccio e lo tirò in piedi, non volendo passare un altro secondo in quella stanza, perché l'impressione che aveva avuto di Sasha si era rivelata corretta.

Non era riuscito a smuoverlo da dove aveva bloccato Sette, nemmeno con l'adrenalina che l'aveva travolto.

Si era svegliato di soprassalto quando le loro voci lo avevano raggiunto con toni violenti, ed era corso nella loro direzione solo per vedere quella scena.

Aveva agito senza ragionare, con il puro istinto di proteggere e salvare, e allo stesso modo stava agendo adesso, sorreggendo Sette e portandolo in sala, come se un muro bastasse ad allontanarli da Sasha.

Non aveva idea di cosa stessero discutendo, come tutto aveva avuto origine, ma aveva udito le ultime parole del Guerriero e tutto aveva avuto molto più senso.

Ricordava che Sasha era un ricercato quanto Sette, e che forse il collegamento tra loro due fosse più profondo o particolare di quanto avesse creduto.

Continuava a scoprire misteri e trovare soluzioni, eppure le domande emergevano imperterrite.

In cosa si era immischiato? Quanto era grande l'universo in cui era rientrato a seguito degli anni di forzato isolamento?

Fece sedere Sette sul divano, rabbrividendo quando notò che la maglia che gli aveva messo addosso era macchiata di sangue.

Ne sollevò un lembo, e sulla fasciatura il nero si stava espandendo pigramente, macchiando la pelle chiara rimasta scoperta.

Recuperò il kit che Katya aveva messo sul tavolino e prese una manciata di garze.

Esitò un attimo prima di premerle sulle bende; se i punti erano saltati avrebbe dovuto rimetterli, ma non era in grado di fare una cosa simile, né tantomeno capire in che condizioni fosse la ferita dopo i due giorni che Sette aveva passato incosciente.

"Non so cosa fare senza Katya," mormorò, per poi aggrottare le sopracciglia e limitarsi a tamponare la ferita. "Quindi vedi di fare attenzione, ok?" Premette con più delicatezza possibile le garze sulle fasciature, osservando con preoccupazione come divoravano quel sangue color inchiostro, sperando che fosse sufficiente.

"La pensi come Tre?" Le sue parole lo sorpresero, e si ritrovò a sollevare gli occhi, confuso.

La sua espressione era impassibile, o meglio, quasi assente, come se non fosse davvero lì. Il suo sguardo era puntato sul petto di Vasily, ma era come se fosse fisso altrove, oltre.

"Chi?" tentò, e allora lui si riscosse. Sollevò l'iride argentata su di lui, per poi rispondere con un cenno del capo in direzione della cucina.

Vasily impiegò fin troppo per capire che si stesse riferendo a Sasha, ma all'improvviso il collegamento mancante venne alla luce.

Lo aveva chiamato Tre, e avevano parlato di *fratelli,* di *padre.*

Vasily realizzò che forse Sasha era come Sette.

"Si chiama Sasha," mormorò, e la sua espressione si riempì di disgusto e odio.

"Rispondimi," sibilò Sette, mettendosi seduto meglio, così da torreggiare sopra a Vasily, che stava inginocchiato per terra davanti a lui.

"Tu…" Le parole che gli morivano in gola, perché ciò che avrebbe detto ora avrebbe cambiato tutto, ma non era in grado di continuare a far finta di nulla. Il peso della verità che si portava sulle spalle era diventato troppo pesante. "Tu hai un fratello, e un padre, anche una madre, ma Sasha aveva ragione, non era Chekov la tua famiglia."

Il cipiglio di Sette non mutò, solo che questa volta Vasily percepì tutto il peso di quel rimorso sulla pelle.

Aveva scambiato un fardello per un altro, ma non credeva di essere pronto a perdere lui.

"Immagino che comunque non abbia più importanza, no? Visto che l'hai ucciso," sussurrò Sette, e le sue parole gli strisciarono addosso come serpenti; ne percepì il gelo, il veleno di cui erano fatti, e a fissare il volto dal basso, perdersi in quell'occhio d'abisso e sentirsi incatenato nei fili argentei dei capelli, si vide come un fedele che chiedeva perdono alla propria divinità.

"L'ho fatto per te," disse, obbligandosi a non tremare, a non permettere che la voce si spezzasse. In quei due giorni di silenzio aveva riflettuto su ciò che era accaduto, aveva valutato le possibilità, perché gli avvenimenti in quella casa gli avevano lasciato sulla pelle un forte disagio quando si era reso conto di quanto Sette fosse legato a Chekov, come avrebbe accettato di tornare tra le sue spire pur di riavere qualcosa di famigliare.

"E credi di avermi aiutato?" continuò, con il corpo che fremeva.

Vasily era stato pronto a ricevere il suo odio, o così almeno aveva creduto. Ma ora ciò che era rimasto del suo animo vagava nel corpo e feriva, tagliava e mutilava gli organi.

Aveva fatto la scelta giusta, ma questo non rendeva più semplice affrontare le conseguenze.

"Lo spero, in fondo quello che ti avevo detto in macchina è vero," iniziò, e poi prese un respiro, scoraggiato. "Continuo a dirti che non voglio rovinare nulla ma alla fine non faccio altro."

Il silenzio si allungò, e in quel lasso di tempo Vasily non smise di fissare Sette, di notare come le sue palpebre tremavano, forse per combattere la stanchezza che tentava di spingerle a chiudersi, o come le sue labbra erano umide dove ci aveva passato la lingua, di come nonostante quella macchia nera deturpasse metà del suo volto i suoi occhi fossero sempre così vividi.

"E questo cosa c'entra?" ribatté Sette, visibilmente confuso.

"C'è dell'altro che non ti ho detto. Forse ho fatto male a non parlarne, o forse non sarebbe cambiato niente, ma…" Tentò di calmare il cuore che aveva preso a battere in maniera incontrollata, di rallentare il fiato che voleva rimanere al sicuro tra i polmoni.

Si convinse che non era cambiato nulla, che era tutto come era stato quella notte nella stanza d'hotel, tuttavia ben consapevole che non ci sarebbe stato altro di più differente.

Per quanto ai tempi quei gesti erano sembrati così importanti, così decisivi per ciò che c'era tra di loro, non lo sarebbero mai stati quanto ciò che stava per fare.

"È questo che voglio con te," mormorò, per poi sollevarsi, mettersi faccia a faccia con lui e spingere le proprie labbra contro le sue, in un bacio che chiedeva perdono e implorava pietà.

Ma quella carezza tra labbra calde e respiri affannati non durò a lungo, mentre Vasily si faceva trasportare dalla profonda necessità che aveva di averlo vicino, di toccare e accarezzare la sua pelle rovente mentre gli tremava sotto le dita, poteva notare la rigidità dei suoi muscoli. Anche se questa volta Sette parve rispondere meglio a quel bacio, assecondandolo con poca esitazione. Le sue dita si appoggiarono sulla sua spalla, come in cerca di supporto, e strinsero fino a che non divenne doloroso.

Si separarono, e il capo di Sette si abbassò, la tempia gli sfiorò il collo. Il suo respiro irregolare gli sfiorò la pelle, e temeva che questa volta non fosse per via delle sensazioni che Vasily era riuscito a fargli provare.

Sollevò una mano e infilò le dita tra le ciocche dei suoi capelli bianchi e lisci, per poi sporgersi per controllare lo stato della ferita.

Sette stava tenendo premute le garze contro la fasciatura, ma il sangue non si era allargato più di tanto.

"Non è la ferita, che succede?" Allontanò a forza la paura che tentava di riemergere.

Sette scosse il capo e liberò un pesante sospiro. Non parlò, e Vasily si diede dello sciocco.

Doveva trattarsi di quel malessere sconosciuto di cui neanche lui conosceva molto, quello era uno di quei momenti in cui il suo corpo, così come aveva detto Sette, cercava di ricordargli che non sarebbe dovuto sopravvivere all'Abisso.

Il tutto unito alla ferita, allo scoppio di energia che lo stava lasciando e al fatto che non avesse mangiato nel tempo in cui era stato incosciente, aggravava la situazione.

"Ok," mormorò tra sé, portando Sette a sdraiarsi contro i cuscini. "Hai bisogno di mettere qualcosa sotto i denti," suggerì, e fece per alzarsi, se solo lui non lo avesse preso per il polso.

Vasily sollevò gli occhi, incrociando quelli lucidi e fuori fuoco di Sette. La preoccupazione gli strinse la gola.

"Quanto… quanto tempo è passato?" Vasily riuscì a malapena a sentirlo.

"Solo un paio di giorni," rispose, e la presa sul suo polso si allentò, permettendogli di correre in cucina per recuperare qualcosa da mangiare.

Tirò fuori dal frigo un vassoio di blinis e lo infilò nel microonde, recuperando poi dallo sportello una confezione di marmellata, sperando che gli zuccheri in qualche modo lo aiutassero.

Lo fissò ruotare oltre lo sportello oscurato, incapace di tornare in sala in quel breve lasso di tempo. Si strofinò il volto, riflettendo su quello che aveva detto a Sette, alla bugia bianca che non aveva voluto trattenere. Era stato egoista, non l'aveva fatto per lui, aveva premuto il grilletto per paura, per la folle certezza che non sarebbe stato in grado di aspettare e far niente mentre spariva tra le grinfie del suo tiranno. Aveva sparato per tenerlo con sé, per non farlo scegliere.

Il suono del microonde lo richiamò, quindi tirò fuori le crespelle, ci spalmò sopra un po' di marmellata e si diresse verso la sala, lieto che Sette fosse rimasto cosciente.

"Presto dovremo andarcene da qui." Si sedette accanto a lui e gli passò il piatto. "Appena starai meglio," aggiunse, per rispondere alla domanda che Sette avrebbe posto.

Vasily lo osservò indugiare con la forchetta tra le dita affusolate e lo sguardo spento puntato sul cibo. La loro missione era finita, l'obiettivo di Sette era morto e, anche se le cose forse non sarebbero dovute andare in quel modo, non c'era altro per loro.

Vasily non voleva continuare a nascondersi in stanze d'hotel, perché malgrado quello che era successo con Chekov, dubitava che avrebbero smesso di cercare Sette, ma non voleva abbandonarlo. Si sarebbe odiato per sempre ad abbandonare qualcuno che, sotto tutta quella forza e indipendenza, era così fragile e indifeso.

"Ma non so dove potremmo andare." Al sospiro pesante di Sette realizzò che nemmeno lui lo sapeva.

"Abbiamo ricevuto tutto, ed è più che sufficiente, credimi. Adesso dobbiamo solo occuparci di diffondere queste informazioni nel modo giusto." La voce di Beth era tranquilla e rilassata attraverso la linea, e per una volta Ethan riuscì a prendere un sospiro di sollievo. Non c'era più la fatica mortale che le aveva percepito addosso; grazie alle informazioni che Sasha aveva recuperato di sicuro era riuscita a riposare un po' di più.

"Credo che possiate tornare, dovrei riuscire a organizzare un volo, magari qualcosa di privato, per evitare problemi."

E a quello la gioia di Ethan si spense perché, mano a mano che lui e Jane si avvicinavano all'appartamento, percepiva che c'era qualcosa che non andava. Negli ultimi due giorni quella casa era diventata l'epicentro di emozioni cupe e soffocanti in cui a volte Ethan pareva di affogare. Non era stato in grado di rimanere tra quelle quattro mura più di qualche ora, per quello non era troppo infastidito che Katya li avesse obbligati a dormire altrove in quelle due notti.

Quell'altrove equivaleva alla macchina con cui erano giunti lì.

"Va bene, Beth, grazie. Aspetta solo un attimo per quel volo, c'è una cosa che voglio controllare. Ti richiamo io, ok?" fece, sentendo la confusione di Jane alla sua risposta. La rassicurò con un piccolo sorriso, prendendo uno dei sacchetti della spesa che le aveva dovuto lasciare per rispondere alla chiamata. Riempire il frigo di Katya era il minimo mentre le ronzavano attorno come api impazzite.

Si obbligò a non pensare che lei non sapesse di star ospitando il figlio che le avevano fatto credere fosse morto alla nascita.

"Cosa credi che faranno Sette e Vasily?" Jane lesse con estrema facilità ciò che gli passava per la mente.

"Non ne ho idea, per quello volevo che Beth aspettasse." Forse era un gesto azzardato, forse non avevano bisogno di loro, ma Ethan non riusciva a voltare il capo quando era in grado fare qualcosa per aiutare, soprattutto dopo il modo in cui avevano già abbandonato quel ragazzo.

"Ok," mormorò tranquillamente Jane, rivolgendogli un'espressione serena che Ethan desiderò vedere su di lei molto più spesso. In quei periodi di calma, in cui dovevano solo aspettare che qualcosa di più grosso accadesse, tentava di non immaginare come le cose sarebbero state una volta tornati a casa, ma era difficile scacciare l'idea di Jane e Sasha mentre si rilassavano nella sala principale, circondati dal resto della famiglia, con l'aria riempita di contentezza e serenità.

Tentava di non soffermarcisi troppo, poiché l'orrore era in agguato dietro l'angolo, e non voleva che rovinasse quelle fantasie.

Ethan smise di camminare quando vide Sasha in attesa fuori dall'appartamento.

"Cosa è successo?" Quando lo raggiunse, sentì la rabbia agitarsi in lui come una sfera di spine, intoccabile e pericolosa.

"Sette si è svegliato."

266

FILE 28 - TRUSTWORTHY

You keep me on the edge of my seat
I bite my tongue so you don't hear me
I wanna hate every part of you with me
I can't hate the ones who made me
You Me At Six - Bite My Tongue

Ethan entrò in casa utilizzando le chiavi che Katya aveva lasciato loro di malavoglia, e venne subito travolto da uno strano miscuglio di sensazioni.

Ora che Sette era sveglio c'era un altro strato di emozioni che permeava l'aria ma, nonostante fossero pesanti come macigni sulle spalle, si accorse di non saperle definire.

Per quello, mentre Jane e Sasha si occupavano di svuotare i sacchetti della spesa, si ritrovò a fermarsi appena superata la soglia, a sbattere un paio di volte le palpebre, chiedendosi se c'era qualcosa che non andava con la propria abilità o se c'era altro.

Passata la confusione iniziale, realizzò che poteva percepire con la solita chiarezza ciò che animava gli altri presenti. Jane, Sasha e Vasily, ma quello che giungeva da Sette era confuso e in qualche modo privo di nome.

Scacciando quella stranezza, si addentrò nella casa, trovando i due giovani sul divano.

C'era un piatto vuoto abbandonato sul tavolino davanti a loro, il delicato sentore di pane scaldato e confettura aveva riempito la stanza, dando l'idea che le figure di Sette e Vasily schiacciate l'uno contro l'altro fossero un quadretto domestico, quando invece era la cosa più lontana dalla realtà.

Ethan poteva vederlo; gli occhi di Sette erano abbassati, ma persi nel vuoto, come se le coperte che si erano raggruppate sulle loro gambe non fossero lì. Aveva la testa appoggiata sulla spalla di Vasily, i lunghi capelli bianchi che coprivano la parte macchiata del volto.

Il ragazzo gli aveva avvolto un braccio intorno, forse più per sorreggerlo che per comodità. Aveva uno sguardo duro e diffidente piantato in quello di Ethan, fermo sulla soglia.

Era troppo presto perché si fidasse di loro, e dal suo stato d'animo e dal nervosismo di Sasha poteva immaginare che il risveglio non fosse stato dei migliori.

"Posso parlargli?" Indicò con un cenno del capo Sette.

Vasily si mosse, sedendosi un po' meglio sul divano.

"Non credo che sia il caso," mormorò, e il suo disagio torse lo stomaco di Ethan.

"È importante," insistette il Guerriero, ma senza avanzare.

Lo vide sbuffare e scuotere la testa. "Non è quello che intendevo. Puoi provarci, ma non credo riuscirà a risponderti."

A quello Ethan si accigliò, osservandolo meglio.

C'era un lieve tremore nel suo corpo che gli scuoteva il respiro già irregolare, un leggero strato di sudore sulle tempie e i muscoli inermi, la sua posa non era rilassata come aveva creduto inizialmente, ma abbandonata, ed Ethan ipotizzò che fosse quello il motivo delle sensazioni confuse che provenivano da lui.

"Cosa ha che non va?" La preoccupazione nacque spontanea nel petto, non alimentata da quella delle persone che lo circondavano.

Vasily lo osservò in silenzio, incerto se fidarsi o meno, per poi prendere un profondo sospiro e rispondere.

"Non lo so, non lo sa neanche lui. Ma a volte succede, e sta male. Una volta mi ha detto che il suo corpo gli ricorda che non sarebbe dovuto sopravvivere a ciò che è successo."

Ethan ascoltò le sue parole, ma dubitò subito si trattasse di quello, era chiaramente una condizione fisica, non solo mentale. Purtroppo non sapeva come il corpo arrivava a reagire una volta superato il limite. Non esisteva un punto in comune, e quella era forse la cosa più frustrante, siccome non c'erano indicazioni né indizi concreti su come comportarsi di fronte a qualcosa del genere.

"Quanto dura, di solito?" Si avvicinò per sedersi sul bordo del basso tavolino da caffè e non occupare lo spazio di cui avevano bisogno.

"Perché lo chiedi?" Quelle parole arrivarono rapide e pungenti.

"Perché se non capiamo non possiamo aiutare a dovere. Abbiamo già sbagliato una volta."

Vasily non parlò subito, un po' sorpreso forse più dalla sua sincerità che dalle parole.

"E come potresti mai aiutare?" lo sfidò con voce piena di una delusione e diffidenza che non riuscì a mascherare del tutto.

Ethan non se ne fece influenzare, e tentò di mostrargli che c'era una via d'uscita. "Abbiamo un volo prenotato, stiamo per tornare in America. Lì Sette potrebbe trovare aiuto."

"Cosa c'è in America?" La sua voce rimase stabile.

"La nostra casa."

"Un altro covo di persone che lo vogliono morto o dietro le sbarre," commentò con asprezza stringendo di più a sé Sette, che aveva chiuso le palpebre, troppo debole per far altro che respirare.

La forza di quella convinzione destabilizzò Ethan, perché sotto a quelle parole c'era un fuoco che tentava di spingerlo via. Si obbligò a non farsi prendere alla sprovvista dalla familiarità di quel bruciore, di non darci peso adesso, siccome non era di quello che dovevano parlare.

"Non sarà più così. Con quello che avete fatto, con le informazioni che siamo riusciti a ricavare, le cose cambieranno molto in fretta, stiamo facendo di tutto perché una cosa del genere non si ripeta," spiegò, mantenendo un tono tranquillo e sicuro. Cercò altre motivazioni, qualcosa che fosse *vero*, non poteva permettersi di fare promesse vuote. "Inoltre sono sicuro che possiamo trovare qualcuno che sia in grado di aiutare con la sua condizione. Il nostro medico è da un po' che sta facendo ricerche a riguardo."

Ethan si fidava profondamente di Lauren e del resto della sua famiglia, non c'era nulla che non potevano ottenere o cambiare. Stavano già facendo così tanto per migliorare il loro mondo, per cancellare le tracce di oscurità che erano rimaste lungo gli anni, e ne stavano uscendo vittoriosi. Ethan ascoltava con il cuore pieno di soddisfazione e affetto i loro aggiornamenti. Era del tutto certo che avrebbero trovato una soluzione anche per quello.

Vasily non rispose subito, ma almeno la negatività fu per lo più allontanata, sostituita dalla leggera e giustificata diffidenza che rimaneva.

"Per quale motivo fareste tanto?" Il suo dubbio non lo stupì, ormai abituato a parlare con persone che tenevano a cuore la fiducia. Questa volta però non si trattava di un fatto personale come per Sasha. Vasily era incerto, ma solo perché non li conosceva.

Ethan sorrise, ma decise di non dirgli che era la cosa corretta da fare, perché sarebbe stato troppo riduttivo e, forse, non apprezzato.

Quindi decise di essere sincero, di dargli una parte di sé, così che potesse capire che la fiducia poteva essere costruita in quel momento.

"Sai, io riesco a leggere le emozioni delle persone che mi stanno intorno," mormorò, come se fosse un segreto. Vide Vasily sbattere un paio di volte le palpebre, gli occhi fissi su di lui mentre poco a poco il suo volto prendeva colore. Ethan continuò, sentendo quello stesso calore, così familiare e giusto, accarezzargli la pelle come acqua tiepida, e c'era così tanta speranza, un desiderio profondo che Ethan riconobbe quasi come se gli appartenesse. "Percepisco cosa provi per lui, e lo capisco. Ti sto offrendo l'opportunità di avere quello che vuoi."

In quel momento vide il muro crollare, tutta la speranza e la disperazione che erano rimaste celate dietro a una maschera difensiva vennero a galla, ed Ethan si ritrovò a boccheggiare quando se ne ritrovò travolto.

C'erano delle lacrime incastrate tra le ciglia del ragazzo, e una piega che, timida, tentava di emergere tra labbra tremanti.

Vasily annuì, stringendo più forte a sé Sette.

***

Katya rientrò in casa con i nervi a fior di pelle, come ormai stava capitando da un paio di giorni.

Superò la soglia e, inaspettatamente, fu il volto di Vasily ad accoglierla, segnato da fatica e ansia.

"Che succede?" chiese lei, mollando a terra la borsa.

"Si è svegliato, e mi chiedevo se potevi ricontrollare i punti. Ha sanguinato," mormorò lui agitato.

Katya rimase interdetta dalle sue parole. Non era possibile che fosse già sveglio, con la quantità di sangue che aveva perso e il trauma fisico avrebbe dovuto dormire molto di più.

Si passò una mano sul volto, rendendosi conto che in casa parevano esserci solo loro, e di quello fu un minimo lieta. Malgrado la loro presenza continuasse a metterla in difficoltà, ringraziò il cielo che non fosse affollata come quella prima notte. Perché oltre al loro arrivo improvviso si era unito quello che si era rivelato un gruppo di Agenti dell'AIS. Vasily aveva fatto da interprete quando era stato chiaro che nessuno dei due ultimi arrivati conosceva abbastanza la sua lingua per comunicare. Almeno fino a che non era arrivato quell'ultimo individuo, dagli occhi gelidi, a prendere il posto di Vasily da interprete quando poi era crollato per la stanchezza.

Erano state notti difficili, in cui non aveva potuto fare a meno che controllare ogni paio d'ore che Yuri dormisse tranquillo nella sua stanza. I due intrusi erano stati silenziosi, e più volte l'attenzione della donna aveva vagato verso la stanza, come per assicurarsi che fossero lì.

Senza aggiungere altro, lo seguì verso la sala, e vide Sette accasciato contro i cuscini del divano. La forma rannicchiata lo faceva sembrare molto più piccolo di quanto non fosse in realtà, e pareva a malapena presente.

"È stato male?" si ritrovò a chiedere, notando le sue condizioni. "Dovrebbe stare sdraiato," aggiunse poi, comprendendo il motivo della sua preoccupazione.

"No… non esattamente," tentennò, e Katya si voltò con espressione dura, infastidita da quell'incertezza. "Ricontrolla solo la ferita, per favore," fece lui, e a quel punto la donna sospirò.

Non erano affari suoi, in fondo. Li stava aiutando perché era ciò che l'etica si aspettava da lei, anche se il ragazzo sul divano non aveva un vero nome, e solo per quello si era interrogata più volte se accoglierli era stata la scelta giusta.

"Va bene," mormorò, per poi avvicinarsi. I suoi occhi spaiati rimasero fissi su di lei ma, a parte quello, non ottenne altro. Vide finalmente con chiarezza il suo volto, ora che i suoi occhi erano aperti e non più annebbiati dal dolore, notò la chiarezza di quello sinistro e come l'iride fosse sul punto di sparire nella sclera, se non per il suo bordo leggermente più scuro, e come quello destro era un abisso di tenebre insondabili che straripavano sulla sua stessa pelle.

"Posso vedere?" si informò, trattenendo il brivido.

Sette non parlò, limitandosi a sollevare il lembo della maglia con dita tremanti.

Come si era aspettata, c'era del sangue a macchiare le fasciature e la pelle intorno ad essa, ma era secco, e la quantità non era preoccupante.

"Ha smesso di sanguinare, direi che non è il caso di disfare le bende solo per controllare e rischiare di fare qualche danno, ma andrebbero cambiate," suggerì, quasi tra sé, per poi allungare una mano per controllare la condizione delle costole. Ma si ritrovò il polso stritolato in una presa ferrea e dolorosa.

Sobbalzò, e udì Vasily chiamare il nome dell'altro, al che la presa si allentò, e Katya riuscì a ritirare la mano.

"Scusami, non pensavo…" iniziò a dire Vasily, avvicinandosi con fare nervoso, come per controllare.

"Non importa, capita." Si rimproverò per non aver atteso il permesso di toccare. Era stata una svista, ma era evidente che un consenso del genere fosse fondamentale con un corpo in quelle condizioni, qualsiasi cosa gli fosse accaduto.

"Voglio solo controllare le tue costole, poi cambierò la fasciatura, va bene?" domandò a Sette, facendo mentalmente un passo indietro.

Il silenzio si allungò, e per un attimo Katya pensò che non l'avesse udita, che non avrebbe risposto, ma poi lo vide annuire. Quindi si mise al lavoro, permettendo a Vasily di sedersi accanto a lui, a patto che rimanesse fermo.

Le costole stavano bene, molto meglio di come che si era aspettata, così come la ferita stessa, notò dopo aver spostato le bende. Era tutt'altro che guarita, ma il livido intorno era diminuito, e il foro d'entrata mostrava già tracce di una prima guarigione. Entro un paio di giorni si sarebbe formata una crosta sana. Di quel passo a livello superficiale avrebbe impiegato non più di una settimana a guarire del tutto, una in più perché si formasse una cicatrice solida.

"Hai la febbre." Non c'era nessuna traccia di insicurezza nella sua voce. Si chiese come avesse fatto a non notarlo subito, siccome il suo corpo irradiava ondate di calore.

"È normale," spiegò il ragazzo al suo posto. E Katya stava per dire che no, non lo era affatto, ma poi ricordò il suo Marchio e tutto ciò che era stato celato dai suoi vestiti. E forse quella era la cosa meno insolita.

Quindi lasciò perdere e si concentrò sul resto.

"Guarisci in fretta," disse a Sette, solo per ottenere un'occhiata cupa in cambio.

"Uno dei pochi vantaggi del lavoro," commentò con asprezza Sette.

Katya non voleva parlare di quell'agenzia, ma un tarlo ancora premeva nella sua mente, ne era quasi ossessionata, perciò non riuscì a tenere a freno la lingua ed espose ciò che la tormentava: "E quel tatuaggio?" Ricordava bene la data, in fondo era una coincidenza bizzarra, e Katya non avrebbe mai dimenticato quello stesso giorno, mese e anno nemmeno volendo. Ciò che era segnato sulla sua pelle era la rappresentazione numerica del momento più luminoso e buio che Katya avesse mai vissuto.

Sette si mosse, spostandosi di lato, così da allontanarsi dalle sue mani. Riabbassò la maglia, ignorando le proteste di Katya.

"Il giorno in cui sono nato," sibilò con una rabbia inaspettata, la sua espressione era gelida, e non dipendeva dai suoi strani colori, ma dall'odio che riusciva a scorgere in lui.

Era un qualcosa di così nudo e crudele che si ritrovò ad averne paura.

Si rimise in piedi per andarsene, e i suoi occhi la seguirono come se fosse una preda. In quel momento si rese conto del pericolo che c'era in lui, nei suoi muscoli compatti viveva un'energia evidente che pareva pronta a essere sprigionata al suo primo passo falso, nonostante le sue condizioni.

La mano di Vasily si posò sulla sua spalla, obbligandolo a distogliere l'attenzione da Katya, a cui parve di poter tornare a respirare.

"Stai meglio?" Sentì chiedere, e lei si agganciò a quello per parlare.

"Sarà allora il caso che ve ne andiate," suggerì nervosamente, e se un paio di giorni prima si sarebbe rammaricata a cacciare una persona ferita, adesso non provò altro che sollievo alla prospettiva di vederlo sparire.

"Adesso?" mormorò il ragazzo con voce strozzata.

Katya prese un sospiro, strofinandosi il volto.

"Domani. Potete dormire qui stanotte, ma poi vi voglio fuori."

Trascrizione chiamata tra:
Lauren Moore e Marcus Weller

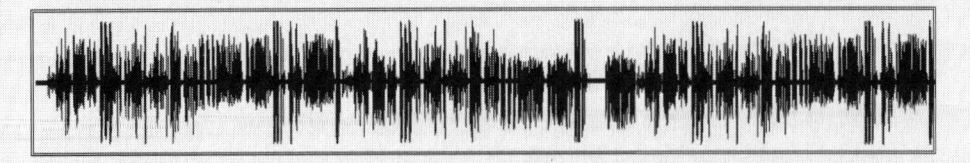

[...]

"Hai avuto problemi con il viaggio o il soggiorno? In caso tu ne abbia bisogno abbiamo spazio per gli ospiti."

"Oh, non preoccuparti Lauren, non è necessario. Magari in futuro, ma per il momento va bene così. Piuttosto, puoi già dirmi qualcosa?"

Uno sbuffo.

"È una situazione... complicata, direi. Non ho mai visto nulla del genere, e anche quando è stato qui alla torre l'anno scorso non siamo riusciti ad aiutarlo a dovere, il suo corpo..."

"Reagisce in modo insolito?"

"Non abbiamo fatto controlli tanto approfonditi, ma c'è sicuramente qualcosa che lo destabilizza, potrebbe essere effettivamente il sangue di Abissale in eccesso, o una reazione difensiva, non è facile a dirsi senza controllare in modo più approfondito."

"E per quanto riguarda la sua abilità? Pensi che possa essere una delle cause?"

"No, ne dubito, ma anche questo è un fattore che

dobbiamo comprendere più a fondo."

"La può utilizzare ancora? Il suo sangue crea la reazione per manifestare il Velo anche senza la sua volontà?"

"... non vedo come questo abbia importanza, Marcus. Preferirei che ci concentrassimo prima sulla sua condizione e sul trovare un modo per farlo stare meglio. Altri tipi di test potrebbero essere troppo rischiosi, e di questi tempi non mi sembra il caso spingersi tanto in là."

"Ma certo, ti chiedo scusa, è solo molto insolito e... unico, sono certo che comprendi la mia curiosità."

"Forse. Fammi sapere se l'orario che ti ho mandato funziona per te."

[...]

276

FILE 29 - WARM

Sono riva di un fiume in piena
Senza fine mi copri e scopri
Come fossi un'altalena
Dondolando sui miei fianchi
Bianchi e stanchi, come te che insegui me
Negramaro ft. Dolores O'Riordan - Senza Fiato

Vasily attese – incapace di dormire – che tutti i suoni in quella casa cessassero.

Sette non aveva più parlato da quando si era svegliato, se non per mordere a parole i tentativi di aiutarlo o fargli vedere le cose sotto la giusta luce. Era rannicchiato sulla poltrona, con lo sguardo immobile e fisso oltre la finestra, nonostante Katya si fosse ripetuta più volte su quanto fosse importante per lui stare sdraiato per evitare di rovinare i punti o infastidire le costole in via di guarigione.

La donna stava dormendo ma nelle scorse notti, durante il suo sonno inquieto, Vasily l'aveva vista alzarsi più volte a controllare la camera del figlio.

Per fortuna Yuri era rimasto da amici, e se tutto fosse andato secondo i piani sarebbero tutti ripartiti prima che lui tornasse a casa la mattina seguente.

Vasily non ci sperava, in fondo sarebbe stato troppo facile e troppo ingiusto che quella famiglia rimanesse all'oscuro di tutto. Loro, più di chiunque altro, meritavano di sapere.

Eppure Vasily taceva, pregando che qualche altra forza gli togliesse di dosso il peso di quella scomoda verità.

Nel silenzio della notte inoltrata i pensieri lo tormentavano, e aveva la terribile impressione che presto il suo tempo sarebbe scaduto, che il pericolo li avrebbe aspettati dietro l'angolo, che una volta superata quella soglia la morte sarebbe tornata a perseguitarli.

Temeva e desiderava in egual modo l'arrivo del giorno seguente.

Si avvicinò a Sette, allungando una mano verso di lui.

"È il caso che ti sdrai, domani saremo in viaggio," gli ordinò, e l'altro distolse l'attenzione dalla finestra per puntarla su di lui. Non disse nulla e, con solo una piccola incertezza, fece forza sui braccioli e si sollevò.

Le mani di Vasily scattarono a stringersi sulle sue braccia al suo barcollare. Cercò il suo volto e lo vide con le palpebre serrate, una ruga che segnava la sua fronte mentre prendeva respiri lenti e regolari.

Vasily lo aiutò a trascinarsi fino al divano, e lì lo fece sdraiare, ignorando l'occhiataccia che si beccò. Poteva capire che non gli piacesse sentirsi così vulnerabile in un luogo sconosciuto, ma al momento la priorità era il suo benessere.

"Mi dispiace," sussurrò per quella che doveva essere la centesima volta. "Lo so che non volevi essere qui, ma non sapevo cosa fare." Si mise in ginocchio al lato del divano, come aveva fatto quella notte, e il silenzio si protese per diversi istanti.

Spiò l'espressione di Sette, ma era piatta e impassibile, gli occhi vuoti quando si spostarono su di lui.

"Potevi lasciarmi lì," mormorò, e Vasily percepì il gelo avvolgerlo dall'interno, il viso sbiancare e il cuore precipitare in un abisso di silenziosa agonia.

Avrebbe urlato se le condizioni fossero state differenti, ma ora non riuscì a fare altro che fissarlo inorridito.

"No… non potevo. Non puoi dirlo davvero," balbettò con voce strozzata.

Vide l'altro sospirare e scrollare le spalle.

"Sarebbe stato più semplice." E a quel punto Vasily non riuscì più a trattenersi.

Prese il suo volto tra le mani, fregandosene della scomodità di quella posizione, e si avvicinò, assicurandosi che Sette non potesse guardare altrove mentre gli parlava.

"Forse non sono stato chiaro poco fa o in macchina, prima di questo disastro." Il peso di quella confessione si fece dieci volte più pesante, perché non era spinta dalla disperazione, ma da un sentimento più morbido e delicato. "Io voglio stare con te, voglio una vita normale, senza più ferite, inseguimenti o sparatorie nel bel mezzo della notte, e la voglio con te, ok?"

L'espressione di Sette si incupì, una smorfia gli segnò la bocca. "Ora mi dirai che mi ami?" Il suo tono era colmo di scherno e disprezzo.

"E se dovessi farlo?" lo sfidò Vasily, deciso a non farsi sconfiggere, a non farsi allontanare da quella maschera che nascondeva una paura che lui aveva già scoperto.

"Non vorrebbe dire nulla per me." La sua risposta fu rapida e pungente, ma non la prese sul personale, perché aveva ragione. Sapeva che prima di lui non c'era stato niente, che quell'amore paterno che poteva dire di conoscere non era più salutare della folle venerazione per un dio sanguinario. Che tutto quello che sarebbe dovuto essere normale, nella sua vita, era stato estirpato senza che potesse mettere radici.

Sette non conosceva l'amore, e il poco che poteva comprendere di esso era stato macchiato da quella relazione tossica.

"Magari posso farti vedere cosa è veramente," suggerì Vasily, con voce decisa e forte. Senza dargli la possibilità di ribattere, si spinse verso di sé e lo baciò.

E questa volta fu un contatto alla pari, anche se Vasily era in ginocchio, non era per chiedere pietà, né perdono, ma per donare qualcosa.

Accarezzò le sue labbra con la lingua, sentendolo fremere. Si sollevò un po' di più, e si spostò, in modo che Sette potesse rimanere appoggiato sul cuscino, ma non lo lasciò andare. Approfondì il bacio, rubandogli il fiato, e desiderò che tutto quello potesse durare in eterno. Le mani di Sette si erano aggrappate alle sue braccia, ma non lo stavano spingendo via, parevano bisognose di un sostegno.

Malgrado lo spazio ristretto, Vasily si issò sul divano, posizionando le ginocchia ai lati delle sue gambe, attendo a non schiacciarlo.

"Che cosa stai facendo?" gli chiese Sette in un sussurro spezzato una volta separati per prendere fiato.

"Te l'ho detto," ribatté Vasily.

Lo notò allora; non c'era più rabbia nei suoi occhi, né la cattiveria che conosceva bene, ma un'insicurezza strana, a cui Vasily non aveva mai assistito.

Sbatté un paio di volte le palpebre, mentre una lenta realizzazione si faceva spazio nella sua mente.

"Mi stai dicendo che non l'hai mai fatto?" tentò Vasily, tirandosi indietro e sedendosi sulle sue gambe.

Tra le tenebre a malapena rischiarate dai lampioni sulla strada riuscì a vedere il suo viso arrossarsi. E quello spettacolo insolito gli fece quasi perdere di vista il suo obiettivo, perché c'era finalmente del colore in lui, e si riempì di gioia di fronte a quella nuova dimostrazione che Sette era vivo.

Era una cosa sciocca, ma non riuscì a trattenere il cipiglio che gli dipinse il volto.

"Lascia fare a me. Tu non muoverti." E con quelle parole si abbassò su di lui, catturandogli le labbra tra le proprie, divorando il suo fiato.

Era così *caldo*, la sua pelle sembrava bruciargli i polpastrelli, e non resistette alla tentazione di infilare una mano sotto la sua maglia, in cerca di quel fuoco che avrebbe scacciato gli ultimi brividi portati dalla corrente. Accarezzò con la bocca la curva precisa della sua mascella, e percepì il suo battito rapido e forte baciando quel punto in cui cantava più vicino alla superficie.

Sfiorò la cicatrice che gli intaccava il fianco, lasciata scoperta dalle bende che lo fasciavano. "Sarai simmetrico," scherzò, procedendo a sollevargli la maglia, così da scoprire il suo petto.

La pelle bianca come neve si estendeva a perdita d'occhio, e le macchie che la segnavano non ne diminuivano la perfezione, ma ne erano parte, così come le cicatrici. Erano lui, erano la sua essenza e la sua identità.

"Sei pessimo," sibilò con un attimo di incertezza, come se avesse impiegato diversi secondi per capire di cosa stesse parlando.

Lo riempì di soddisfazione vederlo così, senza frecciatine pronte, morbido e sensibile sotto di sé.

"Ah, si? Prova a ripeterlo," scherzò, accarezzandogli il torace e sfiorandogli con la punta delle dita un capezzolo. Sette sobbalzò sotto di lui, lo vide stringere i denti, come per tentare di non fare alcun suono.

Vasily prese un profondo respiro, lasciando andare il momento delle battute e immergendosi nel suo calore, nel desiderio che poteva assaporare sulle labbra che andò a baciare.

In quella stanza d'albergo aveva immaginato come, avendolo sdraiato sotto di sé e con i capelli candidi che gli incorniciavano gli zigomi arrossati, assomigliasse a un angelo caduto.

Era certo di essersi sbagliato.

Perché Sette non era altro che un ragazzo come lui, umano, con un'anima frammentata e spesso incomprensibile. C'erano giochi di luce e ombra in essa, ma non erano altro che illusioni, un'altra maschera.

Indugiò sul suo corpo, sugli angoli inesplorati, non volendo perdersi un solo istante di quel dono.

Non evitò neanche l'estesa cicatrice che si apriva al centro del petto, tracciò le linee nette che gli sfioravano le clavicole, con dita leggere e riverenti, rendendosi conto con un po' di rammarico che quei tratti di pelle ispessita non avevano molta sensibilità. Ma quanto dolore c'era stato prima?

Baciò il punto in cui quelle tre linee si univano e, continuando a seguire quella cicatrice, scese. A un certo punto le dita di Sette si erano infilate nei suoi capelli, e le sue unghie raschiarono contro la cute quando raggiunse il suo ombelico e vi lasciò uno sciocco bacio.

Trattenne il brivido che quel gesto gli versò addosso, e sollevò gli occhi per incontrare quelli Sette, lucidi e spalancati.

E ricordò cosa era successo l'ultima volta, quindi si scosse di dosso la frenesia e staccandosi domandò: "Posso?"

Sfiorò con il pollice il bottone dei suoi pantaloni, lasciando le dita appoggiate lì, immobili, dimostrandogli che non avrebbe fatto altro se non lo avesse voluto.

"Non…" fece per dire, solo per sigillare all'improvviso labbra e palpebre mente espirava con forza dal naso. Vasily aspettò, ma non giunse nessun'altra risposta.

Si sollevò, un poco preoccupato.

"Non farà male, te lo assicuro, se è di questo che sei preoccupato," disse con il tono più rassicurante possibile.

Sette sbuffò, schiacciando la testa contro il cuscino.

"Non è quello," sibilò, e Vasily si mise seduto sulle sue gambe, per lasciargli più spazio, in caso fosse quello di cui avesse bisogno. "Non so se… potrebbe piacermi," mormorò alla fine.

Con un colpo al cuore gli tornò alla mente quello che era successo in hotel.

Lui non conosceva quel tipo di sensazioni, e poteva immaginare bene che l'unico tipo di contatto che avesse mai ricevuto in vita sua non fosse stato piacevole, o anche solo positivo.

Aveva detto che non si trattava di quello, ma era l'esatto modo in cui si erano trovati incastrati.

Vasily non si fece comunque scoraggiare.

"Possiamo fare con calma, e se non ti piace me lo dici, ok?" propose, e osservò mentre Sette lo studiava a sua volta, come per assicurarsi che stesse dicendo la verità, che un'opzione del genere fosse fattibile.

Accennò un mezzo sorriso, sperando di essere rassicurante, e allora Sette annuì.

Vasily si mosse senza fretta, sollevandosi per sfilargli i pantaloni e l'intimo, accarezzandogli il fianco sano mentre il suo affanno si faceva più accennato.

Non disse nulla riguardo la ferita, perché si fidava del fatto che gli avrebbe detto di fermarsi in caso qualcosa non sarebbe andato bene e lo prese in mano.

Le gambe su cui era seduto si irrigidirono, e vide il suo pomo d'Adamo danzargli sotto la pelle del collo teso mentre lo massaggiava.

Si mosse con lentezza e tranquillità, rilassandosi sempre di più, allungandosi poi per baciare il suo petto al suo primo gemere.

Le sue mani gli si strinsero sulle spalle, abbandonando la presa ferrea che avevano sui cuscini del divano.

Sarebbero rimasti dei lividi, ma Vasily sospirò felice contro di lui alla consapevolezza, e quando il fiato dell'altro prese a bloccarglisi in gola e i muscoli irrigidirsi, si mosse in fretta, abbassandosi e guidando il suo membro in bocca, portandolo alla conclusione nel momento in cui lo accarezzò con la lingua.

Vederlo inarcarsi contro di sé fu inebriante, e lo sorresse, sfiorando la curva della sua natica, adorando come la pelle paresse velluto bianco.

Lo lasciò andare un paio di secondi dopo, accarezzando le sue cosce tremanti e trovando i suoi occhi celati dietro a palpebre abbassate.

Si portò avanti, attento a tenere il bacino lontano dal suo corpo per non mettergli pressioni o in una situazione che gli causasse disagio.

"Mi pare che ti sia piaciuto," commentò con leggerezza, scostandogli dalla fronte qualche ciocca candida.

"Non smetti mai di parlare?" mormorò lui, e a quel punto Vasily sospirò felice.

Si rilassò, appoggiandosi di fianco sullo spazio rimasto sul divano, approfittando della posizione per controllare che non avesse ripreso a sanguinare, ma per fortuna le bende erano chiare e pulite.

"Non se sono felice," sussurrò, appoggiando il mento sulla sua spalla. "Quindi?" Poteva sentire il suo cuore battergli contro le costole ora che vi aveva posato una mano sopra, l'aria che gli riempiva il petto in modo controllato per non gravare sulle costole.

Attese mentre sollevava le palpebre, lo sguardo liquido e stanco vagò un po' prima di puntarsi nel suo.

"Non credo che lo ripeterei tanto spesso," mormorò, la stanchezza che si faceva evidente nei suoi tratti e nella sua voce.

"Davvero?" fece con sorpresa, ma realizzando che alla fine non era così improbabile. "Beh, c'è a chi non piace, o magari non sei abituato, tutto qui," ipotizzò Vasily con un ghigno, passando il palmo sul suo petto, godendosi le curve dei suoi muscoli e delle clavicole forti. La cicatrice gli solleticò il palmo, e con una scintilla di malizia fregò l'unghia sul suo capezzolo.

La presa di Sette si serrò sul suo polso, e Vasily si fermò.

"Dovrei abituarmi a una cosa del genere?" A quello Vasily non poté che ridere. Si premette una mano contro le labbra, perché svegliare adesso Katya sarebbe stato imbarazzante.

"Solo tu potevi essere infastidito dal sesso," lo prese in giro sulla scia della dell'ilarità mentre li copriva entrambi con una coperta. La gioia, che quasi non riconosceva, lo riempì del tutto. Si lasciò cullare da essa e dal battito sempre più tranquillo di Sette per qualche minuto.

Ora che il silenzio si era fatto onnipresente, si ritrovò a vagare nella propria mente, desiderando con tutta la forza che possedeva che quello fosse il principio di qualcosa di più facile, di meno doloroso.

I suoi occhi si puntarono sulla finestra, e oltre le imposte vide batuffoli bianchi danzare nelle tenebre notturne.

"Ehi, nevica," commentò a voce bassa, non volendo svegliare l'altro nel caso si fosse addormentato.

Sospirò e voltò il capo nella sua stessa direzione, ma non parlò.

Rimase in silenzio, e il peso che si portava addosso dalla conversazione avuta con Katya si fece a malapena sopportabile.

"Sai... potresti sapere il tuo vero nome," suggerì, e fu lieto di non doverlo guardare in faccia. Temeva la sua rabbia, la sua delusione, ma inaspettatamente non giunse nessuno dei due.

"Sette è il mio vero nome," mormorò, ma neanche lui ne sembrò più così sicuro.

"Per quale motivo ne sei così attaccato?" Questa si girò verso di lui, cercando spiegazioni a quell'interrogativo.

Sette non rispose subito, limitandosi a continuare a fissare la neve che scendeva placida oltre lo strato di vetro. Nelle iridi spaiate Vasily poteva vedere il riflesso della luce esterna, ed ebbe l'impressione che fossero più lucidi, colmi di una tristezza che non riuscì a comprendere.

"È tutto quello che ho, Vasily. Lo capisci?" mormorò, abbassando le palpebre e sigillando quell'espressione.

Vasily non fu in grado di rispondere perché no, *non poteva capirlo*, ma forse poteva iniziare a immaginare il dolore che custodiva dentro e che teneva nascosto.

286

FILE 30 - BLIND

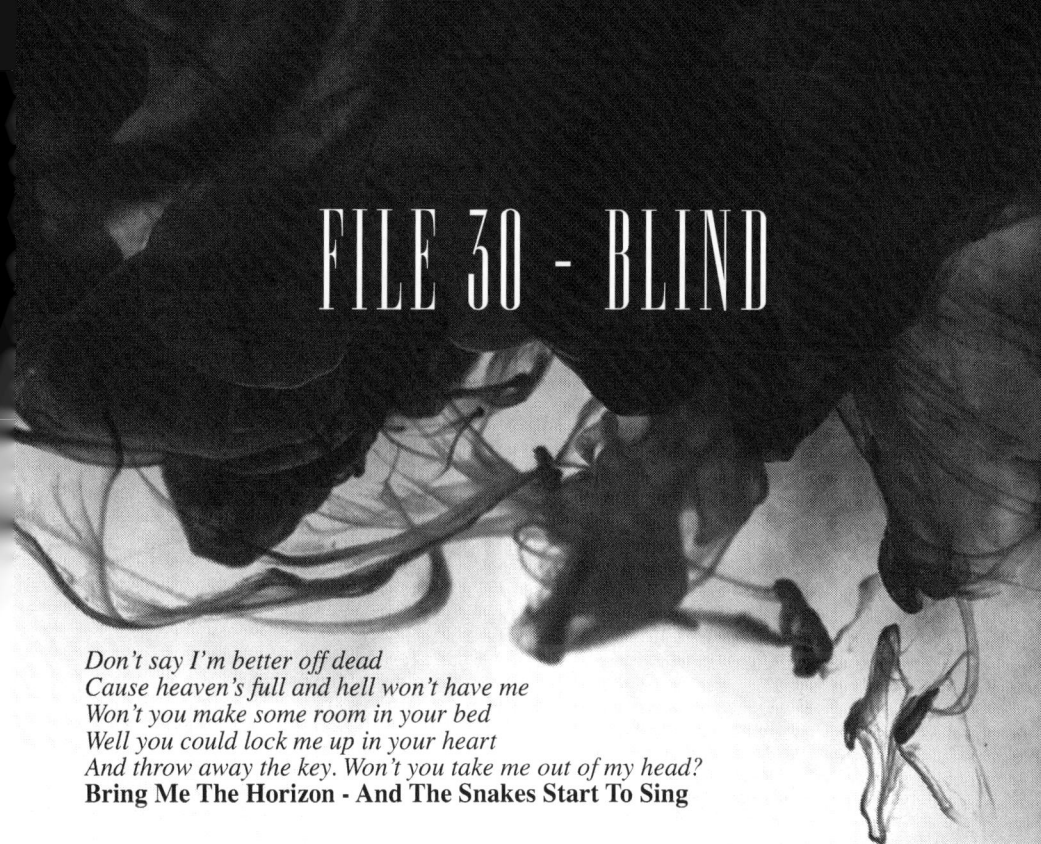

Don't say I'm better off dead
Cause heaven's full and hell won't have me
Won't you make some room in your bed
Well you could lock me up in your heart
And throw away the key. Won't you take me out of my head?
Bring Me The Horizon - And The Snakes Start To Sing

Jane si stiracchiò, spingendo i piedi contro la portiera dell'auto e trattenendo una smorfia quando la maniglia di quella contro cui era appoggiata le premette contro la schiena.

Non stava riuscendo a prendere sonno quella notte, così come la precedente, e non era solo per via della scomoda sistemazione, ma soprattutto per la tensione che le sfiorava la pelle come una leggera corrente elettrica.

O forse non era tensione, rifletté, poiché mentre la neve calava e copriva fiocco dopo fiocco il parabrezza, si rese conto che si trovava a proprio agio con Ethan e Sasha nei sedili anteriori, anche loro a inseguire un riposo che sfuggiva.

Jane li udiva muoversi, scambiarsi parole leggere durante quelle ore immobili, e si era ritrovata più volte a conversare lei stessa, con gli occhi puntati sul tettuccio e il respiro calmo.

Quella notte non era differente, se non per il fatto che c'era la certezza che entro poche ore avrebbero acceso il motore e sarebbero ripartiti per tornare a casa.

"Era strano," disse Ethan, ed era come se stesse parlando a se stesso, gli occhi erano puntati oltre il finestrino, sollevato verso la finestra dell'appartamento di Katya.

"Cosa lo era?" chiese Jane, lieta di avere almeno una distrazione.

"Riuscivo a sentire ciò che provava, ma non riuscivo a capire di che cosa fosse," spiegò, cercandola nello specchietto retrovisore.

Jane aggrottò le sopracciglia, quello non aveva senso.

"Ma tu… conosci ogni tipo di emozione." Rifletté sulle sue parole, per poi giungere all'intuizione entro qualche secondo. "Possibile che sia lui a non saperlo?" ipotizzò, inclinando il capo da una parte.

"Esiste una cosa del genere?" intervenne Sasha, mostrandosi stranamente interessato all'argomento.

Jane immaginò che malgrado la sua ritrosia ad approcciare Sette, il legame fosse tanto profondo da impedirgli di distaccarsi del tutto.

"A dire il vero sì. Si chiama alessitimia, ma di solito appartiene allo spettro autistico, viene chiamata cecità emotiva, se non sbaglio."

"Non credo che sarei in grado di ripeterlo," scherzò Ethan, passandosi una mano sul volto, ma celando un sorriso storto. "Sai di cosa si tratta con precisione?"

"Non saprei scendere nei dettagli. Ma non è una forma di apatia, le emozioni ci sono, le reazioni che esse causano anche, solo che l'individuo non riesce a distinguerle o a definirle," spiegò, non ricordando abbastanza di quella parte dei suoi studi. "Non so altro purtroppo, se è reversibile o meno, non ne ho idea."

Il silenzio si appesantì e si allungò nello spazio tra di loro. Jane si accorse che Ethan stava fissando Sasha. E quest'ultimo scoccò un'occhiataccia al compagno.

"Cosa c'è?"

"Stavo pensando…" Esitò, per poi fermarsi. Jane si sporse in avanti, incuriosita. "Che lui è diverso da te."

Jane riuscì a vedere il viso di Sasha incupirsi, perché forse Ethan non aveva ragionato su quello che voleva per dire.

"Ovvio che lo è," rispose infatti con asprezza.

"Non prendertela, sto solo riflettendo a voce alta," ribatté, agitando una mano, come per scacciare una mosca. Con quel gesto le proteste di Sasha si acquietarono. "Avete passato cose molto simili, ma queste vi hanno influenzato in modo differente."

"Lui non conosceva altro." Il tono di Sasha era basso, quasi delicato. "Lui e

Sei erano gli ultimi arrivati e si aggrappavano a ciò che avevano, io ho avuto una vita prima di Chekov, per quanto breve e infantile," spiegò. Jane vide il volto di Ethan ammorbidirsi, gli occhi farsi lucidi alla consapevolezza che grazie a lui Sasha aveva resistito ed era stato in grado di tornare indietro.

"Ma anche Sei era diverso da Sette," suggerì Jane, una leggera incertezza a colorarle le parole. Conoscevano così poco di lui, lei meno di chiunque altro, aveva solo visto i suoi ultimi istanti, il momento in cui la sua espressione si era fatta vacua, il corpo abbandonato tra le braccia di Sette.

"Già, e guarda che fine gli ha fatto fare." La voce colma di amarezza di Sasha almeno le diede le spiegazioni che voleva.

Sette rimaneva un mistero, ma ciò che c'era tra loro era solido e persistente, era impossibile da negare, anche per Jane che conosceva così poco di loro o della loro vita. Ciò che li legava era traslucido e indecifrabile come una ragnatela riflessa in uno specchio incrinato.

E con quello la quiete calò di nuovo. Jane si rilassò contro i sedili posteriori e lasciò la mente vagare indietro nel tempo, ai giorni che avevano preceduto questa inaspettata situazione.

Ripensò a come le cose si erano sistemate nel modo giusto, un po' come i corretti pezzi di un puzzle che trovavano il loro posto se non, forse, per un'ultima cosa.

"Non avrei mai detto che mi sarebbe mancato dormire in tre in un letto," si lamentò, sentendo un crampo tentare di formarsi lungo la gamba incastrata sotto al sedile di Ethan.

Sasha sospirò a fondo, ma senza aggiungere nulla, e incontrò gli occhi sereni di Ethan.

"Ehi." Picchiettò con estrema leggerezza sulla spalla di Sasha. Questo si girò, la tensione ben presto rimpiazzata dalla sorpresa quando Jane schiacciò le labbra contro le sue in un contatto che durò a malapena un secondo.

"Ma che diavolo…" Lo sentì dire, la voce strozzata che veniva sovrastata dalla risata di Ethan.

"Dovresti vedere la tua faccia," disse il ragazzo, e sul viso di Jane si dipinse una smorfia apologetica.

"Visto come stanno le cose tra noi tre, volevo togliermi questa curiosità," spiegò Jane, rendendosi conto che forse non era stata la migliore delle mosse.

Sasha... stava *bene*, ma forse aveva rischiato di finire pugnalata.

"Non potevi chiedere?" ribatté lui, intestardito, i suoi occhi si spostarono frenetici da lei a Ethan, che era tornato più serio, nonostante le sue labbra fossero ancora piegate verso l'alto, e l'affetto gli riempisse gli occhi.

"Perché, mi avresti risposto?" fece Jane, tirandosi indietro, cercando di calmare l'ansia che cresceva nel petto. "Non c'è bisogno di parlarne se non vuoi, e mi va bene che io non ti interessi, volevo solo essere sicura," lo rassicurò, ma con i pensieri infiacchiti e storditi dalla stanchezza riusciva a malapena a ragionare. Era sembrata una buona idea.

"Bozhe moy," imprecò Sasha, recuperando la giacca che aveva appoggiato sul volante. "Ho bisogno di aria, voi due mi farete impazzire." E con quelle parole mormorate scivolò fuori dall'auto, lasciandosi dietro solo un sedile vuoto e un refolo d'aria gelida.

"Ok, forse avrei dovuto chiedere," considerò Jane dopo che la portiera si richiuse. "Credo di averlo rotto," concluse, consapevole che era stata la propria mente stremata dalla mancanza di sonno ad averla spinta a compiere quel gesto inaspettato.

Lo seguì muoversi nella notte innevata fino a che non lo vide sparire oltre un angolo.

"Non mi sarei aspettato qualcosa di differente," commentò Ethan, stendendo le gambe sul sedile vuoto. "L'affetto non è qualcosa a cui è abituato, ma con il tempo possiamo cambiare questa cosa." Le sorrise, e Jane ricambiò, subito sentendosi più rassicurata, perché aveva ragione; tra di loro non c'era nulla di irreparabile, qualsiasi cosa si fossero ritrovati sulla strada l'avrebbero affrontata in un modo o nell'altro.

Avevano superato di peggio *insieme.*

Con quella dolce tranquillità, Jane si rilassò contro i cuscini rigidi, e una volta chiuse le palpebre il sonno la raggiunse placido.

Sette aprì gli occhi, riscosso da una stilettata di fuoco al fianco. Trattenendo il gemito inaspettato che tentò di sfuggirgli, provò a comprendere cosa stesse succedendo.

Tutto era silenzioso e immobile, se non per Vasily che si era addormentato schiacciato contro di lui nel ristretto spazio lasciato dal divano. Una delle sue mani si era appoggiata sul fianco ferito.

Il dolore era ormai sopportabile e guariva in fretta, ma da quanto aveva capito non era stata una bella ferita da gestire, le due costole rotte ne erano la dimostrazione.

Oltre a quel sordo malessere, che stava svanendo, c'era una spossatezza insolita. Un peso che gli gravava sui muscoli, ma in modo diverso dai momenti in cui quel malore sconosciuto avvolgeva le sue oscure mani intorno ai suoi arti. Era più simile alla fatica che indugiava addosso a seguito di uno sforzo fisico particolarmente faticoso.

E ricordò cosa aveva fatto Vasily… no, cosa *loro due, insieme,* avevano fatto, come il piacere l'aveva travolto, elettrizzando ogni muscolo in modo quasi doloroso, lasciandolo a boccheggiare.

Non era in grado di definire ciò che cresceva tra di loro. Era differente da ciò che lo aveva legato ai suoi fratelli, forse era simile a ciò che aveva avuto con Sei, ma non c'era mai stato niente di così fisico tra loro due. Di certo non era semplice.

Ripensare a lui adesso lo scosse, perché ricordò il modo in cui Tre aveva detto il suo nome, con scherno, odio e rabbia. La sua morte gli pesava sulle spalle in quei rari attimi di silenzio, in cui inevitabilmente si chiedeva come sarebbero state le cose adesso, se Sei non fosse stato costretto ad abbandonarlo.

Troppe volte aveva l'impressione di essere solo al mondo. Un figlio unico, un orfano dimenticato dall'umanità.

Si sollevò da dove era sdraiato e, notando le prime luci dell'alba alla finestra, scosse Vasily, che si svegliò con un sobbalzo.

"Che succede?" disse, la voce impastata dal sonno e le palpebre che sbattevano per mettere a fuoco ciò che lo circondava.

"Dobbiamo andarcene." Il suo sguardo si fece più presente, e pure lui si alzò a sedere.

"Oh, sì, vero. Vero," borbottò. "Come va la ferita? Devo controllare?" chiese poi, mentre si alzava in piedi, ignaro del fatto che fosse stato proprio lui a svegliarlo colpendogli il fianco.

"Sto bene." E non era una bugia, in fondo con il dolore era abituato a convivere.

Lo seguì, lasciando da parte le coperte e notando il borsone abbandonato in un angolo.

"Ah!" esclamò l'altro dopo qualche minuto, per poi tirarlo per il braccio. Si voltò, e all'improvviso le labbra di Vasily erano premute contro le proprie, fresche contro la sua pelle perennemente accaldata. Come quando Vasily lo sfiorava, si sentì inondare da quelle sensazioni che aveva inseguito per allontanare il costante altalenare di vuoto e dolore.

Era sempre una novità, e ne fu stordito anche questa volta.

I denti di Vasily gli stuzzicarono il labbro inferiore, e non fece in tempo a reagire in tempo perché quel contatto sparisse.

"Buongiorno," lo salutò Vasily con leggerezza. "Ho uno strano senso di déjà-vu." E solo allora Sette notò il bottiglino chiaro e il pennello che aveva in mano.

A Sette parve di avere la stessa impressione, perché ricordava con chiarezza come lui si era occupato di nascondere per bene ogni macchia, come le setole avevano sfregato contro la sua pelle, e come si erano ritrovati vicini per la prima volta.

Era stato all'inizio, e adesso erano alla fine.

Si lasciò guidare, ritrovandosi seduto, e chiuse gli occhi, lasciando che Vasily facesse ciò che riteneva necessario.

"Penso…" Esitò un attimo. "Penso che potrebbe essere una buona occasione, sai?" Sette ascoltò, calmo, senza interromperlo, lasciando che Vasily si sfogasse facendo correre la lingua. "*So* che non vai d'accordo con ognuno di loro, e magari non ti fidi del tutto. Nemmeno io credo di fidarmi al cento per cento, a dire il vero. Ma non penso che abbiamo una scelta migliore." Il pennello gli accarezzò il viso, scorrendo sullo zigomo destro con passate decise ed esperte. "Credo che possiamo quantomeno fidarci di Ethan, degli altri due non sono convinto."

"Chi?" Ricordava poco degli ultimi giorni, e le sue esperienze con i Guerrieri di Staten Island erano un miscuglio confuso di volti e nomi, di sangue e frenesia.

"Ah, quello biondo," si corresse Vasily, e Sette fece una smorfia. Doveva trattarsi di quello che gli aveva sparato. E poi c'era la ragazza che era parsa fuori luogo e, oltre a quello, inoffensiva.

"Lei è innocua," commentò, non sapendo bene in che altro modo contribuire a quella conversazione.

"Non direi," obiettò Vasily, incupendosi come se stesse ricordando un evento spiacevole. "Magari non è pericolosa come gli altri due ma… c'era qualcosa di strano nel modo in cui mi osservava, come se sapesse troppo. Mi mette a disagio."

E con quello la conversazione cadde nel vuoto, perché del rumore provenne dall'altra stanza.

Katya raggiunse la cucina senza fare caso a loro e Vasily continuò in silenzio, correggendo le ultime macchie e passandogli un elastico per legare i capelli.

Il suono di ceramica che cadeva a terra e si frantumava li colse alla sprovvista, e Sette spostò l'attenzione in quella direzione, vedendo Katya sulla soglia, gli occhi spalancati e il volto privo di colore.

La tazza giaceva ai suoi piedi, una macchia scura di caffè allargava rapida, macchiando le sue calze invernali.

"Tu…" mormorò lei, e un nucleo oscuro si appallottolò nel ventre di Sette, una bestia fredda e crudele. "Tu sei…"

"Nessuno," soffiò, chiedendosi perché dovesse succedere ora, perché non se ne potessero andare come spettri, senza un altro confronto che li avrebbe lasciati a pezzi.

"No, no, il tuo *volto,"* insistette, con la voce che pareva sul punto di spezzarsi. La donna si avvicinò, le mani sollevate, come per toccarlo, nonostante la distanza che ci fosse tra di loro. "Non può essere."

Il trucco. Era bastato rimuovere quelle macchie per farle capire chi aveva sempre avuto sotto gli occhi.

Sette provò ad arretrare, ma si ritrovò con le gambe schiacciate contro il divano, e quasi perse l'equilibrio.

Il gelo si agitò in lui come un animale in gabbia.

"Non sono nessuno per te," sibilò, muovendosi di lato con l'intento di spostarsi e andarsene immediatamente.

Ma la donna continuò a parlare, questa volta le parole si fecero più alte e frenetiche quando si rivolse a Vasily, che stava assistendo a quella scena con la stessa espressione che aveva indossato Katya. "Lo sapevi, per quello mi hai fatto quella domanda." Si voltò verso Sette. "E la data sul tuo petto. Il tuo volto è come quello di Ivan, e Yuri…"

Sette non riuscì più ad ascoltare. Scosse la testa, distolse lo sguardo e si mosse con passo rapido verso la porta.

"Kolya." Quel nome sussurrato lo congelò sul posto.

Non era il *suo* nome.

Non gli apparteneva.

Non poteva accettarlo, o non ci sarebbe stato più nulla di sé.

Il gelo si fece bruciante, e il mostro si agitò con tanta forza da spezzare le sbarre, da liberarsi con un ruggito sanguinario.

Si rese a malapena conto di aver preso il coltello che aveva indossato. Il suo peso familiare e rassicurante rimase sul suo palmo giusto il tempo per essere lanciato.

E la sua mira era rimasta perfetta, pur con un occhio in meno, i suoi sensi erano così affinati da poter individuare un bersaglio in qualsiasi situazione, ma non abbastanza da prevedere l'intervento di qualcun altro.

Vasily scattò in avanti, portando una mano sulla traiettoria dell'arma.

Uno schizzo di sangue segnò l'aria, accompagnato da uno strillo e il tintinnare del metallo contro il pavimento.

Sette fissò con palpebre spalancate mentre Vasily si stringeva la mano ferita al petto, e il sangue, *così rosso*, prese a gocciolare a terra, unendosi alla macchia di caffè.

Sette arretrò di qualche passo, con il cuore che sprofondava per motivi che non riuscì a comprendere. I loro sguardi erano puntati su di lui, quello di Katya colmo di terrore, e quello di Vasily pieno di un tormento che Sette non riuscì a sopportare di vedere.

"Quello non è il mio nome," sibilò con la voce che faticava a superare le labbra.

"Sette," implorò Vasily, ma non sembrò in grado di dire altro.

Però la bestia non era soddisfatta, perché non aveva avuto il suo sangue, la vendetta per il figlio abbandonato e dimenticato non si era compiuta.

"Non dovrebbe essere un problema per te continuare a far finta che io non esista, no?"

E si obbligò a non soffermarsi sulla figura di Katya che crollava a terra con gli zigomi segnati da pesanti e disperate lacrime.

Desiderò non udire i suoi singhiozzi mentre usciva da quell'appartamento, lasciandosi alle spalle i fantasmi di una vita che non aveva potuto vivere.

296

FILE 31 - ADAMANT

In joy and sorrow my home's in your arms
In world so hollow
It is breaking my heart
In joy and sorrow my home's in your arms
HIM - In Joy And Sorrow

"Hai ricavato qualcosa?" La voce di Lucas le fece scostare gli occhi da dove si erano incastrati per l'ultima ora. Lo schermo era vuoto, i dati minimi, e non riusciva a capire perché.

Beth scosse la testa, sentendo il calore del corpo di Lucas fermarsi accanto a lei. I cuscini del divano si piegarono sotto al suo peso, e lei inclinò il computer per fargli vedere.

Sulla schermata c'erano i dati del cellulare che aveva trasferito Sasha quella mattina. In un primo momento Beth aveva creduto che ci fosse stato un errore, siccome a parte le impostazioni di base non c'era molto altro. Aveva provato a clonarli su un altro dispositivo, per vedere se avrebbe aiutato, ma il risultato era stato lo stesso.

"No, è come se fosse nuovo," rispose, dopo aver lasciato vedere a Lucas di cosa stava parlando. Gli mostrò anche il telefono, sicura comunque che non avrebbe trovato qualcosa di utile. "Mi chiedo se non sia stato usato o se è stato cancellato da remoto."

Ed era quello che la tormentava.

Era stato trovato nella casa di Chekov, ed era improbabile che non fosse mai stato usato, non ancora utilizzato, con tutto quello che stava succedendo. Per di più Sasha le aveva assicurato di aver recuperato ogni hard disk, portatile e chiavetta dall'abitazione.

Non c'era stata nessuna traccia di un secondo cellulare.

"Si può fare?" Le porse una tazza che solo ora notò aveva portato con sé.

La prese con un ringraziamento, e si accorse che non era caffè, ma cioccolata calda. Gli zuccheri e il sapore dolce scacciarono in fretta la spossatezza che le pesava addosso, ma non era come il caffè. Tuttavia non protestò l'ovvio tentativo di Lucas di disintossicarla un po' dalla caffeina.

"La tecnologia si evolve in continuazione," affermò tra un sorso e l'altro. "Magari si è eliminato tutto per un sistema di sicurezza, quindi non me ne preoccuperei troppo. Con la mole di informazioni che ci hanno mandato sono certa che quella basti."

"Finalmente un po' di riposo, eh?" disse con un leggero sorriso sul volto. Beth riuscì a ricambiare, la pesante stanchezza causata da notti insonni aveva poco a poco lasciato spazio a una tranquillità insolita, quasi sconosciuta.

Ci aveva messo un po' a comprenderla, come i pomeriggi più silenziosi non fossero dovuti a studi inconcludenti, quanto a un'assenza di lavoro che l'aveva lasciata respirare con più semplicità.

Le era sembrato di tornare a vivere, nonostante le occasionali chiamate nel cuore della notte, e non si era più sentita come una macchina in continuo movimento.

"Finché dura." La fine di quel problema pareva dietro l'angolo, ma c'erano delle complicazioni in cui avrebbero potuto inciampare.

Il silenzio li avvolse, si fece più teso, pesante, e la cioccolata divenne come catrame in bocca.

"Ti sei pentita di questa scelta?" chiese Lucas a bassa voce, quasi avesse timore di chiedere.

Beth sospirò, temeva che prima o poi sarebbero arrivati a parlarne.

"Assolutamente no. Lo sai che farei di tutto per questa famiglia," parlò con sincerità, lasciando la tazza sul tavolino accanto al portatile di cui abbassò lo schermo. Si sistemò poi meglio vicino a lui, appoggiando la testa sulla sua spalla, soffiando via i capelli che le solleticarono il volto. "Stare lontana per un po' è il sacrificio minore," aggiunse poi con tono mesto. Quello era uno dei motivi per cui non si fermava davanti a nulla, per cui si faceva del male obbligandosi a non dormire per giorni interi. Era stata fortunata nella sua vita, aveva sofferto talmente poco in confronto agli altri, che non le era mai parso corretto rallentare, e ancor meno fermarsi.

"Sapevo lo avresti detto," fece lui, ma non c'era rancore nel suo tono, siccome Beth era consapevole che lui la pensasse allo stesso modo.

La sua scelta era stata volontaria e necessaria, ma si era trattata comunque di un crimine. Non sarebbe stato giusto far finta di niente se un simile menefreghismo aveva creato il mostro di Chekov. Beth doveva pagare per le infrazioni, e non escluse che Sasha dovesse in un modo o nell'altro scontare una pena a sua volta.

Rikhard o Lauren avrebbero preso il posto di Moyer se tutto sarebbe andato secondo i piani, ma non per quello avrebbero fatto certe preferenze.

Sarebbero stati giusti ed eguali con chiunque. Solo così avrebbero potuto fare la differenza.

"A proposito, ho parlato con Lauren, pare avremo degli altri ospiti. Per quello è tanto impegnata con le sue ricerche." Le sue parole la distolsero dalle riflessioni, e in un attimo tornò alla realtà, perché come aveva immaginato i problemi non erano finiti.

"Oltre a Ezra?" Fece una smorfia.

Se c'era una cosa che avrebbe potuto cambiare era quello. Beth detestava gli ospiti, lo squilibrio di un ordine o una routine. Nuove persone erano variabili che avrebbero potuto renderle il lavoro più difficile.

Oltre al fatto che da quando Ezra si era stabilito con loro non era quasi più riuscita a vedere Oktober.

Non poteva biasimarla.

Lucas annuì contro il suo capo, le sue labbra le sfiorarono la fronte, e con quel calore si sarebbe potuta addormentare all'istante.

"Non credo di voler sapere, ma ho un sospetto," ammise. La figura di Sette sotto le luci asettiche della loro infermeria tornò a tormentarla, e sperò con tutta se stessa di non dover assistere a una ripetizione. "Che dice Rikhard?" si informò, sperando di trovare un minimo di supporto nel loro Capo.

"Non saprei, è troppo impegnato tra conferenze e riunioni, è da un po' che non lo sento." Beth si rese conto che si sarebbe dovuta aggiornare ora che aveva un po' di tempo libero.

Sospirò a fondo, avendo all'improvviso la sensazione che la calma e il relax che aveva a malapena sfiorato stessero svanendo come polvere al vento.

Quindi si gustò quegli ultimi istanti, fantasticando su come tutto si sarebbe concluso.

Li avrebbe visti superare l'ingresso, e avrebbe riso vedendo Oktober gettarsi tra le braccia di Jane, per poi trascinare Ethan e magari pure Sasha in un abbraccio di gruppo.

"Credi che sarà al loro ritorno?" Lo immaginò osservare la scena con un ghigno sulle labbra, ma restando al loro fianco, rassicurante e solido.

"Di sicuro."

Ethan si concentrò sul panorama fuori dal piccolo finestrino, desiderando potersi allontanare il più possibile dalla tensione che gli sfregava contro la pelle.

Tutto il breve tragitto dall'abitazione di Katya all'aerodromo di Sredneakhtubinskiy era stato soffocante, e non tanto perché si erano ritrovati in cinque in una macchina, decidendo di lasciare indietro quella rubata da Sette, ma per le emozioni non sue che avevano cercato di schiacciarlo.

Le aveva appena percepite, *sfiorate*, quella mattina. Erano rimaste ovattate dalla distanza, ma era riuscito a riconoscere una disperazione che lo aveva colpito al petto come una martellata, lasciandolo stordito per diversi istanti.

Aveva tentato di non immaginare cosa avrebbe provato in caso fosse stato più vicino. Dubitava che sarebbe stato in grado di restare in piedi, di reagire in alcun modo se non lasciandosi travolgere da tutto quel dolore.

Aveva temuto che la presenza di Sette in quell'abitazione avrebbe portato a conseguenze disastrose, ma di certo non era stato pronto a questo.

Li aveva poi visti uscire dall'appartamento. Sette con un'espressione quasi selvaggia sul volto, gli occhi che scattavano da una parte all'altra, come aspettandosi un attacco. La tempesta che gli si agitava dentro era un poco più comprensibile questa volta; era rabbia e odio, ed Ethan si preoccupò vedendo uscire Vasily con un pugno sanguinante.

Sette non aveva esitato a salire in auto, dimostrando la sua impazienza ad andarsene da lì, ma Vasily si era bloccato sul marciapiede, lo sguardo che cercava inutilmente quello del compagno.

Quello che Ethan aveva percepito da lui era stato un altro colpo al petto. Era un'angoscia e una speranza tanto familiare che lo aveva lasciato senza parole. I suoi occhi allora avevano incrociato quelli di Sasha, che lo avevano ricambiato in modo interrogativo, ignaro di ciò che stesse accadendo, dell'amore spezzato che si stava contorcendo davanti a loro.

Alla fine Vasily era salito, caricando nel bagagliaio il singolo borsone, per poi mettersi accanto a Sette, che non sembrava intenzionato a reagire alla sua presenza, il volto testardamente girato verso il finestrino e il fiato che lo appannava.

Jane aveva preso la mano di Vasily, fasciando il taglio la segnava, in silenzio, avendo intuito che non c'era altro che avrebbe potuto fare.

E quella tesa quiete era resistita mentre si muovevano all'interno dell'aeroporto, verso il gate delle partenze private, salendo sul loro passaggio verso casa.

Era come se non fosse cambiato niente. Ethan percepiva la furia di Sette, la tristezza di Vasily, anche se nessuno dei due stava facendo alcunché per dimostrare ciò che provava, o per sistemare la frattura tra di loro.

Ethan si era reso conto che quella pugnalata di dolore era scemata nel momento in cui si erano allontanati dall'appartamento di Katya.

Per quanto il pensiero di aver lasciato un'anima fatta in pezzi alle spalle lo metteva a disagio, non poteva quasi più sopportare l'impressione di soffocare in sentimenti che non gli appartenevano.

Sasha non parlò quando gli si premette contro sui sedili dell'aereo, desiderando in qualche modo che la vicinanza lo aiutasse a scacciare il malessere emotivo.

"Che c'è?" Jane si fece vicina, sedendosi nel posto libero al suo fianco.

"Credo che sia successo qualcosa," ipotizzò Ethan, lanciando un'occhiata incerta ai due ragazzi, seduti diverse file indietro, nella parte opposta alla loro.

Il dolore era sempre presente, un po' alleggerito dal tempo, dall'apatia che Sette stava cercando di forzare su tutto il resto.

"Credo sia piuttosto ovvio," commentò Sasha, schiacciandosi contro la parete, come per scansarsi da quel contatto con cui aveva un rapporto conflittuale. Ethan si sentì in colpa per non averci pensato, per aver messo ancora una volta ciò che desiderava lui davanti ai suoi bisogni. "E non ne sono sorpreso." Si staccò da Sasha mentre parlava, e si chiese se Sette combattesse quello stesso demone.

A vederli nell'appartamento non era stato così, ma c'era da considerare che Sette non era stato del tutto cosciente.

"Per quale motivo?"

Una turbolenza fece tremare l'aereo e Sasha non si pronunciò subito, fissando lo scenario pallido e sereno fuori dal finestrino. La luce del sole nascente gli illuminava la pelle chiara di un dolce bagliore dorato, sano.

"Abbiamo... *parlato*, io e Sette, appena si è svegliato," ammise infine. Ethan ricordava il suo malumore al loro ritorno. Ma c'era dell'altro che in quei momenti non era emerso.

"E?" lo invitò, iniziando a ritrovare insopportabili quei silenzi e quelle risposte celate.

Sasha si voltò, scoccandogli un'occhiata seccata, per poi sistemarsi meglio sul sedile, le dita che giocavano con il bottiglino arancione di pastiglie. Quel suono era l'unico a spezzare il silenzio in quel momento.

"È molto attaccato alla sua idea di famiglia. Crede che Chekov volesse il suo bene, che Sei e noi altri fossimo suoi fratelli," lo disse senza guardarlo, e il silenzio si fece più pesante.

Ethan in parte desiderò non aver insistito, perché quello era di certo il posto e il momento peggiore per parlare di una questione del genere.

"Beh, in un certo senso lo eravate," intervenne Jane, la voce bassa e esitante. Era quasi un interrogativo, e per quello forse Sasha si limitò solo a scuotere il capo.

"Sto dicendo che portarlo a casa della sua vera madre non è stata l'idea più furba," ribadì, il contenitore si fermò tra le sue mani, e il pollice andò a spingere il tappo chiaro fino a che non si aprì.

Ethan si allungò e coprì con il palmo l'apertura nella speranza che non ne prendesse. In quel periodo aveva imparato a comprendere le necessità e i vizi del compagno. Quegli antidolorifici erano ciò in cui si rifugiava quando lo stress si faceva pesante e aveva bisogno che la realtà non gli pesasse tanto sulla pelle.

Era un meccanismo di difesa, ed Ethan desiderava fargli vedere che non c'era più nulla da cui proteggersi.

"Non ne aveva idea," ricordò Jane, e la loro attenzione si puntò su di lei.

"Vasily non sapeva che quella era la sua vera casa," ripeté. "Dovremmo fare qualcosa?" L'insicurezza le colorava le parole.

La mano di Sasha si ritirò dalla sua, e vide le pastiglie sparire in tasca, non una di meno all'interno del contenitore. "Devono risolverla da soli." Era consapevole che doveva andare in quel modo. Quante volte lui stesso si era scontrato con Sasha perché le cose si facessero più chiare? Quello che aveva sotto gli occhi era non troppo differente da uno dei difficili passi che avevano percorso in quella relazione.

"Hai per caso parlato con Sette?" domandò a Jane.

"Solo con Vasily quella notte, poi non c'è stata altra occasione," spiegò, mettendosi il più possibile comoda sul sedile.

Ethan tentò di fare lo stesso, trovandolo molto più comodo rispetto all'auto. Prese un lungo sospiro, obbligandosi a riposare; la notte insonne iniziava a pesare, e immaginava che fosse lo stesso anche per Jane, forse non per Sasha.

Si ritrovò a socchiudere le palpebre, stordito per un attimo, prima di riconnettersi del tutto con il presente. Avvertì un tremito sotto di sé, e immaginò che fosse stata un'altra turbolenza a svegliarlo, per poi accorgersi che c'era dell'altro a disturbarlo.

Sbatté le palpebre e osservò. Sasha al suo fianco era tranquillo, gli occhi persi fuori dal finestrino, una calda sensazione di calma avvolgeva sia lui che Jane, ed Ethan fece per richiudere gli occhi, trasportato dal loro lento respirare, ma si realizzò che a svegliarlo era stato altro, perché sentì un vuoto allo stomaco, un battito mancargli, e faticò per combattere quelle emozioni che spingevano per far nascere lacrime nei suoi occhi.

Ma non era tristezza, o almeno non del tutto. Era contorto, doloroso e totalizzante.

Si sporse oltre Jane per sbirciare lungo il corridoio dell'aereo.

Vide Vasily abbracciare Sette, il volto di quest'ultimo nascosto contro il suo collo, capelli bianchi e biondi che si mescolavano contro la sua tempia.

C'erano delle lacrime appese alle ciglia di Vasily, ma un lieve e teso sorriso sulle labbra, la sua mano stava accarezzando con lentezza la schiena dell'altro con un ritmo lento e colmo di riverenza.

Ethan si obbligò a lasciare loro la giusta privacy.

Riabbassò le palpebre, accogliendo il sonno. Si addormentò con la calda e rassicurante presenza di Sasha e Jane accanto, sognando un futuro con loro due che era ormai a poche ore di distanza, facilmente raggiungibile e reale.

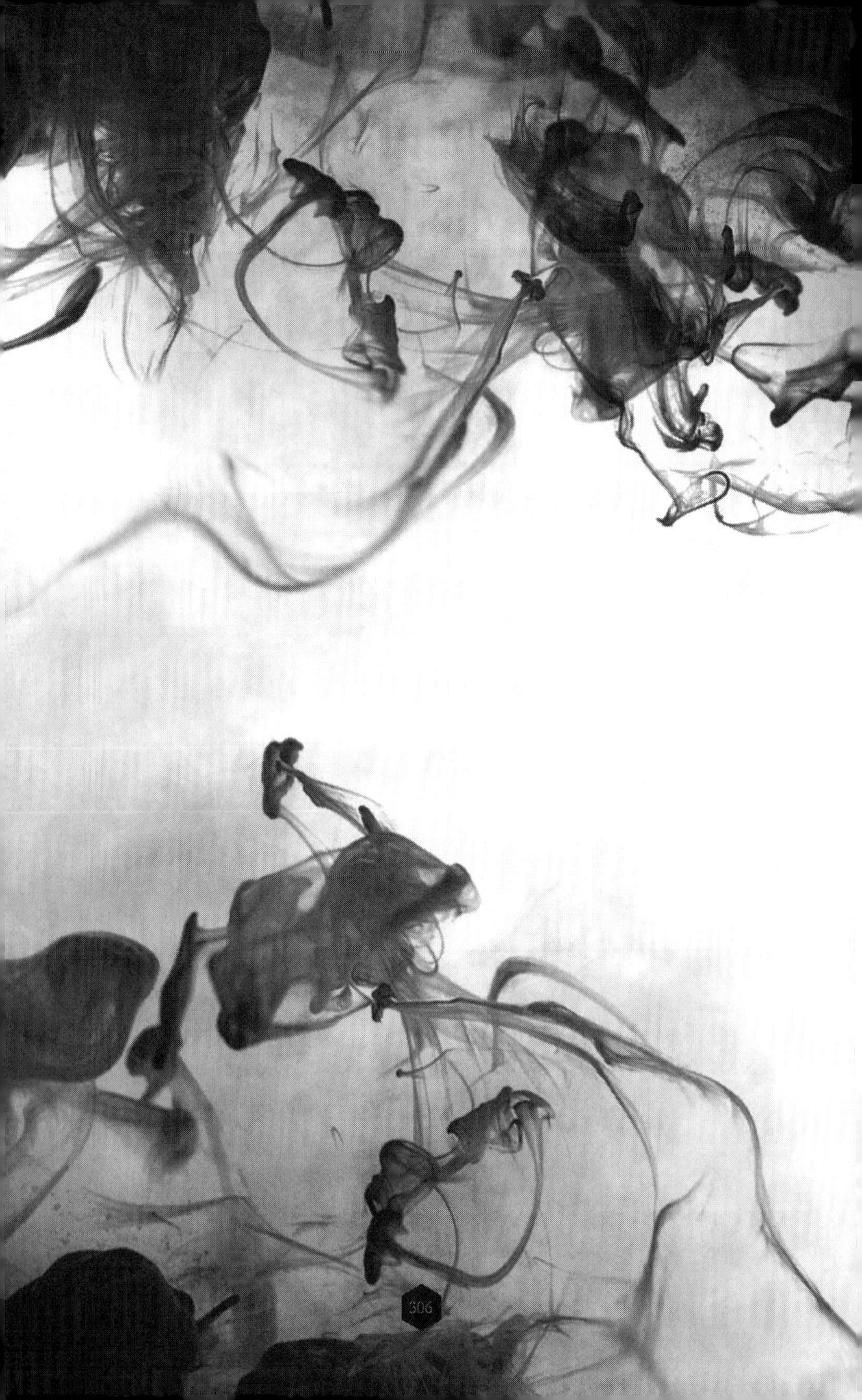

FILE 32 - LOVED

Your body is broken but you're trying to fight this
Your arms are weary but you're trying to like this
I, I'll bring you home, it's been so long
Ah we're fighting the light back to where you belong
Vancouver Sleep Clinic - Killing Me To Love You

Sasha si fermò sullo spiazzo davanti alla Torre. I suoi occhi ne percorsero l'altezza un paio di volte, e se ne sentì schiacciato.

Non era per via delle sue dimensioni, da tempo familiari, ma perché era arrivato ad accettare che non avrebbe mai più rivisto quel luogo. In quel momento, invece, si accorse di cosa stava succedendo, e di come sembrava non essere trascorso un solo istante dall'ultima volta che l'aveva lasciata.

I ricordi che la circondavano erano dolceamari, e gli pesavano sulle spalle più di quanto avrebbe voluto ammettere.

Ripercorse gli attimi passati in una solitudine autoimposta, in cui la quiete era un conforto e una tortura, e poi il modo in cui le cose erano poco a poco cambiate, con la stessa lentezza e delicatezza di un fiore che sboccia.

Quei pesanti silenzi erano stati spezzati dalla musica del pianoforte e confessioni taciute per troppo.

Era stato un percorso doloroso, ma in qualche modo purificante. Lo erano stati anche quei lunghi mesi passati in giro per il mondo, nascondendosi da ogni cosa ma controllando tutto ciò che accadeva.

Se c'era una cosa che era cambiata era se stesso. Avrebbe superato quella soglia calpestando i passi di un vecchio sé che non aveva saputo cogliere le cose più importanti, che non aveva accettato alcun aiuto e aveva tentato di spezzare qualsiasi legame.

"Tutto bene?" chiese Jane. Sasha si riscosse, scacciando quei pensieri, per poi rendersi conto che era rimasto indietro. Ethan e Jane si erano fermati per aspettarlo, e Sette e Vasily attendevano in disparte, l'espressione di entrambi colme di diffidenza.

Si ritrovò ad annuire, perché sì, andava tutto bene.

Allora Ethan sorrise, e porse verso di lui il palmo che non stava stringendo quello di Jane.

Sasha avanzò senza più esitare, e accolse il bruciore che gli si accese sotto pelle con serenità al contatto.

Avanzarono insieme, i passi a scandire il tempo che li separava dalla loro casa. Non c'erano parole, non erano necessarie, e Sasha si tranquillizzò in quella quiete, in quegli attimi di anticipazione.

La pace non durò a lungo, siccome non appena superarono la soglia uno strillo si levò nell'aria, e una sagoma scura si scaraventò verso di loro, puntando Jane.

La ragazza urlò a sua volta, solo per poi mettersi a ridere quando avvolse le braccia intorno alla figura slanciata di Oktober.

"Mi sei mancata così tanto!" esclamò stritolandola, continuando a sghignazzare. "Abbraccio di gruppo!" Si staccò per allungarsi verso Ethan, che la assecondò.

I suoi occhi scuri passarono rapidi di volto in volto, riempiendosi con dolcezza nel momento in cui incrociò quelli di Sasha, facendogli comprendere che quell'abbraccio, in qualche modo, comprendeva pure lui.

"Chi avete portato? Altri randagi?" domandò una volta liberati dalla presa.

"Più o meno," fece Ethan, per poi girarsi verso Vasily e Sette, che avevano assistito a tutto con impassibilità forzata.

Un sospiro che gli alleggerì il petto e li superò, non volendo rovinare quel momento. Ethan sarebbe stato in grado di fare le presentazioni nel modo giusto, di spiegare ai due come orientarsi.

Sasha aveva il bisogno di restare separato da quel frammento del suo passato.

E davanti a sé ce n'era un altro, che si ritrovò ad accogliere con un sollievo che mai aveva provato.

Non era come fuggire dal luogo che gli aveva aperto il torace con l'illusione di potere, non era come scappare dalla propria casa, lieto di essere vivo ma consapevole che non avrebbe potuto più vivere normalmente.

Questo era tornare a casa, e avanzò con sicurezza verso il salone, dove il resto della sua famiglia lo aspettava.

La serata, inaspettatamente, si era trasformata in una festa improvvisata. E con le scritte *Buon Compleanno* appese in giro era molto facile intuire che fosse tutta una trovata dell'ultimo momento, oppure avevano semplicemente incaricato Oktober di andare a fare compere.

Quest'ultima non era troppo preoccupata dal fatto che sia Sette che Vasily si fossero ritirati subito dopo aver parlato con Lauren in un piano dedicato agli ospiti, né che loro tre stessero combattendo contro la spossatezza di nottate passate a dormire in macchina.

Ma c'era della cioccolata calda, degli snack e della musica classica lasciata a basso volume mentre il chiacchiericcio riempiva l'aria, e Sasha si permise di rilassarsi per quella che parve la prima volta in anni.

Ascoltò come ognuno di loro descriveva cosa era accaduto in quegli ultimi mesi in cui erano stati divisi e uniti più che mai, ascoltò Oktober spiegare con soddisfazione ciò che lei ed Ezra avevano fatto alla Blacklist.

Ascoltò Lauren che raccontava di come lei e Beth avessero passato giorno e notte a fare ricerche, trovando le più piccole macchie da usare a loro vantaggio.

Ascoltò Rikhard spiegare loro come fosse stato costretto a lavorare al di fuori della Torre, a organizzare assemblee e riunioni per il cambiamento che stavano creando e di come lui e Lauren avrebbero dovuto continuare a muoversi, a non essere sempre presenti alla Torre per gestire le cose al meglio.

E infine ascoltò Ethan raccontare la sua parte, come avessero trovato lui, le investigazioni, e poi come Vasily li avesse contattati. Sorvolò sulla questione della famiglia di Sette, sulle discussioni e di come le cose fossero cambiate, per l'ennesima volta, tra di loro.

E Sasha fu lieto del fatto che nessuno parve aspettarsi un discorso da lui, che il suo silenzio non pesava sugli altri, perché non era più nato da segreti e cicatrici nascoste, ma da una quiete di un animo sereno. Gli era mancata la Torre, anche con le sue ombre e i segreti che vi aveva nascosto.

Almeno fino a quando, alla fine dell'ultimo racconto, Oktober scattò in piedi euforica, con gli occhi che brillavano di entusiasmo, ed esclamò: "Regali!"

"Non… dovevano esserci dei regali," fece Beth, la voce a malapena un sussurro, mentre il panico le colorava il volto.

"Beh, io ho deciso di farli. È stata una decisione estemporanea," spiegò, e a quello Beth si rilassò un minimo.

La osservarono correre via, e poi l'attenzione si spostò su Ezra, schiacciato in un angolo del divano, i resti di una confezione di gelato stretta tra le mani.

"Non guardate me, ne so quanto voi."

"Sei il suo ragazzo, no?" ribatté Lucas con un ghigno storto.

"Questo è vero," pronunciò Ezra, inorgoglito. "Ma il trenta per cento delle volte non so cosa le passa per la testa." E a quel punto Oktober tornò nel salone, portando tra le mani tre piccoli pacchettini fasciati da carta raffigurante unicorni danzanti.

"Ne avete un pacchetto a testa, usateli bene!" esclamò, lanciando un regalo a ognuno di loro tre. Sasha studiò la carta con un sopracciglio sollevato, dubbioso. Qualsiasi cosa fosse pareva piuttosto leggera.

Il suo studiare venne interrotto dalla risata di Ethan. Sollevò gli occhi giusto in tempo per vedere Jane nascondere il volto arrossato dietro una mano, nonostante un ghigno imbarazzato le piegasse le labbra. Sasha notò che Ethan aveva scartato il regalo e che sulla scatola azzurrina c'era la dicitura: *Love Sex. Comfort XL.*

Si ritrovò a sbattere più volte le palpebre, chiedendosi quando esattamente dovesse essersi addormentato e avesse iniziato a fare sogni assurdi.

"Oktober, lo sai che non ci servono, non possiamo ammalarci," disse Ethan tra una risata e l'altra.

"Sono simbolici!" esclamò lei. "E vedete di ringraziare, perché l'alternativa era della lingerie di pizzo per tutti e tre!"

Jane rientrò nell'appartamento di Ethan con un sospiro. Negli ultimi tempi, tra viaggi infiniti e ricerche estenuanti, era stata troppo presa per rendersi conto di quanto questi ambienti le erano mancati. Ora si poteva rilassare, abbracciata dai colori tenui dei muri, dal silenzio avvolgente, e dal miagolare di M82 che li raggiunse in tutta fretta.

Si strofinò sulle sue gambe, ed Ethan si abbassò subito per accarezzarle la testa, rilassandosi al suono delle fusa che si sollevò nell'aria. Jane era certa che Oktober l'avesse portata lì apposta, così che la gatta potesse dare il benvenuto.

Libera da preoccupazioni, Jane si sedette a terra a sua volta, appoggiando il capo alla spalla di Ethan, e lasciandosi avvolgere da quell'aria rilassante, non concentrandosi su altro se non sul giocare con M82 e respirare.

Era serena, leggera, e sapeva che per Ethan valeva lo stesso, vista la sua espressione distesa, priva della leggera ruga che nelle ultime settimane aveva preso residenza fissa tra le sue sopracciglia.

Lo guardò e il cuore si gonfiò, non più trattenuto da timori e pericolo, quell'emozione che l'aveva scaldata da tempo si fece definita.

"Ti amo," mormorò nella quiete, udendo Ethan sospirare a fondo accanto a lei. "Non c'è neanche bisogno che te lo dica, vero?" aggiunse poi, poco dopo, con le labbra che sollevavano delicate.

Sentì una mano infilarsi tra i suoi capelli, avvolgerle la nuca con gentilezza, nello stesso modo in cui lei stessa aveva fatto ormai più di un anno addietro mentre cercava di tenerlo intatto, in quella struttura lontana da casa, mentre Sasha combatteva per sopravvivere. Non c'era disperazione, questa volta, non c'era amarezza o panico, solo la contentezza di poter riposare.

"Jane," la chiamò, il tono lieve e sereno. Lei sollevò lo sguardo, troppo rilassata per muoversi. Si chinò su di lei, e contro le sue labbra mormorò: "ti amo." Per poi lasciarsi scappare una risata leggera. "Ero io a doverlo fare, e ci ho messo fin troppo."

Il petto le esplose di una gioia bruciante e totalizzante. "Non importa," sussurrò.

Gli strinse la mano, sfiorando con i polpastrelli la cicatrice che ne intaccava il centro, e pensò in quel momento alla strana simmetria che legava non solo loro due, ma anche Sasha.

Avevano tutti e tre un segno simile sul palmo, un simbolo delle lotte individuali che avevano affrontato. Quella che segnava il palmo di Jane era stata causata da un attacco di panico, e aveva ormai imparato a non sminuire la battaglia che aveva, e che a volte ancora affrontava, dentro di sé. Quella di Ethan era il simbolo del suo altruismo, della totale assenza di insicurezza nell'aiutare gli altri; non aveva esitato ad aprirsi il palmo su una lama per fermare i piani di Chekov. E quella di Sasha era nata da una lotta segreta, isolata, contro l'ultimo ostacolo che l'aveva separato dalla sua nemesi.

C'era sempre un velo di tristezza che avvolgeva Jane quando si soffermava sul Guerriero silenzioso, al suo isolamento, e poi un barlume di speranza nel momento in cui decise che non sarebbe più stato così.

"Piuttosto… dovresti dirlo a Sasha," suggerì. Non avrebbe trovato dubbi o insicurezze in lui, perché avevano fatto più strada del dovuto e avevano sofferto troppo per lasciarsi fermare da qualcosa di così semplice e puro, finalmente positivo.

"Ok." I suoi occhi parvero invece risplendere di una luce gioiosa.

Quindi attesero che Sasha finisse di parlare con Lauren e, quando la porta si aprì, si alzarono entrambi. Jane si spostò sul divano, accogliendo il caldo peso di M82 che le si acciambellò sulle gambe. Prese ad accarezzarla con delicatezza, sentendo Ethan andare incontro a Sasha e poi, all'improvviso, giunse lo schiocco di un bacio.

Con il volto che si arrossava sbirciò Ethan e Sasha, speranzosa e contenta. Forse si sarebbe dovuta spostare in un'altra stanza, ma non voleva erigere muri inutili tra loro. Inoltre, vedere l'espressione interdetta di Sasha trasformarsi in pura sorpresa e… in qualcosa di bruciante e caldo nel momento in cui Ethan gli sussurrò quelle due parole era un evento a cui non voleva rinunciare.

Una risata sconosciuta la raggiunse, e fu quel suono nuovo, più della certezza di ciò che stava succedendo, di ciò che stavano formando tra loro, a scaldarle il cuore e metterle in pace l'anima.

Ebbe la chiara impressione che tutto si stesse sistemando, che i pezzi del puzzle della loro vita si fossero posizionati al posto giusto, mostrando un'immagine colorita e insolita, perfetta e imperfetta. Come loro.

Si strinsero in un abbraccio di abiti scuri e stropicciati, di braccia stanche e capelli scompigliati, di affetto e amore che non trovava più ostacoli, e Jane si permise di sorridere fino a che non le fecero male le guance, di respirare fino a che la commozione non lo rese difficile. Qualunque fosse la cosa che avrebbero creato potevano farla funzionare, e avrebbero lottato per proteggerla.

Non appena superò la soglia Sette studiò ogni angolo e ogni dettaglio. Era un appartamento normale, colorato di tonalità di azzurro e lavanda, che nell'ombra serale si confondevano tra di loro.

Lasciò il borsone sul pavimento, facendo scivolare via la tracolla dalla mano tremante, per poi muoversi e controllare con più precisione.

Con dita caute tastò le cornici delle finestre, sotto i mobili e le lampade, e solo quando prese una sedia per raggiungere la plafoniera in cucina sentì Vasily chiamarlo.

"Che stai facendo?" Era esausto e confuso, fermo all'ingresso della stanza.

"Cimici." Non si era mai preoccupato di farlo nelle stanze d'albergo, perché paradossalmente erano stati i luoghi più sicuri in cui si erano rifugiati, ma questo era un territorio sconosciuto.

"Sette," lo chiamò, ma non scese, troppo impegnato a saggiare il bordo della lampada in cerca di qualche piccolo strumento elettronico. Sarebbe dovuto essere stupito nel rendersi conto che non c'era nulla neanche lì, ma così non fu, e forse era per via dell'apatia che con le sue placide ondate aveva spazzato via ogni emozione. O per quale motivo una parte di lui si era aspettata davvero che quell'appartamento fosse sicuro.

Prese un sospiro e scese dalla sedia. Vasily gli posò una mano sulla spalla siccome giunse a terra traballando.

"Piano. Come va la ferita?"

"Sto bene." A parte il dolore sordo che avvertiva in mezzo al petto da quando si erano lasciati la casa di Katya alle spalle, il suo corpo stava bene. La ferita non era ancora guarita del tutto, ma il fastidio si era trasformato in un leggero prurito che avvertiva di tanto in tanto; le costole, invece, continuavano a mandare le loro occasionali stilettate pungenti e, anche se erano più facili da sopportare per via dell'abitudine, non accennavano a diminuire di intensità.

"Posso controllare lo stesso?" insistette, prendendolo per il polso e trascinandolo via. Abbandonarono la sedia in mezzo alla cucina e Vasily accese solo una lampada sul comodino non appena raggiunsero il letto.

Sette si mise a sedere, assecondando le sue richieste, e si domandò come Vasily si aspettasse di vedere in quella luce scarsa.

"Via la maglia," ordinò, e Sette sfilò la felpa e la canottiera; la stoffa liberò il suo corpo accaldato, e si ritrovò a prendere un respiro colmo di sollievo nell'abbraccio della corrente.

Le mani di Vasily disfarono le bende, e fissò la testa bionda dall'alto, chiedendosi perché avesse deciso di seguirlo fino a lì, di non tornare a quell'appartamento, dove avevano lasciato la sacca di soldi a cui era parso così interessato.

Non voleva davvero prenderlo in considerazione, ma forse ciò che gli aveva detto quella notte sul divano era vero. Forse gli importava meno dei soldi e più di quello che provava per lui.

"Cosa ti ha detto quella donna?" si informò Vasily a metà del lavoro, riferendosi allo scambio che Sette aveva avuto poco prima con la Guerriera dai lunghi capelli fiammeggianti.

"Che domani dovrebbe arrivare un medico, e che possono offrirmi dei trattamenti, se lo voglio," spiegò lui, ricordando con un tocco di disagio quella conversazione, di poter aver dell'aiuto offerto con così tanta leggerezza. Come l'ultima volta che era stato lì, era assurdo che non volessero niente in cambio, che quello non fosse uno stratagemma per ottenere qualcosa di prezioso.

Ma in fondo Sette non aveva più nulla da dare, era utile come un giocattolo rotto senza il suo creatore.

"Per quel malessere?" Le sue dita fresche sfiorarono la pelle segnata dai punti sul fianco.

Sette annuì.

"È una buona cosa, no?" tentò l'altro, lasciando l'attenzione puntata su di lui.

"Non lo so," replicò con sincerità mentre Vasily pescava dal kit medico un grosso cerotto impermeabile e lo posizionava sulla ferita, per poi fare lo stesso con il taglio sulla propria mano.

"Per una volta qualcuno ti sta offrendo aiuto. E... lo so che tieni a te stesso, che vuoi mantenere ciò che sei, sto iniziando a capirlo. Ma questa è una cosa che ti fa stare male e basta."

Sette si perse nel riflesso delle luci che giocavano con i suoi occhi, e ricordò ciò che gli aveva detto sull'aereo, come si era scusato di aver forzato quella situazione, anche se sapevano entrambi che era stato inevitabile, come gli aveva confessato di aver avuto così tanta paura per lui, ma ancor più di perderlo.

"Va bene," sussurrò infine, scatenando un sorriso sulle labbra di Vasily, i suoi denti bianchi fecero capolino tra la carne screpolata e Sette pensò di sporgersi in avanti, di compiere quel gesto che per Vasily era stato così naturale, di decidere per sé quando provare qualcosa che non fosse dolore o vuoto.

Ma non fece in tempo, perché Vasily si mise in piedi, trascinandolo con sé e obbligandolo ad alzarsi sua volta.

Non disse nulla, ma lo condusse fino all'ampio bagno.

Aprì l'acqua della doccia, lasciandola scorrere in attesa che arrivasse calda, e Sette lo osservò mentre si toglieva la giacca, ma distogliendo lo sguardo nel momento in cui si abbassò i pantaloni, immaginando che magari era il caso di uscire.

E poi se lo ritrovò davanti, con le mani posate sui suoi fianchi.

"Preferirei non perderti di vista per un po', se non ti dispiace," mormorò, con i pollici che disegnavano forme prive di senso sulle ossa del bacino, prima di passare a slacciargli i pantaloni.

Le mani di Sette scattarono intorno ai suoi polsi per fermarlo, un brivido che gli attraversava la schiena come una frustata.

"Non..."

"Tranquillo, facciamo solo una doccia," rispose, senza che finisse, forse intuendo il motivo della sua ritrosia. "Per chi mi hai preso, per un maniaco?" E bastò il suo tono scherzoso a rassicurarlo, quindi rilassò i muscoli tesi e abbandonò il resto degli abiti a terra, insieme a quelli di Vasily.

Il calore aveva ormai riempito il bagno di vapore, e la stanza aveva uno strano aspetto onirico, a tratti surreale.

Vasily si infilò sotto il getto e sospirò con piacere, per poi seguirlo, se non con una piccola esitazione. Il calore quasi lo soffocò, ma l'acqua prese a corrergli addosso, lavando via giornate di stress e dolori.

"Ehi." Sette riaprì gli occhi che non si era accorto di aver chiuso. C'erano rivoli irregolari che danzavano sulla pelle dell'altro, i capelli fradici e appiattiti contro il capo. Sembrava un pulcino bagnato, eppure per Sette non era mai esistito momento più pacifico in tutta la sua vita. "Posso?" domandò, e notò solo allora il contenitore di sapone che teneva tra le dita.

Annuì solamente, troppo stanco, o troppo rilassato, per fare altro. Richiuse le palpebre, e presto le dita di Vasily presero a massaggiargli lo scalpo, causandogli brividi in tutto il corpo. Non ci volle molto perché si ritrovasse appoggiato a lui, con il capo abbandonato sulla sua spalla, in una posizione simile a quella che avevano assunto sull'aereo, e le sue dita a sfiorargli la schiena, a danzare tra ogni vertebra sporgente, ogni piccola cicatrice e macchia che segnava il suo corpo.

La pace si spezzò nel momento in cui notò che Vasily era duro tra le gambe, e pensò che forse doveva ricambiare quello che lui aveva fatto la notte precedente.

Si irrigidì, avvertendo uno strano disagio sbocciare nello stomaco.

"Vasily…" mormorò, distaccandosi un po', per qualche motivo incapace di incrociare i suoi occhi. Ma una mano gli si posizionò sotto il mento, obbligandolo a guardarlo.

"Ci ho riflettuto, sai? Su quello che mi hai detto," iniziò, con la voce arrochita dal desiderio. "Va bene che la cosa non ti interessi, o non ti piaccia. Non ti chiederò mai niente, ok?"

A quelle parole Sette riuscì a rilassarsi un minimo, ma il sospetto e il timore restavano. In fondo, nonostante ciò che aveva detto, il suo corpo diceva diversamente.

"Ma…" tentò di ribattere, incapace di districarsi da quella contraddizione.

"Può essere che tu sia asessuale," fece quindi Vasily, con espressione seria, e Sette non comprese. "Ed è normalissimo, mi va bene se è quello il caso. Non mi importa, non è il sesso che voglio," spiegò, spegnendo la doccia. Sette rimase interdetto, perché poco di quello che aveva detto aveva senso, non conosceva gli esseri umani, come si legavano gli uni agli altri, ciò che provavano nel profondo, non erano cose che gli erano mai state insegnate.

Era sempre stato un'arma, ma forse adesso stava iniziando a essere una persona.

Con la mente in subbuglio lo seguì uscire dalla doccia, accettando l'asciugamano che gli veniva offerto, rendendosi conto che non avevano recuperato dei vestiti puliti con cui cambiarsi.

Troppo spossati per fare molto altro, si spostarono in camera da letto, abbandonando i teli umidi a terra, per poi infilarsi sotto le coperte, le luci spente.

"Che cos'è che vuoi?" Solo allora Sette osò chiedere, con le ombre che li fasciavano, celando il suo volto e il suo corpo.

Vasily si rigirò nelle coperte, un braccio si appoggiò sul suo fianco e le sue gambe si intrecciarono con le proprie. Un bacio delicato come una farfalla gli sfiorò le labbra, e lo udì sospirare, i muscoli rilassati, il respiro calmo e sereno.

Vasily lo strinse in un abbraccio, mormorando una sola parola.

"Questo."

Per la prima volta Sette si sentì davvero in pace e forse, con il tempo, avrebbe imparato ad accettare questo dono inaspettato.

318

FILE 33 - STRONG

That little kiss you stole, it held my heart and soul
And like a deer in the headlights, I meet my fate
Don't try to fight the storm, you'll tumble overboard
Tides will bring me back to you
Bring Me The Horizon - Deathbeds

Sette passò una mano nervosa sul tessuto dei pantaloni chiari, studiando con sospetto lo spazio davanti a sé.

La donna al suo fianco non disse niente, limitandosi ad attendere una sua mossa. Sette ricordò che si chiamava Lauren da quando si era presentata al loro arrivo.

Accettare l'aiuto offerto non era stato facile come aveva pensato, si era ritrovato a rimandare di diversi giorni, rigorosamente passati chiusi in quella sistemazione degli ospiti, senza il desiderio di incontrare gli abitanti di quel luogo. Ma, alla fine, dopo essere stato tormentato da quella condizione che gli toglieva la forza, aveva ceduto, perché era stufo di sentirsi debole, di avere l'impressione ogni volta che l'Abisso fosse tornato a reclamarlo, privandolo del suo corpo.

Scrutando con la coda dell'occhio la donna – forse l'aveva fatto apposta a posizionarsi alla sua sinistra – si decise a muoversi.

Avanzò di un paio di passi, studiando il letto semplice. La mancanza di decorazioni sui muri rendeva quella stanza troppo sterile per essere scambiata per qualcosa che non fosse uno spazio della loro infermeria, ma non era gelida e vuota quanto quelle che aveva conosciuto nella sua infanzia.

"Come funziona?" chiese, distogliendo l'attenzione dalle macchine che lo circondavano.

"Dovremmo partire con alcuni esami di base. Non esiste nessuno come te, quindi innanzitutto dobbiamo capire con più precisione possibile con cosa dobbiamo lavorare," spiegò. "Immagino tu non sappia molto, vero?" concluse, cercando il suo sguardo.

"A parte il mio gruppo sanguigno?" fece lui con sarcasmo, non aspettandosi il modo in cui la sua espressione si accese.

"Sarebbe un buon inizio." Fu la sua risposta, e Sette rimase un attimo interdetto prima di dirglielo.

Poi ci furono altri quesiti, più o meno generici, per lo più indirizzati al suo aspetto; se la pelle macchiata aveva una sensibilità diversa, se in punti specifici i muscoli reagivano in modo differente, se aveva avuto difficoltà con il cibo dopo che era tornato nella realtà. E poi quelle riguardanti la sua abilità.

Il lieve disagio che avvertiva stava crescendo di minuto in minuto, e quando arrivò la fatidica domanda non riuscì a rispondere.

"Percepisci qualche legame particolare con l'Abisso? So che può sembrare un interrogativo insolito, ma considerando quello che puoi fare dobbiamo tenerlo in considerazione." Il fiato gli si fermò in gola, siccome si ritrovò obbligato a rifletterci con serietà.

Prima l'Abisso era stato astratto, lontano, ma dal momento in cui l'aveva attraversato ne era sempre stato tormentato – e non solo nei ricordi o nei sogni – era un peso che si trascinava in tutto il resto, come una presenza soffocante sulle spalle, sul petto. Era un'immagine senza forma in fondo ai suoi pensieri, sempre presente, era… *un desiderio*, realizzò.

Il tuo posto è con me. Lo sappiamo entrambi.

"Perché?" domandò invece di rispondere. Non avrebbe comunque trovato le parole giuste.

La donna lo guardò per un po', studiando il suo viso teso. "L'Abisso… non è solo un luogo, un riflesso della nostra realtà. È senziente, è vivo, come le creature che lo abitano. Se di vita si può parlare. È un discorso complicato, e gli studi su questo sono in costante evoluzione, ma con gli ultimi… *avvenimenti* dobbiamo considerare che sia possibile creare una sorta di legame."

Sette si morse le labbra, insicuro, ma la verità era lì, semplice e ovvia, ormai impossibile da negare.

Poté solo annuire, sperando che la dottoressa capisse senza chiedergli di essere più chiaro. La vide irrigidirsi, il viso contratto come nel tentativo di non mostrarsi sorpresa.

"Ok," mormorò guidandolo al letto, e lui ci si sedette solo con una piccola esitazione, traendo un sospiro di sollievo mentre stringeva le coperte tra le dita. Non erano ruvide e rigide come quelle di qualsiasi altro ospedale, gli ricordavano invece quelle soffici e accoglienti che aveva condiviso con Vasily fino ad ora.

"Posso fare un piccolo controllo?" Recuperò uno stetoscopio e un misuratore di pressione da uno dei cassetti del mobiletto di fronte a lui.

Sette le porse il braccio sinistro. Non poté che irrigidirsi quando la fascia gli si chiuse sulla pelle.

Quasi per caso, vide lei fare lo stesso, e la osservò confuso.

Lauren lo notò e prese un profondo respiro, la tensione che faticava a dissiparsi. "Posso sentirlo, sai?" Si portò una mano al fianco.

Sette impiegò diverso tempo per notare che stava toccando lo stesso punto in cui si trovava la sua ferita, dove le costole di tanto in tanto lo infastidivano con riottose stilettate di sofferenza.

"Il mio dolore?"

"Non solo il tuo, quello di tutte le persone entro un certo raggio," gli spiegò, tornando al lavoro. "A volte mi è molto utile, a volte meno."

A quello Sette non seppe che rispondere, quindi rimase in silenzio, ma rigirandosi nella mente quel frammento di informazione. Lei continuò a lavorare in silenzio, fino a che non bussarono alla porta.

Al permesso della donna, sulla soglia apparve la figura di un uomo ingrigito dal tempo, con piccoli occhiali e il volto piegato dalle rughe.

"Buongiorno." La sua voce era roca ma chiara.

"Buongiorno a te, Marcus, come è andato il viaggio?" salutò lei, e Sette aggrottò le sopracciglia. Gli parve che in quel nome ci fosse un che di familiare, ma nulla che riuscì a focalizzare con precisione.

"Tutto bene, come procede qui, invece?"

"Ho fatto un paio di controlli rapidi, direi che possiamo fare un esame del sangue, già che ci siamo, a patto che ti vada bene," rivolse quell'ultima parte a

Sette. Un po' della tensione lo abbandonò, ricordandogli che non era più una cavia, ma un paziente, e si sarebbero occupati di lui.

Quindi annuì, rilasciando parte dell'ansia accumulata.

"Bene, io devo assentarmi. In serata io e Rikhard dovremo partire, e ho ancora un mucchio di cose da fare," iniziò a dire, appoggiando da parte gli strumenti che aveva utilizzato. "Ti lascio a lui. Come deciso, oggi non credo faremo molto se non qualche test fisico. Se hai bisogno di qualunque cosa puoi chiedere a uno di noi, c'è un pulsante apposito accanto al letto." Lo indicò con un cenno del capo.

Sette annuì, incapace di fare molto altro. Lauren non parve infastidita dalla sua incapacità di interagire, anzi sorrise prima di rivolgersi a Marcus e scambiarsi gli ultimi saluti.

Lauren uscì e rimasero solo lui e lo sconosciuto in quella stanza, la tensione tornò nel suo corpo, e si chiese se Lauren potesse percepirla anche a distanza.

"Vedo che sei un po' disidratato, una flebo con sali minerali potrebbe aiutarti a stare meglio," fece l'uomo, e Sette osservò i suoi tratti gentili, i capelli bianchi che spuntavano tra la chioma sbiadita.

"Va bene." Si appoggiò contro i cuscini al gesto del dottore. Le sue mani si muovevano impacciate davanti a lui, e tornò a tranquillizzarsi un po', pur sapendo che avrebbe dovuto armeggiare con degli aghi.

"Ecco," borbottò tra sé, ripescando una sacca trasparente dal mobiletto e appendendola all'asta.

Quando l'ago perforò la pelle tenera del suo braccio non riuscì a trattenere un brivido, perché ricordava bene come era stata l'ultima volta in cui la sacca era riempita di un orribile liquido nero, e il tormento che ne era seguito.

Questa volta era diverso, lo sapeva, e i suoi muscoli si rilassarono senza il suo volere.

Le palpebre si fecero pesanti.

Uno strano calore lo invase.

E realizzò di non riuscire più a trovare il letto sotto di sé, né il borbottio del dolore.

Provò a contrastare quella spossatezza improvvisa, che non riconobbe come quel suo solito malessere, ma le tenebre lo avvolsero in pochi secondi, e non fece neanche in tempo a provare paura, una di quelle poche cose che gli rimanevano.

Forzò le palpebre, e finalmente riuscì a ritrovare le pareti bianche, solo per rendersi conto che polsi e caviglie erano bloccate da cinghie di cuoio.

Non riuscì a liberarsi, i suoi muscoli a malapena rispondevano. Come era possibile che si sentisse così? Niente di quello che aveva preso in passato aveva funzionato; il suo corpo aveva bruciato tutto troppo in fretta.

"Dimmi una cosa." La sua voce gli arrivò come se fosse in un'altra stanza, e lo perse di vista, perché si era spostato alla sua destra, dove non poteva vedere. Voleva muovere il capo verso di lui, parlare, ma una mano premuta sulla sua fronte lo teneva immobile. "Ci vedi da questa parte?" domandò, e Sette si agitò.

"Lasciami," mormorò, e la voce gli uscì roca e flebile.

"Immagino di no. Allora quasi quasi me lo prendo come souvenir. È il minimo dopo il disastro che ti sei lasciato alle spalle," cantilenò l'uomo. Sette tentò di piegare un braccio per reagire, ma la restrizione glielo impedì.

Il pensiero che non fossero manette lo rincuorò, forse sarebbe riuscito a strapparle.

E poi i disperati piani vennero spazzati via quando qualcosa di gelido si insinuò sotto la sua palpebra.

Comprese all'improvviso cosa stava per succedere.

L'adrenalina sfrecciò nel suo corpo, lavorando per scacciare via quella sostanza che lo aveva reso inerme. I muscoli ripresero a bruciare, ma troppo tardi, perché l'agonia arrivò rapida e crudele.

Non riuscì a urlare, soffocato come era dalla sofferenza. Aveva l'impressione che fosse stato pugnalato, dall'occhio fino al cervello.

Il freddo del metallo si ritirò, portando un pezzo di lui con sé, e il sangue, caldo e denso, iniziò a scorrergli sul volto, spandendo altro nero sulla sua pelle.

Ritrovando la forza, poco a poco, fra tremiti e brividi di tormento e agonia, il cuoio cedette.

Si concentrò su quello, *solo su quello*, scacciando ciò che avrebbe potuto intralciarlo, ma si rivelò un'impresa titanica vedendo il dottore avvicinarsi con un bisturi e un recipiente che conteneva una forma chiara e opaca.

"Cosa…" La voce gli si spezzò tra le labbra e il nero gli imbrattò i denti.

Nella realtà tremante lo vide svitare il tappo ed estrarre un oggetto bianco, dalla forma sferica e imprecisa. Il contenitore ora vuoto venne appoggiato sulle coperte accanto al suo braccio.

"Mi serve il tuo sangue. Immagino tu non abbia idea di quanto sia importante per Adam," spiegò Marcus, distratto, rigirandosi tra le mani l'oggetto.

Le forze tornarono, seppur in minima parte. Il cuore gli correva all'impazzata nel petto, ma doveva prendere più tempo. E quel… *desiderio* tornò; non riusciva a smettere di fissare ciò che Marcus teneva tra le dita, il riflesso della luce sul metallo era nulla in confronto al bianco candore dell'altra cosa che aveva con sé.

Sapeva cosa era, cosa avrebbe fatto, e nelle condizioni in cui si trovava, così sospeso in uno stato di instabile coscienza non percepì altro che la smania di avere l'Abissalite per sé.

Era il suo sangue a volerlo, era il potere che gli si agitava dentro, sempre fuori controllo.

"Adam… è morto," mormorò, combattendo contro mente e corpo.

Questo lo fermò per un istante, ma non fu abbastanza.

"Non ha importanza. È morto lui, ma non i suoi ideali." E con quelle parole calò il bisturi sulla sua pelle. La punta perforò l'incavo del gomito e, rapido, corse verso il suo polso.

Sette gemette, non tanto per il dolore aggiunto, ma per la sorpresa, e in un momento di chiarezza capì che in quel modo si sarebbe dissanguato in fretta.

Vide l'uomo armeggiare con il contenitore, impacciato, e cercare di racchiudere in esso il liquido che stava sgorgando come se avesse volontà propria.

E se un tempo aveva considerato la possibilità di chiudere le palpebre e non aprirle più, di ritrovarsi con un foro di proiettile in mezzo alla fronte, adesso era terrorizzato da quella prospettiva, perché aveva finalmente qualcosa per sé, qualcuno.

Il cuoio si spezzò, la sua mano afferrò il bisturi che era stato lasciato tra le pieghe della stoffa e, in un battito di ciglia, la lama trovò la carne del collo del dottore, perforandola.

Marcus gorgogliò, lo sguardo interdetto che si spegneva rapidamente, le mani molli scivolarono sul contenitore che cadde e si ruppe, poi inciampò nei suoi stessi piedi e rovinò a terra, il collo trasformato in una macabra fontana vermiglia.

Ad accompagnare la sua caduta rovinosa, in quell'attimo di silenzio, il tintinnio dell'Abissalite che toccava il pavimento lo raggiunse.

E poi silenzio.

Sette respirò, sputando il sangue che gli era scivolato in bocca, e premette la mano libera contro il taglio che gli segnava l'altro avambraccio.

Ma il liquido continuava a scorrere rapido tra le sue dita, pitturandogli il volto e il collo di lacrime nere.

La stanza danzò intorno a lui e perse definizione, un fischio gli invase le orecchie.

Doveva... doveva muoversi, ma i pensieri erano così lenti, il suo fisico troppo debole.

C'era il pulsante, ma non poteva raggiungerlo immobilizzato come era.

Le coperte si fecero umide, il nero sembrò circondarlo, strisciando agli angoli della sua visione, lasciando solo un unico punto di estrema chiarezza, lì dove il sangue stava raggiungendo la sfera di Abissalite. Il Velo si mosse, danzò, e si formò una strana pellicola opaca, delle forme parvero emergere, si ammassarono contro quello strato lattiginoso con i loro arti neri e denti affilati.

Sette ebbe l'impressione di vedere un Abissale spingere con forza, tentare di affondare le fauci in quel confine inconsistente, e si chiese cosa l'avrebbe ucciso; se quella creatura o la perdita di sangue.

Con le poche energie che gli erano rimaste, si voltò dall'altra parte, non avendo la forza di guardare per l'ennesima volta la morte in faccia.

E lì, in fondo alla stanza, vide la porta aprirsi. Una presenza chiara e familiare superò di corsa la soglia.

Tra la nebbia e le tenebre, intravide filamenti chiari, linee d'argento a contornare un viso pallido.

Era certo che Sei fosse venuto a prenderlo.

Vasily strinse il fazzoletto che gli era stato dato, senza usarlo per asciugare le lacrime che gli scorrevano incessanti lungo le guance. I suoi occhi erano puntati a terra, ma non stava vedendo niente, c'era un brusio nelle sue orecchie, e avvertiva la fastidiosa tensione della schiena, forse dovuta alla posizione piegata che stava mantenendo da tempo, ma anche quello era distante, perché era altro che continuava a vedere, sentire e provare.

Ogni volta che batteva le palpebre macchie nere su lenzuola candide gli invadevano i pensieri.

Ogni volta che sospirava gli pareva di avere ancora il sangue che gli scorreva tra le dita.

Ogni volta che deglutiva sentiva l'eco del respiro affaticato di Sette.

Era successo tutto così in fretta che nemmeno adesso aveva davvero compreso con precisione ciò che era accaduto.

Aveva accompagnato Sette fino all'infermeria, attendendo che Lauren tornasse indietro, per poi percorrere il corridoio insieme a lei, chiedendole cosa avrebbe potuto fare per lui. Ethan li aveva poi raggiunti – uno dei pochi che Vasily era riuscito a considerare quantomeno normale – e avevano proseguito con la loro calma conversazione.

E poi era giunto il terrore; all'improvviso Lauren aveva iniziato a barcollare, si era portata una mano al volto, e la pelle si era fatta cerea per un dolore che, capiva solo ora, non le era appartenuto. Ethan l'aveva sorretta quando le gambe avevano ceduto.

Dalle labbra della donna era uscito un solo nome, un numero, e la sua voce spezzata e rauca aveva acceso mille segnali d'allarme nella sua mente, ma per motivi che allora non aveva compreso.

Ethan, con occhi sbigottiti, l'aveva incitato ad andare. Vai! Aveva detto, con un'urgenza che Vasily avrebbe assecondato in qualsiasi situazione.

Era corso indietro, collegando gli indizi per realizzare che stava succedendo qualcosa a Sette.

E dire che aveva considerato quel luogo *sicuro*.

Aveva aperto la porta dell'infermeria, e a quel punto i suoi ricordi si facevano sporadici, divorati dall'adrenalina.

Ma ricordava con fin troppa chiarezza la quantità di sangue che segnava il pavimento chiaro. Quello rosso, che sgorgava come una macabra fontana dal collo di un uomo, e quello nero, che invece scendeva come una placida cascata.

E poi l'incomprensibile orrore; uno strato lattiginoso e opaco, quasi fumoso, che non poteva essere altro che il Velo sul punto di rompersi. Aveva intravisto delle forme oscure e contorte, prima che l'istinto e il terrore non lo spingessero in avanti.

Ricordava di aver gettato di tutto a terra, dei recipienti che si erano rotti, del liquido che si riversava nel sangue nero, e quell'orrida finestra che svaniva come fumo al vento, portando con sé un sibilo bestiale. O forse era stato solo il fischio alle orecchie che aveva ammutolito tutto il resto.

Data la sensazione di avere tuttora quel liquido scorrere sulla pelle immaginò che doveva poi essersi avvicinato a Sette, e che aveva premuto con tutta la forza e la disperazione che aveva sulla ferita all'avambraccio, lunga e profonda.

Quando strizzò le palpebre, ricordò invece come quelli di Sette erano spalancati e persi nel vuoto, quello argenteo danzava come se stesse vedendo cose che erano accessibili solo a lui, e quello destro… quello destro non c'era più.

Quante volte aveva pensato che quella superficie opaca desse l'impressione che l'orbita fosse vuota.

Si era sbagliato così tanto.

Poi mani lo avevano afferrato per le spalle, allontanandolo, e diverse persone si erano ammassate su Sette. Aveva distinto la chioma rossastra di Lauren tra di loro, e a malapena si era accorto che lo avevano accompagnato fuori dall'infermeria, obbligandolo a sedersi su una delle scomode sedie, piazzandogli tra le mani quel fazzoletto che non era riuscito a usare.

Il bruciore alle mani era svanito, soffocato da un dolore diverso.

"Ehi," una voce lo riscosse e, con il fiato che gli si bloccava in gola in singhiozzi silenziosi, incontrò il volto tormentato di Ethan, notando qualche sbavatura nera qua e là.

"Il suo sangue potrebbe farti male." Si ritrovò a mormorare, ripetendo le parole che Jane gli aveva rivolto diversi giorni addietro.

"Sì, lo so. Ma questo è più importante," rispose lui, senza cambiare tono.

Vasily non disse niente, sentendo il vuoto divorarlo dall'interno.

"Andrà tutto bene, ok?" Invece che calmarlo come forse si era aspettato, quelle parole sortirono l'effetto contrario.

"Dovevamo essere al sicuro qui," sibilò, stringendo la presa sul fazzoletto, strappando poi a pezzi la carta con gesti nervosi. "Doveva andare tutto bene."

"Mi dispiace." Non c'era altro da dire. Non c'erano scuse o giustificazioni che avrebbero placato il suo malessere.

"E so cosa provi," spiegò, non fermandosi nel vedere la smorfia sul volto di Vasily. "E non lo dico solo perché posso *sentirti*, ma perché a me è successo qualcosa di simile. Stavo per perdere una delle persone a cui tengo più al mondo. Non è un dolore facile da sopportare, soprattutto da soli."

Quello, al contrario di inutili scuse e giustificazioni, lo calmò un poco, o forse era la stanchezza a farsi presente, ora che l'adrenalina era scivolata via. Si appoggiò allo schienale, ignorando le proteste dei muscoli.

"Cosa è successo?" mormorò, forzando le corde vocali a spingere fuori quella domanda che la sua mente era terrorizzata a porre.

"Non siamo stati abbastanza attenti. Eravamo certi che Marcus fosse pulito, ma ci siamo sbagliati," rispose Ethan, senza giri di parole, offrendo a Vasily la semplice verità.

Scosse il capo, non voleva più parlare degli errori. Se doveva credergli aveva bisogno di sapere come si sarebbero sistemate le cose.

"Come sta?" Osò chiedere, la paura lo soffocò e le lacrime minacciarono di sfuggire di nuovo al suo controllo. Con ostinazione, tenne lo sguardo basso, incapace di affrontare la sentenza nella sua espressione.

"È stabile. Sasha ha aiutato; per fortuna è zero negativo, e il suo sangue è quello più simile a quello di Sette. Dovrebbe funzionare," spiegò dopo un sospiro, le parole tranquille e pacate.

Vasily fece lo stesso, lasciando che l'ossigeno lo riempisse, portandolo a vedere con chiarezza.

E si ritrovò a realizzare che quello doveva essere un altro cerchio che si chiudeva. Aveva intuito che Sette e Sasha fossero legati in uno strano modo, ma ricordava cosa era successo nell'appartamento di Katya. Che quest'ultimo desse il suo sangue per salvarlo aveva un significato profondo a cui non gli era dato accesso.

Ma dovrebbe funzionare non era abbastanza per lui, e l'ansia tornò. Strinse i pugni e le unghie si conficcarono nel palmo.

Gli mancò il fiato, gli occhi ripresero a bruciare e lacrimare, e ogni angolo del suo corpo sembrò gemere.

"Abbiamo già aggiunto una branda, puoi stare al suo fianco mentre si riprende," suggerì Ethan, la voce tremante ma sicura, come se sapesse esattamente di cosa aveva bisogno.

Il percorso per tornare all'infermeria fu quasi più estenuante di quello precedente. Ora era più consapevole di ciò che era accaduto, era rimasta impressa nella sua mente quella scena cruenta, e temette di poter vedere un'immagine simile una volta superata la soglia.

Invece aprì la porta e tutto era come tornato normale, non c'erano più macchie, non c'era più un cadavere riverso a terra in una pozza vermiglia. Ma Sette era steso a letto, le coperte ora chiare e pulite inghiottivano la sua figura.

Vasily si affrettò verso di lui, sentendo con sollievo il rumore costante e regolare delle macchine che lo circondavano, e notò poi la flebo riempita di un liquido di un rosso cupo, quasi nero.

Sette, visto da vicino, appariva così fragile; c'era una spessa fasciatura che copriva metà del suo volto, e un'altra, che avvolgeva l'avambraccio sinistro adagiato al suo fianco.

Si fermò al bordo del materasso e sollevò una mano, incerto.

Esitò, perché aveva l'impressione di poterlo ferire con un solo tocco.

Ma si convinse che non era così, Sette era forte e che sarebbe sopravvissuto anche a questo.

Quindi fece scivolare la mano sulle coperte, fino a trovare la sua per stringerla con estrema delicatezza. La pelle era sempre così calda, e Vasily provò per la prima volta un profondo sollievo nel rendersi conto di quel fatto.

Le sue dita si aggrapparono alle proprie e incrociò un'iride argentea incorniciata da ciglia chiare come neve. Lo vide abbassare la palpebra, rialzarla, e infine una speranza delicata nacque nel suo sguardo.

Come un fiore che sbocciava, la vita tornò rigogliosa e presente sul suo viso, e Vasily si promise che se ne sarebbe preso cura con tutta la forza che aveva.

Registrazione audio N°126

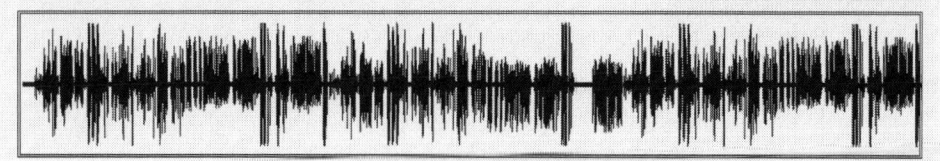

Oggi ho definito gli ultimi dettagli della condizione di Sette e delle possibili alternative per aiutarlo. È stato uno studio particolare, ho dovuto riarrangiare buona parte della conoscenza che avevo sui Guerrieri e sul Marchio per comprendere appieno alcuni dettagli. Ne ho parlato direttamente con lui e, seppur abbia lui stesso molte difficoltà a comprendere certe sfumature, abbiamo fatto degli ottimi progressi.

Non si tratta solo di come il suo corpo si è adattato all'eccessivo sangue Abissale, al modo in cui ha reagito e continua a farlo, vista la sua costante febbre, ma anche di possibili percezioni al di là della nostra comprensione.

È possibile che sia in grado di sviluppare nuovi sensi, o sinestesie, potrebbe essere in grado di rispondere a domande come 'che forma ha il dolore?', 'che colore ha l'odio?' o ancora 'che sapore ha la rabbia?' e molte altre simili e vagamente comprensibili.

Non sarebbe comunque giusto obbligarlo a sopportare questa condizione solo per il bene della ricerca per questo, seppur con un briciolo di rammarico, gli ho suggerito di testare i trattamenti per farlo tornare… normale.

Sono consapevole che non sia il termine giusto,

né che sia davvero possibile tornare al punto di partenza.

Dall'Abbraccio non si torna indietro, ma non posso sopportare l'idea che non esista un modo per alleviare la sofferenza che si porta addosso.

332

FILE 00 - DEBRIEFING

The willow it weeps today
A breeze from the distance is calling your name
Unfurl your black wings and wait
Across the horizons coming to sweep you away

It's coming to sweep you away

Let the wind carry you home
Blackbird fly away
May you never be broken again

Alter Bridge - Blackbird

DATA FILE:

5 Gennaio 2017
   Assemblea del Consiglio approvata da: Rikhard Laine, Comandante in Capo delle Forze dell'Agenzia Investigativa del Sovrannaturale e Testa della Nuova Commissione.

1.0 Prospetto:

A seguito del coinvolgimento del precedente Comandante, Alexander Moyer, nell'indebita scarcerazione di Adam Chekov e del supporto per le sue cause, la carica maggiore è ora affidata a Rikhard Laine.

Questo prevede un immediato cambiamento di diversi principi e metodologie della nostra organizzazione. Ci adopereremo per mantenere l'integrità etica e umana che fino allo scorso anno è stata infangata.

Garantiremo che qualsiasi individuo all'interno dell'organizzazione, o che voglia entrare a farne parte, venga tutelato secondo le Convenzioni di Ginevra.

Per quanto riguarda coloro che non hanno avuto l'opportunità di giovarsi di questa protezione, verranno al più presto risarciti economicamente, moralmente, fisicamente e mentalmente. Verranno offerte le dovute cure e trattamenti.

Sul piano più tecnico verranno condotte delle investigazioni mirate su individui e basi che avevano un legame con le attività di Chekov. A seguito verrà fatto lo stesso con il resto dell'associazione. Non possiamo più permetterci di dare nulla per scontato, per questo ogni Agente verrà indagato, solo così riusciremo ad estirpare del tutto le ideologie che hanno danneggiato l'AIS e tornare alla normalità.

Sarà un processo lungo e difficile, ma davanti a noi si apre la possibilità di un futuro radioso, ed è nostro dovere farci guidare dall'ideale con cui era nata la nostra associazione fin dal principio.

05/01/17   Firma: _____

Rapporto Indagine: 28 Dicembre, 2016
Approvata da: Rikhard Laine, Comandante in Capo delle Forze dell'AIS.

A seguito dei dati pervenuti nella missione assegnata a Ethan Reyes e Jane Atlas, si è scelto di mandare un gruppo di Agenti a indagare sull'abitazione occupata da Adam Chekov, nella quale i nostri agenti si erano precedentemente infiltrati per l'estrazione di informazioni.

Non è stato possibile rinvenire molto. La casa mostrava danni causati da un incendio di origine dolosa. Ulteriori prove presenti al suo interno sono andate perse.

È stato tuttavia ritrovato un corpo, che è stato identificato tramite impronte dentali come quello di Adam Chekov.

La causa della morte è risultata essere una ferita da arma da fuoco al petto.

Non siamo a conoscenza di chi abbia compiuto tale atto. Non c'è da escludere che possa essersi trattato di qualche oppositore.

Ci riteniamo fortunati che questo fatto sia accaduto, e che il mondo sia stato liberato, seppur in maniera inopportuna, da una presenza tanto cupa.

28/12/16   Firma: _____

A: EthanReyesSI@AIS.com
Da: RikhardLaineSI@AIS.com
Oggetto: Un Nuovo Inizio

inviata: oggi, 10.30

Ciao Ethan,
ti scrivo perché è stata presa una decisione importante. Ma prima di questo ci tenevo a chiederti come ve la passate alla Torre. So che Jane è riuscita a vendere casa, che Ezra si trova bene con noi, e che Vasily e Sette se la stanno cavando. Ma volevo sapere davvero come vanno le cose. E so che eravate impensieriti per quello che era successo nell'abitazione di Chekov, ma non devi preoccuparti, abbiamo trovato un modo per risolvere la questione. Lauren aveva detto che non si sarebbe fermata di fronte a nessuna regola a patto di proteggere la famiglia. Voglio che ve ne ricordiate tutti.

Forse mi fa strano che tutto vada liscio e mi faccio troppe paranoie. Non intendo tediarti con un aggiornamento su come procede qui. È tutto così lento e macchinoso, ma era dove io e Lauren volevamo arrivare per rendere il mondo un posto migliore per voi, che ormai siete come nostri figli.

Per questo credo che sia arrivato il momento di parlare di una questione importante.

Eredità.

Come ben saprai, difficilmente potremmo tornare a Staten Island e, in caso contrario, non per lungo tempo. Ma la Torre ha bisogno di una guida solida, di qualcuno che comprenda le persone, che veda gli esseri umani per quello che sono e non giudichi per quello che provano.

Credo che tu sia l'unica persona adatta a questo. Chiamami quando vuoi parlarne.

Con affetto,
Rikhard.

A: VasVolk@12235.com
Da: Katya0Zadornov@freespace.ru
Oggetto: Richiesta

inviata: ieri, 18.33

Ho davvero bisogno di parlare con Kolya, devo capire.

A: VasVolk@12235.com
Da: Katya0Zadornov@freespace.ru
Oggetto: (questa mail non ha oggetto)

inviata: oggi, 10.23

È mio figlio, non avete alcun diritto di tenerlo lontano da me.

A: VasVolk@12235.com
Da: Katya0Zadornov@freespace.ru
Oggetto: Vi Prego

inviata: oggi, 14.45

Mi avete tolto tutto, e ho pensato per un secondo che la vita avesse deciso di essere giusta, restituendomi una parte di me solo per vedermela tolta dalle mani un'altra volta.
Vi imploro, chiunque stia leggendo questa mail, ho bisogno di parlare con mio figlio.

A: VasVolk@12235.com
Da: Katya0Zadornov@freespace.ru
Oggetto: (questa mail non ha oggetto)

inviata: oggi, 14.57

vi odio

Con un pesante sospiro Vasily cancellò quelle ultime quattro mail ricevute, pur non pentendosi di aver accettato a dare i suoi contatti quando le chiamate alla Torre erano diventate eccessive.

Avrebbe dovuto immaginarlo, data l'insistenza della donna, ma non riusciva a esserne infastidito.

Quello era uno sconforto che gli appesantiva il corpo, perché non poteva immaginare cosa si dovesse provare a perdere un figlio, ritrovarlo dopo decenni, rovinato e irriconoscibile, solo per perderlo di nuovo.

Ma, in fondo, portare Sette in quella casa era stato un errore suo, e se percepire l'impotenza perforargli il petto a quelle mail era il suo modo per fare ammenda, allora non avrebbe fiatato.

Sette non voleva avere nulla a che fare con quella famiglia che non lo conosceva, con quel nome che non gli apparteneva, con un passato gli era stato precluso.

Vasily ne aveva parlato con lui, non per chiedere spiegazioni, ma per capire come comportarsi.

Avrebbe preferito non cancellare le mail, non lasciare una madre in balia del dolore, ma Sette non apparteneva a loro più di quanto potesse essere appartenuto a Chekov.

E adesso era un individuo libero.

Doveva rispettarlo.

Chiuse il portatile, desiderando per un attimo poter fare la stessa cosa con la propria mente, ma il suono della porta che si apriva lo distolse da quei cupi pensieri.

Si alzò e si diresse all'ingresso di quello stesso appartamento che, un paio di mesi prima, era stato offerto senza pretese.

La figura di Sette si stagliò nel riquadro di luce creato dalla porta, e gli parve di vedere un angelo caduto, con piume nivee fuoriposto e macchie di dolore sulla pelle.

"Ehi," lo chiamò, la voce debole per via di quella visione che gli toglieva sempre il fiato. "Come è andata?"

Ogni volta che i suoi occhi si posavano su di lui non poteva fare a meno di ringraziare il fato, o qualsiasi forza al di sopra di tutti loro, per avergli permesso di averlo al proprio fianco.

I giorni erano combattimenti, sfide e benedizioni, un viaggio verso quell'immagine che, quel lontano giorno, mentre erano in macchina davanti alla tana di un mostro, aveva creato da solo, con speranze che erano sembrate sciocche e infantili.

"Come al solito." Vasily vide, familiari, i segni della stanchezza sul suo viso; la parte destra menomata ora quasi perennemente coperta dai capelli, o da una benda, anche se Sette la trovava fastidiosa.

Vasily lo prese per mano, conducendolo fino in sala per farlo sedere sul divano, e lo vide affondare nei cuscini, ripiegare il capo contro lo schienale con un movimento lento, forse stanco, forse languido.

Avrebbe dovuto iniziare a preparare da mangiare presto, ma voleva assicurarsi che il trattamento non l'avesse lasciato troppo debole, come a volte succedeva, facendolo precipitare in un silenzio che gli aveva spesso ricordato troppo quello del suo malessere.

"Dico davvero, come è andata?" pressò, sedendosi accanto a lui e ricevendo in cambio un leggero sbuffo, memore dei primi giorni in cui si erano conosciuti, in cui Vasily ancora non comprendeva quando era il caso di non pressare più.

Successe allora qualcosa che non si sarebbe mai aspettato. Il volto di Sette cambiò, le labbra si piegarono in modo appena percettibile verso l'alto, e tutto il volto si ammorbidì, trasformando l'argento duro del suo sguardo in una distesa di morbide nubi mattutine.

Vasily si ritrovò tanto stordito da quell'impalpabile sorriso da non rendersi quasi conto che Sette aveva sollevato la maglia per mostrargli la macchia che portava sul fianco, ora sbiadita.

Vasily sospirò, combattendo per fermare le lacrime, o forse le risate di gioia, perché poteva vederlo dopo eterni mesi di terapie e prove fallite, lì, davanti a lui, c'era la chiara dimostrazione che finalmente Sette si stava liberando di tutte le ombre.

Ma non ce la fece, e si ritrovò incapace di trattenersi. Con il fiato che gli usciva a singhiozzi dalla gola, con le lacrime che si appendevano alle ciglia per poi precipitare lungo i suoi zigomi, strinse tra mani tremanti il volto pallido di Sette. Premette la fronte contro la sua, e le dita di Sette gli sfiorarono le guance per catturare una lacrima, sempre così leggere, sempre così esitanti e delicate; creavano nella sua mente un'immagine discordante, siccome le ricordava strette intorno ad armi, macchiate di sangue, tese per il dolore… e questo era l'esatto opposto, era una morbidezza in cui non pensava avrebbe mai potuto sperare, che non pensava avrebbero mai potuto raggiungere.

E invece, contro qualsiasi previsione, erano lì, vivi e forse…

"Ehi," il mormorio di Sette lo spinse a sollevare le palpebre che non si era accorto di aver chiuso. Lo stava fissando con un'espressione un po' confusa, un po' tesa, e Vasily si chiese solo per un istante cosa potesse aver visto in lui da causare quella tensione, ma non aveva importanza.

"Sei felice?" Nella sua voce c'era un'urgenza tale da interrompere qualsiasi altra cosa Sette stesse per dire. Ammirò le sue labbra chiare tremare, e si permise di scostargli con infinita dolcezza le ciocche di capelli che gli coprivano parte del volto.

A quella distanza lo udì deglutire, e la palpebra destra, abbassata e morbida sull'orbita vuota, tremò.

"Tu lo sei?" sussurrò, senza rispondere. Vasily socchiuse la bocca, interdetto, confuso, ma Sette continuò prima che potesse rispondere o chiedere spiegazioni. "Con tutto questo, con… *me?*"

Quell'insicurezza gli tolse il respiro, siccome era l'ennesima dimostrazione del suo percorso, di quanto stesse guarendo, seppur a fatica, di quanto fosse sempre più umano, persona, e non strumento o arma.

E Vasily aveva passato tutto quel tempo a preoccuparsi per lui, ad assicurarsi che tutto andasse bene, da non badare a se stesso. Si prese qualche secondo, continuando a tenere Sette vicino, a lasciare che il loro fiato si mescolasse, e rifletté.

C'era Oktober che nella sua esuberanza continuava a chiamarli randagi con tono scherzoso, senza cattiveria, e offriva loro, di tanto in tanto, dolci e piatti discutibili.

C'era Jane, la semplice e spaventosa ragazza che li salutava placida e parlava come se tutta la saggezza del mondo fosse intrappolata sotto la sua pelle sottile.

C'era Ethan, da cui Vasily era andato più volte, teso e in difficoltà, per cercare di capire se quello che stava facendo fosse giusto.

C'era Sasha, che non parlava con Sette, che non si avvicinava a nessuno dei due, ma che non li fissava con astio, accettandoli e basta, neutro.

C'erano Beth e Lucas, a cui era stato facile legarsi e passare pomeriggi al computer, in ricerche fruttuose, ma che spesso si concludevano con l'infiltrarsi in lezioni di yoga online a caso per scatenare qualche risata.

C'erano Lauren e Rikhard, che arrivavano alla Torre all'improvviso, che restavano poco e altrettanto in fretta se ne andavano, ma la cui presenza, per quanto breve, colorava di entusiasmo le espressioni di tutti.

E poi c'era la Torre, c'era Sette. Una casa e un compagno, una prospettiva di vita, di sicurezza. E Vasily realizzò che non avrebbe mai potuto chiedere di meglio.

"Lo sono," rispose quindi infine, incapace di soffocare la sorpresa e la gioia che gli colorarono la voce. "Non potrei esserlo più di così." E parve tanto una dichiarazione, un ti amo detto con parole molto meno spaventose.

Sette parve risplendere a quelle parole, prezioso e pieno di un sollievo che sperava di poter trasformare in vera e luminosa felicità.

Allora il sorriso tornò, un po' più marcato, e le loro mani si intrecciarono in modo confuso, un po' sul volto di Sette, un po' su quello di Vasily.

E con le labbra a un soffio dalle sue, sussurrò: "Anche io."

FINE

CONTATTI

Mail: marialti97@gmail.com
Instagram: @ska.w.barnes
TikTok: @ska.w.barnes

RINGRAZIAMENTI

Arrivo a questo punto e mi rendo conto, ogni volta, che i ringraziamenti sono davvero difficili da scrivere.

C'è così tanto che voglio dire ed esprimere che non so né da dove cominciare né come farlo. Mi aggrappo sempre all'idea di poter parlare attraverso le storie e i personaggi, e quando arrivo qui e sulla carta ci sono solo… io, mi tremano le dita.

Questo libro è nato un po' per caso, Chasm doveva essere autoconclusivo, ma mi sono poi resa conto che Sette e Sasha avevano ancora delle cose da raccontare e questioni da risolvere. E Seven, oltre ad essere la vera conclusione, è stato per me un percorso di pura gioia. Non capita spesso di per scrivere di tematiche, situazioni e dinamiche che si hanno a cuore, ma in questo caso, in questo libro, sono riuscita a inserire scene che non vedevo l'ora di scrivere e di cui sono visceralmente orgogliosa.

Ma passiamo ai veri ringraziamenti, perché senza certe persone di certo Seven non sarebbe qui, o forse sì, ma sotto una forma molto meno raffinata e con un grosso ritardo.

Prima di tutti Greta. Le parole non bastano a descrivere quanto ti sono grata del continuo supporto, della tua forza nel leggere e rileggere anche quando io ero stufa delle mie stesse parole, e della tua costante vicinanza e interesse per quello che creo. Mi sento incredibilmente fortunata ad avere una persona preziosa come te, e se potessi direi a ogni persona che incontro: "Guarda, lei ha scelto me" con estrema gratitudine e felicità.

Grazie a te Koa, amica scrittrice di grande talento, e alle ragazze del *"team scaletta"* per le sessioni serali di scrittura in compagnia. Se Seven è uscito adesso è di certo grazie alle migliaia di parole che sono riuscita a scrivere in così poco tempo.

E grazie a tutti voi lettori e compagni scrittori, bookstagrammers e bookbloggers. Ho incontrato persone davvero preziose che hanno apprezzato ciò che ho creato, che hanno visto i messaggi che ho voluto esprimere e hanno letto con grande attenzione i significati più profondi di questa storia che ho voluto raccontare.

Grazie a tutti, spero di incontrarvi di nuovo nel prossimo viaggio.

A presto, Ska.

INDICE

File 00 - Briefing	7
File 01 - Unfamiliar	11
File 02 - Hidden	25
File 03 - Friendly	35
File 04 - Unsafe	45
File 05 - Quiet	53
File 06 - Sick	63
File 07 - Revealed	71
File 08 - Tense	81
File 09 - Hurt	89
File 10 - Talkative	99
File 11 - Frail	107
File 12 - Tired	117
File 13 - Conflicted	125
File 14 - Dazed	133
File 15 - Stranded	141
File 16 - Angry	151
File 17 - Broken	161
File 18 - Clam	183
File 19 - Sincere	173
File 20 - Defiant	118
File 21 - Found	189
File 22 - Silver	197
File 23 - Unexpected	207
File 24 - Alight	217
File 25 - Clean	227
File 26 - Burned	237
File 27 - Godly	247
File 28 - Trustworthy	259
File 29 - Warm	267
File 30 - Blind	277
File 31 - Adamant	297
File 32 - Loved	307
File 33 - Strong	319
File 00 - Debriefing	333

Printed by Amazon Italia Logistica S.r.l.
Torrazza Piemonte (TO), Italy